Bisher von Kera Jung erschienen:

Keine wie Sie
Keiner wie Er
Keiner wie Wir

Urteil: Leben:
Creatio ex nihilo
Feuer und Wasser
Hoffnung
Plan und Zufall

California-College:
Too Close
Blind
Beautiful Sky
Just another Dream

Erstens kommt es anders ...
… und zweitens, als man denkt
… und zweitens, als man denkt – Special –

Starke Frau, was nun?

Twisted Game
The Unforgivable Words (1. Teil)
The Unforgivable Words (2. Teil)

Vom Sinn des Seins

Mister Iron & Miss Steel

Der Antityp

Kera Jung

Chaos im Kopf

A.P.P.

Chaos im Kopf / Chaos ...
Deutsche Erstausgabe April 2015

Kera.Jung@gmx.de
https://www.facebook.com/pages/Kera–Jung/107377139457014

Umschlaggestaltung: Sabrina Dahlenburg
Lektorat: Wort plus
Korrektorat: Wort plus, Kristina Mangold
Satz Ebook: Sophie Candice
Satz Print: Sophie Candice
Erschienen im A.P.P.-Verlag
Peter Neuhäußer
Gemeindegässle 05
89150 Laichingen
ISBN mobi: 978-3-945786-46-8
ISBN e-book: 978-3-945786-47-5
ISBN Print: 978-3-945786-48-2
Dieser Roman wurde unter Berücksichtigung der neuen deutschen Rechtschreibung verfasst, lektoriert und korrigiert.

Anmerkung

In den USA muss man, um als Jurist an ALLEN Gerichtshöfen zugelassen zu werden, das sogenannte BAR Exam ablegen. Die Ausbildung dauert zwei Jahre, ist wahnwitzig teuer, in etwa 70 000 Dollar, und setzt umfassendes Fachwissen voraus, das in den allermeisten Fällen zuvor beim Jura-Studium erworben wurde.

Die Prüfungen werden in JEDEM Bundesstaat schriftlich vorgenommen, in einigen findet jedoch auch eine mündliche statt. Und zwar vor einer Jury aus RICHTERN, die durchaus öffentlich ist. Daran können also Besucher teilnehmen, doch dies ist ebenfalls von Bundesstaat zu Bundesstaat unterschiedlich. Das Ganze ist vergleichbar einer Verteidigung der Doktorarbeit in Deutschland.

Mir ist nicht gelungen, herauszufinden, ob in New York auch die mündliche Prüfung vorgenommen wird.

Deshalb nahm ich mir die schriftstellerische Freiheit heraus, das für diesen Roman festzulegen..

Neuanfänge ...

Der Wecker hatte bereits lange zuvor gesummt, doch Simon lag noch immer mit geschlossenen Augen in seinem Bett und lauschte in sich hinein.

Das übliche Warten auf den Orkan.

Wie immer an jedem verdammten Morgen seit über zwanzig Jahren, hoffte er, vergebens auszuharren.

Ein paar Mal, als er noch jünger und bedeutend naiver gewesen war, hatte er sich viel zu früh endlich siegreich gewähnt. Immer dann, wenn das Unwetter sich nicht gleich einstellte.

Dämlich, wie er irgendwann zuverlässig einsehen musste.

Doch noch nie blieb es so lange aus. Selbst jetzt, nachdem sein dummes Gehirn seit über fünfundzwanzig Minuten auf voller Bewusstseinsebene arbeitete, waren nicht mal Ausläufer der üblichen Wirbelstürme zu spüren.

Nicht, dass er so dumm war, deshalb Entwarnung zu geben. Diese Art von Illusion hatte Simon bereits vor vielen Jahren hinter sich gelassen. Dennoch konnte er gegen dieses widerlich erhebende Gefühl in seiner Brust nichts ausrichten.

Je mehr Zeit ins Land ging, desto angespannter wurde er.

Bitte, bitte, lass es wahr sein!, rangierte auf gleicher Höhe mit *Ha! Du glaubst, ich falle auf dieses miese Ablenkungsmanöver herein, aber da musst du bedeutend früher aufstehen. Nun komm schon! Bringen wir es hinter uns, damit wir endlich zur Tagesordnung übergehen können!*

Seine Hände verkrampften sich, die starren Finger wurden unbemerkt zu Fäusten, der Schweiß trat ihm auf die Stirn und die Lider verstärkten den Druck auf seine Augen.

Nichts.

Inzwischen hatte er selbst die Atmung eingestellt, lauerte, wartete – *hoffte.*

Schließlich geschah es – einfach so. Seine schwache Hoffnung – währenddessen immer stärker geworden –, war zur Gewissheit mutiert.

Vorbei! Endlich hatte er es doch überwunden!

YEAH!

Hörbar stieß er die Luft aus. Es kam zittrig und ähnelte einem erschöpften Schluchzen. Seine Finger entspannten sich und ließen die Fäuste wieder zu erkennbaren Händen werden. Mit der Zunge fuhr er sich zögernd über die trockenen, rissigen Lippen. Und endlich wagte er die Lider zu öffnen, unter denen sich warme, grüne Augen offenbarten.

»JA!«, zischte er und sein Mund verzog sich zu einem strahlenden Lächeln, das ihn sofort um einhundert Prozent attraktiver machte.

Als hätte er soeben den ultimativen Adrenalinstoß erhalten, sprang er beschwingt aus dem Bett, griff im Gehen nach seiner Kleidung, die er sich am Abend zuvor bereitgelegt hatte, stürzte ins Bad, platzierte sie mit der ihm eigenen Sorgfalt auf dem dafür vorgesehenen Stuhl und eilte unter die Dusche.

Mit jeder Sekunde, die ohne Sturm ins Land ging, atmete er ein wenig befreiter. Sein Brustkorb weitete sich im neu erkämpften Raum, das eiserne Band, das sein Atmen sonst stark einschränkte, schien gesprengt. Er schloss die Augen, hob sein Gesicht in den warmen Wasserstrahl, lächelte selig und fühlte sich, als würde er schweben.

Simon dehnte die Zeit über Gebühr aus, wusste, dass ihn dies sein Frühstück kosten würde und verzichtete mit einem weiteren sanften Lächeln.

Noch nie in seinem Leben war er so glücklich gewesen.

Die Welt stand ihm offen – zum ersten Mal, seitdem er denken konnte. Er fühlte sich ganz, GESUND, nicht *anders,* und er hätte alles darum gegeben, jemandem davon erzählen zu können.

Nun ... es gab niemanden, aber vielleicht würde sich das ja demnächst ändern?

Nach einer Weile kam er zu sich und stellte das Wasser ab. Simon stieg aus der Dusche, trocknete sich ab, bedachte sein Gesicht im Spiegel mit einem äußerst flüchtigen Blick und konzentrierte sich auf die Zahnbürste. Erst, als sie bereits seine Zähne bearbeitete, ging ihm sein grober Fehler auf.

Der erste Tag in seinem neuen Leben!

Das bedeutete, er musste ihn mit weiteren grundlegenden Veränderungen schmücken, schon, um ihm den verdienten Stellenwert zu verleihen.

Trotzig hob er den Kopf und blickte sich direkt in die Augen.

So!

Guten Morgen, Simon Geller! Du bist NORMAL! Du KANNST den Kopf heben. NICHT stolz, das wäre wohl zu viel des Guten. Aber ein längerer Blick ist ein guter Anfang. Was sagst du zu deinem derzeitigen Aussehen?

Nun ja …

Er hatte weißen Schaum vor dem Mund und seine Wangen zierten dunkle Schatten, insofern war das nicht einmal eine drei Minus.

Doch obwohl seine Lippen von der Zahnbürste hin und her bewegt wurden, was ihm ein ziemlich dämliches Aussehen verlieh, fehlte diese verhasste Verspannung, die sein Gesicht zu der Grimasse eines Epilepsiekranken verkommen ließ.

Es hatte ihn Wochen des Experimentierens und vor dem Spiegel Stehens gekostet, um sie zu sehen. Im Allgemeinen ging es so schnell, dass man selten Zeit bekam, erst ins Bad zu stürzen.

Seitdem er damit Bekanntschaft gemacht hatte, verstand er das Verhalten seiner Mitmenschen besser.

Jetzt wirkten seine Lippen so entspannt, dass die Bürste die seltsamsten Dinge damit anstellen konnte. Kein Zucken der Augen, nicht das geringste Blinzeln, fand statt. Wie zur Bestätigung riss er sie kontrolliert weit auf, was ihm das Aussehen eines akut Geisteskranken verlieh.

Eilig verringerte er den Umfang wieder.

Geisteskrank war er nämlich neuerdings auch nicht mehr!

Keine gerümpfte Nase, die Spitze zuckte auch nicht, wie bei einem Hasen auf Speed. Seiner Kehle entflohen keine seltsamen Geräusche, geschweige denn, dass er Gefahr lief, einen ausgewachsenen Orang-Utan während der Paarungszeit zu imitieren.

Es war – okay!

Nachdem er sich den Mund ausgespült hatte, nahm er allen Mut zusammen und wagte eine weitere Bestandsaufnahme im Spiegel.

Dunkles, kurzes Haar, das erfahrungsgemäß IMMER in alle Richtungen abstand. Drei Strähnen hingen wie üblich in seine Stirn. Die Wimpern fielen für seinen Geschmack zu dicht aus, damit wirkte er wie ein Mädchen. Die Nase war gerade, seiner Ansicht aber einen Tick (NEIN!, eine Nuance!) zu klein.

Hohe Wangenknochen, die sein Gesicht immer ein wenig hager erscheinen ließen. Etwas zu schmale Lippen, mit denen er ernst, sogar arrogant wirkte und das Kinn, dessen Grübchen genau in der Mitte ihn seit jeher geärgert hatte.

Nun, manchmal jedenfalls, wenn er es gewagt hatte, lange genug in den Spiegel zu schauen, um Zeit zum Ärgern zu finden.

Heute zwang er sich, nicht den Blick zu senken, sondern sich anzusehen.

Während der Rasur hielt er durch. Beim Kämmen, das ohnehin sinnlos war, wollte er kneifen und befahl daher das Kinn sogar etwas höher, was die scheinbare Arroganz noch einmal verdoppelte.

Simon zog sich an, ohne den Blick von seinem Spiegelbild zu nehmen, auch wenn sich die Augen inzwischen vor Anstrengung verengten und leicht tränten. Als er sein Hemd zuknöpfte, versuchte er sich sogar todesmutig in einem schmalen Lächeln.

Nun ja, das Ergebnis war nicht der Überflieger, aber wenigstens etwas Artverwandtes.

Beim Binden der Krawatte waren die Lippen schmal, denn es kostete ihn inzwischen erhebliche Mühen, in diesen verflixten Spiegel zu starren. (Außerdem kam er sich ziemlich irre vor. Dumm, denn genau das wollte er ja gerade vermeiden!)

Nach einem letzten Griff ins Haar hielt er inne und fixierte sich mit außerordentlichem Mutwillen.

Irgendwann nickte er.

»Nun, Bro ... Dann leg los und verdammt! Ich warne dich ... Vermassele es nicht!«

Nach einem weiteren knappen, aber sehr ernsten und entschlossenen Nicken, ging er.

Im Gehen löschte er das Licht und stattete seinem Bett, das in Wahrheit das Sofa in der Wohnstube war, einen letzten Besuch ab. Nachdem er alles ordentlich zusammengelegt hatte, ließ Simon Decke, Kopfkissen und Laken im Bettkasten verschwinden. Dann brachte er das Glas vom letzten Abend in die Küchennische, wo er es der Einfachheit halber gleich ausspülte und abgetrocknet im Schrank verstaute.

Ein letztes Mal ließ er den Blick durch den kleinen Raum schweifen, nahm sein Jackett und verließ das Appartement.

* * *

Auf der düsteren Straße mischte er sich unter die vielen Menschen, die sich auf dem Weg zur Subway-Station befanden.

Kaum hatte er wie üblich den Blick gesenkt, hob er ihn wieder.

NEIN!

Aufmerksam studierte er die vielen Rücken, die sich vor ihm bewegten. Eine ungeahnte Perspektive. An diesem Morgen machte er jede Menge interessanter Erfahrungen. Da waren Frauen in Kostümen, die eilig auf ihren hohen Schuhen tippelten und Männer, wie er in Anzügen gekleidet, deren Preisklasse ähnlich seinem gelagert waren.

Der Himmel war eisig grau und versprach, irgendwann, wenn der Tag tatsächlich anbrechen würde, der Sonne eine Chance zu geben. Es war nicht kalt, aber auch nicht warm. Allerdings hätte Simon sich vor der globalen Erwärmung (damals, als es noch vier Jahreszeiten gab und nicht zwei) wohl nicht ohne einen dicken Mantel auf die Straße gewagt.

Nun, es war zwar Januar, doch die Temperaturen ließen eher auf März schließen. Er schätzte die derzeitige auf zehn Grad. Ausreichend, um den kurzen Weg von seiner Haustür zum Eingang des Bahnhofs nur im Jackett zu bewältigen.

In der Mittagspause würde er sehen, wie schön der Tag tatsächlich geworden war. Dann, wenn er wie alle anderen hinausgehen und sich auf eine der zahlreichen Bänke im naheliegenden Park setzen würde. Natürlich nicht zu den anderen ... aber möglicherweise nicht mehr ganz so abseits wie üblich.

Die nächste Hürde des Tages war der überfüllte Bahnsteig.

Simon mochte keine Menschenansammlungen. Augenblicklich fühlte er die Blicke in seinem Nacken brennen und widerstand dem zwanghaften Versuch, seine Kleidung zu kontrollieren. Obwohl er wusste, dass damit alles in Ordnung war.

In der Bahn wurde es sogar noch grauenhafter.

Dicht an dicht stand er mit zwei Frauen. Sie waren recht hübsch, Simon überlegte, ob er vielleicht etwas länger in ihre

Gesichter sehen sollte, fürchtete aber wie üblich die Reaktionen.

So oft er sich auch einredete, dass sie HEUTE – und für den Rest seines Lebens – keinen Grund finden würden, ihn mit abwertender, angewiderter Miene zu betrachten, war hier das Ende seiner bisher so beachtlichen Courage erreicht.

Hastig senkte er den Blick und betrachtete den See aus Schuhen am Boden des Waggons. Mit angehaltenem Atem wartete er darauf, dass die zehn Stationen endlich geschafft waren.

Nun, es war wohl doch nicht so einfach mit dem neuen Leben ...

* * *

Der Weg von der Station in Manhattan bis zu jenem gläsernen Wolkenkratzer, in dem Simon arbeitete, war nicht weit.

Simon bewältigte ihn wie immer. Mit schnellem Schritt, den Kopf beharrlich gesenkt. Längst hatte er seine guten Vorsätze vergessen. Die Angst, bereits so lange in ihm heimisch, sorgte zuverlässig dafür.

Er eilte die Straße entlang, atmete nicht auf, als er sich mit den vielen anderen gesichtslosen Gestalten durch die Drehtür schlängelte, und stellte sich wie immer an den Aufzügen etwas abseits, als könnte er seine Anwesenheit damit aus der Welt schaffen.

Und wie an jedem Morgen hörte er das Gelächter in seinem Kopf, als er sich kurz darauf mit dem Tross aus Menschen in die viel zu winzige Kabine zwängen musste. Enttarnte es doch sein vorheriges Manöver als absolut sinnlos.

Simon hielt die Luft an, bis er endlich in der 85. Etage aussteigen durfte.

* * *

Welsh, Bone und Dexter

Das bronzefarbene Schild an der Tür zeigte noch immer die gleichen Namen. Nun, wäre auch ein Wunder gewesen, wenn sich das von gestern auf heute geändert hätte.

Er ließ die Leiber an sich vorbeieilen, ohne nachzusehen, um wen es sich im Einzelnen handelte, bevor er selbst durch den großen Eingang trat. Als er den Tresen mit Jane – der Empfangsdame – passierte, schaute er wie jeden Morgen genau für zwei Sekunden auf.

Ein knappes Nicken in deren Richtung. Simon mied den Blick in die Augen der hübschen jungen Blondine und senkte ihn, bevor er erfahren konnte, ob sie seinen Gruß erwiderte.

Seit mehr als zwei Jahren arbeitete er bereits in dieser Anwaltskanzlei, doch Simon konnte nicht sagen, ob Jane ihn morgens überhaupt bemerkte. Die Gefahr, in ein weiteres ablehnendes Gesicht zu schauen war ihm immer zu groß gewesen.

Er strebte die hellen Gänge entlang, den Blick beharrlich gesenkt, passierte all die vielen Büros, in denen die Assistentinnen bereits am Arbeiten waren, während ihre Bosse, die zehn Anwälte, die für diese Kanzlei tätig waren, erst in zwei Stunden auftauchen würden.

Wenn überhaupt.

Ein weiterer Flur folgte, er war nicht mehr ganz so dramatisch erhellt. Simon passierte eine schwere Eisentür und stand kurz darauf in totaler Dunkelheit, wobei er zielsicher nach dem Lichtschalter tastete. Zwei kümmerliche Neonröhren flackerten gemächlich auf.

Es handelte sich um einen kleinen, schmucklosen Flur, eindeutig das ungeliebte Ende der Staretage. Von hier aus gingen nur vier Türen ab.

Eine führte in die Besenkammer, die nächste ins Materiallager, die dritte auf der gegenüberliegenden Seite verbarg hinter sich das Archiv und die letzte, ganz am Ende – nun – die führte in sein Büro.

Erst hier, in der Sicherheit, die er so sehr suchte, konnte Simon anhaltend den Blick heben und wieder normal atmen.

Der junge, äußerst gut aussehende, groß gewachsene Mann schritt mit unvergleichlicher Grazie zu jener Tür, hinter der sein Refugium lag. Die aufrechte Haltung erzählte von einem Stolz und einer Würde, die längst nicht mehr zu seinem Wesen gehörten. Seine Lippen waren endlich nicht mehr in Anspannung zusammengepresst, sondern wirkten weich und hatten sich sogar zu einem schmalen Lächeln verzogen.

Warum auch nicht?

Er war gern hier. In Sicherheit, fern von all den Menschen, die ihn wegen seines irrsinnigen Verhaltens ablehnten. Nur hier und in seinem Appartement konnte Simon er selbst sein.

Der fensterlose Raum umfasste nicht mehr als zehn Quadratmeter, von denen jeder Zentimeter optimal ausgenutzt wurde. Die Wände waren mit Regalen versehen; an einer war darüber hinaus ein großer Schreibtisch eingepasst worden, auf der sich ein Bildschirm befand. Die Lampe an der Decke war keine der kalten Neonröhren, die die Welt im Allgemeinen noch kälter erscheinen ließen, als sie es ohnehin bereits war. Irgendwann hatte Simon sie gegen eine warme dreiteilige Leuchte eingetauscht. Er wusste nicht, ob das erlaubt war. Gefahr, dafür belangt zu werden, bestand nicht.

Niemand verirrte sich jemals hierher. Auch das mochte er sehr.

Trotz der beängstigenden Enge herrschte penible Ordnung – sie war Teil von Simons Wesen. Er hasste chaotische Zustände, wurde er doch bereits genug mit solchen Dingen konfrontiert, ohne sie ausmerzen zu können, weil sie sich IN ihm befanden.

Simon ließ seinen Rechner hochfahren und schaltete die

Musik ein. Als *Adagio for strings* anlief, schloss er die Augen und sein Lächeln wurde abermals versonnen.

* * *

Nachdem die letzten Noten verklungen waren, öffnete er die Lider und checkte die Mails.

Auf diese Art lief die Kommunikation mit ihm in dieser Firma: Man ging persönlichen Gesprächen mehr oder weniger komplett aus dem Weg. Und auch das gefiel Simon außerordentlich ...

* * *

Erst gegen Mittag hob er wieder den Kopf.

Seine Miene war ernst und konzentriert, und als sein Blick auf die Uhr fiel, wurden Simons Augen groß.

Lunchzeit!

Schon setzte das übliche Herzrasen ein.

Irgendwann hatte Simon eingesehen, dass am Hunger kein Weg vorbeiführte. Doch um an das Gegenmittel dafür zu gelangen – Nahrung – galt es, die Herausforderungen, die er bereits am Morgen hatte bestehen müssen, erneut auf sich zu nehmen. Durch die Flure, an Jane vorbei. Ein knappes Nicken, das nicht lang genug währte, um ihre Reaktion zu beobachten.

In den Aufzug voller Menschen, durch die bevölkerte Lobby des riesigen Baus, in dem zig Firmen ansässig waren. Hinaus an die frische Luft, immer noch unter all den Männern und Frauen, die ebenfalls in die Pause strebten ...

Nun, auch das war heute anders. Zumindest hätte es das sein sollen.

Doch als Simon sich auf den beschwerlichen Weg begab, stellte er fest, dass sich die Dinge tatsächlich nicht so einfach ändern ließen.

Er sah bei Jane ebenso flüchtig auf, wie an all den vorangegangenen Tagen, die er bereits in dieser Firma tätig war.

Ein Nicken – schon war sein Blick wieder zu Boden gerichtet.

Im voll besetzten Aufzug hielt er den Kopf gesenkt, betrachtete wie immer die behosten Beine und jene, die in exquisiten seidenen Strümpfen steckten, mit den Rocksäumen kurz unter dem Knieansatz.

Simon sah nicht auf, als er endlich in der Lobby angelangt war. Sein Schritt war strebsam wie immer, während er die vertrauten Terrazzo-Platten am Boden begutachtete. Kurz darauf wurden diese von dem hellen Stein der breiten Treppen abgelöst, die zum Gebäude führten. Schließlich betrat er die stets makellos sauberen Gehwegsteine des gehobenen Geschäftsviertels.

Er wusste ganz genau, wann eine Kreuzung kam, an der er den Kopf heben musste – flüchtig, nur um zu sehen, ob die Ampel ihm das Weitergehen gestattete.

Wie an jedem Tag führte ihn sein Weg als Erstes zu dem italienischen Hot-Dog Verkäufer, der seinen Stand im Schatten eines niedrigen Einkaufscenters aufgebaut hatte.

Man kannte sich. Wortlos hielt er Simon das im breiten Brötchen versenkte Würstchen entgegen und der bedankte sich mit drei Dollar anstatt der zwei fünfzig, die das Zeug eigentlich kostete.

Viel Trinkgeld, wenn man es auf einen Monat hochrechnete. Doch dass dieser Mann ihn überhaupt noch bediente, war wohl ausschließlich darauf zurückzuführen.

Simon wusste nicht mehr, wie häufig er den älteren Herrn bereits vor den Kopf gestoßen hatte. Mario mimte im Umkreis von fünf Meilen den einzigen Händler, der noch Willens war, ihm etwas zu verkaufen. Ohne ihn hätte er den Arbeitstag hungernd überstehen müssen. Was allerdings nicht bedeutete, dass die beiden Männer verbal miteinander kommunizierten. Die letzten

Worte zwischen ihnen waren vor mehr als einem Jahr gefallen und von beiden Seiten eher unfreundlicher Natur gewesen.

Wie immer aß Simon nicht sofort. Stattdessen lenkte er seine Schritte zum Eingang des Parks, der an das Geschäftsviertel grenzte.

Und wie immer – an jedem verdammten Tag – setzte jetzt das *akute* Herzrasen ein. Heute jedoch, und das war ein Unterschied, wurde es von einem warmen Grummeln im Magen untermalt.

Es war Winter, aber ein wundervoller Tag, so wie es der Morgen versprochen hatte. Die Sonne schien am wolkenlosen Himmel, und hätte sie die Möglichkeit gehabt, ein wenig weiter aufzusteigen, dann – das hätte Simon geschworen – wäre es einer jener unvergleichlichen Sommertage geworden, die aus diesem Fleck New Yorks eine Oase des Friedens machten.

So jedoch handelte es sich um einen recht frühen Frühlingstag, an dem die Menschen aus den klimatisierten Betonklötzen in die grüne Weite strebten. Da gab es Gruppen aus Männern und Frauen – alle jung, hübsch und sorglos. Sie lachten gemeinsam, neckten einander, und manchmal, wenn Simon sich weit von allen anderen Leuten entfernt einen Platz auf einer Bank gesucht hatte, sah er verstohlen zu ihnen hinüber und beneidete sie ein wenig für ihre Unbekümmertheit.

Jedenfalls so lange, bis einer der Glücklichen ihn direkt ansah. Dann senkte er eilig den Blick.

Oft waren alle Bänke besetzt und er musste im Stehen essen. Es machte ihm nichts aus.

Denn von wirklichem Interesse war nur eines:

Sie.

Die Frau, die seine Träume beherrschte.

Sie war immer da, in jeder Sekunde, doch Simon räumte sich genau eine Stunde täglich ein, in der er sich BEWUSST mit ihr beschäftigen durfte.

Sie sorgte für das Highlight des Tages und ließ die Wochenenden zu dumpfen achtundvierzig Stunden verkommen, deren Existenz er verfluchte.

Das Objekt seiner Begierde saß immer mit zwei weiteren jungen Frauen zusammen. Manchmal auf den Bänken, oftmals, wenn das Wetter es zuließ, auf der Wiese.

Die anderen beiden waren laut, doch SIE wirkte stets ein wenig ernst und in sich gekehrt. Es kostete Simon etliche Anstrengungen, sich täglich so zu postieren, dass er seine Ruhe vor den übrigen Parkbesuchern hatte und sie dennoch im Blick behielt.

Gelegentlich. Dann, wenn er es wagte, auf- und zu ihr hinüberzusehen.

Simon kannte ihr Gesicht so gut, dass er genau wusste, ob sie unausgeschlafen, möglicherweise sogar schlecht aufgelegt oder glücklich war. Er konnte sehen, wenn sie trüben Gedanken nachhing oder eher fröhlichen.

Keineswegs wollte er sie ansprechen – nein, das hätte er sich niemals getraut. Das Ansehen genügte ihm. Solange sie nicht bemerkte, dass sie von ihm beobachtet wurde.

Doch heute, mit Ausbleiben des Orkans in seinem Gehirn, gestattete er sich zum ersten Mal, über Alternativen nachzudenken. Er war nicht wahnsinnig genug, ihnen auch reelle Chancen einzuräumen, und hätte sich nie den Mut zugesprochen, sie tatsächlich umzusetzen.

Für Simon erforderte die ÜBERLEGUNG bereits mehr Mut, als er je für möglich gehalten hätte.

Ihretwegen ging er täglich in den Park – obwohl er sie nicht kannte, so wie die meisten Menschen. In Wahrheit waren ihm nicht einmal die Leute in seiner Firma vertraut. Er wusste, wie die Empfangsdame hieß: Jane, sein Boss: Mr. Charlie Welsh und dessen Sekretärin: Miss Sonderberg.

Ansonsten war er wohl unter den Zehntausend, die in dieser Gegend arbeiteten, der anonymste.

Doch dieses brünette Mädchen mit den klugen dunklen Augen, dem langen glatten Haar, der blassen Haut, den rosa Lippen und der schmalen Figur schien ihm vertrauter als es seine Mutter jemals gewesen war.

Mit eiligen Schritten strebte er den üblichen Weg entlang. Rasch hob er den Blick, um zu schauen, ob die drei jungen Frauen bereits eingetroffen waren. Das war nicht der Fall.

Nach fünf weiteren Schritten, die er aufmerksam verfolgt hatte, sah er abermals auf, um zu sondieren, ob seine Lieblingsbank unbesetzt war. Mit leichtem Bedauern stellte er fest, dass es sich schon zwei Frauen darauf gemütlich gemacht hatten.

Kein Problem, es gab Ausweichplätze.

SEINE Eiche befand sich unweit davon. Er hatte sie bereits vor Monaten als sichersten Ort innerhalb dieses Terrains ausgemacht.

Simon strebte sie an – den Blick längst wieder gesenkt – das Herzrasen hatte sich kein wenig gelegt und das fremde Grummeln in seinem Magen nahm unvermindert zu.

Obwohl es dafür keinen einzigen Grund gab.

In seinem Kopf ertönte ein leichtes Gackern. Nicht wie das eines Huhnes, sondern eher eines ziemlich spöttischen Simons. Er hatte sich ja schon immer irre aufgeführt, aber heute, wo doch eigentlich alles normal sein sollte, wie auch immer sich das darstellen würde, schlug er in Sachen Irrsinn alle bisherigen Rekorde.

Wie ein Blinder, der täglich den gleichen Weg zurücklegte, wusste er, dass ihn möglicherweise noch zehn Meter von seinem Baum trennten, als plötzlich neben seinem ein weiteres Schuhpaar in seinem Blickfeld erschien.

ZU NAH!

Abrupt blieb er stehen und starrte auf die zierlichen Stiefel, die sich zu schlanken Beinen in Jeans verjüngten.

Jeans …

»Ups!«, sagte eine klare Stimme in Höhe seiner Brust. Simons Herzrasen beschleunigte sich derart, dass er glaubte, zu sterben.

Jetzt, hier, auf der Stelle!

»Sorry, ich habe nicht aufgepasst.« Wieder die klare Stimme, während leises Gekicher im Hintergrund die Worte untermalte. Simon wusste genau, von wem es stammte, auch wenn er deren Beine nicht sehen konnte.

Er spürte, wie sich seine Finger um den Hot Dog krampften, und zeitgleich das Stottern in seinem Kopf aufkeimte. Es kam aus den Tiefen seines Gehirns, erst ein kleiner Wind, kaum bemerkbar, der sich jedoch langsam und stetig zur Explosion steigerte.

NEIN!

Simon kämpfte dagegen an, drängte es zurück, befahl sich, nicht nachzugeben, DIESMAL NICHT!, und fühlte dennoch, wie sich der Sturm bereits zu einem Orkan mauserte.

Unwiderstehlich, unaufhaltsam.

Sein Hot-Dog war längst Matsch, der Kopf fuhr ruckartig nach oben und er blickte unvermittelt in aufrichtige dunkle Augen.

Die eigenen blinzelten hastig, die Nase zuckte, seine Lippen teilten sich und entließen ein irres Gackern. Gleichzeitig klatschte er sich den Hot-Dog auf die Wange, gelbe Soße garniert mit saurer Gurke zierte nun die reine Haut.

»Kein Problem ...«, keuchte er hektisch. Seine Augen zuckten. »VERFICKTE HURE!« Es kam als unterdrücktes Husten.

Seine Hand flog nach oben und er verpasste sich die nächste Ohrfeige, womit er die Remoulade in seinem Haar verteilte.

»Ich ...« Seine Nase zuckte wild, er warf den Kopf abrupt nach rechts und dann brüllte er in ihr erschrockenes Gesicht.

»FICK DICH, SCHLAMPE!«

* * *

Revenge

Val war selten um eine Antwort verlegen.

Also man konnte wirklich nicht behaupten, dass sie auf den Mund gefallen war. Doch was dieser IDIOT sich soeben geleistet hatte, ging zu weit!

Die Beleidigungen und Verrenkungen waren das eine – es genügte schon mal, ganz klar.

Aber dass er sie jetzt auch noch ansah, als wäre absolut nichts gewesen und wieder diesen unmöglichen Blick aufsetzte, mit dem er die Mädchen reihenweise in Ohnmacht fallen ließ – DAS war zu viel!

Auch Angela und Sarah wirkten ziemlich ratlos, obwohl die ja überhaupt schuld an dieser miesen Situation waren! Val hatte gleich geahnt, dass es eine total bescheuerte Idee war, aber sie wollten ja nicht hören!

Der beleidigende Pausenclown, der sich anscheinend total witzig fand, wirkte übrigens nicht mehr halb so schön, wie üblich. Was möglicherweise an seinem Lunch lag, den er sich spektakulär ins Gesicht geschmiert hatte. Herrlich, inzwischen hatten sich auch etliche Zuschauer eingefunden, die sich offensichtlich prächtig amüsierten, und der Kerl bewegte sich immer noch nicht. Schien festgefroren zu sein.

Was vielleicht ganz gut war. Wenn das die Alternative zu dem ANDEREN Verhalten darstellte, dann nahm sie lieber das.

Bisher hatte sie ihn ja nur starrend erlebt. Der Typ war entweder irre oder er befand sich auf dem besten Weg dorthin. Und sie war so dämlich, auf ihn hereinzufallen.

WIEDER!

Genau diese Überlegung löste schließlich Vals Zunge.

»Was bildest du dir ein?«, zischte sie in das erstarrte Gesicht mit den unmöglich hübschen Augen. »Findest du das WITZIG?« Zum Ende hin klang sie *möglicherweise* ein wenig schrill.

»Komm!« Das war Angela, die zu ihr getreten war. »Der Kerl hat sie nicht mehr alle, wir gehen!«

Sie nahm ihren Arm und zog sie mit sich. Aus dem Augenwinkel sah Val, dass Sarah folgte. Erst nach fünf Schritten ging ihr auf, dass sie soeben wie eine schützenswerte Schwerkranke abgeführt wurde, und befreite sich heftig aus dem Griff. »Hör bloß auf!«, giftete sie in das Gesicht ihrer Kollegin. »Du bist doch überhaupt auf diese bescheuerte Idee gekommen!«

Angela blieb gleichgültig. »Konnte doch niemand wissen, dass der Kerl so ein Arschloch ist!«

Das rührte sich übrigens immer noch nicht. Val musste sich nicht umdrehen, um zu wissen, dass er wie zur Salzsäule erstarrt hinter ihnen stand und sie anglotzte.

Ehrlich!

Bestand die Welt nur noch aus Spinnern? Sie hatte bisher nur Idioten kennengelernt, allen voran Mike, an den sie jetzt besser NICHT dachte. Aber konnte man denn nicht einmal mehr einen kleinen Zusammenstoß fingieren, ohne sofort wie eine Schlampe behandelt zu werden?

Was stimmte denn nur nicht mit diesen verdammten Männern?

Unwillkürlich lief sie ein wenig schneller, bis sie in sicherer Entfernung waren, erst dann wischte ihr Kopf wieder zu Angela herum. »Ich WOLLTE IHN NICHT ANQUATSCHEN!«

Auch das brachte die dämliche Kuh nicht aus der Fassung. Sie hob die Schultern. »Nur anstarren führt auf die Dauer weder zu Sex noch zu irgendwas anderem. Ich meine, jetzt weißt du wenigstens, woran du bist!« Unschuldig musterte sie Val und die schnaubte.

Ja, genau! Und du gleich mit, oder? Nicht zu vergessen Sarah, die auf diesen Clown seit Monaten scharf war!

Verdammt, der gesamte weibliche Teil der Belegschaft war heiß auf Mister Geheimnisvoll! Und man hatte sie als jüngstes Mitglied vorgeschickt, um mal die Lage zu sondieren!

Genau das!

Val lachte düster und lief noch etwas schneller.

Also war sie eine ›verfickte Hure!‹, so in etwa hatte sich der Idiot doch ausgedrückt, und die anderen waren eine Sorge los.

Obwohl ... sollten sie doch auch ihr Glück versuchen! Vielleicht war es ja etwas Persönliches, so was konnte man nie wissen. Und Val hätte das wirklich nicht verwundert!

Warum hatte sie ihm nicht wenigstens eine heruntergehauen? Diese im Grunde zwangsläufige Reaktion war ihr doch glatt entfallen! Schon war Val NOCH wütender!

Zumindest das hätte der Kerl verdient! Ach so, vielleicht, weil sie keine Lust darauf hatte, sich die Finger mit diesem Matsch zu beschmieren.

Ihre Stirn legte sich in Falten. Was war das überhaupt? Was sollte das? Sie hatte bereits die eine oder andere Pleite erlebt – okay, die erfolgte meist später, also NICHT, wenn sie die Typen ansprach, sondern eher, wenn sie mit ihnen im Bett gewesen war.

Aber SO hatte sich noch keiner benommen!

Verdammt!

Der Tag hatte so perfekt begonnen, sie war wirklich gut aufgelegt gewesen. Bis Angela mit ihrem dämlichen Vorschlag kam.

Schon fuhr ihr Kopf abermals zu ihrer sogenannten Freundin herum, die sie gerade mal ein halbes Jahr kannte.

»Warum bist DU denn nicht zu ihm gegangen, he?«

Das brachte ihr einen Blick aus erhobenen Augenbrauen ein, für den Val gern auch eine Ohrfeige verteilt hätte. Diesmal in das etwas breite Gesicht ihrer Kollegin.

»Weil er *dich* anglotzt! Mich nicht.« Es kam gleichmütig. Val hätte geschworen, vor nicht mehr als zehn Minuten wäre noch jede Menge Neid mit von der Partie gewesen.

Sicher! Jetzt hatte sich der vermeintliche Prinz ja auch als Frosch entpuppt.

»Was wirst du jetzt tun?« Das klang neugierig und stammte von der schlanken Sarah, die links neben Val lief.

»Was schon? Nichts!«

Sarah blieb stehen und die beiden übrigen Mädchen folgten notgedrungen. Ihre Gesichter offenbarten Fassungslosigkeit. »WIE? NICHTS?«

»Ich kann dir gerade nicht folgen, Sarah ...« Val knurrte immer noch. Ihr einziger Wunsch war, so schnell wie möglich die Stätte des Grauens zu verlassen. In der Firma spielte die Kanaille wenigstens Auster, ergo war sie dort vor ihm sicher.

»Der Typ hat dich BELEIDIGT!«

»Ach!«, zischte Val. »Ist mir total entgangen! Was für ein Glück, dass du mich darauf hinweist, sonst wäre ich für immer ahnungslos geblieben!«

Aus Fassungslosigkeit war inzwischen GROSSE Fassungslosigkeit geworden. »Ja, und das willst du dir gefallen lassen?«

»Was soll ich denn deiner Meinung nach tun?« Das Zischen wurde dumpfer. »Ihn schlagen? Sorry, ist mir zu eklig.«

»Nein!« Heftig schüttelte Angela den Kopf. Offenbar hatte sie Sarahs Botschaft bereits verstanden, Val tappte da noch im Dunkeln. »Aber du könntest Daddy einen Besuch in seinem Büro abstatten.«

Val runzelte die Stirn. Den Kerl verpfeifen?

Sie blickte an den beiden Mädchen vorbei zu den Bäumen, die sich in der Ferne erhoben. Das war übrigens die entgegengesetzte

Richtung, in der dieser idiotische Nerd wahrscheinlich immer noch stand und dämlich glotzte.

Eher widerwillig war sie vor einigen Monaten in die Firma ihres Vaters eingestiegen.

Momentan nur als Anwältin (vor einem halben Jahr hatte sie ihre Zulassung erhalten), aber mit der festen Prämisse, irgendwann Teilhaberin zu werden.

Es passte ihr nicht sonderlich, doch Charlie, einnehmend, wie er nun einmal war, hatte sie überredet. Okay, man konnte es auch knallharte Erpressung nennen.

»Ich bin nicht mehr der Jüngste, Baby! Was geschieht, wenn ich eines Tages den Löffel abgebe und alles Bone zufällt? Ich habe die Kanzlei aus dem Nichts aufgebaut, um sie dir später übergeben zu können! Du kannst unmöglich wollen, dass mein Lebenswerk vernichtet wird!«

Bone!

Das Schimpfwort in ihrer Familie schlechthin. Andere sagten ›verfickte Hure ...‹ – Val knirschte mit den Zähnen –, Charlie sagte ›Bone‹. Die Bedeutung war ungefähr die Gleiche.

Verdammt, sie wollte keine Bone sein!

Sofort ballten sich ihre Fäuste energisch. Was dachte sich dieser Kerl, er kannte sie doch gar nicht! Okay, schon okay ...

Zurück zu Bone.

Ihr Daddy und der, dessen Name ein Schimpfwort war, waren in ihrer Jugend die besten Freunde gewesen. Bis – wie sollte es anders sein – eine Frau ihren Weg kreuzte.

Jasmin mit Namen.

Beide Männer liebten sie und Charlie triumphierte irgendwann über Peter Bone, heiratete sie und zeugte mit ihr eine Tochter namens Valerie.

Seither waren die ehemaligen Blutsbrüder Feinde.

Soweit Val bekannt, herrschte zwischen ihnen seit

sechsundzwanzig Jahren Funkstille. Blöd nur, dass sie kurz zuvor eine gemeinsame Anwaltskanzlei eröffnet hatten, die, als die Fehde aus der Taufe gehoben wurde, gerade die ersten Erfolge verzeichnete. Keiner der beiden wollte weichen und in ihrem Hass hatten sie das Ganze mit den Jahren zu einer der führenden Kanzleien in den Staaten aufgebaut.

Charlie holte einen weiteren Teilhaber in die Firma – Frank Dexter – tja, und der Aufstieg war nicht mehr aufzuhalten. Doch wann immer Val – als sie älter wurde – so etwas wie EIGENE Gedanken zum Leben entwickelte, war Charlie ihr in die Parade gefahren.

»Baby! Du wirst die beste Anwältin der Welt – gleich nach mir, versteht sich. Alles andere wäre Verschwendung. Du besitzt meine Gene, dein Weg ist vorherbestimmt ...«

Das sagte er bereits damals, als sie noch ein kleines Mädchen und der Zwang eher spielerischer Natur waren. Aber noch heute suchte Val nach diesem ganz besonderen Gen, das sie zu einer Staranwältin machte. Sehr erfolgreich war sie nicht.

Val interessierte sich weder für Gesetze und Paragrafen noch träumte sie von einem flammenden Plädoyer vor der Grand Jury. Sie hätte sich eher als Künstlerin gesehen, das Zeichnen lag ihr, das Schaffen mit den eigenen Händen.

Doch Charlie hatte auf dem Jurastudium bestanden.

Möglicherweise war ihr Abschluss aufgrund ihres Widerwillens eher mittelmäßig ausgefallen. Selbst jetzt, wo Val eine waschechte Anwältin war, konnte sie mit all dem Gedöns noch immer nichts anfangen. Und so sehr sie auch in sich hineinlauschte, da war keine Freude vor ihrem ersten Auftritt bei Gericht.

Wäre es nach Val gegangen, hätte sie anstandslos darauf verzichtet. Sie tat es für ihren Vater, so wie alles. Doch eine Stellung, die sie nie gewollt hatte, ausnutzen? Nein, das war nicht ihr Stil.

Allerdings war er es auch nicht, sich beleidigen zu lassen. Schön, hatte sie den Kerl ein bisschen angehimmelt. Aber erstens taten das alle und zweitens hatte sie bisher nicht den Eindruck, als würde der das überhaupt bemerken! Sie WAR keine Schlampe! Nein, war sie NICHT! Seine Beleidigung schrie nach Vergeltung.

Val blickte zu den beiden Mädchen, die sie atemlos gespannt beobachtet hatten, und verzog das Gesicht. »Vergesst es!«

Dann machte sie kehrt und lief mit strammem Schritt, hoch erhobenem Kopf und Armen, die angriffslustig an ihren Seiten schwangen, zu jenem Ort, an dem sie vor Kurzem wie noch nie zuvor in ihrem Leben beleidigt worden war.

Die beiden Zurückgebliebenen starrten ihr wie vom Donner gerührt nach. Dann musterten sie sich, in ihren Blicken lag die gleiche Faszination.

Das roch nach einer grandiosen Show!

»Ihr nach!«, zischte Angela und kurz darauf stürzten sie Val hinterher.

Ha!

Wenigstens mal etwas Abwechslung vom langweiligen Büroalltag.

* * *

Noch während Val lief, überlegte sie sich, dass dies eine total dämliche Idee war.

Der Typ würde garantiert nicht warten, bis sie zurückkam und ihre blutige Rache forderte.

Umso überraschter war sie, als sie ihn an exakt jener Stelle stehen sah, an der sie ihn vor bestimmt fünf Minuten zurückgelassen hatte. Er hielt den Kopf gesenkt, das war ja nichts Neues, stand mitten auf dem unbefestigten Weg und starrte seine Schuhe an.

»Prächtig!«, knurrte Val, deren Zorn plötzlich keine Grenzen mehr kannte. Sie lief sogar noch schneller, schon um sein sonderbares Verhalten nicht hinterfragen zu müssen. Es interessierte sie nicht!

Val wollte nur eines: Entladung.

Hinter sich vernahm sie Schritte, die unverkennbar Angela und Sarah gehörten.

Umso besser!

Erst direkt vor ihm blieb sie stehen und wartete ungeduldig, dass er sie bemerkte. Das dauerte mal wieder.

Er war so groß, sie konnte trotz des gesenkten Blickes kaum auf seinen Kopf schauen. An seiner Wange haftete noch immer das ungesunde Zeug, das er zum Mittag hatte essen wollen, es sich offensichtlich aber kurzfristig anders überlegt hatte.

Was war das nur für ein Kerl?

»Sieh mich gefälligst an!«, brüllte sie plötzlich los. Wow! Bisher war ihr nicht bekannt gewesen, dass derartige Aggressionen in ihr wohnten.

Er hob tatsächlich den Kopf.

KLASSE!

Ihre rechte Hand befand sich bereits in der Luft. Val wartete genau so lange, bis sie in seine Augen blickte, und dann schlug sie zu.

Unaufhaltsam.

Klatsch – das war die linke Wange, Klatsch – die klebende rechte.

Er zuckte nicht einmal zusammen, sondern betrachtete sie mit einem Blick, der sie bis ins Mark traf und derart verwirrte, dass ihr Zorn noch einmal stieg. Spätestens jetzt war der Siedepunkt weiträumig überschritten.

»So!«, knurrte sie überflüssigerweise und dann machte sie hastig kehrt und stürzte davon.

Stalking

Tränen fluteten ihre Augen – ZORN! – davon war sie überzeugt.

Angela und Sarah folgten ihr.

»Das war richtig!«, sagte Angela nach einer Weile.

Val antwortete nicht, sondern fixierte den Ausgang des Parks und kämpfte mit den verdammten Tränen, die ständig den Abgang zu machen drohten.

»Ich würde es aber trotzdem dem Boss erzählen ...«, beharrte Sarah. »Ugh!«, fügte sie hinzu. »Du hast das ekelhafte Zeug überall!«

Beiläufig blickte Val auf ihre Hand und sah wieder auf. *Scheiß drauf!* Sie wollte nur noch eines – fort von hier!

Weg von den Schaulustigen, die dem Theater die ganze Zeit folgten. Val hatte sie in ihrem Zorn nur nicht beachtet.

Sie wusste, wandte sie sich jetzt um, dann würde er an der Stelle stehen, an der sie ihn geohrfeigt hatte. Noch als sie zuschlug, hatte sie es bereits bereut.

Und das, wo er es doch verdiente!

Alles hatte gestimmt, die Worte, die Reaktion der anderen – nur sein Blick, der hatte ganz und gar nicht gepasst! Verdammt!

Ihre Handflächen brannten von dem Schlägen, sie spürte noch immer seine Haut und lief etwas schneller, als könne sie auf diese Art der Erinnerung entfliehen.

Sarah, die wie üblich diese mörderisch hohen Treter trug, hatte inzwischen ernsthafte Schwierigkeiten, mitzuhalten.

Als sie endlich die Kreuzung erreichten, die das Ende des Parks beschrieb und hinüber in die Zivilisation führte, atmete Val auf. Im Aufzug senkte sie den Blick, bis ihr auffiel, WEN sie imitierte und hob ihn trotzig. Sarah musterte sie interessiert.

»Heulst du?«

»Nein!« Hastig wischte Val sich über das Gesicht.

»Aha ... Na ja, ich würde jedenfalls an deiner Stelle erst auf die Toilette gehen. Du siehst aus wie ein Clown.«

Val stöhnte.

»Hör zu ...« Angela mischte sich wieder ein. »Sag es deinem Vater. Der Typ darf damit nicht einfach so davonkommen!«

»Ist er auch nicht!«, bemerkte Val so trocken, wie es mit ihren leckenden Augen möglich war. »Meine Hand tut jetzt noch weh.«

»Hat ihn nur scheinbar nicht interessiert.«

»Hat DEN schon jemals etwas interessiert?«

Keine der beiden antwortete, das war auch nicht erforderlich. Val hatte es ja auch gedacht! Seit Wochen hatte er sie beim Lunch beobachtet. Der Typ, der eher ein Schatten in der Firma war, als dass er jemals jemanden wirklich ansah.

Es genügte.

Inzwischen war auch der letzten Frau seine außerordentliche Attraktivität aufgefallen. Diese abweisende Art wirkte wie ein Magnet. Alle hatten sich in den Kopf gesetzt, ihn zu knacken, diejenige zu sein, die er schließlich doch ansah.

Aber was auch immer sie anstellten, er schien es nicht einmal zu bemerken. Bis er am Ende doch an einer Interesse zu haben schien:

Val.

Purer Neid paarte sich mit der üblichen Resignation: Nun ja, als Tochter des Chefs genoss sie nun einmal Privilegien. Warum nicht auch den Firmenschönling ergattern?

Obwohl sich die laut geäußerten Vermutungen ja häuften, dass der Kerl schwul war. Mindestens das, wenn nicht sogar asexuell. Denn Männer sah er ja auch nicht an.

Um ihn rankten sich die fantastischsten Gerüchte.

Schließlich arbeitete er abseits von allen anderen, man sah ihn so gut wie nie. Val hatte versucht, ihren Vater nach ihm zu befragen – vorsichtig natürlich –, doch der war auf dieses Thema nicht eingegangen. Es schien ein rotes Tuch darzustellen, beinahe wie Bone.

Dreimal hatte sie damit begonnen und war gnadenlos abgeblitzt.

Da war dann nur die Eigeninitiative geblieben.

Ohne, dass die Mädchen – besonders Angela und Sarah, die beiden anerkannten Firmentratschen – etwas davon bemerkten, hatte Val versucht, etwas über ihn in Erfahrung zu bringen.

Wann immer sie sich im Park trafen – also täglich – ließ sie ihn nicht aus den Augen. Und da er sie im Gegenzug heimlich betrachtete, war es ihr gelungen, ein paarmal in sein Gesicht zu blicken, das er üblicherweise so sorgsam vor der Welt verborgen hielt.

Früher hatte Val vermutet, er leide an einer sehr krassen Form von Schüchternheit. Warum auch immer. Jetzt überlegte sie, ob er seinen Anblick den anderen einfach nicht gönnte.

Sie hätte sich ohrfeigen können, weil sie sich überhaupt mit ihm auseinandersetzte. Ehrlich, auf so viel Prügel, die sie heute gedanklich verteilte, hatte sie es in ihrem gesamten bisherigen Leben nicht gebracht!

Nur noch ein Ziel beherrschte sie: Aus den Fängen dieser verdammten Grazien entkommen und sich beruhigen.

Nie war der Aufzug langsamer nach oben geschaukelt, und als sie endlich in den mit hochflorigem Teppich belegten Flur trat, konnte Val ihre Erleichterung kaum verbergen. Sie verabschiedete sich mit einem Nicken von Sarah und Angela und eilte in die Damentoilette.

Dort stand sie vor dem Spiegel und schimpfte sich mal wieder eine Idiotin.

Ihr Make-up war ruiniert, die großen Augen wirkten mit der schwarzen Umrandung wie die einer Meerkatze. Die bleiche Haut, die sie immer unter jeder Menge brauner Paste verbarg, trat in hässlichen hellen Flecken hervor und sie sah insgesamt total bescheuert aus.

Im Gegensatz zu allen anderen trug sie Jeans und ein unscheinbares Hemd. Zuzüglich zu jenen dunkelbraunen Halbstiefeln, die ihr Leben begleiteten. Egal, welche Jahreszeit gerade anstand. Dies war der einzige Belang, in dem sie ihren Sonderstatus als Tochter des Chefs einsetzte. Keine ihrer Kolleginnen hätte es gewagt, in solchen Klamotten aufzutauchen.

Sie schon.

Val strich das lange dunkle Haar zurück, betrachtete sich nach erfolgter leidlicher Restaurationsarbeit noch einmal im Spiegel und ging nach einem Stöhnen.

Besser würde es wohl nicht werden.

Ihr Büro war eines der am zentralsten gelegenen.

Charlie hatte darauf bestanden, Val war es egal gewesen.

Sarah saß bereits an ihrem Platz. Außerhalb der Lunchzeit war sie nämlich Vals Assistentin, auch wenn sie meistens nicht wirklich etwas zu tun hatte. Prüfend betrachtete sie Vals Gesicht und verzog ihr eigenes.

Das honorierte Val mit einem weiteren Stöhnen, bevor sie in ihren Raum ging.

Nicht, dass sie sich hier sonderlich wohlgefühlt hätte. Er war exquisit eingerichtet, aber kalt und unpersönlich.

Wenigstens daran hätte sie etwas ändern können, doch die verbliebene Hoffnung, sich irgendwann klammheimlich auf Nimmerwiedersehen davonstehlen zu können, hatte sie bisher erfolgreich davon abgehalten. In Wahrheit hatte Val den Fluchtgedanken noch immer nicht ganz aufgegeben.

Anstatt hinter den riesigen Schreibtisch, setzte sie sich auf die Couch, die eigentlich den Gästen sowie höher gestellten Mandanten vorbehalten war, und blickte in Gedanken verloren aus dem Fenster.

So ein Arsch!

Was bildete sich dieser Idiot ein?

Val ärgerte sich mehr über die Tatsache, dass ihr das Erlebnis nicht aus dem Kopf gehen wollte, als über das Verhalten dieses

Kerls an sich.

Hatte sie immer noch nicht gelernt?

Sie wollte ihn zur Rede stellen, so lange, bis er ihr eine verständliche Antwort gab und sich entschuldigte. Was natürlich nicht eintreffen würde.

Seit wann bereuten diese Typen irgendwas von dem, was sie in ihrer Geistlosigkeit anstellten?

Das Klopfen an der Tür riss sie aus ihren düsteren Gedanken. Ein Lockenkopf schob sich kurz darauf durch den Spalt. »Störe ich?«

»Immer!«, knurrte Val, doch dann lächelte sie. »Komm rein und mach die Tür zu, bevor die Alten etwas bemerken!«

Das ließ Jonas sich nicht zweimal sagen.

Wenig später stand er im Raum.

Groß, blond, hübsch, NETT – nur leider nicht Vals Typ …

Sie waren seit mehr als fünf Jahren eng befreundet. Genau genommen, seitdem sie bemerkten, dass ihre Väter sie an die gleiche Uni geschickt hatten. Versehentlich, soviel stand fest.

Peter hatte nach dem Letdown mit Jasmin ziemlich schnell Trost in der kleinen Maria gefunden. Was an dem Zerwürfnis der Männer nichts geändert hatte.

Von der Freundschaft ihrer beiden Sprösslinge durften sie nie etwas erfahren. Möglicherweise würde dies unweigerlich zur Vendetta führen. Manchmal kamen Val und Jonas sich wie Romeo und Julia vor, nur ohne romantische Gefühle.

Kaum hatte Charlie Welsh seine Tochter in die Firma geholt, zog Peter Bone nach und präsentierte der Belegschaft seinen Sohn als aufsteigenden Anwalt, der später einmal SEINEN Teil der Kanzlei übernehmen sollte.

Auch Jonas war Anwalt aus Verpflichtung, nicht aus Berufung. Er wäre lieber Geologe geworden, aber das lief nicht mit den Plänen seines Vaters konform.

Und so einte die beiden zunächst das nicht unbedingt schöne Schicksal, in die Fehde ihrer Väter gezogen zu werden, was zwangsläufig zu einer Annäherung führte.

Wenig später stellten sie fest, dass sie sich hervorragend verstanden und die Freundschaft war besiegelt.

Nun musterte Jonas seine Freundin interessiert. »Was ist los?«

»Nichts.«

»Aha ...« Er nickte mit gespitzten Lippen. »Du siehst aus, als wäre ein Waschbär über dein Gesicht gelaufen.«

»Fein.« Val blickte bereits wieder aus dem Fenster. Er wählte den Sessel, der ihr genau gegenüberstand und wartete. Jonas war ein stiller Zeitgenosse, der eine Antenne für Stimmungen besaß. Nie verlor er ein Wort zu viel und wusste ganz genau, wann es besser war, zu schweigen. Es führte zwangsläufig dazu, dass sie selbst mit der Sprache herausrückte.

»Was weißt du über Geller?«

Jonas unterdrückte sein Grinsen. Tja, funktionierte doch immer wieder. »Wer?«

Ungeduldig schüttelte sie den Kopf. »Geller, keine Ahnung wie der Vorname lautet. Rennt hier ständig herum, ignoriert jeden, ist ein Idiot ...«

»Ich weiß wirklich nicht, wen du meinst.«

Sie stöhnte. »Der große Typ, arbeitet in einem der hinteren Büros, dunkles Haar, mehr weiß ich nicht!«

Angestrengt dachte Jonas nach, doch dann wurde seine Miene bedauernd. »Ehrlich, ich habe keinen Schimmer, wen du meinen könntest.«

Val seufzte. Na ja, kein Wunder.

Wieder blickte sie aus dem Fenster und Jonas wartete … Doch diesmal zeigte Val keine Absicht, das Gespräch weiter zu führen, weshalb Jonas schließlich aufstand. »Wenn irgendwas ist ...«

»... ich weiß, wo ich dich finden kann, klar«, nickte Val, ohne ihn anzusehen. »Natürlich, nachdem ich mich zu dir geschlichen habe, ohne dass einer von IHNEN es bemerkt.«

Jonas grinste. »Natürlich.« Und damit ging er.

Val blieb, wo sie war und verharrte für den Rest des Arbeitstages auf der Couch.

Möglicherweise hätte sie wohl etwas tun müssen. Da lagen etliche Akten auf dem Tisch, die sie durcharbeiten sollte. Doch dazu verspürte sie so gar keine Lust und das hatte zur Abwechslung einmal nichts mit der unerfreulichen Begegnung im Park zu tun.

Ohne es wirklich beschlossen zu haben, boykottierte sie ihren Job weitestgehend. Sie wusste, dass Jonas es ähnlich hielt. Val fühlte sich weder wie eine Anwältin noch hatte sie das Bestreben, daran jemals etwas zu ändern. Solange sie mit der Totalverweigerung durchkam, würde sie diese Taktik beibehalten.

Danach?

Darüber galt es, sich Gedanken zu machen, wenn es so weit war.

Pünktlich um achtzehn Uhr schnappte sich Val ihre zerfranste Jeanstasche, zog die dazu passende Jacke über und ging.

Sarah war noch da und musterte sie kritisch, doch Val mied ihren Blick.

»Bye!«

»Alles in Ordnung?«

Entnervt fuhr Val herum. »Sicher!«, fauchte sie. »Warum sollte es das nicht sein? Ich habe etwas Besseres zu tun, als mich mit dem Firmenclown zu beschäftigen!«

Das hatte sie tatsächlich.

Sie verabschiedete sich nicht von ihrem Vater – neuerdings mied Val Charlie weitestgehend. Nur um nicht wieder in eine seiner gemeinen Fallen zu tappen.

Val vergewisserte sich bloß, ob dieser beleidigende Kerl nicht in der Nähe war, dann fuhr sie hinab in die Lobby.

Ihr erster Weg galt NICHT ihrem kleinen Appartement, das in einer eher stilleren Seitenstraße lag. Sie hatte sich gegen ihre Eltern durchgesetzt und auf ihre Unabhängigkeit beharrt. Zunächst ging Val ins PAINT.

Das war ihre Stammkneipe, in der sie bereits als Studentin häufig zu Gast gewesen war. Eines unterschied sie von den meisten anderen Besuchern: Sie hatte kein künstlerisches Studium absolviert. Dennoch gehörte sie hierher. Babsy – erfolglose Designerin, mit einem Faible für Klamotten, die kein Mensch jemals tragen würde, von denen sie aber überzeugt war – winkte aus einer Ecke. Wie immer lag der Zeichenblock vor ihr ausgebreitet. Und wie üblich trug sie eine Kombination, die Val nicht einmal in ihrem Schlafzimmer angezogen hätte.

Im Dunkeln!

Zu der durchsichtigen Bluse, die nur einen Ärmel besaß, und unter der KEIN BH zu finden war, trug sie einen knappen giftgrünen Glockenrock, der ihre Schenkel nicht einmal zur Hälfte bedeckte. Farblich wundervoll dazu unpassend waren ihre Strümpfe pinkfarben und in dem kurzen Haar befand sich eine stechend gelbe Schleife.

Val war den Anblick gewöhnt, die anderen Gäste auch. Sie küsste die Wange ihrer Freundin und sah zu Justin – Steinmetz, Freizeitwirt und weiterer Freund.

»Ein Bier!« Dann betrachtete sie Babsy neueste Zeichnungen. Viel erkennen konnte sie nicht, das Licht war zu schummrig. Val vermutete, dies war wohl eher ein Segen.

Babsy grinste. »Wie findest du es?«

»Genial!«, strahlte Val. Justin kam und musste fast in die Hocke gehen, um ihr Bier auf dem niedrigen Tisch abzustellen. »Wie war dein Tag?«, erkundigte er sich beiläufig.

»Frag nicht!«, stöhnte Val, nahm ihr Glas und lehnte sich zurück. »Frag besser nicht ...«

Als Val viel später am Abend langsam die wenigen Meter bis zu ihrem Appartement zurücklegte, runzelte sie einige Male die Stirn.

Doch dann schüttelte sie den Kopf und lief weiter.

New York ist eine belebte, aber nachts etwas gruselige Stadt, und obwohl sie seit ihrer Geburt hier lebte oder vielleicht gerade deshalb, litt sie unter leichter Paranoia.

Sie hatte bereits etliche eher unangenehme Begegnungen mit den zwielichtigen Bewohnern der Stadt hinter sich. Das Klacken ihrer flachen Absätze auf dem Asphalt erfolgte unwillkürlich etwas schneller. Val war nicht ängstlich, nur ein gebranntes Kind und das scheut bekanntlich das Feuer.

Als sie endlich im Hausflur stand, atmete sie auf und erklomm eilig die vier Treppen hinauf zu ihrem Appartement. Und erst als Val die Tür hinter sich geschlossen und zusätzlich mit den diversen Sicherheitsketten versehen hatte, fühlte sie sich wirklich geschützt.

Das Innere ihrer Wohnung war Charlie und Jasmin Welsh von jeher ein Dorn im Auge gewesen. Es umfasste neben dem Bad und Schlafzimmer nur einen Raum, der gleichzeitig als Küche und Wohnzimmer diente.

Val hatte die Möbel ausschließlich auf dem Flohmarkt besorgt und mit viel Liebe wieder aufgepeppt. Die Wände waren von einem Freund mit riesigen bunten Motiven besprüht worden, über dem immer noch ausgefransten Sofa lag ein uraltes, selbst gestricktes Gebilde. Es stammte noch von ihrer Grandma Mary. An der Decke hing eine große, helle Lampe im Ballonstil.

Mit einem Seufzen ließ sie sich auf die Couch fallen, ohne sich erst die Mühe zu machen, die Jacke auszuziehen.

Was für ein Tag!

Der Besuch im PAINT hatte ihren Kopf zurechtgerückt. So wie immer. War sie mit ihren Freunden zusammen, dann bedurfte es nur weniger Minuten und alles, was ihr zusetzte, trat in den Hintergrund.

Miranda war kurz nach Val's Eintreffen zu ihnen gestoßen, womit ihre kleine Gang komplett gewesen war.

Ihre Freunde hatten ihr damals beigestanden, als Mike sie so gemein hinterging. In Wahrheit war es Babsy gewesen, die ihn mit diesem fremden Mädchen gesehen hatte.

Sie unterstützten Val auch bei all dem anderen, das dem folgte. Niemand wusste davon, nur diese drei Menschen. Nicht einmal Jonas hatte Val eingeweiht, weshalb sie ohne die drei wirklich verloren gewesen wäre.

Ja, es waren ihre besten Freunde. Anders als Jonas, jedoch gleichwertig. Und …

Als der Briefschlitz klappte, fuhr Val zusammen.

WAS?

Eilig zerrte sie das Pfefferspray und ihr Handy aus der Tasche und platzierte den Daumen bereits auf die Notruftaste, nur für alle Fälle. Dann tappte sie so lautlos wie möglich zur Tür.

Ein Briefumschlag war hereingeschoben worden.

Mit spitzen Fingern zog sie ihn heraus, als rechne sie mit einer sich darin befindlichen Bombe. Obwohl bereits das Gewicht das Gegenteil bewies.

Ein einzelner Zettel blickte ihr entgegen, als sie das Kuvert öffnete.

Mit schwungvoller, sauberer Handschrift stand dort:

Es tut mir sehr leid!
Verzeihung

Montezuma II.

Als der Wecker an diesem Morgen klingelte, weigerte Simon sich beharrlich, zu reagieren.

Er war müde, was derart ungewöhnlich war, dass ihn schließlich die Frage nach dem Warum tatsächlich vollständig wach werden ließ.

Eilig stellte er den hässlichen Summton ab und ließ sich zurück ins Kissen fallen.

Selbstverständlich, um wie immer das etwas verfrüht verloren geglaubte Gefühl in seinem Kopf abzuwarten. Aber heute eben auch, um endlich dahinter zu kommen, weshalb er zum ersten Mal, solange er sich zurückerinnern konnte, MÜDE war!

Das Gefühl ließ auf sich warten, die Antwort leider nicht.

Und wie bereits so häufig in seinem Leben, ging Simon wieder einmal auf, dass man nicht ALLES wissen musste!

Stöhnend verzog er das Gesicht, als die Bilder an ihm vorbeizogen. Mit jedem neu eingetroffenen wurden die Dinge ein wenig grauenvoller, bis sich die Wahrheit in wundervoll klaren, vernichtenden Einzelheiten vor ihm ausbreitete.

Um es kurz zu machen:

Der gestrige Tag rangierte an vorderster Stelle auf der wenig rühmlichen und erschreckend langen Liste all jener Tage, die Simon gern aus seinem Gedächtnis getilgt hätte.

Und das war, wenn man die Dinge genau betrachtete, eine herausragende Leistung.

* * *

Am vergangenen Mittag in diesem Park hatte Simon Ewigkeiten benötigt, bevor er fähig gewesen war, wenigstens die Stätte des Grauens zu verlassen. Die zahlreichen Zuschauer sahen dazu nicht die geringste Veranlassung. Sie blieben stehen und lachten.

Laut!

Bereits vor vielen Jahren hatte Simon lernen müssen, dass sich die Menschen für NICHTS zu schade sind. Und wenn sich die Gelegenheit ergibt, sich über einen ihrer Artgenossen schamlos lustig zu machen, lässt man sie nicht aus. Findet dies aber auch noch in aller Öffentlichkeit statt, dann macht man sich sogar einen besonderen Spaß daraus. So sind sie – er hatte sich längst daran gewöhnt und die erforderlichen Schlüsse gezogen.

Simon ertrug das zunächst unterdrückte, später recht lauthalse Gelächter stoisch, bis er sichergehen konnte, dass SIE nicht mehr da war. Erst dann machte er sich ans Fliehen.

Und wieder folgte der übliche Parcours – diesmal sogar in doppelter Härte.

Sein Hirn war außer sich und die Gedanken wirbelten darin nur so umher. Sehr gefährlich! Das war der zuverlässigste Auslöser von allen. Er ging IMMER ein Risiko ein, wenn er sein Appartement verließ. Geriet er jedoch in unkalkulierbare Situationen, dann war er geliefert. Wie gestern beispielsweise.

Die Erinnerung daran, wie er sich heimlich gesäubert und diesmal nicht einmal Jane ein Abschiedsnicken gegönnt hatte, verdrängte er schnell wieder.

Simon hasste sich dafür. Für jede einzelne dieser schwachen und so blamablen Situationen, nur leider konnes er es nicht ändern.

Noch mehr verabscheute er sich, weil er nicht zu ihr gehen und sich formvollendet entschuldigen konnte. Stattdessen hatte er den Abend in einer New Yorker Seitenstraße verbracht und war ihr wie ein Dieb gefolgt, als sie das Lokal verließ, in das sie nach der Arbeit eingekehrt war.

Er beobachtete, hinter welchem Fenster das Licht aufflammte, kurz nachdem sie das Haus betreten hatte, und verschaffte sich Zutritt, indem er wahllos alle Klingeln drückte. Abgesehen von denen in der zweiten Etage, natürlich. Bei einem eher nachlässigen Bewohner hatte er Glück, denn der betätigte den Summer, ohne nachzufragen.

Wie ein Verbrecher war er im Dunkeln die Treppen hinaufgeschlichen. Vor dem einen der beiden vorhandenen Appartements auf ihrem Absatz standen zwei Paar Herrenschuhe, daher wusste er, dass sie dort nicht sein würde. Und, so warf er seinen Brief durch den Schlitz der gegenüberliegenden Tür.

Dann – und allein die Erinnerung daran, ließ ihn erneut aufstöhnen – war er wie von der Tarantel gestochen die Treppe hinabgerannt. Auf der Flucht – wie so häufig.

Schwachsinn! Wie *immer!*

Dabei war der gesamte Aufwand unnötig, denn wie sie von ihm dachte, war ihm bekannt. Es hatte inzwischen genügend Menschen gegeben, die ihm ihre Meinung nach einem seiner Ausfälle unverblümt ins Gesicht gebrüllt hatten. Nun ja, um ehrlich zu sein, war sie auch nicht anders gewesen.

Dennoch. Simon hätte alles, *alles,* darum gegeben, sich bei ihr persönlich entschuldigen zu dürfen, es ihr zu erklären, irgendwie.

Aber leider konnte er das ja auch nicht! Und es war grausamer, damit leben zu müssen, als zu wissen, dass er sie für immer aus seinem Leben verbannt hatte. Obwohl sie eher ungewollt fester Bestandteil davon gewesen war.

Wenn man kaum etwas hat, dann ist das Wenige sehr viel wert. Viel mehr, als anderen. Und wenn etwas davon unrettbar verloren geht, dann hinterlässt es ein riesiges, klaffendes Loch, das nicht gestopft werden kann.

Während der Morgentoilette hielt Simon den Blick beharrlich gesenkt und wischte sich die Zahnpasta geistesabwesend vom Ohr.

Neuerdings ließ er seine Konzentration akut schleifen und das war *dämlich!*

Denn je öfter er sich mit derartigen Problemen auseinandersetzte, desto mehr riskierte er die Katastrophen. Nicht umsonst hatte er sich bisher genau EINE Stunde täglich für sie reserviert.

Wenn man so verkorkst war wie er, lernte man frühzeitig, seine Gedanken zu kontrollieren. Das war nicht halb so schwer, wie es zunächst klang. Die anderen halfen ihm ständig dabei.

Er beeilte sich, frühstückte unter erschwerten Bedingungen, wischte sich danach resigniert die Cornflakes aus dem Haar und ging ins Wohnzimmer, um sich die dringend erforderlichen zehn Minuten zu gönnen.

Ohne seinem derzeit ungemachten Bett Beachtung zu schenken, setzte er sich entspannt in den Sessel, die Hände auf den Knien, der Kopf erhoben, und schloss die Augen. Die Wirkung war nicht unbedingt grandios, doch es half tatsächlich.

Mr. Hole hatte es ihm irgendwann einmal gezeigt, und seitdem griff Simon darauf zurück, wenn er spürte, dass er zu aufgewühlt war, um sich dem Alltag zu stellen.

Zehn Minuten später hoben sich seine Lider und er nickte zufrieden.

Das Bettzeug ordnete er ohne neuen Tic, und danach war er wenigstens halbwegs bereit, sich den nächsten Herausforderungen zu stellen.

* * *

Er brachte sie eher schlecht als recht hinter sich.

Auch jetzt gelang es ihm nicht, Jane ein Nicken zukommen zu lassen. Stattdessen stürzte Simon an ihr vorbei und warf die Tür, die in SEINEN Flur führte, eilig hinter sich zu. Rechtzeitig, um das irre Gegacker vor den anderen verborgen zu halten. Er hatte bereits im Aufzug mit sich gekämpft. Und wer jemals diesen

Druck im Kopf spüren musste, der unbedingt auf Entladung beharrt, der weiß, was es ihn gekostet hatte, sich so lange zu beherrschen.

Die nächste halbe Stunde verbrachte Simon in tiefer Meditation mit *Adagio for Strings*, bis er sichergehen konnte, es etwas besser im Griff zu haben.

MIST!

Daran würde er noch lange kauen. Derartige Vorkommnisse wie am vergangenen Abend waren dämlich! Sie brachten ihn durcheinander, und genau das musste er unter allen Umständen vermeiden!

Eilig besann er sich und beging nicht den folgenschweren Fehler, wieder über das Fiasko nachzudenken. Es hätte all seine Anstrengungen zunichtegemacht.

Mithilfe der Musik und dem begrenzten Raum, in dem sich Simon sicher fühlte, gelang es ihm nach einer weiteren halben Stunde sogar, zu sich zu finden.

Dann endlich konnte er sich seinen Aufgaben widmen.

Es war wie immer: Kaum hatte er sich in seine Arbeit vergraben, war Simon verschwunden. Er befand sich längst im Reich der Zahlen, Gesetze, Daten und Fakten.

Eine behütete Welt.

Fernab von allen Tics und verstörenden Gedanken, die dazu führten, dass er sich einmal mehr zum Idioten machte.

* * *

Und als sie kam, war es wie ein Erdbeben.

Sie klopfte nicht einmal an. Nichts hätte Simon auf diesen Überfall vorbereiten können, der in seinem Denken bisher unmöglich gewesen war.

Die Tür flog auf und sie stand im Raum. Womit Simons Besenkammer restlos ausgefüllt war.

Er fuhr herum, sah sie stehen, die Augen riesig, das Gesicht bleich und wich unwillkürlich vor ihr zurück. Gleichzeitig fühlte er den Tsunami kommen und drängte ihn mit allem, was ihn ausmachte, nach hinten.

»Was fällt dir ein?« Anklagend hob sie ein Blatt Papier, das ihm verdächtig bekannt vorkam. »Wie kannst du es wagen, mich zu stalken?«

Selbst wenn Simon gewollt hätte, er konnte nicht antworten. Auch der Erkenntnis, wie hübsch sie war und wie wundervoll sie duftete, durfte er nicht nachgehen. Seine Konzentration galt ausschließlich sich selbst.

BITTE, BITTE NICHT!

Doch sein Schweigen wirkte der allgemeinen Lage ganz und gar nicht zuträglich.

Mit einem Schritt hatte sie ihn erreicht, womit sie Simon so nah war wie am Tag zuvor, was dem nächsten grausamen Wunder entsprach.

Utopie in Reinkultur und gleichzeitig die vernichtendste aller möglichen Situationen.

»Rede!«, zischte sie.

Doch Simon konnte sie nur anstarren, seine Lippen bewegten sich lautlos. Als er einsah, dass er chancenlos war, schloss er vorsichtshalber die Lider. Man musste dem Grauen ja nicht auch noch in die fiesen Augen blicken.

Bevor er der Flut resigniert nachgab, dachte er ein letztes Mal: NEIN!

Und dann verselbstständigte sich sein Gehirn. Simon war dazu verdammt, zusehen, wie er sich wie ein komplett Irrer aufführte. Was war es heute? Ein Affe, eine Katze, ein Schwein?

Im Grunde war es nebensächlich.

Sein Kopf zuckte, längst stand er und vollführte zu allem Überfluss eine Pirouette.

Als hätte er seinen Körper verlassen, begutachtete er die

Szene, während Selbsthass und Ekel sich in ihm breitmachten. Er sah sie ängstlich zurückweichen, fand selbst Panik in ihrem Blick und konnte NICHTS dagegen tun. Simon war Sklave eines Körpers, der beschlossen hatte, die unsinnigsten, abartigsten Bewegungen zu vollführen und die geistlosesten Geräusche zu produzieren.

Nach einer saftigen Ohrfeige, die er sich verabreicht hatte, brannte seine Wange wie Feuer, und er sah sich grunzen, quieken, FLUCHEN.

Ohnmächtig und zu Tode gedemütigt.

* * *

Als es vorbei war, drängte er sie beiseite und flüchtete sich zurück in seinen Sessel, als könne der ihm ein wenig Sicherheit vermitteln.

Außerdem vergrößerte er damit die Distanz zwischen sich und dem Mädchen, dass er NIE WIEDER ansehen würde. Wie zum Beweis senkte er hastig den Blick und wartete.

Simon betrachtete seine Hände, die sich zu Fäusten geballt hatten. Ein Fehler, denn damit provozierte er den nächsten Anfall. Genau wie mit dieser ängstlichen Anspannung, die alles in ihm in Warteposition hielt.

Er musste sich entspannen, gleichzeitig seine Konzentration suchen und finden, musste kämpfen und all das tun, was in derartigen Situationen so dringend nötig war.

Doch er konnte nicht.

Nicht, solange sie ihn anstarrte. Ohne sich davon überzeugen zu müssen, wusste er, dass ihr Blick noch immer verletzt war. Möglicherweise hatte sich inzwischen jede Menge Abscheu hinzugesellt. Er wollte aufspringen, endlich sprechen, doch bevor er sich dazu entschließen konnte, spürte er die nächste Welle kommen.

Sie war noch entfernt, er *könnte* sie kontrollieren, wenn es ihm gelingen würde, sich zu konzentrieren. Und trotzdem wusste er, dass es nur eine Frage der Zeit war, bis sie ihn überrollen würde.

Tsunamis sind nun einmal nicht beherrschbar. Sie kommen seicht und trügerisch harmlos daher, besitzen aber dennoch unwiderstehliche, zerstörerische, vernichtende Macht.

Ob nun vom Meer verursacht oder von dem, was in seinem Kopf nicht stimmte.

Während Simon gegen das Ausbrechen des nächsten Tics ankämpfte, erfolgte von dem Mädchen nicht die geringste Reaktion. Sie schien buchstäblich erstarrt. Auch so etwas war Simon nicht unbekannt. Er hatte ALLE möglichen Antworten auf seine Ausraster bereits tausendfach erlebt.

Als er schließlich die Tür hörte, die sich erstaunlich leise hinter ihr schloss, konnte sich Simon nicht einmal sofort seiner Resignation hingeben.

Zunächst ließ er seinen Körper gewähren, um nicht von dem unwiderstehlichen Drang zerrissen zu werden.

Und erst dann, mit brennender Wange, resultierend aus der nächsten Ohrfeige, und in der Stille des Raumes, in der seine neuesten verbalen Katastrophen nachhallten, musste er sich eingestehen, dass dies wohl das Ende war.

Vorbei!

Er hatte verspielt.

* * *

Es gab nicht viel, was Simon zu dem nächsten logischen Schritt bewegen konnte.

Dies war sein erster Job gewesen und das Gespräch mit Mr. Welsh hatte ihn unvorstellbare Kraftanstrengungen gekostet. Simon war seinem Chef heute noch dafür dankbar, dass der ihn genommen hatte. Trotz der widrigen Umstände, und obwohl er kurz darauf versagt und damit die Grundlage des Arbeitsverhältnisses eigentlich vernichtet hatte.

Simon hatte sich durchgebissen. Begonnen mit dem grauenhaften Vorstellungsgespräch, das als eines der peinlichsten in Simons persönliche Geschichte eingegangen war.

Er hatte sich jeden Morgen zu jenem riesigen Bau gekämpft, was ihm so einiges abverlangte. Gleichzeitig jedoch war er in Sicherheit gewesen, sobald er sein kleines Büro erreicht hatte. Simon wusste, dass ihm hier niemand zu nahe treten würde und er ungestört seiner Arbeit nachgehen konnte. Eine, die er übrigens sehr mochte.

Doch dieses Refugium war seit heute zerstört, das Undenkbare geschehen. Und zwar in doppelter Hinsicht.

Bis vor wenigen Minuten hatte er geglaubt, dass sich niemand jemals hierher verirren würde. Und wenn doch, wäre er nicht im Traum auf die Idee gekommen, dass SIE das sein könnte.

Simon fragte sich nicht, wie sie ihn gefunden hatte, denn es war nebensächlich geworden. Ebenso wie all die vernichtenden Gedanken, die darauf brannten, sich ihm in Hinblick auf das Mädchen aufzudrängen.

Momentan konnte er sich nur auf eine Angelegenheit konzentrieren:

Er musste gehen.

Wie erstarrt fixierte er den Bildschirm, auf dem immer noch die Datei zu sehen war, an der er zuletzt gearbeitet hatte, und drohte, in der undenkbaren Realität und seiner Angst unterzugehen.

Doch dann fuhr er zusammen und seine Augen weiteten sich.

Haltung!, beschwor er sich. *Egal, was du tun willst, verschiebe es auf SPÄTER! Wenn du dies hinter dir hast und hier verschwunden bist. ES IST NICHT MEHR SICHER!*

Simon riss die Augen weiter auf, sein Puls verdoppelte sich

und er machte sich eilig daran, die Kündigung zu verfassen.

Viel Zeit benötigte es nicht. Nachdem er die kurze Mail, ohne sie nochmals gelesen zu haben, in den Orbit entsendet hatte, begann er, sein Zeug zusammenzupacken. Nicht einmal die kleine Kiste wurde voll, in der sich ursprünglich Druckerpapier befunden hatte. Sein letzter Blick in den Raum blieb flüchtig und schon eilte Simon aus der Tür.

Sorgsam achtete er darauf, den Blick gesenkt zu halten. Er betete, ihr nicht noch einmal zu begegnen. Wenngleich er bis vor wenigen Minuten NIEMALS damit gerechnet hätte. In Wahrheit war er bis gestern nicht einmal davon ausgegangen, dass sie im gleichen Gebäude tätig waren.

Das süße, erwartungsvolle Gefühl, das er sonst für sie empfand, hatte dem üblichen Platz gemacht. Inzwischen fürchtete er ein erneutes Aufeinandertreffen mit diesem Mädchen wie die Hölle und hoffte, ihr für immer und ewig aus dem Weg gehen zu können.

Erfahrungsgemäß wusste er, dass seine Hoffnungen nicht unbegründet waren.

Er war ein Schatten, daher hielt ihn niemand auf. Niemand schien zu bemerken, dass er ging. Den Blick zu Jane sparte er sich. Sie war die einzige Gefahr und er wollte keine Fragen riskieren.

* * *

Als er kurz darauf aus dem Wolkenkratzer trat, stellte Simon fest, dass es innerhalb der vergangenen Stunden kalt geworden war. Offenbar hatte der Winter entschieden, doch noch einen Versuch zu wagen. Er schloss das dünne Jackett, schlug den Kragen hoch, nahm die Kiste etwas fester unter den Arm, senkte eilig den Blick, nachdem er flüchtig aufgesehen hatte, und begab sich auf den Heimweg.

Erst als er die Kiste ausgeräumt und alles in den entsprechenden Schränken verstaut hatte, gelang es Simon, sich mit der neuen Situation auseinanderzusetzen.

Es war das Fiasko.

Als er in der Kanzlei zu arbeiten begann, hatte er täglich damit gerechnet. Doch nachdem es zu keiner größeren Katastrophe gekommen war, hatte er sich immer sicherer gefühlt. Irgendwann stand für ihn außer Frage, dass er in diesem kleinen, doch so behaglichen und SICHEREN Büro die nächsten dreißig Jahre zubringen würde.

Montags bis freitags von 9:00 bis 17:00 Uhr.

Es war NICHT viel – Simon wusste das sehr genau. Doch für einen Menschen wie ihn war es mehr, als man im Allgemeinen erwarten konnte. Ihm war eine Chance offeriert worden, wie er sie nie für möglich gehalten hätte. Und jetzt hatte er das so einfach verspielt.

Eilig verbarg er das Gesicht in seinen Händen, als sich die nächste Panikattacke ankündigte.

Angst!

Simon hasste dieses Gefühl. Es begleitete ihn bereits sein gesamtes Leben und war so vielschichtig, dass es in Simons Denken die massivste, verheerendste Emotion überhaupt darstellte.

Angst vor den Menschen, vor der Zukunft, vor der Öffentlichkeit. Angst davor, sein Appartement zu verlassen, andere anzusehen und deren Blicke wahrzunehmen. Angst vor deren Meinung und ganz besonders vor sich selbst.

Sie kann einen auffressen.

Es gab nicht viele Bestandteile, die er erfolgreich bewältigt geglaubt hatte. Im Grunde nur eines:

Die Angst vor einer ungewissen Zukunft.

Dass sie ihn so plötzlich wieder einholte, setzte ihn für einen langen Moment matt.

Ungezügelt gab er sich seinen Tics hin. Wenigstens die Furcht, dabei beobachtet zu werden, musste er nicht ausstehen. Zum ersten Mal seit Jahren ließ er sich hemmungslos gehen und versuchte nicht einmal, dem Einhalt zu gebieten. Und wenn er nicht von den unwillkürlichen Krämpfen geschüttelt wurde, egal, wie die auch ausfielen, dann gab er sich den willkürlichen hin.

Simon verlor einmal umfassend die Kontrolle.

* * *

Erst Stunden später ging ihm auf, dass er sich soeben zu jenem verachtenswerten Idioten degradierte, der er doch nicht sein wollte! Längst saß er nicht mehr in seinem Sessel, sondern kauerte am Boden, immer noch gefangen in seinem Ausnahmezustand und der grenzenlosen Hoffnungslosigkeit.

Es half ein wenig. Eilig setzte er sich auf, wischte sich hastig über das Gesicht und stöhnte laut in den stillen Raum.

Er hasste es! Alles! SICH!

Ja! Verbissen nickte er. Damit hatte er es auf den Punkt gebracht. Schuld an dem gesamten Fiasko, das sein Leben ausmachte, war er selbst. Darauf führte alles zurück – jeder einzelne Faktor. Und er hätte freiwillig einen Arm gegeben, wäre dies der Preis gewesen, um sich zu ändern.

Leider lag das nicht in seiner Macht.

Der nächste Ausflug ins Selbstmitleid war glücklicherweise nicht sehr anhaltend. Dann verpasste sich Simon eine schallende Ohrfeige – diesmal nur gedacht – und ging, um sich einen Tee zu brühen. Er mochte Kaffee, verzichtete jedoch auf ihn, weil der sein verkorkstes Hirn stets zu Höchstleistungen herausforderte. Damit waren sowohl die positiven, als auch die widerlichen gemeint.

Schwarzer Tee existierte in seinem Leben auch nicht. Simon

trank sich stattdessen durch die schier endlose Angebotspalette der Früchtetees. Er hatte sich längst daran gewöhnt.

Mit der Tasse bewaffnet begab er sich kurz darauf an seinen Schreibtisch in einer Ecke des Raumes. Dort verschaffte er sich an seinem Laptop einen Überblick über die miese Gesamtlage.

Sein Leben – da es im Grunde nicht stattfand – war nicht sehr kostspielig. Obwohl er bei Welsh nicht in den oberen Gehaltsklassen rangierte, war es ihm gelungen, in den Monaten ein ordentliches Sümmchen beiseitezulegen. Damit würde er mindestens für das nächste halbe Jahr überleben. Auch wenn es ihm nicht gelingen würde, einen neuen Job aufzutreiben.

Wovon er ausging.

Nur mit Grauen dachte er an das, was ihm jetzt bevorstand und war flüchtig versucht, sich ein nächstes Mal im Loch des Selbstmitleides zu suhlen. Doch bevor es so weit kommen konnte, rief er sich energisch zur Ordnung.

Nein!

Simon hatte es bereits einmal bewältigt, er würde es wieder schaffen. Er *musste!* Eine Alternative gab es nicht. Dumpf starrte er die wenigen Zahlen an, die seine monatlichen Fixkosten darstellten, und fragte sich zum ersten Mal, ob er vielleicht falsch reagiert und es eine andere Möglichkeit anstatt seiner feigen Flucht gegeben hätte.

Zehn Minuten später zerriss sein Gelächter die Stille. Kein irres, es war gewollt und ausnehmend bitter. Oh ja, hätte es – wenn er gekonnt hätte. Ohne die verdammte Glotzerei in den Wochen zuvor wäre es vielleicht nie so weit gekommen. Ihr nachzugehen war auch keine seiner besseren Ideen gewesen.

Gestern Abend hatte er das ganz anders gesehen.

Da wollte er nur eines – sich entschuldigen und ihr sagen, dass er NICHT gemeint hatte, was er sagte. Selten war er von einem Wunsch derart getrieben gewesen.

Schon baute sich das nächste Bild von ihr in seinem verdammten Schädel auf, der es sich zur Aufgabe gemacht hatte, immer gegen Simon zu arbeiten, aber niemals für ihn.

Gestern war sie wütend gewesen. Er hatte sich nicht viel Zeit genommen, den Hass in ihrem Blick ausgiebig zu studieren, doch ihr Ton genügte, um umfassend im Bilde zu sein. Besten Dank!

Heute Morgen wirkte sie gehetzt, wie auf der Flucht.

ÄNGSTLICH!

Gratulation, Geller! Du hast es hervorragend gemeistert. Entweder, sie rennt schreiend vor dir davon oder sie hat panische Angst. Deine Aussichten, irgendwann einmal ein Mädchen zu haben, verringern sich mit jedem neuen Tag deines verhunzten Lebens um einen beachtlichen Prozentsatz!

Er warf einen düsteren Blick auf die Uhr des Rechners. Darunter stand das Datum.

Vor wenigen Wochen war er siebenundzwanzig geworden. Und er hatte noch nie eine Frau geküsst. Nicht einmal das. Dabei wäre es ein Mal fast so weit gekommen.

Betty, ein Mädchen aus dem Block, das er mit siebzehn heimlich angehimmelt hatte.

Wie auch sonst? Wenn überhaupt, dann glotzte Simon die Frauen immer HEIMLICH an! Aus gutem Grund, wie die jüngsten Ereignisse verdeutlicht hatten.

Betty ging eines Tages zum Angriff über. Simon war heute noch darüber verblüfft. In seiner grenzenlosen Dummheit und Neugierde gab er ihr nach und sie wurden tatsächlich ein Paar. Wenn man so wahnsinnig war, das ›Miteinander-Gehen‹ von zwei Teenagern so zu bezeichnen.

Zwei Tage schien alles gut zu gehen. Denn er zog sich immer aus der Affäre, BEVOR es zum Äußersten kam und er zwangsläufig durchdrehte. Damals hatte er die Techniken bereits ganz gut im Griff. Bis sie Anstalten machte, ihn zu küssen. ER wäre nie so dämlich gewesen, das auch nur in Erwägung zu ziehen. Wenn man Simon Geller hieß, tat man gut daran, seine Grenzen zu kennen.

Wie er es geahnt hatte, genügte bereits ihre plötzliche Nähe.

Er konnte sich nicht mehr erinnern, *was* er ihr damals alles an den Kopf geworfen hatte. Menschen wie er waren zwangsläufig geniale Verdrängungsspezialisten. Man vergaß so schnell wie möglich, jedenfalls, solange das Gedächtnis einem diese Option überhaupt ließ. Leider behielt man dennoch viel zu viele Dinge in bleibender Erinnerung. Und die suchten einen öfter mal heim. Auch kein sehr angenehmer Bestandteil seines Lebens.

Was auch immer es war, auf jeden Fall musste sein Tic derart vernichtend ausgefallen sein, dass sein Vater sich danach gezwungen sah, ihn auf eine andere Highschool zu schicken *und* das Appartement zu wechseln.

Ja, Simon hatte bereits für so einige ungeplante Umzüge seiner Familie gesorgt. Und mit jedem neuen ging es ihm ein wenig schlechter.

Doch er konnte sich noch an das Gefühl erinnern, Betty so nah zu sein, wie nie zuvor einem Mädchen. Danach übrigens auch nicht. Er hatte die Sommersprossen auf ihrer Nase gesehen und den Anblick der erwartungsvoll zu ihm erhobenen Lippen würde er wohl nie vergessen.

In erster Linie war es befremdlich gewesen. Doch nachdem der erste Schock überwunden war und Simon wagte, wieder daran zu denken, hatte er sich überlegt, dass es unter Umständen Spaß machen musste, diese Lippen mit dem Mund zu berühren.

Heute, inzwischen ein Mann, war er davon überzeugt und machte sich keine Gedanken mehr darüber, OB es gut sein würde.

Es würde – unter Garantie.

Ebenso wenig stellte er in Zweifel, wie schön es wäre, mit einem Mädchen zusammen zu sein. Er träumte davon, sehr häufig sogar. Allerdings nur, wenn er sich in Sicherheit wähnte. Man konnte nie wissen, wie er reagierte, wenn er sich in derartigen Fantasien verlor.

Doch Sex – selbst ein unschuldiger Kuss – waren einige der vielen Dinge, auf die er zeit seines Lebens verzichten müssen würde. Längst hatte er sich von dem Traum, jemals eine Freundin, eine Familie oder gar Kinder zu haben, verabschiedet.

So etwas würde es für ihn nie geben. Gleichermaßen verhielt es sich mit Kino- und Theaterbesuchen. Nie würde er sich in ein Café, eine Kneipe oder ein Restaurant setzen. Ein Ausflug ins Stadium, um sich ein Footballspiel anzusehen, kam für ihn auch nicht infrage. Den letzten Museumsbesuch hatte er als kleiner Junge erlebt – und der ging denkwürdig aus. Er wusste es nicht ganz genau, aber Simon glaubte sich zu erinnern, dass er seither im Naturkundemuseum Hausverbot genoss. Einschließlich seiner Eltern, selbstverständlich.

Er würde nie in einem Flugzeug fliegen und nie mit einem Zug oder Bus fahren. Die tägliche Reise mit der Subway war bereits aufreibend genug. Ach so, die war ja neuerdings gestrichen. Na ja, wenigstens etwas Positives.

All dies und noch viel, viel mehr, waren Dinge, deren Verzicht ihm mehr oder weniger schwerfiel. Mit den Jahren hatte er allerdings gelernt, damit umzugehen, ohne viele Gedanken daran zu verschwenden. Außerdem weiß ein Blinder auch nicht, was er vermisst, wenn er an Farben denkt. Wirklich fehlen kann einem nur, was man bereits einmal hatte.

Mit der Liebe verhielt es sich ein wenig anders. Dass er immer allein sein, niemals jemanden haben würde, der sein Leben mit ihm teilte, das konnte Simon nicht einfach beiseiteschieben.

Denn obwohl er es noch nie erlebt hatte, WUSSTE er fantastischerweise, was er versäumte. Er sah es jeden Tag, nicht zuletzt im Fernsehen. Und er hatte es gefühlt, wenn er dieses

Mädchen betrachtete.

Heimlich, jedoch nicht heimlich genug.

Als es an seiner Tür klopfte, zuckte Simon so heftig zusammen, dass seine Tasse zu Boden fiel.

Hilflos starrte er zum Eingang und wusste nicht, was er tun sollte. Es war bereits die zweite, unmögliche Episode an diesem Tag!

Kurz darauf klopfte es erneut – energischer diesmal –, und Simon fuhr abermals zusammen. Hektisch irrte sein Blick in dem übersichtlich gehaltenen Raum umher.

Verstecken! Nur wo?

Das irre Gackern, das im gleichen Moment ertönte, trug auch nicht zur Rettung der verdammten Situation bei.

Hier fand soeben Geschichte statt – eine ziemlich grausame übrigens.

Sein Refugium wurde gestürmt!

NIEMAND klopfte hier! NIEMALS!

WAS ein gefährlicher Irrglaube war, denn wie zum Beweis setzte das Hämmern erneut ein. Es stellte für Simon das denkbar bedrohlichste Geräusch dar. Und für eine lange, sehr lange Minute ließ er sich von seiner vernichtenden Angst restlos einvernehmen.

Wieder begab sich sein Blick auf Wanderschaft. Er überlegte, sich unter dem Sofa zu verstecken, in dem schmalen Besenschrank, selbst eine Flucht aus dem Fenster – ins ultimative Feindesland – zog er kurzfristig in Betracht.

Plötzlich war er wieder jener kleine Junge, der versuchte, vor seiner Angst zu fliehen. Den Mann, der bereits seit Langem wusste, dass dies unmöglich war, hatte er vorübergehend vergessen.

Das nächste Klopfen riss ihn aus der Reise in die

Vergangenheit und er rief sich erneut energisch zur Ordnung. Und als er den Kopf hob, war seine Miene eisig.

Wenn man von dem Grunzen einmal absah, das er ganz nebenbei absonderte, wirkte er gefasst und entschlossen. Simon zwang sich, es zu ignorieren. Ebenso, wie das Hämmern an seiner Tür. Er drängte die Realität zurück, schloss die Augen und befahl sich Konzentration.

Adagio musste nicht mehr spielen, längst ertönte es auf Abruf in seinem Geist. Bei dieser Melodie gelang es ihm stets, vorübergehend *alles* zu vergessen.

Selbst unerwartete Bedrohungen vor seiner Tür.

Als seine Lider aufflogen, waren sowohl das Grunzen als auch das Zucken seines Kopfes zurückgedrängt. Nicht sehr weit, jedoch weit genug, um sich gefasst der Situation zu stellen.

Es war SEINE Tür! Wer auch immer dort lauerte, er würde mit Simon leben müssen.

Denn dies war SEINE Wohnung. SEIN Refugium, der Ort, an dem er vor allen Widrigkeiten sicher war, an dem er sein DURFTE, ohne mit seiner Anwesenheit irgendwem zu nahe zu treten.

Den einen hatte man ihm genommen, aber diesen hier würde er verteidigen. Bis zum Äußersten.

Dennoch senkte er abermals die Lider, nachdem er an die braune Tür getreten war, die plötzlich alle Unschuld verloren hatte. Es bedurfte einiger atemloser Sekunden, bevor er imstande war, sie zu öffnen.

Sobald er sah, WER da so vehement um Einlass bat, brach seine Konzentrationsbarriere mit einem gigantischen Krachen in sich zusammen, und kurz darauf erfüllte Simons irres Gackern den Hausflur.

Montezumas Erbe war am Ende.

* * *

Jekyll und Hyde

»Ist er endlich da?«

Val wirkte ziemlich gestresst und Sandy Sonderberg nickte eilig. »Eben eingetroffen. Ich werde ...«

»Nicht nötig.« Noch ehe die Assistentin den Hörer ans Ohr legen konnte, war Val bereits durch den Raum gerauscht und stand im Zimmer ihres Vaters.

Der sah überrascht auf, dann lächelte er. »Sweety! Was kann ich für dich tun?«

Sorgfältig schloss Val die Tür, bevor sie auch diesen Raum durchschritt und sich vor den Schreibtisch ihres Vaters setzte.

Es war kein Geheimnis, weshalb Charlie Welsh damals bei Jasmin das Rennen gemacht hatte.

Im Gegensatz zum blonden Peter Bone, war er dunkelhaarig, groß, besaß ein offenes, sehr sympathisches und durchaus attraktives Gesicht und war früher ausnehmend schlank gewesen. Jetzt, gut fünfundzwanzig Jahre später, machte sich der Ansatz eines Wohlstandsbauches bemerkbar. Nichts Grausames, Charlie verstand es prächtig, das Debakel unter seinem Hemd zu tarnen. Doch auch seine Wangen waren voller geworden und in dem Haar wurden die ersten grauen Strähnen sichtbar.

Die Ähnlichkeit zu seiner Tochter war nicht augenscheinlich. Nur Insidern, die wussten, dass hier wohl die gleichen Gene gewirkt hatten, fiel auf, dass die Farbe der Augen von dem gleichen leidenschaftlichen Braun und die Färbung des Haars identisch war.

Hatte man sich jedoch erst einmal auf die Suche begeben, fand man bald mehr.

Sie hielten den Kopf in gleicher Weise leicht zur Seite

geneigt, die Finger – wenn auch von verschiedener Größe – besaßen die identische Form, bis hin zu den Nägeln. Und ihre Art zu sprechen war von der gleichen, nachdenklichen, niemals aufdringlichen Natur.

Nun, im Allgemeinen jedenfalls. Heute lagen die Dinge etwas anders. Denn Val saß noch nicht ganz, da nahm sie ihren Dad auch schon ins Kreuzverhör.

»Was ist das mit diesem Geller?«

DAS kam unerwartet. Charlie hob die Augenbrauen und lehnte sich zurück. »Worauf willst du hinaus?«

Argwöhnisch musterte Val ihren Vater. »Ich hatte gestern mit ihm einen Zusammenstoß.« Etwas trocken fügte sie hinzu: »Unerfreulich. Vorhin wollte ich ihn zur Rede stellen und prompt saß ich das nächste Mal in der ...«

»DU warst das?«

»Was?«

Charlies Augen verengten sich, bis ein Ruck durch ihn ging und er plötzlich verdammt gerade saß. Die großen Hände fanden auf dem Schreibtisch zusammen – mit einem Mal war er ganz der Big Boss.

»Heute Vormittag erhielt ich Mr. Gellers fristlose Kündigung. Eine Begründung fehlte. Das Ganze erschien mir äußerst suspekt. Nach reiflicher Überlegung fuhr ich zu ihm, in der Hoffnung, die Dinge mit einem klärenden Gespräch aus der Welt zu schaffen. Laut seiner Aussage ist er mit jemandem aneinandergeraten ...«

»So kann man es auch nennen«, murrte Val, doch Charlie ging nicht darauf ein, sondern setzte seinen Bossvortrag fort.

»Nach einigem Hin und Her einigten wir uns darauf, dass er seine Tätigkeit ab morgen wieder aufnehmen wird. Ich bitte dich, diesen Vorfall zu vergessen und ihn vor allem nicht überzubewerten. Geller leidet an ...«

Val verdrehte die Augen. »Meinst du, dahinter wäre ich nicht inzwischen selbst gekommen?« Sie hasste es, wenn ihr Dad die offizielle Tour schob und mit ihr sprach, als seien sie sich soeben zufällig auf der Straße begegnet. »Warum hast du mir nicht gesagt, dass er krank ist? Dann wäre die gesamte Situation – die übrigens total scheiße war! – vermeidbar gewesen!«

Charlie hob eine Augenbraue, stieg auf ihre Provokation jedoch nicht ein. »Mr. Geller legt Wert auf außerordentliche Diskretion.«

»Eine ziemlich dämliche Idee, wenn du mich fragst! Hätte ich es gewusst, dann wäre ...« Val dachte an die beiden klatschenden Ohrfeigen und wurde rot. MIST! »Ich meine, wie soll man denn sonst reagieren, wenn man es nicht weiß? Du hättest es sagen sollen, DAD!«

»Das stand nie zur Diskussion!« Plötzlich klang Charlie nicht nur verdammt offiziell, sondern auch strikt. Er nahm die Hände auseinander und begann, in den Akten zu wühlen, die sich wie immer auf seinem Schreibtisch anhäuften. »Um seine Rückkehr überhaupt zu erreichen, musste ich Mr. Geller zusichern, dass er ab sofort ungestört in seinem Büro ...«

»BÜRO!«, schnaubte Val.

Wieder gab Charlie vor, sie nicht gehört zu haben. »... arbeiten kann. Meide ihn bitte zukünftig. Was auch immer er zu dir gesagt, oder wie er sich aufgeführt hat, ich versichere dir, er meinte es nicht ...«

»DAS WEISS ICH BEREITS, DAD!« Insgeheim fragte sich Val, ob Charlie auch von dem nächtlichen Stalking wusste. Vielleicht würde er dem Kerl dann nicht ganz so überzeugt den Rücken stärken. Kaum war ihr dieser boshafte Gedanke gekommen, verwarf sie ihn angewidert.

»Nun, wenn du im Bilde bist, dann verstehst du sicher, weshalb ich darauf bestehen muss, dass du dich an meine Anweisungen hältst.«

»Aber das ist doch Bullshit! Ich meine, wenn er ...«

»Valerie!« Charlie sah auf und lehnte sich zurück. Aufmerksam musterte er seine Tochter, bevor er den Kopf schüttelte. »Schlechte Idee. Lass die Finger von ihm, er ist nichts für dich!«

Ihre Augen wurden groß. »WAS? Ich habe nicht ...«

»Egal, was du dir in deiner Naivität zurechtgelegt hast ... Bestreite es nicht, ich kenne meine Tochter! ... es ist überflüssig. Du tust dir damit keinen Gefallen.«

Val lachte trocken auf. »Dad, ich will ihn nicht heiraten! Ich will nur erfahren ...«

»Genau davon spreche ich!«, nickte Charlie. »Du magst vielleicht denken, hier wäre Hilfe vonnöten, doch so ist es nicht! Jede denkbare Unterstützung erhielt er bereits von mir. Einen Job, den erforderlichen Abstand ...« Entnervt verzog er das Gesicht. »Ich hatte ihm einen anständigen Raum angeboten, er bevorzugte den abgelegenen. Du kannst deine Empörung einpacken! In diesem Fall bin ich besser informiert als du. Ich kenne die Probleme des Mannes, und zwar alle, was eine Menge mehr sein dürften, als du dir einbildest, ausgemacht zu haben. Schließlich gab ich ihm die Chance, in dieser Kanzlei zu arbeiten, ansonsten würde er möglicherweise noch heute nach einem Job suchen. Teil des Deals ist, dass niemand von seiner ... Erkrankung erfährt. Du würdest ihm einen schlechten Dienst erweisen, wenn du dich nicht daran hältst.«

»Aber man kann ihn doch nicht ewig ignorieren!«

»Doch, das kann man sehr wohl!« Charlie zuckte mit den Schultern. »Er will es so. Lass ihn in Ruhe! Behalte dein Wissen für dich und um Himmels willen, geh nicht noch einmal zu ihm und stell ihn zur Rede oder was auch immer.«

Er räusperte sich. »Ich musste zwei Stunden mit Engelszungen auf ihn einreden, bis er bereit war, seine Arbeit wieder aufzunehmen. Ich bin kein Kindermädchen, Val, und ich kann mit meiner Zeit etwas Besseres anfangen.« Das Letzte kam grimmig.

Sie betrachtete ihn ausgiebig und plötzlich lächelte sie. »Es war nett von dir, ihm eine Chance zu geben, Dad.«

Schon war Charlie wieder ganz Vater. Ein äußerst verlegener, übrigens, der ziellos die Akten hin- und herschob und jeden Blickkontakt mied. »Er tat mir leid. Na ja, manchmal muss man eben helfen ...«

»Das war wirklich nett. Nicht viele hätten so etwas für ihn getan. Und dass du zu ihm gegangen bist ...«

»... ist im Grunde auch nicht meine Aufgabe. Aber ich wollte nicht, dass er sich das gesamte Leben versaut.« Das klang endgültig und Charlie wühlte anhaltender. Was seit Urzeiten bedeutete: *Ich bin beschäftigt, Kind, geh spielen!*

Dennoch warf Val ihm noch einen letzten warmen Blick zu, bevor sie aufstand und den Raum verließ.

Charlie tat in den meisten Situationen immer so verdammt unnahbar. Aber in Momenten wie diesem bewies er seinen weichen Kern. Welcher gleichzeitig auch der Grund war, weshalb Val ihm so selten etwas abschlagen konnte.

* * *

Sarah sah auf, als Val ihr Sechs-Sterne-Vorzimmer betrat.

»UND?«

Wieder einmal, wie so häufig, verfluchte Val sich für ihr überdimensionales Mitteilungsbedürfnis. Natürlich hatte sie am Morgen nichts Besseres zu tun gehabt, als Sarah von der Stalkingeinlage zu berichten. Und von dem gründlich missglückten Zur-Rede-Stellen wusste die selbstverständlich auch.

Allerdings hatte Val ihr NICHTS von ihrem Verdacht erzählt, der sich nach einer halben Stunde am Computer UND dem

Gespräch mit Charlie bestätigt hatte.

Übrigens nicht, weil sie das in Rücksicht auf diesen komischen Typ besser für sich behielt, sondern weil eine Runde Fremdschämen angesagt war.

Derartige ›Leiden‹, wenn man es mal so nennen wollte, passten nicht in diese Kanzlei. Das hatte Charlie schon gut erkannt. Außerdem wollte sie den Stalker nicht in Schutz nehmen.

Zwischenzeitlich hatte sich Vals Zorn zwar ein wenig gelegt, weshalb die unangebrachte Einlage dieses seltsamen Mannes jedoch keineswegs vergessen war. Im Gegenteil! Je ausgiebiger sie darüber nachdachte, desto mulmiger wurde ihr.

»Er hat es geklärt«, sagte Val knapp. »Lass es nicht die Runde machen. Anweisung vom Chef.«

Die Atemluft hätte sie sich sparen können. Denn selbst ein göttliches Diktat hätte Sarah nicht davon abgehalten, die brisanten Neuigkeiten in der Firma, dem gesamten Bau und der halben Stadt zu verbreiten. Hätte Val nicht gewundert, wenn sie nachts mit Megafone in den Straßen unterwegs war, damit auch der Letzte erfuhr, was vorgefallen war.

Sie musste nicht auf den Monitor linsen, um zu wissen, dass dort die Facebook-Oberfläche zu sehen war. Die offenen Chats klickte Sarah gnädigerweise immer in den Hintergrund, wenn Val den Raum betrat. Was wohl der Tatsache geschuldet war, dass die irgendwie ihre Vorgesetzte darstellte.

Dabei war Val total egal, wie häufig Sarah chattete. Deren Langweile war ja nicht zuletzt auf Vals Totalverweigerung zurückzuführen. Viel lieber hätte sie es gesehen, wenn diese Person endlich das Tratschen lassen würde. Kaum hatte Val das gedacht, fiel ihr auf, dass sie ja auch nicht besser war und sie stöhnte innerlich.

»Diesmal meine ich es ernst«, beharrte sie und versuchte, so etwas wie Autorität in ihre Stimme zu legen. »Ich kriege einen

Mordsärger, wenn raus kommt, dass ich dir davon erzählt habe.«

»Meine Lippen sind versiegelt.«

Klar, und ich bin der Weihnachtsmann.

Val nickte und ging zu ihrer Tür.

»Ist er wichtig oder so was?« Das war die Tratsche und die klang verdammt neugierig. »Ich meine, warum macht der Boss so einen Aufriss?«

Anstatt zu antworten, hob Val vage die Schultern, flüchtete in ihr Büro und dort selbstverständlich auf ihre Couch. Die Arbeiten hinter ihrem Schreibtisch (Recherchen über fluchende und spinnende Typen mit Dackelblick) hatte sie bereits erledigt.

Stöhnend ließ sie sich in die Polster fallen.

So ein MIST!

Sie hatte es total versaut! Die Geschichte war längst in der Firma herum und Charlie würde ganz genau wissen, wer dafür verantwortlich war. Glücklicherweise hatte sie wenigstens ihre Laiendiagnose hinter dem Berg gehalten, nur leider rettete das auch nicht mehr sehr viel an der fatalen Gesamtsituation.

Mr. Schön, Stumm und Durchgeknallt war während der wenigen Stunden zur Attraktion der gesamten Kanzlei mutiert. Und diesmal betraf das auch den männlichen Teil. Nicht nur den weiblichen.

Val hatte die Beleidigungen nicht vergessen und schon gar nicht den nächtlichen Überfall. Doch nachdem sie dahinter gekommen war, welches Problem er hatte, bereute sie die Ohrfeige und er tat ihr leid. Charlie kannte seine Tochter eben tatsächlich, auch wenn die angebliche Attraktivität Gellers in ihren Augen deutlich an Gewicht verloren hatte.

Sarah hatte umfassend gearbeitet. Und sollte der irgendwas entfallen sein, dann würde Angela dafür sorgen, dass auch noch der Rest über den seltsamen Kauz bekannt wurde.

Zwei weitere Stunden später rankten sich bereits die atemberaubendsten Geschichten um ihn. Val hatte bisher keine Ahnung gehabt, dass so etwas derart schnell entstehen kann. Mit angehaltenem Atem wartete man auf die Rückkehr des Deserteurs. Eben noch eher ein Gerücht, genoss Simon Geller ganz plötzlich die uneingeschränkte Aufmerksamkeit der gesamten Belegschaft.

Niemand ließ sich etwas anmerken, aber das mit einem Mal vorherrschende unterschwellige Summen, war unangenehmer als alles andere.

Val bekam bereits an diesem Tag das Vergnügen, mitten in den Klatsch hineinzugeraten, der in der Teeküche stattfand.

»Er soll angeblich hochgradig gestört sein.« Sarahs Piepsstimme hallte über den halben Flur. Val lief langsamer.

»Ich habe immer noch keine Ahnung, von wem ihr sprecht.« Die dunkle und in jeder anderen Situation durchaus sonore Stimme Mr. Julius Schneiders ertönte – einer der Anwälte für Strafrecht.

»Er taucht immer in dem Raum neben dem Lager unter.« Angela, logisch, die durfte ja nicht fehlen.

»Vielleicht meidet er Licht, oder so.«

»Klar, der Typ ist Vampir.«

»Hört auf! Möglicherweise hat der arme Mann irgendeine Phobie.« Die mütterliche Stimme Ruth Meyers, die älteste Sekretärin.

»Klar hat er die. Gegen Frauen.« Es kam verschnupft und stammte von Sarah. »Ihr hättet hören sollen, wie er Val gestern beleidigt hat. Also ich hätte mir das nicht bieten lassen.«

»Hat sie sich doch auch nicht.«

»Was, du meinst die Ohrfeigen? Ich hätte ihm zwischen die Beine getreten. Mit ANLAUF!«

»Also ich schau mir den Knaben morgen erst einmal an.« Das

war erstaunlicherweise Jonas. »Vielleicht ist er ganz harmlos.«

Val ging schneller und bog kurz darauf um die Ecke.

»Eher hirnlos, vertrau ... Oh, Val, magst du einen Kaffee?« Sarah lächelte und Val fragte sich zum wiederholten Male, ob es nicht endlich an der Zeit war, diese dumme Kuh zu schlagen. Ihre neuerdings dauerhaft wache aggressive Ader meldete sich abermals zu Wort.

Doch sie nickte nur und ließ sich eilfertig einen Kaffee einschenken. Alles wartete darauf, dass sie die Stätte wieder verließ, um dem Klatsch weiter frönen zu dürfen. Wieder einmal wurden ihr die Nachteile bewusst, wenn man die Tochter des Bosses war. Obwohl, Jonas stand ja auch hier! Also!

Schweigend trank sie ihren Kaffee, lehnte dabei am Küchentisch und beobachtete die arglosen Gesichter, von denen Sarah das argloseste zur Schau trug.

»Lasst ihn in Ruhe«, sagte sie schließlich. »Sonst fasse ich den Ärger ab und darauf habe ich keine Lust, klar?«

Sie wartete nicht, bis sie feststellen durfte, dass niemand antwortete, sondern ging.

Verdammter Mist!

Wieder angelangt in ihrem Büro ließ Val sich missmutig auf die Couch sinken. Sie war erledigt. Irgendwer würde eine ähnlich dämliche Aktion starten wie SIE persönlich gestern, dann würde er ausrasten und dann …

Stöhnend schloss sie die Augen. Ehrlich!

Sie wollte sich das Desaster überhaupt nicht ausmalen! Im Gegensatz zu ihren tratschenden Kollegen hatte sie am Morgen erlebt, wie peinlich die Geschichte werden konnte. Noch jetzt, nur wenn sie daran dachte, wurde sie wieder rot.

Es war unerträglich, dabei zuzusehen, wie er einen kompletten Idioten aus sich machte. Es degradierte ihn sofort zu einem echten. Mit jedem Mal, das sie mehr über ihn sinnierte, verlor er ein wenig von der geheimnisvollen Aura und sein hübsches Aussehen trat total in den Hintergrund.

Na ja, beim Austicken ähnelte er ohnehin eher einem Wahnsinnigen, als allem anderen.

Längst verspürte sie nicht mehr den Wunsch, zu erfahren, was sich hinter der Fassade verbarg, denn das hätte sie nur noch tiefer in den Sumpf hineingezogen, mit dem sie NICHTS zu tun haben wollte. Neben dem Mitleid, weil er nun einmal eine bemitleidenswerte Person war, stieß er sie mit seinem Leiden ab.

Es war mies! Verdammt mies, Val wusste das ganz genau. Doch ihr wäre viel, viel wohler gewesen, hätte sie nie herausgefunden, was sie inzwischen wusste. Dann hätte sie ihn noch ein wenig von Weitem angehimmelt und sich ihre dummen, kindischen Gedanken über ihn ausgemalt, wie alle anderen auch.

Diese neue Wahrheit war sowohl ekelhaft als auch verdammt desillusionierend. So konnte man einem Mädchen erfolgreich die Träume rauben.

Nach einem flüchtigen Klopfen schob Jonas sich in den Raum. Nach wie vor trug er seine Tasse, vielleicht hatte er sich noch einmal nachgeschenkt.

Nachdem er sich gesetzt hatte, betrachtete er sie auffordernd. »Ich erbitte Informationen aus erster Hand!«

»Nein, nicht du auch noch!«, stöhnte Val.

Jonas zuckte mit den Schultern. »Dafür, dass ich bis gestern nicht mal wusste, dass der Typ hier arbeitet, finde ich, halte ich mich wacker. Also, was ist dran an der gesamten Story?«

»Welche meinst du? Ich habe keinen Schimmer, welche Geschichten derzeit über ihn kursieren.«

»Vorlauter Bastard beleidigt Tochter des Staranwalts, kassiert zwei Ohrfeigen – die nach einhelliger Meinung viel zu sanft ausfielen. Er stalkt sie bis nach Hause, hinterlässt ominöse Briefe, sie stellt ihn zur Rede, er dreht durch. Höchstwahrscheinlich geistesgestört, steht unter besonderem Schutz besagten Staranwalts. Vereinzelt munkelt man, es handele sich um dessen illegitimen Sohn, der aufgrund der ständigen Abwesenheit seines Erzeugers total missraten ist. Besagter Samenspender versucht jetzt zu retten, was zu retten ist. Ach so, nebenbei soll er angeblich gut aussehen und alles fragt sich, was der Typ in dieser Kammer treibt. Etliche Stimmen wurden laut, die überlegen, das Ding zu filzen. Und angeblich sollst du voll auf ihn abfahren, was niemand wirklich verstehen kann und was, wenn Gerüchte b und c stimmen, auch mies wäre. Wegen des verwandtschaftlichen Grades, du verstehst?«

Val hatte mit wachsender Fassungslosigkeit gelauscht. »DAS erzählen sie?«

»War die Kurzversion. Du kannst auch gern noch die detaillierte ...«

»Danke, mir ist schon übel.« Val verdrehte die Augen und widmete sich ihrem Kaffee. Verdammte unausgelastete Tratschen!

Doch Jonas ließ nicht locker. »Und, was ist nun? Bist du verknallt?«

»Nein! Ich werde mich schwer hüten! Mir ist nämlich wirklich schon schlecht.«

»OH! Na ja, dann müssen wir wenigstens keinen Inzest befürchten.«

Val sah auf. »Meinst du, es könnte stimmen?« Kaum hatte sie es gesagt, runzelte sie die Stirn. »Bullshit!«

»An jedem Gerücht ist was Wahres dran«, gab Jonas zu bedenken. »Was treibt er denn nun da hinten? Oder anders gefragt: tut er überhaupt irgendwas?«

Val überlegte. »Heute Morgen hat er gearbeitet. Glaube ich jedenfalls.«

»Wenigstens etwas. Ich habe Peter gefragt, der kann mit dem Kerl auch nichts anfangen. Sieht so aus, als würde niemand irgendwas über ihn wissen. Abgesehen von Charlie selbstverständlich.«

»Sie wissen, verlass dich drauf.« Val stellte die Tasse ab. »Jedenfalls die Lästermäuler in der Kaffeeküche. Die waren bis gestern nämlich noch ganz scharf darauf, mehr über ihn herauszufinden.«

»Oh, also DAS hat sich garantiert nicht geändert.«

»Hmmm.«

Schweigend leerten sie ihre Tassen und Jonas wartete. Doch Val hatte wieder einmal beschlossen, dichtzumachen. Und als nach zehn Minuten immer noch nichts gekommen war, versuchte er es erneut.

»Und?«

»Oh, was denn noch? Du weißt doch mehr als ich!«

»Ja, aber ich habe den Eindruck, du kennst mehr Wahrheiten. Es ist nur noch eine Frage der Zeit, bis sie ihm den ersten Mord andichten!«

»Dann hör nicht hin!«

»Ein Rat, den ich selbstverständlich nicht beherzige.« Jonas grinste flüchtig. »Du musst zugeben, ihre Geschichten machen den Tag hier erst lebenswert.«

»Ja, nur dass sie mich mit dem Scheiß in Teufels Küche bringen.«

»Huh?«

Val stöhnte. »Ich hätte das nicht erzählen sollen!«, räumte sie widerwillig ein. »Charlie hat den Kerl in einem Akt von Menschenliebe eingestellt, oder was weiß ich.«

Als sie Jonas' erhobene Augenbraue sah, seufzte sie. »Okay, er hat sich wirklich anständig verhalten. Sag davon bloß nichts deinem Dad, sonst bekommt der vor lauter Verblüffung noch einen Herzinfarkt.«

»Ich werde mich schwer hüten«, bemerkte Jonas trocken und beide grinsten.

»Der Kerl hat ...« Val runzelte die Stirn und suchte nach den geeigneten Worten, um die Wahrheit gut zu verpacken. »Probleme. Gesundheitliche. Charlie wollte wohl die Behindertenquote erfüllen und stellte ihn ein. Ich glaube, ich habe da heute früh unbewusst einen Eklat heraufbeschworen. So wie Dad die Geschichte darstellt, sitzt der Kerl gewollt in dieser Abstellkammer. Und Jonas, er ist echt gruselig! Du hättest ihn heute Morgen sehen sollen!«

»Wie, gruselig?«

Val hob die Schultern. »Gruselig eben. Widerlich.«

Damit konnte Jonas zwar auch nichts anfangen, aber er nickte vorsichtshalber. »Und er hat dich beleidigt?«

»Können wir das Thema wechseln?«, stöhnte sie.

Prompt sah Jonas aus dem Fenster. »Sieht nach Schnee aus, oder? Wer hätte geglaubt, dass der Winter doch noch mal zurückkehrt? Also ich ja nicht, ich hatte bereits die Sommergarderobe herausgekramt. Wie sieht's mit dir aus?«

»Jonas, du solltest dir eine Beschäftigung suchen, denn du faselst ... anhaltend.«

Er seufzte. »Ehrlich, ich suche und WIE! Ich kann nur nichts finden.«

Val grinste. »Ich auch nicht. Siehst du hier irgendwo interessante Arbeit?«

Er sah sich um, sein Blick streifte die sich türmenden Akten auf ihrem Schreibtisch. »Nicht dass ich wüsste.«

»Sag ich doch!«

Beide kicherten. »Was, wenn sie irgendwann dahinterkommen, dass wir so gar nichts tun?«, erkundigte Jonas sich beiläufig, nachdem sie sich ein wenig beruhigt hatten.

»Keine Ahnung. Ich habe für mich beschlossen, erst darüber nachzudenken, wenn es soweit ist.«

Anerkennend nickte er. »Gute Einstellung.«

»Yeahhh ... Was machst du am Wochenende?«

»Ich? Darüber habe ich auch noch nicht nachgedacht.«

»Sie hat sich nicht gemeldet?«

Jonas wurde ernst. »Darauf kann ich nach dem letzten Streit verzichten!«

Val musterte ihn genauer, und obwohl er eilig den Blick senkte, war sie sofort im Bilde. »Du lügst!«

»Lass es!« Das kam scharf.

Augenblicklich wechselte Val den Kurs. »Es ist ja nicht so, dass ich sie jemals ausstehen konnte. Sind wir doch mal ehrlich: Vanessa ist eine arrogante, aufgetakelte, oberflächliche, dumme Nuss!«

Versonnen schloss er die Augen. »Weiter ...«

Val legte sich ins Zeug. »Sie hat dich nicht verdient und ich vermute mal, schon aufgrund ihrer kompletten Blödheit hat sie dich nie verstanden. Das Beste was du tun konntest war, sie in die Wüste zu schicken.«

Jonas blinzelte durch sein linkes Lid, die Stirn gerunzelt und Val fuhr eilig fort. »Und es so aussehen zu lassen, als würde sie von selbst gehen. Alles andere hätte sie nur durcheinandergebracht.«

Das Stirnrunzeln verschwand. »Weiter ...«, hauchte er hingerissen.

»Ich schätze, dieser widerlich aufdringliche Gestank nach ihrem Parfüm ist auch endlich aus deinem Appartement verschwunden?«

»Hmmm ...«

»Mehr Platz im Bett?«

»Du hast ja keine Vorstellung, WIE VIEL Platz!«

»Das klingt doch verdammt positiv! Vor allem, weil du endlich nicht mehr in diese nervtötenden Harfenkonzerte musst.«

»Der Tinnitus ist immer noch nicht ganz verschwunden.«

»Und all die Eiscreme, die du ihretwegen aus lauter Verzweiflung gegessen hast.«

»Fünf Kilo Übergewicht, nach letztem Wiegen.« Noch immer hielt er die Augen geschlossen.

»Ich denke, das genügt! Vergiss sie! Wir sollten nach vorn schauen.«

»Yeah ...«

»Womit wir wieder beim Wochenende wären. Okay, ich beziehe mich konkret auf den Freitagabend. Hast du nun schon etwas vor?«

Es dauerte eine Weile, bevor Jonas aus seiner Trance erwachte und die Augen öffnete. »Nein.«

Val grinste. »Dann Freitagabend. Bei mir. Nutze die üblichen Um- und Schleichwege, nur für den Fall, dass wir beobachtet werden.« Ihre Miene verdüsterte sich.

Jonas deutete es fehl. »Irgendwann müssen selbst die beiden Haudegen zur Vernunft kommen. Aber bis dahin ...« Seufzend stand er auf und nahm seine Tasse. »... sollten wir uns vorsehen. Ich will mein Erbe nicht riskieren.«

»Welches überhaupt nicht existiert, weil in Wahrheit Charlie das ganze Geld heranschafft.«

»Richtig.« Jonas nickte ernst. Er hatte bereits die Tür erreicht und spähte hinaus ins Vorzimmer. »Sie ist noch nicht zurück. Halt die Ohren steif!«

»Dito«, murmelte Val, doch da war ihr Freund schon verschwunden und Val wieder mit ihren Gedanken allein.

Und die waren alles andere als freudig.

* * *

Es war sogar NOCH grausamer, als Val es sich vorgestellt

hatte.

Das unterschwellige Summen, am Vortag bereits unerträglich, hatte am kommenden Morgen noch einmal dramatisch zugenommen. Inzwischen schien die gesamte Etage sanft zu vibrieren.

Alles lauerte auf den Moment, in dem ER die Kanzlei betreten würde.

Jane – die sonst am Empfangstresen ihre Ruhe hatte – wurde von gleich DREI Anwälten belagert, die im Grunde noch gar nicht anwesend sein sollten. Und heute mussten die zahlreichen Assistentinnen außerordentlich viele Akten hin- und herschleppen.

Als Val irgendwann die Damentoilette aufsuchte, die direkt vor der Tür zu jenem kleinen Flur lag, in dem sich das Büro befand, das in Wahrheit keines war, öffnete sie sich. Vals drohender Herzanfall wurde im letzten Moment unterbunden, denn anstatt des Grimassen schneidenden Kerls (ja, sie wusste AUCH, dass man sich darüber nicht abfällig äußerte, es hörte ja niemand!) erschien Sarah mit Papier und einem neuen Toner in den Händen.

Das allein war nicht verwunderlich, wäre Sarah nicht Vals Assistentin gewesen. Und weshalb die neues Papier benötigen sollte, war Val schleierhaft.

»Hör auf, ihn zu stalken!«, zischte sie.

»Einen Stalker stalken?« Spöttisch lachte Sarah auf. »Soll das ein Witz ...«

»Nein, soll es nicht!« Val sprach noch immer in diesem angestrengten Wispern. »Lass ihn in Ruhe!«

Sarah hob die Schultern. »Ich weiß gar nicht, was du willst! Ich habe nur Papier geholt.« Damit grinste sie und ging.

Fassungslos sah Val ihr nach. Verdammte Tussis! Dann fiel ihr ein, weshalb sie überhaupt hier, und dass dieser Grund leider

NICHT verschwunden war, und sie trollte sich in die Damentoilette.

Als sie kurz darauf heraustrat, hastete sie den Flur entlang. Nachdem sie Sarah passiert und endlich ihr Büro erreicht hatte, atmete sie auf. Sie wollte IHM unter keinen Umständen begegnen! Val konnte nicht verstehen, weshalb die anderen so heiß darauf waren.

Er war pünktlich um neun eingetroffen – selbstverständlich wurde sie zeitnah auf dem Laufenden gehalten. Diesmal war Angela der Informant gewesen.

In der Teeküche.

»Keine Sorge, der hört den Schuss nicht mal, wenn er genau danebensteht«, hatte die versichert. Und Val, die seit Neuestem eher durch die Kanzleiräume schlich als alles andere, hatte das Gesicht verzogen. Doch bevor sie ihre gebetsmühlenartigen Vorträge diesmal an die gelangweilte Angela (Jonas' Assistentin, das Muster war unverkennbar) bringen konnte, fuhr die schon fort. »Wir haben Jane ausgequetscht! Die sieht er wenigstens hin und wieder mal an. Sie weiß etwas, ich schwöre, aber bisher hält sie dicht! Vielleicht hat Ruth recht und er leidet wirklich an irgendeiner Phobie? Es gibt doch solche Leute, die es nicht in der Nähe von anderen aushalten, oder? Das wäre auf jeden Fall eine Erklärung, weshalb er dich so angefahren hat. Warum hat ihn der Boss denn nicht gefeuert? Also ich verstehe nicht, weshalb er ihn zurückgeholt hat, wenn es nicht irgendein wirklich spektakuläres Geheimnis gibt.«

Selbstverständlich hatte auch DAS sofort die Runde gemacht. Nichts blieb in dieser Etage lange geheim. Val tippte auf die Sonderberg als aktuelle Informantin.

»Aber wenn er schon mal hier ist ...« Angela senkte die Stimme zu einem verschwörerischen Wispern. »... dann können wir ihn ein bisschen auskundschaften, oder? Was treibt er da hinten überhaupt?«

»Arbeiten?«, erwiderte Val trocken und konzentrierte sich auf ihren Kaffee, konnte aber auch nicht einfach gehen. So viel Tratsche steckte dann doch in ihr.

»Schon klar! Aber WAS?«

»Keine Ahnung.« Obwohl Val DAS auch interessiert hätte.

»Und du musst zugeben, dass er WIRKLICH gut aussieht.«

Klar, wenn er nicht gerade Senf im Haar hatte, das Gesicht zu den dämlichsten Grimassen verzog und die abartigsten Geräusche von sich gab. Ha! Oder sich auf der Stelle im Kreis drehte, das hätte Val beinahe vergessen.

SCHON GUT! Es *war* unfair, JA! Aber Denken war wohl nicht verboten!

»Hast du seine Augen gesehen?«

Wie denn? Die waren doch standardmäßig zu Boden gerichtet.

»Ich meine, möglicherweise hat er irgendwelche schwerwiegenden Probleme und braucht Hilfe. Vielleicht sollte eine von uns mit ihm sprechen.«

»Komm zu dir, Angela!«, knurrte Val. »Der Typ ist vorgestern ausgerastet, als ich ihn ansprach. Leidest du an Alzheimer?«

»Ja, aber vielleicht hat er sich nur erschrocken?«

»Wovor?« Val stöhnte. »Tu nicht so, als hättest du ihn erst jetzt gesehen. Ihr sabbert ihn doch schon seit Monaten an. Er ist eine Niete, sucht euch einen anderen Prinzen und diesmal einen echten!«

Angela verstummte, hatte sogar den Anstand, ein wenig zu erröten, aber ihr Blick sagte mal wieder mehr als es tausend selten dämliche Worte tun konnten.

DU WILLST IHN DIR SICHERN! GIB ES DOCH WENIGSTENS ZU!

»Vergiss es!« Diesmal knurrte Val tatsächlich. »Ich bin geheilt.«

Damit hatte sie kehrtgemacht und war gegangen.

Ja, sie hatte seine Augen gesehen! Gestern und auch am Tag zuvor. In beiden möglichen Zuständen. Jekyll und Hyde.

Und ja, wenn er Jekyll war, dann waren die Augen interessant ... okay, das war eine glatte Untertreibung der Tatsachen, aber man musste es ja nicht hysterisch *über*treiben. Auch nicht im Kopf.

Dieser gesamte Jekyll sah nicht schlecht aus.

Dafür war Hyde abstoßend. Val hatte den Grazien, deren Interesse sich scheinbar *trotz* der Senf-und-verfickte-Schlampe-Nummer, zuzüglich der Stalkingeinlage noch einmal verdoppelt hatte, einiges an Wissen voraus:

Es würde immer bei Jekyll und Hyde bleiben. Und wenn man den Attraktivitätsfaktor außen vorließ, der nun einmal *nicht* alles ausmachte, dann war über Jekyll nichts bekannt. Über Hyde dafür umso mehr. Auch so etwas, wo Val den anderen Grazien um Meilen voraus war.

Sie *wollte* nicht in seiner Nähe sein, wenn er zu Mister Hyde mutierte. Die Beleidigungen – geschenkt! Doch da war auch alles andere, das Abartige, das Kaputte, das absolut Wahnsinnige. Es stieß Val derart ab, dass sie nur bei der Vorstellung, noch einmal auf ihn zu treffen, hektisch das Weite suchte. Selbst ihr Mitleid für ihn sank mit jedem Gedanken, den sie an ihn verschwendete. Charlie hatte recht: Ihm war bereits geholfen worden. Wäre sie eingeweiht gewesen, hätte sie sich zu dieser Kindergarteneinlage, die Sarah und Angela offensichtlich *auch* erfolgreich verdrängt hatten, erst gar nicht hinreißen lassen. Selbst jetzt noch wollte sie sich pausenlos dafür schlagen.

Er wollte seine Ruhe und Val war total bereit, sie ihm auch zu lassen.

Echt!

Schon, weil sie ahnte, dass jede weitere Konfrontation sofort Hyde auf den Spielplan rufen würde.

* * *

»Er ist nicht da.«

Sarah stellte es fest, als sie seit einer Viertelstunde in der verdammten jämmerlichen Kälte standen.

»Ehrlich? Ich dachte, er hätte sich hinter einem Baum verschanzt.« Val verzog das Gesicht, als ihr aufging, dass dies durchaus im Rahmen der Möglichkeiten lag. Eilig scannte sie die hölzernen Gewächse in der näheren Umgebung. Jekyll besaß nämlich auch seine dunklen Seiten. Stalking bei Tag und Nacht gehörte dazu.

»Du bist ziemlich nachtragend, oder? Er hat sich schließlich bei dir entschuldigt!« Das war Sarah und Val fiel doch tatsächlich fast der Bagel aus der Hand, als sie den vorwurfsvollen Ton ausmachte. »Vielleicht hast du ihn auf immer und ewig vergrault.«

»Spinnt ihr?« Fassungslos sah Val von einer zur anderen. »Ich meine, ihr seid gestern dabei gewesen, was soll der Scheiß? Und ob er sich entschuldigt hat oder nicht, ist mir egal. Wenn er mir deshalb bei Nacht und Nebel nachschleicht!«

»Vielleicht wusste er nicht, wie er es sonst anstellen soll«, gab Angela zu bedenken.

»Sicher!« Val nickte heftig. »Vielleicht nimmt er irgendwelche Drogen, vielleicht ist er in der Kindheit zu heiß gebadet worden. Was weiß ich? Das gibt ihm noch lange nicht das Recht, mir nachzusteigen.«

»Also, das hat er doch nun wirklich nicht ...«

Mit Val gingen die Pferde durch.

»Lasst mich mit dem Kerl zufrieden!«, fauchte sie plötzlich. »Das Thema ist durch!«

Abgesehen von den bedenklich, besorgten und *wissenden*

Mienen kam nichts mehr. Trotzdem brauchte Val noch Ewigkeiten, um die Palme ein Stück in Richtung Boden zu verlassen.

Sie hatte ihrem Geschlecht noch nie besonders herzliche Gefühle entgegengebracht. Derartige Momente jedoch führten ihr vor Augen, weshalb das so war.

Wie konnte man so sprunghaft seine Meinung wechseln? Keine drei Stunden zuvor war der Typ IRRE und Val sein bedauernswertes Opfer gewesen!

* * *

Den Nachmittag verbrachte Val auf ihrer Couch und mit missmutigen Blicken, die sie hin und wieder dem Aktenberg auf ihrem Schreibtisch zuwarf.

Als es fünf wurde – ihr offizieller Feierabend – war sie derart gelangweilt, dass sie beschloss, etwas an diesem haltlosen Zustand zu ändern.

Boykott schön und gut, aber wenn sie weiterhin auf diese Art streikte, dann würde sie demnächst vor Langeweile gestorben sein. Einschließlich eines besonders voluminösen Hinterns, den sie sich während ihrer endlosen Couchsessions zugelegt hatte.

Deshalb ging sie nicht sofort ins PAINT, sondern unternahm zunächst einen Abstecher zum Händler ihres Vertrauens, wo sie neue Aquarellfarben und Papier erstand.

Höchste Zeit, um auf andere Gedanken zu kommen. Sollten die anderen sich doch weiter das Maul zerreißen und eine wüste Theorie nach der nächsten ins Leben rufen. Für sie jedenfalls hatte sich das Thema erledigt.

Ein für alle Mal!

»Was ist los?« Justin, der mal wieder den Wirt mimte, musterte sie kurz darauf und Val bemühte sich um ein leicht angespanntes Grinsen.

»Das Leben?«

Sichtlich erleichtert stellte Justin ihr Bier auf den Tisch. »Dann ist ja gut. Ich dachte schon, es wäre etwas Schlimmes.«

* * *

Am nächsten Morgen packte Val ihre sorgsam auseinander montierte Staffelei ein, fügte Farben, Pinsel, Palette und Papier hinzu und legte nach flüchtiger Überlegung noch einen Kohlestift darauf.

Eine halbe Stunde später betrat sie ihr Vorzimmer.

Sarah gelang es gerade so, den Mund zu öffnen, bevor Vals gebieterischer Finger sie stoppte. »NEIN! Was immer es ist, ich will es nicht wissen!«

Und ehe ihre Assistentin ohne Arbeit etwas erwidern konnte, war Val bereits durch den Raum gerauscht und hatte die Tür hinter sich geschlossen.

Die vorwurfsvollen Akten auf ihrem Schreibtisch bedachte Val nur mit einem äußerst flüchtigen und vor allem abwertenden Blick, bevor sie sich daran machte, ihre Staffelei aufzubauen.

Das nahm seine Zeit in Anspruch. Als sie fertig war, hatte der kleine Zeiger der Uhr bereits die Zehn hinter sich gelassen.

Ha!

Dass sie darauf nicht viel früher gekommen war!

Darüber, was sie wohl sagen sollte, wenn sie auf ihre neue Tätigkeit angesprochen werden würde, machte sie sich keine Gedanken. Wenn es so weit war, würde sie sich eben etwas einfallen lassen.

Kurz darauf hatte sie das Papier befestigt und ihre Hand verharrte mit dem Kohlestift zwischen den Fingern über dem jungfräulichen Weiß.

Sie ließ ES kommen – Vals bevorzugte Art des Zeichnens.

Wenig später traf das elektrisierte Summen ein, ließ ihre Hand wie von selbst über die Leinwand gleiten und befand sich keine

Minute später in jener Trance, aus der es kein Entrinnen gab.

Glücklicherweise.

Als Val aufwachte und sich ansah, WAS sie da zu Papier gebracht hatte, stieß sie ein verblüfftes »HA!« aus.

Na ja, sehr verwunderlich war es nicht, wenn sie sich darauf einließ, dem Unterbewusstsein die Kontrolle zu überlassen.

Kritisch beäugte sie die Skizze.

Mal abgesehen davon, dass sie das Thema nervte, war es wirklich gut geworden.

Val trat einen Schritt zurück, neigte den Kopf zur Seite und betrachtete es erneut, jetzt aus der veränderten Perspektive.

»Ja!«, meinte sie schließlich und zog ein schon reichlich mit Farbflecken verziertes Glas aus der Tasche. Sie hatte sich für Aquarellfarbe entschieden, obwohl sie üblicherweise Öl bevorzugte.

Ohne groß darüber nachzudenken stürzte sie wieder ins Vorzimmer. Diesmal war der Finger gleich oben. »Immer noch kein Bedarf, ich empfehle die Teeküche, dort findest du jederzeit genügend gespannte Zuhörer!«

Und schon war sie raus.

Sie hetzte den Flur entlang, in die Damentoilette, hielt das Glas unter den Wasserstrahl, entschied sich, die Gelegenheit noch für einen Toilettengang zu nutzen und musterte kurz darauf ihr erhitztes Gesicht im Spiegel. »Du bist total besessen, Welsh!« Anklagend beäugte sie sich, aber viel Schuld fand sie nicht.

Das *war* sie! Und sie würde jetzt ihrer Obsession nachgeben.

Val packte das Glas, stürzte aus der Tür und ... knallte frontal in einen Körper.

Das Wasserglas ging zu Boden, nachdem es seinen Inhalt über eine dunkle Anzughose verschüttet hatte. »SCHEISSE!«, fluchte Val und erst dann sah sie auf.

Jekyll!

Scheiße.

Nein, es war Hyde!

Doppelscheiße!

Unwillkürlich trat sie einen Schritt zurück, konnte aber nicht verhindern, ihn anzusehen. Selten hatte sie eine derart erschrockene Miene zu Gesicht bekommen. Na ja, bis gestern Morgen jedenfalls. Sie sah Hyde durchschimmern, doch noch kämpfte er gegen ihn an. Seine Lippen bewegten sich mal wieder, doch er sagte nichts.

Und ja, NOCH sah er sogar verdammt süß aus. Und sexy. Und umwerfend.

NOCH!

Bevor Val etwas sagen konnte – also mal angenommen, ihr wäre etwas Geistreiches eingefallen – machte er kehrt und stürzte davon.

In SEINEN Flur.

Ohne nachzudenken, hastete Val hinterher.

Das Glas lag vergessen auf dem unschuldigen blauen Teppichboden, den inzwischen ein dunkler Wasserfleck verunzierte.

* * *

Trotzdem es dunkel war, sah sie ihn sofort. Bereits an der Tür zu seiner Verwahrkammer. Doch selbst wenn nicht, gehört hätte sie ihn auf jeden Fall.

Er schnalzte unentwegt mit der Zunge.

Das war Val egal. Wut machte sich in ihr breit – woher auch immer die nun wieder kam.

Kurz nach ihm stürzte sie durch die Tür. Und da der Raum ohnehin nicht größer als ein Schuhkarton war (der eines Kleinkindes), stand sie beim nächsten Atemzug direkt vor ihm.

Mehr als ein Viertelmeter trennte sie nicht, was bereits für normale Verhältnisse eine verdammt kurze Distanz darstellte.

Seinen Blick hielt er selbstverständlich gesenkt und schnalzte ansonsten fröhlich vor sich hin.

Val wurde noch wütender.

Sie machte einen Schritt auf ihn zu und hätte ihn damit eigentlich umarmen oder wenigstens rammen müssen. Doch er war schneller und flüchtete sich rechtzeitig in seinen verdammen Bürostuhl.

Ehrlich, der Typ war ständig am Fliehen!

Das Schnalzen wurde lauter und erfolgte in kürzeren Abständen. Val stützte ihre Hände auf die Lehnen und fixierte seinen gesenkten Schädel. Hübsche Frisur übrigens, nicht so langweilig wie die der Juristen. Das Haar war kurz genug, aber irgendwie ungeordnet.

Es stand ihm.

Inzwischen zuckte der Kopf und Val – mittlerweile nicht mehr ganz so unwissend – wartete ihre Zeit ab.

Es dauerte nicht lange, auch wenn sie bei dem verhaltenen »Fick dich!«, kurzfristig doch noch das Abhauen in Betracht zog. Irgendetwas befahl ihr jedoch, das jetzt durchzuziehen.

Vals Wut befand sich am oberen Ende der Skala – und sie hatte noch immer keine konkrete Ahnung, weshalb. Vielleicht aufgrund der Tatsache, dass sie sich für ihn schämte. Aber NICHT – und DAS war eine eher unerwartete Erkenntnis – aufgrund seiner Tics.

Schließlich war er still.

»Sieh mich an!« Es kam leise und herrisch.

Und wieder musste Val warten. Bis er doch endlich den Kopf hob und sie Gelegenheit bekam, in das tatsächlich hübsche Gesicht Mr. Jekylls zu blicken. Auch in dessen Augen übrigens.

Ach zur Hölle!

Er war nicht hübsch! Das war etwas anderes – *mehr*. Selten.

Ebenso selten war jedoch auch die Intelligenz, die aus seinem Blick sprach.

Die und jede Menge grauenvolle, abgrundtiefe, grenzenlose Angst.

Vor ihr.

»Hey«, meinte sie. Es klang etwas angriffslustig, aufgrund der Wut, die mittlerweile das Skalenende gekappt hatte. »Ich bin Val. Ich hatte vor drei Monaten eine Abtreibung. Davon wissen genau drei Personen – okay, du bist der Vierte. Und wenn mein Vater jemals davon erfährt, dann bin ich tot. Und? Hast du vielleicht auch irgendwelche Probleme?«

* * *

Miss Val talks to Mister Simon

WEG!

Dieses eine Wort hielt Simon im eisernen Griff.

Sie war ihm zu nah, *viel* zu nah! Er bekam keine Luft und wusste, dass er demnächst ersticken würde, wenn sie nicht bald wenigstens einen Schritt zurücktreten würde.

Anscheinend hatte sie nichts in der Art vor. Denn sie betrachtete ihn mit diesem starren Blick, als würde sie auf irgendetwas warten.

WORAUF DENN?

Ohne Vorwarnung wurde sein Kopf zur Seite gerissen. Doch Simon war viel zu panisch, um sich darüber noch Gedanken machen zu können.

Kaum war es vorbei, sah er sie wieder an. Ein Teil von ihm hoffte, sie würde wenigstens *jetzt* gehen, doch auch das erwies sich als Irrglaube.

Da waren dieser unergründliche Blick, ein Gesicht, unmöglich nah, und Arme, die beinahe seine berührten. Der Duft ihres Parfüms stieg ihm in die Nase und killte auch noch die letzte Möglichkeit, irgendwie an Sauerstoff zu gelangen.

Als Simon einsah, dass er etwas unternehmen musste, wenn er lebend dieser undenkbaren Situation entkommen wollte, nahm er allen Mut zusammen.

»(FICK DICH!) Gehen Sie ...« (Kopf zur Seite und wieder zurück) »BITTE!«

Er schluckte schwer und blickte angestrengt in ihr Gesicht, doch sie reagierte nicht.

SIE REAGIERTE NICHT!

Kalter Schweiß brach auf seiner Stirn aus. Luft existierte

nämlich immer noch nicht. Als er endgültig davon überzeugt war, einem grausamen Erstickungstod zum Opfer zu fallen, richtete sie sich plötzlich auf. Ihr Blick war unlesbar, doch sie murmelte etwas, das wie »... dann eben nicht!« klang, bevor sie kehrt machte und ging.

* * *

Sobald sie verschwunden war, stürzte Simon zur Tür und drehte den Schlüssel im Schloss herum.

Dann wankte er zurück an den Schreibtisch und ließ sich erschöpft in seinen Sessel fallen.

Noch immer wurde sein Kopf in jeder dritten Sekunde zur Seite gerissen, er stieß verhaltene Flüche aus, die von lautem Schniefen unterbrochen wurden, und seine Hände zuckten ab und an. Dreimal schaffte es seine rechte bis in sein Gesicht, bevor er sich mit seinem gesamten, nicht unerheblichen Willen zwang, sich zu beruhigen.

Er schloss die Augen, *Adagio for Strings* erklang augenblicklich in seinem Geist und Simon erstarrte. Die Hände lagen auf seinen Beinen, hin und wieder zuckten die Finger noch begehrlich, als wollten diese Deserteure noch nicht ganz wahrhaben, was er ihnen befahl. Auch sein Kopf ruckte das eine ums andere Mal verdächtig in die eine oder andere Richtung. Doch irgendwann, da waren mehr als zwanzig Minuten vergangen, war Simon still.

Dennoch wartete er weitere zehn Minuten, bis endlich seine Lider aufflogen und erstaunlich kühle Augen offenbarten.

Er hatte gewusst, dass es nie mehr so werden würde, wie zuvor. Egal, was Mr. Welsh ihm versicherte. Wäre er nicht so verdammt kopflos gewesen, sondern hätte er den Schlüssel sofort im Schloss herumgedreht, wäre es zumindest zu DIESER Konfrontation nie gekommen.

Die Entscheidung, zurückzukehren, war ihm nicht leicht

gefallen. Er hatte den gesamten gestrigen Tag damit verbracht, die Vor-und Nachteile gegenüberzustellen.

Doch Simon konnte nun einmal nicht unterschlagen, dass die Vorteile überwogen. So, wie Mr. Welsh es ihm in seiner grenzenlosen Logik auseinandergenommen hatte.

Dieses Gespräch war eines der grauenvollsten in Simons Leben gewesen. Er WUSSTE leider noch ganz genau, was er dem armen Mann alles an den Kopf geworfen hatte. Von seinem sonstigen abartigen Verhalten mal ganz zu schweigen.

Aber obwohl er die übliche Abneigung in den Augen seines Chefs ausgemacht hatte, floh der nicht. Simons Respekt vor diesem Menschen war innerhalb der vergangenen Stunden ins Unermessliche gestiegen. Auch wenn er sich bedeutend wohler gefühlt hätte, wäre er Mr. Welsh keine Dankbarkeit schuldig gewesen.

Aber Stolz war eine Eigenschaft, die er sich schlicht und ergreifend nicht leisten konnte.

Wenigstens dahinter war Simon bereits vor Jahren gekommen. Schließlich hatte er etliche Semester an der Uni verbracht. Und wenn jemand wie er DAS überlebte, ohne zwangsläufig zum Selbstmordkandidaten zu werden, dann wusste man, dass STOLZ nur ein Wort war. Nicht mehr wert, als eine beinahe aufgebrauchte Rolle des billigsten Toilettenpapiers.

Dennoch hatte es ihn unendlich viel Überwindung gekostet, am Morgen den altbekannten Weg zur Subway zu gehen. Als er mehr oder weniger erfolgreich den Aufzug verlassen und die Kanzleiräume betreten hatte, wusste er schlagartig, dass die alten Zeiten vorüber waren.

Die Luft schmeckte anders, selbst das Licht wirkte nicht mehr vertraut, die Füße, die er sah, waren zu zahlreich, die gesamte Atmosphäre hatte ihre Jungfräulichkeit verloren.

Kein Nicken in Janes Richtung.

Nicht, weil der nächste Tic drohte, sondern weil Simon deren wissenden Blick fürchtete. Mr. Welsh hatte ihm versichert, dass niemand ES wusste. Doch Simon hatte nicht die geringste Absicht, ein Risiko einzugehen. Dass ES bekannt wurde, war nur das grauenhafteste aller vernichtenden Szenarien.

Auf jeden Fall wussten jetzt alle, dass er irre war. Wenigstens das hatte nach dem legendären Zusammenprall die Runde gemacht. Und für Simons Geschmack genügte das umfassend.

Mit angehaltenem Atem hatte er den Flur durchschritten und etwas zu laut aufgeatmet, als er endlich *seinen* erreichte (mal abgesehen von dem irren Gekicher, das er ganz nebenbei noch ausstieß) und flüchtete sich in sein Refugium, das in Wahrheit keines mehr war.

Inzwischen besaß er die Genehmigung, sich einzuschließen. Auch wenn Mr. Welsh davon alles andere als begeistert gewesen war.

»Was, wenn Ihnen übel wird? Brände können jederzeit ausbrechen, schließlich ist hier jede Menge Technik im Einsatz. Sie könnten einen Herzinfarkt erleiden. Niemand kann Ihnen zu Hilfe eilen und ich muss Ihnen wohl nicht auseinandernehmen, wie unsere Versicherung einen solchen Schritt aufnehmen wird?«

Simon hatte nicht geantwortet, denn all das wusste er tatsächlich. Möglicherweise würde die Prämie verdoppelt werden, sollte der Versicherer erfahren, dass sich die Mitarbeiter neuerdings in ihren Büros einschlossen.

Doch davon würde nie etwas bekannt werden, solange Mr. Welsh und er schwiegen; Simon litt nicht unter chronischen Magenbeschwerden, nein, *darunter* nicht! Seinem Herzen ging es auch hervorragend.

Und so hatte Mr. Welsh ihm schließlich die Einwilligung erteilt, aus seinem vernichteten Refugium wieder ein Wahres zu machen.

Simon war bekannt, dass sich neben dem Büro in *seinem* Flur das Materiallager und die Besenkammer befanden. Doch noch nie hatten ihn die Geräusche derart aus dem Gleichgewicht geworfen wie am heutigen Tag. Er bildete sich ein, die Tür viel häufiger als gewöhnlich zu hören und schalt sich kurz darauf einen paranoiden Trottel!

Dennoch wartete er angestrengte zwanzig Minuten, bevor er den dringend erforderlichen Gang zur Toilette gewagt hatte. Die Lunchpause hatte er ausfallen lassen. Keine zehn Pferde hätten ihn dazu bewegen können, diesen Weg des Grauens noch einmal auf sich zu nehmen.

Es war auch bereits beschlossene Sache, dass er den Arbeitstag nicht um 17 Uhr beschließen würde. Stattdessen hatte er die Absicht zu warten, bis die meisten Mitarbeiter verschwunden wären, bevor er sich durch den Flur zum Aufzug wagen würde.

All das war kein Problem.

Doch den Toilettengang konnte selbst Simon nicht ewig hinausschieben. Auch so eine Art Tic, nur nicht so offensichtlich.

Und jetzt *das!*

Simon stöhnte. Noch immer waren seine Augen geschlossen. Als könnte sie unvermutet wieder vor ihm stehen, wenn er es wagte, die Lider zu öffnen.

Ihr Verhalten war so abwegig und fremd, dass Simon damit nicht umgehen konnte.

Was wollte sie von ihm? Eine Entschuldigung?

Eingehend dachte er darüber nach. Wahrscheinlich nicht. Er hatte bereits um Verzeihung gebeten und damit unbewusst den nächsten Wutanfall provoziert.

Was *dann?*

Sie wollte spionieren! Selbstverständlich!

Diesmal klang das Stöhnen entnervt und Simon schimpfte

sich zum unzähligen Mal an diesem Tag einen Idioten. Sie hatte sehen wollen, was der Irre so tat, wenn er in seinem Irrenkäfig allein war.

Schon war Simon beruhigt.

DAS war eine bekannte Reaktion, das Verhalten des Mädchens plötzlich nachvollziehbar, alles bewegte sich in den gewohnten Bahnen und er war gerettet.

Nachdem er sich nochmals davon überzeugt hatte, dass seine Tür tatsächlich verschlossen war, begab er sich wieder an die Arbeit.

Schließlich hatte er einen ganzen Tag aufzuholen.

* * *

NEIN!

Es war weit nach acht Uhr abends, als Simon plötzlich aufschreckte.

Das war es nicht gewesen.

Stirnrunzelnd versuchte er, sich ihre Worte ins Gedächtnis zurückzuholen, was ein ausnehmend schwieriges Unterfangen darstellte. Während sie sprach, war er nämlich krampfhaft bemüht gewesen, den nächsten Tic zurückzuhalten UND sie zu bitten, endlich den Raum zu verlassen.

Irgendetwas von Abtreibung hatte sie ihm erzählt, aber Simon konnte sich nicht mehr an den genauen Wortlaut erinnern.

Und er glaubte sich zu entsinnen, dass sie sich ihm vorgestellt hatte. NUR mit Vornamen.

Val.

Sie hatte ihn geduzt, als würden sie sich bereits seit Jahren kennen. Keine sehr gängige Reaktion. Wenn man von den Erfahrungen mal absah, die Simon am College gesammelt hatte. Da waren öfter mal Mädchen gewesen, die ihn einfach so ansprachen und von ihrem Leben erzählten. Jedenfalls anfänglich.

Nach einigen Wochen hatte es allerdings auch die Letzte

begriffen und ab diesem Zeitpunkt beobachteten sie ihn nur noch aus der Ferne, immer innerhalb ihrer Gruppe und kichernd.

Genau wie in den Hörsälen, wenn er mal wieder verlor …

Diese Zeit hatte ihn eine Menge gekostet, bis sein Tutor irgendwann auf ihn zukam und ihm anbot, den Vorlesungen via Webcam von zu Hause aus zu folgen. Simon hatte sich für keine Sekunde der Illusion hingegeben, dass dieser Vorschlag aus Rücksicht auf ihn erfolgte.

Eher vermutete er, dass sich die Professoren über seine ständigen Störungen beschwert hatten. Er galt als behindert – na ja, womit sie wohl tatsächlich recht hatten – deshalb konnten sie ihn nicht exmatrikulieren. Andernfalls hätten sie es getan, davon war Simon überzeugt.

Doch er bezog das Stipendium von seinem Selbsthilfeverein und somit war Ithaka chancenlos gewesen. Ja, was für ein Glück, nicht?

Simon seufzte und dachte wieder an dieses seltsame Mädchen, das Val hieß und ihn einfach duzte.

Abtreibung …

Hatte sie nicht etwas von ihrem Vater erzählt und dass der sie umbringen würde, wenn er jemals davon erfuhr? Das verwunderte Simon. Wäre er ein Vater, hätte er den Verursacher gekillt, aber nicht die Tochter. Doch er war keiner, insofern konnte er das nicht wirklich beurteilen. Und Abtreibung war nun mal eine Sünde – wie SEIN Vater in einem solchen Fall reagieren würde, wollte er sich besser nicht ausmalen.

Eine Frage war und blieb ungeklärt.

Warum hatte sie IHM das erzählt? Er rief sich ihr Gesicht ins Gedächtnis und versuchte, all das Negative, das er darin gesehen hatte, beiseitezudrängen.

Es war schwer, denn in diesen wenigen Minuten hatte sie den ultimativen Feind dargestellt. Alles, was er zuvor aus sicherer

Entfernung in sie projiziert hatte, war spätestens in diesen Momenten gestorben.

Dieser starre Blick …

Hatte er ihn möglicherweise fehlinterpretiert und starr war gleichbedeutend mit verzweifelt? War sie vielleicht tatsächlich gekommen, weil sie Hilfe suchte? Wenn es so war, was wollte sie dann bei IHM?

Fünf Minuten später …

Vielleicht hatte sie niemanden, dem sie sich anvertrauen konnte.

Zwar machte sie auf Simon keinen introvertierten Eindruck, aber hatte er nicht auch so etwas wie Melancholie in ihrem Blick gefunden? Damals, als sie noch nicht das Grauen schlechthin für ihn darstellte – mit anderen Worten, bis vorgestern?

Ja, er hatte geglaubt, Traurigkeit in ihrer Haltung zu erkennen. Neben den beiden anderen Mädchen wirkte sie immer deplatziert und das lag nicht unbedingt an ihrer Kleidung.

Stirnrunzelnd las Simon den letzten Absatz, den er soeben verfasst hatte.

»… weise ich ausdrücklich darauf hin, dass für den Eigner derzeit keine Möglichkeit besteht, die ausstehende Summe gerichtlich einzufordern. Stattdessen …«

Zehn Minuten später---

Und wenn sie nun DOCH um Hilfe bat?

Was, wenn sie verzweifelt auf der Suche war und sich zu ihm geflüchtet hatte?

Simon verzog das Gesicht.

Dämlich, ja, ja, schon klar, aber was WENN es sich so verhielt? Sollte er ihr dann nicht irgendwie signalisieren, dass sie nicht allein war?

Darüber dachte er eine Weile nach und schnitt abermals eine Grimasse.

Komm zu dir, du Trottel! SIE ist nicht allein! Wenn dieser Begriff auf jemanden zutrifft, dann auf DICH!

Eilig widmete er sich wieder seiner Arbeit.

»... Stattdessen empfehle ich, zunächst eine einvernehmliche Klärung ...«

Fünf Minuten später...

»Verdammt!«, knurrte ein nicht im Mindesten vom nächsten Tic geplagter, nur ziemlich entnervter Simon.

Er klickte die Datei beiseite und öffnete eine neue.

Hallo,

bitte entschuldigen Sie mein ablehnendes Verhalten am heutigen Vormittag. Sollte ich Sie brüskiert haben, dann lag dies mit Sicherheit nicht in meiner Absicht.

Ich entnahm Ihren Worten, dass Sie Hilfe suchen ...

Stirnrunzelnd las Simon das Geschriebene und seufzte.

Das klang zu offiziell. Er löschte den letzten Absatz und begann erneut.

»... Ich hatte den Eindruck, dass Sie derzeit einige gewichtige Probleme wälzen und erhöhten Gesprächsbedarf verspüren ...

»Huh? Das ist doch Müll!«, knurrte der entnervte Simon und löschte abermals ...

EINE Stunde später, Ortszeit, 11:05 p.m.

Sehr geehrte Miss Val,

vermutlich habe ich heute in der fraglichen Situation nicht adäquat reagiert. Das tut mir sehr leid. Nach reiflicher

Rekapitulation unserer kurzen Unterhaltung kam ich zu dem Schluss, dass Sie dringend einen Gesprächspartner suchen und Ihre Wahl diesbezüglich auf mich fiel.

Was Ihnen in der Vergangenheit widerfuhr, klingt äußerst tragisch. Sie haben mein tiefes Mitgefühl. Allerdings denke ich nicht, dass ich eine geeignete Hilfe sein kann.

Meine Erfahrungen in dieser Thematik tendieren gegen null. Dennoch fühle ich mich geehrt, weil Sie gerade mich ins Vertrauen zogen. Ich versichere Ihnen, dass Ihr Geheimnis gut bei mir aufgehoben ist, wünsche Ihnen für Ihre persönliche Zukunft alles Gute und dass Sie bald diese grauenvollen Erfahrungen in Ihrer jüngsten Vergangenheit überwinden können.

Mangels Alternative sehe ich mich gezwungen, die Zustellung dieses Schreibens auf die bereits zuvor von mir gewählte unorthodoxe Weise vorzunehmen.

Ich hielt es für unangemessen, NICHT auf Ihr Ansinnen zu reagieren und hoffe, Sie verzeihen mir den weiteren – und letzten, das versichere ich Ihnen – Vorstoß in Ihre Privatsphäre.

Hochachtungsvoll

Simon Geller

* * *

Als Simon am nächsten Morgen aus dem Aufzug trat, kämpfte er wieder einmal.

Selbstverständlich mit dem Orkan, der zunehmend um Ausbruch bettelte, weshalb Jane auch heute kein Nicken erhielt. Simon strebte im geliebten Sturmschritt und mit gesenktem Kopf den erleuchteten und belebten Flur entlang. Als er endlich SEINEN erreichte, konnte er zwar den Sturm gewähren lassen, bevor der sein Gehirn unweigerlich zum Implodieren trieb, doch das hohle Gefühl im Magen verließ ihn deshalb nicht.

So viel zum Thema Refugium.

Er holte dreimal tief Luft, bevor er wagte, an seine Tür zu treten. Die Hände zitterten, als er den Raum aufschloss.

Nachdem er eingetreten war und eilig das Schloss verriegelt hatte, atmete er etwas bebend auf und lachte schließlich trocken.

Geller, du Trottel!

Alles war unverändert, so, wie er es Stunden zuvor zurückgelassen hatte. Bevor er sich ein weiteres Mal in jene Straße aufmachte, um Dinge zu tun, die er besser gelassen hätte.

Kaum war der Brief in dem breiten Schlitz verschwunden und er einmal mehr wie von allen guten Geistern (welche GUTEN GEISTER überhaupt?) verlassen die Treppe hinabgestürzt, wusste er bereits, dass dies sein bisher größter Fehler gewesen war.

Der Heimweg war lang und ließ ungeahnt viel Zeit zum Nachdenken.

Je länger er durch die nächtlichen, aber bestimmt nicht schlafenden Straßen New Yorks geschritten war, desto bewusster war ihm geworden, dass er soeben das nächste Unheil heraufbeschworen hatte.

Er wusste nichts von Frauen, weshalb Simon zwingend davon ausging, ihr Verhalten falsch interpretiert zu haben. Schon, weil von ihren Worten wirklich nicht mehr viel in seinem Gedächtnis haften geblieben war.

Ihre Reaktion war daher zwangsläufig.

Das Grauen würde am nächsten Morgen erneut über ihn hereinbrechen. Und diesmal würde sie Mr. Welsh hinzuziehen. Simon hatte sich gewundert, weil sie das nicht bereits zuvor getan hatte.

Er war zwar unwissend im Umgang mit Frauen, kannte sich dafür aber mit der amerikanischen Gesetzgebung sehr gut aus.

Simon rechnete mit dem Rauswurf neben einer Unterlassungsklage, und sein Resümee, der Kanzlei ab sofort fernzubleiben, war ebenso beschlossene Sache, wie der Plan, sofort nach Australien auszuwandern.

Beides hatte das Aufwachen am nächsten Morgen nicht überlebt.

Denn Simon erkannte, sobald seine Augen offen waren, dass ihm in Wahrheit keine Wahl blieb.

Er *musste* das Risiko eingehen – an diesem Job hing nach wie vor seine Existenz. Eine Auswanderung, auf welchen Kontinent auch immer, kam für ihn ebenso wenig infrage, wie den Italiener an der Ecke aufzusuchen, um ein frisches Steak zu essen.

Beides beinhaltete, dass er sich unter Menschen begab. Und das war für Simon gleichermaßen ein No Go, wie die Idee, am nächsten Tag einen ausgedehnten Spaziergang im Zoo zu unternehmen.

Simon hatte gefrühstückt – mal wieder unter erschwerten Bedingungen – und sich danach sein mit Gelee garniertes Haar gewaschen. Kurz darauf wartete er mit dem Rasierapparat in der Hand darauf, dass der aktuelle Orkan endlich seine Urgewalt über sein Gehirn entfesselt hatte, um sich rasieren zu können, ohne sein Leben zu gefährden. Und er hatte sich geschworen, dass dies der letzte Vorstoß in Sachen sozialer Kontakte gewesen war.

Mit solchen Dingen brachte er sich in Schwierigkeiten, die er nun einmal nicht gebrauchen konnte!

Nun, während er sich langsam mit der Möglichkeit anfreundete, dass sein vermeintlicher Fehler doch nicht die sich zuvor ausgemalten weitreichenden Konsequenzen gebracht hatte, erreichte ihn wieder jene Ruhe, die er immer in diesem Raum empfand. Dass die Tür inzwischen abgeschlossen war, trug mit Sicherheit auch dazu bei.

Kurz darauf saß er an seinem Schreibtisch, löschte eilig die Datei mit dem Namen *Val.doc* und machte sich endlich an seine Arbeit.

Nach zwanzig Minuten war selbst das Beben seiner Finger

verschwunden und Simon wieder ganz konzentriert bei seiner Aufgabe. Auch wenn er, wann immer eine Tür in SEINEM Flur zu hören war, zusammenzuckte und alarmiert den Kopf hob.

Und so kam es, dass beinahe der Herzinfarkt drohte, als gegen Mittag ein Geräusch an SEINER Tür ertönte. Kein Klopfen, was den Infarkt und damit seinen Tod besiegelt hätte. Mr. Welsh hatte scheinbar doch nicht ganz unrecht mit seinem Horrorszenario gehabt.

Stattdessen wurde ein Briefumschlag unter seiner Tür hindurchgeschoben. Simon, der sich längst umgedreht hatte und dem Grauen tatenlos zusah (einschließlich zuckendem Kopf, vier Ohrfeigen und etlichen Quieklauten) wagte nicht zu atmen.

Noch als die Schritte längst verhallt und die Tür, welche zum großen Flur führte, zugeschlagen waren, starrte Simon noch immer auf das so unschuldig wirkende weiße Papier, das sich in seinen Augen wie die sprichwörtliche Briefbombe ausmachte.

Tausend Ideen über den Inhalt jagten gleichzeitig durch seinen Kopf.

Erst etliche Minuten später fuhr er zusammen. Ihm blieb wohl nichts anderes übrig, als nachzusehen, was es war, obwohl Simon wirklich gern auf diese Erfahrung verzichtet hätte.

Auf Beinen, die so taub waren, dass er sie kaum lokalisieren konnte, überwand er die kurze Distanz und hob das potenzielle Giftschreiben auf.

Er war sogar adressiert. Möglicherweise, um allen Zweifeln vorzubeugen.

Simon Geller

MIST!

Das war er!

Die Finger zitterten so heftig, dass er kaum den Umschlag öffnen konnte und seinem Herzen drohte bereits der nächste

Infarkt.

Es waren ZWEI Blatt Papier.

Nicht, wie er es getan hatte, per Word und Drucker erstellt. Stattdessen offenbarte sich ihm eine ausladende, schwungvolle, aber sehr saubere Handschrift.

Sehr geehrter Mister Simon,

ja, die Methode ist äußerst unorthodox und Sie werden sicher verstehen, dass ich sie nicht gutheiße. Ich schlage daher vor, unsere Korrespondenz im Fortlaufenden via Mail abzuhalten.

Meine Mailadresse:

Miss_Val_Talks_To_Mr_Simon@hotmail.com.

»WAS?«, wisperte er, seine Augen wurden groß und das vertraute klaustrophobische Gefühl machte sich in seiner Kehle breit. Aber er hatte doch gestern …

Eilig barg er die Datei aus dem virtuellen Papierkorb, öffnete sie und überflog seinen Brief an sie.

Nein! Mit keiner Silbe war daraus zu entnehmen, dass er eine anhaltende Konversation wünschte.

Verdammt! Er konnte doch nicht ... Er *wollte* auch nicht!

Der nächste Orkan hielt Einzug und Simon ließ ihn mit resigniertem Stöhnen gewähren.

Etliche Minuten später nahm er ein Kleenex aus der oberen Schublade und wischte sich den Mund ab. Dabei verzog er angewidert das Gesicht. Yeah, wenn es hart auf hart kam, dann sabberte er schon mal.

Ratlos starrte er dann auf das gestern Abend verfasste Dokument. Er hatte es in der vollen Absicht formuliert, diese seltsame Episode auf höfliche und zuvorkommende Art zu beenden.

Erst nach einer Viertelstunde fiel ihm ein, dass er ihr Schreiben nicht zu Ende gelesen hatte. Beide Blätter waren zu

Boden gefallen, als seine Hand sich entschlossen hatte, ihm die eine oder andere Ohrfeige zu verpassen (wohl verdient, daran gab es keinen Zweifel).

Eine Weile fixierte er das Schreiben, das den Hoch-Explosiv-Status keineswegs verloren hatte. Und es bedurfte noch einmal geraumer Zeit, bis er sich in der Lage sah, es aufzuheben.

... vermutlich falle ich mit der Tür ins Haus, möglicherweise grübeln Sie derzeit über meinen geistigen Zustand nach. Doch ich versichere Ihnen, mit dem ist alles in Ordnung. Jedenfalls soweit ich das beurteilen kann.

Ihrem Schreiben entnahm ich, dass Sie meinen Besuch in Ihrem Büro als Bitte um ein persönliches Gespräch beurteilten. Damit liegen Sie richtig.

Auch wenn ich inzwischen nicht mehr nachvollziehen kann, WAS genau mich zu diesem Schritt veranlasste (möglicherweise haben Sie mit der Beurteilung meines geistigen Zustandes doch nicht so unrecht), bedaure ich diesen Vorstoß nicht.

Ich kenne Sie nicht und ich suche dringend jemanden, mit dem ich über diese Vorfälle sprechen kann. Es ist nicht leicht, in dieser großen Stadt eine geeignete Person zu finden.

Warum, kann ich nicht sagen, doch ich vertraue Ihnen. Und ich hatte bisher den Eindruck, dass Sie nicht zu leeren Gesprächen tendieren.

Okay, in Wahrheit suchte ich tatsächlich nach einem Gesprächsbeginn.

Mist!

=================

=================

Streichen Sie alles, was ich bisher schrieb, okay?

Mit tief gerunzelter Stirn las Simon und war mit jeder Sekunde ratloser. Er wusste wirklich nichts über Frauen. Aber diese hier machte auf ihn tatsächlich einen äußerst verwirrten Eindruck.

Aufgrund dieses Vorfalls? Kaum hatte er das gedacht, verzog Simon ärgerlich das Gesicht. Er wollte nicht über sie nachgrübeln!

Noch immer nicht!

Dennoch las er weiter.

Ich könnte das Papier jetzt zusammenknüllen und noch einmal von vorn beginnen.

Das wäre vielleicht auch sehr ratsam, denn was ich bisher schrieb, klingt nicht sonderlich einleuchtend. Möglicherweise liegt das an der halben Flasche Wein, die ich bereits intus habe.

Ich lasse es stehen, weil ich glaube, dass Sie so am besten meinen gescheiterten Versuch sehen, wenigstens die Formen zu wahren ...

MISTER Simon, ich HABE Sie im Park gesehen und das nicht erst an diesem verflixten Montag.

Ich hatte den Eindruck, als würden Sie tatsächlich das Gespräch suchen und nur deshalb sprach ich Sie an (okay, und weil ich so dämlich war, mich dazu überreden zu lassen.

Aber das ist wieder eine andere Geschichte).

Ich weiß, dass Sie sich lieber abseits halten und ich vermute, dass ich Ihnen mit meinem Stalking gehörig auf den Geist gehe.

Aber wenn ich mich nicht getäuscht habe und Sie tatsächlich gern einen Schritt in meine Richtung unternommen hätten, es jedoch aus Gründen, die nur Sie kennen, unterließen, wäre dies nicht eine hervorragende Möglichkeit, es auf diese Art nachzuholen?

Ich weiß, wir hatten einen miesen Start, den ich gern vergessen würde.

Geht es Ihnen auch so? Wenn ja, warum beginnen wir nicht noch einmal von vorn?

Wenn wir uns nach zwei Mails nichts mehr zu sagen haben, dann wissen wir wenigstens, woran wir sind. Es ist einhundert Mal besser, als sich Ewigkeiten die Frage zu stellen, ob man vielleicht etwas verpasst hat.

Oh SHIT!

Jetzt denken Sie bestimmt, dass ich nicht ganz dicht bin.

Ich versichere Ihnen, dass dies NICHT die gängige Art ist, auf die ich an jemanden herantrete.

Vermutlich verhält es sich ähnlich wie bei Ihnen. Sie machen auf mich auch nicht den Eindruck, als würden Sie in Ihrer Freizeit pausenlos die Wohnungen fremder Frauen ausfindig machen, um Ihnen schriftliche Entschuldigungen zu liefern ...

»Halt die Schnauze«, quiekte Simon, ohne davon zu wissen.

... Lässt dies nicht darauf schließen, dass etwas im Busch ist?

Wenn ich mich irre, dann antworten Sie nicht und ich weiß Bescheid.

Aber bitte, verzichten Sie nicht auf eine Antwort, nur weil Sie glauben, dass Sie ein Risiko eingehen oder möglicherweise sogar, weil Sie ...

Aus welchen Gründen auch immer.

Ich werde NIEMANDEM von Ihrem Brief erzählen, ebenso wenig, wie ich jemandem von meinem berichten werde.

Auch ich bin durchaus verschwiegen.

Bye, Val

P.S. Sollten Sie immer noch der Meinung sein, dass ich gehörig einen an der Klatsche habe (wovon ich mittlerweile überzeugt bin, es ist halb drei und die Flasche Wein ist leer), dann vernichten Sie dieses Schreiben unaufgefordert und tun Sie um Himmels willen so, als wäre nichts gewesen, sollten wir nochmals aufeinandertreffen.

* * *

»... empfehle ich in diesem Fall dringend, eine Klage in die Wege zu leiten. Der Beklagte hat sich in etlichen Fällen der Unterschlagung schuldig gemacht, wie Dokument 4a, b, c und d, zweifelsohne belegen. Inwiefern hiermit einer und/oder mehrere Straftatbestände erfüllt sind, lässt sich nach flüchtiger Inaugenscheinnahme nicht umfassend beantworten. Jedoch gehe ich zwingend davon aus, dass es sich hierbei ...

»MIST!«

Wieder kam es entnervt und keineswegs ungewollt.

Ganz im Gegenteil. Noch nie zuvor wollte Simon unheimlich gern pausenlos vor sich hin fluchen. Auch wenn ihm seine gute Erziehung verbat, sich seinem Wunsch hinzugeben.

Ja, er war sogar felsenfest davon überzeugt, dass diese Person einen ›an der Klatsche hatte‹. Etliche Male war er bereits versucht gewesen, ihr eine kurze aber diesmal eindeutige und unmissverständliche Mail zu schicken, in der er ihr dringend ans Herz legte, einen Therapeuten aufzusuchen. Simon hätte ja nie geglaubt, dass gerade ER diese Empfehlung für jemand anderen außer sich selbst aussprechen würde, aber es war tatsächlich so weit gekommen.

Offenbar hatte diese frühzeitig beendete Schwangerschaft die einen oder anderen Schrauben bei ihr gelockert.

Möglicherweise waren die auch schon immer locker gewesen. Wie gesagt, Simon kannte sich mit Frauen nicht so aus.

Aber sie BRACHTE IHN DURCHEINANDER! Und genau so etwas musste er unter allen Umständen vermeiden.

Nur dieser verdammte Brief, der anklagend auf seinem Schreibtisch lag, verursachte, dass seine Kehle wie zugeschnürt war, wann immer er einen zufälligen Blick darauf warf.

Er wollte das nicht!

* * *

Simon begegnete ihr nicht.

Obwohl er an diesem Donnerstagabend pünktlich die Kanzlei verließ und ihm jede Menge Beine auf dem Weg zum Aufzug über den Weg liefen.

Diesmal vermasselte er es, denn als er die Lobby durchquerte, bedachte er einen an ihm vorbeieilenden älteren Herren mit einem »Verfickter Sack!« wofür er sich sofort die verdiente Ohrfeige verpasste.

Doch Simon war so außer sich, dass er selbst das nur äußerst verschwommen registrierte.

Er nahm nicht die Subway. Aus Selbstschutz – natürlich, denn er war davon überzeugt, diesmal nicht lebend aus einem derartigen Abenteuer hervorgehen zu können. Aber auch, weil sein Kopf zu platzen drohte.

Und nicht weil er vom nächsten Orkan heimgesucht wurde, der nahm ohnehin kein Ende mehr. Stattdessen brachen die unsinnigsten Gedanken über ihn herein.

Die eineinhalb Stunden, die er benötigte, um sein Appartement zu erreichen, genügten nicht einmal annähernd, um beide Tsunamis unter Kontrolle zu bekommen.

Erst am späten Abend war er in der Lage, sich zu attestieren, dass es nur eine Frage der Zeit gewesen war, bis er auch auf diesem Terrain eine nochmalige Erfahrung machen würde.

Es war äußerst naiv gewesen, sich einzureden, es würde bei Betty bleiben. Jedenfalls, wenn er so dumm war, sich in den Park zu stellen und ein Mädchen anhaltend anzuglotzen!

Irgendwann legte er sich in sein Bett und schloss die Augen. Er würde ihren Vorschlag annehmen und das Schreiben einfach ignorieren. Es war die einzige Möglichkeit. Ignorieren und versuchen, alles hinter sich zu lassen.

Mitten in der Nacht schreckte er hoch.

Er hatte von großen Augen geträumt. Sie waren traurig und

schienen ihn anzuflehen.

Sprich mit mir! Ich habe sonst niemanden!

Stöhnend schloss er die Lider und wischte sich über sein verschwitztes Gesicht.

»Bullshit!«, knurrte er nach einer Weile in die Dunkelheit.

* * *

Auch am Freitag begegnete Simon ihr nicht.

Und als selbst am Nachmittag noch kein neuer explosiver Brief unter seiner Tür hindurchgeschoben worden war, entspannte er sich ein wenig.

Sie schien es zu akzeptieren.

Dennoch lauschte er auf jedes Geräusch in dem kleinen Flur. Und wann immer tatsächlich etwas zu vernehmen war – was ziemlich häufig geschah –, hätte er geschworen, dass SIE es war, weil sie seine Entscheidung doch nicht kommentarlos hinnahm.

Er irrte sich.

Als Simon sich an diesem Abend auf den Heimweg begab, hätte er den Umständen entsprechend ruhig sein sollen. Das war er nur nicht.

Der inzwischen unaufschiebbare Ausflug in den Supermarkt mutierte zum Hindernislauf. Selten hatte Simon derart umfassend die Kontrolle verloren. Die Leute starrten ihn unverhohlen an. Bald schien sich niemand mehr auf seinen Einkauf zu konzentrieren, sondern nur noch auf den seltsamen Kerl, der zuckend, quietschend, pfeifend und lachend durch den Markt stürzte und hin und wieder mit Beleidigungen um sich warf.

Als er gefühlte Stunden später endlich sein Appartement erreichte, war er außer Atem und derart verschwitzt, als hätte er einen Marathon hinter sich.

Zum ersten Mal seit Ewigkeiten räumte er den Einkauf nicht gleich fort, sondern sank ermattet auf die Couch und schloss die Augen.

Sie würde nie erfahren, was sie angestellt hatte. Vermutlich war es ihr auch egal – das war es ihnen immer. Oder vielleicht lautete ja sogar genauso der Plan! Sie wäre nicht die Erste.

Kaum gedacht, tauchte ein äußerst unangenehmes Bild vor seinem geistigen Auge auf:

Der nur von Kerzen erhellte Raum, in dem sich ein Haufen Mädchen kichernd und mit großen Augen um einen Laptop versammelt hatten.

»DA!«, schrie das Mädchen im Zentrum von ihnen. Es war brünett, die Augenfarbe dunkel und das Gesicht wurde vom Licht des Monitors erleuchtet. Anders als ihre Freundinnen trug sie Jeans und ein schlichtes Leinenhemd. »Ich hatte doch gesagt, dass er sich meldet!«

Lautes Kichern antwortete ihr. Und kurz darauf ertönte eine schrille Stimme. »Lies vor, lies vor!«

»Oh, verdammt!«, stöhnte Simon und spürte neuen Schweiß auf seiner Stirn ausbrechen.

Ja, so würde es wohl ablaufen.

Doch dann fiel ihm ein, dass er ihr NICHT geantwortet hatte. Und als er sein erstes Schreiben an sie überdachte, befand er, dass es äußerst höflich und nichtssagend ausgefallen war.

Ein guter Gedanke, der sein aufgewühltes Inneres wenigstens so weit beruhigte, dass er irgendwann an diesem Abend einschlafen konnte.

* * *

Noch nie hatte Simon ein Wochenende so sehr gehasst.

Und dabei hatte er sich vorsorglich mit ausreichend Arbeit eingedeckt. Auch den Frühjahrsputz zog er vor, ließ das jedoch bald wieder. Ihm war eine Erkenntnis gekommen, die nicht neu und gleichzeitig sogar brandneu war.

Sein Gehirn tat anhaltend, was es wollte!

Diesmal bezog er sich allerdings nicht auf die lästigen Tics, sondern auf die Gedanken, die sich darin noch immer auftürmten, wie ein besonders bedrohlicher Tsunami.

Sein Horrorszenario von letzter Nacht hatte sich längst in Wohlgefallen aufgelöst. Niemand würde so viel Bullshit zusammenschreiben, es einem wildfremden Menschen zukommen lassen und das dann zum Anlass nehmen, um sich in trauter Runde bei etlichen Flaschen Wein mit den Freundinnen darüber zu amüsieren.

Simon kannte sich da aus. Derart bedenkliche Tendenzen behielt man besser für sich.

Außerdem unterschied sie sich tatsächlich von den anderen Mädchen.

Besonders jenen, die ihm allmorgendlich auf seinem beschwerlichen Weg in das Geschäftsviertel begegneten. Sie trug nämlich als Einzige derart abgehalfterte Jeans und ihr Parka war eher ein Schandfleck als alles andere. Simon ertappte sich mehrfach dabei, dass er darüber nachdachte, welche Position sie in der Kanzlei einnahm.

Er war verblüfft gewesen, als sich herausstellte, dass sie dort arbeitete. Okay, das war eine Untertreibung, paralysiert traf es wohl eher.

Doch der Grund, weshalb er nie und nimmer damit gerechnet hatte, war, dass sie rein optisch nicht in eine renommierte Anwaltskanzlei passte. Er hätte sie eher ... ja, und hier versagte Simons Fantasie bereits wieder. In Wahrheit hatte er keinen Schimmer, wie er sie einordnen sollte.

Was also trieb sie in der Kanzlei? War sie Assistentin? Praktikantin? War sie gar für die Botengänge zuständig? Egal, was auch immer sie dort tat, eine Anwältin war sie jedenfalls nicht.

Davon war Simon überzeugt.

In diesem Moment fiel ihm auf, wohin sich seine Gedanken klammheimlich gestohlen hatten und er machte sich schnellstens wieder an die Arbeit.

125 369 $ im Soll!

Das war bedeutend mehr, als er vermutet hätte und eine leichte Unterschlagung damit vom Tisch. Vielmehr handelte es sich hierbei um handfesten Betrug UND Diebstahl. Wenn die Argumentation stimmig sein würde. Er musste unbedingt noch einmal in der Akte nachlesen …

Als ihm aufging, dass er genau DIESE Datei nicht an seinen Account geschickt hatte, stöhnte Simon auf. Was hätte er jetzt für einen Praktikanten gegeben, der ihm schnell die erforderlichen Unterlagen besorgte. So würde er bis Montag warten müssen.

Praktikant …

Diesmal stöhnte er lauter.

Erstens, weil ihm einfiel, dass er niemals, nicht in einhundert Jahren, einen Praktikanten anweisen würde, irgendetwas für ihn zu holen. In Wahrheit war ihm nicht einmal bekannt, ob die Kanzlei derartige Hilfskräfte beschäftigte.

Mrs. Sonderberg musste Stunden damit zubringen, die Unterlagen, mit denen Simon sich aktuell beschäftigte, einzuscannen, um von seinem Computer aus Zugriff darauf zu haben.

Außerdem ärgerte ihn, dass er schon WIEDER bei ihr angelangt war!

Verdammt!

Sinnierend starrte er auf den Monitor, sah schließlich resigniert ein, dass er momentan wirklich nicht weiter kam und damit zum Nichtstun verdonnert war.

Nichtstun jedoch war keine gute Idee.

Nein!

Absolut nicht.

Wie zur Bestätigung vergingen genau zehn Minuten, in denen Simon versuchte, sich mit Solitärspielen vom Gegenteil zu überzeugen. Dann gab er sich geschlagen und holte die beiden Blätter doch wieder hervor.

Er hatte sie ordentlich zurück in den Umschlag gelegt und seitdem in seiner Jacketttasche spazieren getragen.

Mit eher zwiespältigen Gefühlen registrierte er, dass das Schreiben seinen Explosivstatus verloren hatte. Und nachdem er den seltsamen Brief noch einmal gelesen hatte, war er verwirrter als zuvor.

WAS WOLLTE SIE IHM NUR SAGEN?

Was?

Eine Antwort bekam er nicht. Doch an diesem Abend tat Simon etwas, was tatsächlich Seltenheitswert besaß. Er öffnete eine Flasche Weißwein und setzte sich damit bewaffnet vor den Fernseher. Möglicherweise hatte ihn der Brief dazu verleitet.

Na ja, so komisch, wie der verfasst war, stellte das wohl kein großes Wunder dar. Also ANWÄLTIN war sie mit Sicherheit nicht.

Es blieb nicht bei einem Glas.

Mit zunehmender Frustration stellte Simon fest, dass das Programm nichts annähernd Interessantes für ihn zu bieten hatte. Und als er irgendwann gegen ein Uhr tatsächlich einschlief, hatte er die gesamte Flasche geleert. Nicht von ungefähr zuckte er mehrfach mit dem Kopf und stieß das eine oder andere Pfeifen aus, bevor er wirklich zur Ruhe kam.

Alkohol war nämlich für einen Idioten wie ihn auch nicht empfehlenswert.

Ihre Lippen waren rosé ...

Er hatte es ganz vergessen. Im Traum glaubte Simon zu wissen, wie sie sich anfühlten. Es war ein langer Schuss, sicher, aber er hätte geschworen, dass sie warm waren. Seidiger als seine, nur ein Hauch, nicht wirklich Haut.

Komm schon, du Trottel! Um es zu erfahren, müsstest du es einfach probieren! Du bist 27, ein erster Versuch wäre bestimmt nicht verfrüht!

Selbst jetzt lachte er trocken und bitter auf. Nein, bestimmt nicht zu früh. Ganz bestimmt nicht. Das Herzklopfen brachte ihn um, der Orkan in seinem Kopf drohte auszubrechen, seine Hände waren unangenehm schwitzig. Doch sie stand da und wartete, als hätte sie tatsächlich nichts Besseres zu tun.

Sie ließ ihm Zeit ...

Behutsam senkte er den Kopf und hielt inne, als rechne er in jedem Moment damit, dass sie es sich am Ende doch noch anders überlegte.

Verwundert hätte es ihn nicht. Er war nicht unbedingt das, was man einen Traumprinzen nannte.

Doch sie blieb und Simon, dem das Herz inzwischen bis zum Hals schlug, überbrückte die letzten Zentimeter, und als er seine Lippen bedächtig auf ihre legte, war es ...

»ARGH!«

Simon benötigte etliche Anläufe, um dahinterzukommen, dass er von der Couch gefallen war.

VERDAMMT!

Im entscheidenden Moment!

Ehrlich, wenn man mit einem solchen Schädel gesegnet war, dann brauchte man keine Feinde mehr!

Er lag auf dem Teppich, besah sich die Unterseite seines Couchtischs und grübelte darüber nach, was er angestellt hatte, um so etwas zu verdienen.

Sicher, da war in der Vergangenheit die eine oder andere Beleidigung gefallen, aber das geschah doch nicht absichtlich! Simon fand es extrem blöde, erst von seinem dämlichen Gehirn dazu getrieben zu werden, damit es ihn dann mit derartigen

Aktionen bestrafen konnte.

Das war nach seinem Rechtsverständnis – und davon besaß er eine ganze Menge – hochgradig verwerflich, wenn auch leider nicht strafbar.

Er schloss die Augen und versuchte mit Gewalt, dieses Gefühl zurückzuholen.

Das gelang ihm sogar, nur die Reaktion fiel nicht wie gewünscht aus.

Ein weiterer, unkontrollierbarer und verhasster Tic seines Körpers machte sich bemerkbar. Verhasst, weil auch der ihm IMMER WIEDER Träume bescherte, die NICHT GUT WAREN. Er sah niemals hin, nicht mal, wenn er sein kleines Geschäft verrichtete und er hasste es wirklich abgrundtief, wenn das Teil seiner zweiten Bestimmung nachging.

Wie jetzt zum Beispiel.

Aber wenigstens in dieser Hinsicht kannte er ein probates Gegenmittel.

Simon dachte an seinen aktuellen Fall, an die unvorstellbare Summe, die der Angestellte der nicht näher zu benennenden Bank veruntreut hatte, und schon war das Desaster noch einmal abgewendet.

Diesmal beseitigte er allerdings nicht zeitgleich seine Illusionen.

Möglicherweise lag es an ihnen, auch daran, dass es draußen dunkel war, vielleicht sogar an der geleerten Flasche Wein. Doch als Simon zwanzig Minuten später aufstand, legte er sich nicht wieder ins Bett, sondern setzte sich an seinen Schreibtisch und schaltete den Computer ein.

Wenig später schrieb er.

Miss_Val_Talks_To_Mr_Simon@hotmail.com

Sehr geehrte Miss Val ...

* * *

Miss Val vs. Val

Einige Tage zuvor ...

»Verfickte Schlampe! Gehen Sie ... BITTE!«

DAS holte Val aus ihrem Nirwana zurück.

Zwischenzeitlich waren ihre Gedanken etwas abgedriftet, weil sie sich ernsthaft fragte, was für einen SCHEISS sie hier zusammenquatschte. Außerdem konnte sie den Blick nicht von ihm abwenden, so sehr sie auch wollte.

Es war wie bei einem besonders grausamen Autounfall, wenn das Blut spritzt und man weiß, dass dort gerade jemand ums Leben gekommen ist. Man will wegsehen, eigentlich kann man auf Einzelheiten, was genau geschehen ist, dankend verzichten. Dennoch bleibt man stehen und versucht, auch noch das kleinste, blutige Detail zu erhaschen.

Bloß nichts verpassen.

So erging es Val gerade.

Er quälte sich und sie war von seinem Anblick hochgradig angewidert, wollte gehen und konnte dennoch nur zusehen, wie er vor ihren Augen langsam hysterisch wurde.

Das war selbst ihr nicht entgangen.

Als ihr dann endlich bewusst wurde, WAS sie soeben tat, wich sie entsetzt zurück. »Dann nicht!«, wisperte sie und machte, dass sie aus dem Raum kam.

Beinahe wäre sie über ihr Wasserglas gestolpert, doch sie ignorierte es und fegte den Flur entlang, als ginge es um ihr Leben. Aber plötzlich blieb sie stehen und hob den Kopf.

War sie nicht genau deshalb hierhergekommen? Val ahnte, dass sie heute etwas Wasser benötigen und auch, dass sie unter keinen Umständen nochmals den Weg in diesen Flur wagen würde.

Einmal genügte für einen Tag – konstatierte sie, bevor sie zurück ging, und das Glas noch mal befüllte.

* * *

Eine Stunde später hatte sie den ersten Schock überwunden.

Kein Wunder, dass Zeichnen meist als unterstützende Therapie genutzt wurde. Mit dem Pinsel in der Hand, den vielen, so eindeutigen, frischen Farben, dem Motiv und der eigenen Fantasie, regte man sich zwangsläufig ab. Und spätestens in derartigen Momenten konnte man in Ruhe nachdenken.

Sie hatte an ihrer ursprünglichen Skizze einige Veränderungen vorgenommen.

Hyde war noch immer so hässlich und abstoßend, wie sie ihn aus der Erinnerung gezeichnet hatte. Die erneute Auffrischung der Realität hatte den grauenvollen Anblick noch zusätzlich verstärkt.

Doch Jekyll ...

Val seufzte.

Jekyll war mit Abstand der attraktivste Mann, den sie jemals gesehen hatte. Bisher hatte Val gedacht, Mike sähe recht gut aus.

Ha!

Was für ein Irrglaube! Auf jeden Fall bewies es, dass Liebe tatsächlich blind macht.

Denn neben dem hellen, eher schmächtigen Mike, wirkte Jekyll wie ein Adonis.

»Jetzt übertreibst du aber, Baby«, murmelte Val, während sie die Farbe auf der Palette verteilte.

Sie betrachtete die Skizze mit zur Seite geneigtem Kopf und schüttelte den Kopf.

»Nein, tust du nicht ...«

Dann begann sie mit dem Zeichnen. Vielleicht war es kein Zufall, dass sie sich zuerst auf Jekylls Gesicht konzentrierte.

Seine Augen wirkten auf dem ersten Blick dunkel, doch der grünliche Schimmer war ihr keineswegs entgangen. Und trotz des künstlichen Lichtes hatte sie deutlich den rötlichen Touch in seinem Haar ausgemacht.

Kein Tomatenrot, oh Gott, nein! Es war eher eine Ahnung, ein Hauch davon. Als hätte derjenige, der ihn erschuf, auch sehr gern mit Farben experimentiert.

»Wenn es so war, dann hast du gute Arbeit geleistet«, sagte sie und zog behutsam die schmalen Lippen nach.

Erst nach geraumer Zeit, Val hatte nicht den geringsten Schimmer, wie spät es inzwischen geworden war, runzelte sie die Stirn.

»NEIN!«, sagte sie in den stillen Raum hinein. »So ist es nicht!«

Doch der Gedanke ließ sich nicht so einfach abschütteln. Sie betrachtete das Bild, in dem mittlerweile das Gesicht lebte. Eines, das sie niemals wieder vergessen würde, so viel stand fest. Val musste sich derweil dem bitteren Vorwurf stellen, nur sein Äußeres zu sehen. Sie hatte sich in die Schönheit eines Mannes verliebt, ohne auch nur die entfernteste Ahnung zu haben, welcher Mensch sich dahinter verbarg.

»Weil ich ihn nicht kenne!«, verteidigte sie sich und fügte noch einige rote Strähnen hinzu.

Nur ein Hauch!

»Wie denn kennenlernen? Er hat mich schließlich hinausgeworfen!« Inzwischen klang sie ziemlich trotzig. So sah sie auch aus. Besonders, als prompt das nächste Argument eintrudelte.

»Bullshit!«, knurrte sie. »Sicher ist es nicht einfach. Stell du dich mal hin und lasse dich so betiteln! Dann werden wir ja sehen, ob du durchhältst! Und hast du die Verrenkungen gesehen? Die Geräusche! Es IST NICHT EINFACH! Eigentlich ist es unmöglich ...«

Mist! Ihre Fantasie ging mal wieder mit ihr durch!

Val war bekannt für ihre Selbstgespräche. Jonas amüsierte sich königlich darüber, wann immer er sie dabei ertappte, und ihre Mom musterte sie manchmal mit diesem gewissen besorgten Blick, der Val wahnsinnig machte.

Dabei war es doch nur eine hervorragende Möglichkeit, sich mit Dingen auseinanderzusetzen, die sie nun mal mit niemandem besprechen konnte. Auch nicht mit Jonas, Babsy, Justin oder Miranda.

»Warum eigentlich nicht?«, fragte sie in den Raum.

Tja, warum wohl nicht?

Weil ihr Verhalten oberflächlich war. Oh, sie wusste das GANZ GENAU!

Und wer offenbarte schon gern seinen besten Freunden, was für eine verabscheuungswürdige Person er war?

Behutsam gab sie den Lidern einen winzigen Blaustich, nicht sichtbar, nur ein Anflug, eher ein Gedanke. Sie waren sehr fein, auch das war ihr nicht entgangen.

Er war hübsch – okay, nicht schon wieder!

SCHÖN, Valerie! Die Bezeichnung für ein derartiges Aussehen ist SCHÖN.

»Schon gut ...«, grummelte sie.

Aber er war auch Hyde, und wie sie mit dem umgehen sollte, war ihr ein Rätsel. Sie KONNTE nicht!

Aber das wirst du wohl müssen, Schätzchen. Wer das eine will, muss das andere mögen!

»PAH! Warum denn? Ansehen genügt doch auch, oder?«

An diesem Tag ging Val nicht zum Lunch. Erstens verspürte sie ohnehin keinen Hunger und außerdem hätte sie die dämlichen Mädchen nicht ertragen. In Wahrheit ließ sie sich überhaupt nicht außerhalb ihres Büros blicken.

Deshalb war am Abend das Gemälde beinahe fertig.

Sie stand vor Jekyll und Hyde und betrachte minutenlang ihr Werk.

»Wow!«, murmelte sie schließlich und begann, die Farben zusammenzuräumen. Es war mit Abstand das Beste, was sie jemals gezeichnet hatte.

»Klar! Weil er eben schön ist!« Düster lachte sie auf und nahm ihre Jacke.

Die Flure waren längst verlassen, auch Jane musste sich bereits in den Feierabend verabschiedet haben. Sarah? Die hatte geklopft und den Kopf hereingesteckt, um sich zu verabschieden. Glaubte Val jedenfalls. So genau hatte sie nicht auf ihr Umfeld geachtet. Und wenn die unterbelichtete Assistentin gesehen hatte, was ihre Chefin so mit ihrem Arbeitstag anstellte, war ihr das total egal.

Wann war das gewesen?

Val runzelte die Stirn. Keine Ahnung, einige Stunden lag es auf jeden Fall zurück.

Sie fuhr in einem leeren Aufzug hinab, durchquerte eine verwaiste Lobby und stand schließlich auf der nächtlichen Straße. Und erst jetzt hielt sie sich dazu imstande, auf die Uhr zu schauen.

Nach neun schon.

Ja, wenn sie ihren Flash hatte, sah und hörte sie nichts mehr von der Umgebung.

Dennoch ging Val sehr langsam nach Hause. Heute stand kein Besuch im PAINT auf dem Programm. So sehr sie ihre Freunde auch liebte, manchmal musste sie mit sich allein sein.

Auf dem Weg machte sie noch in einem Supermarkt Halt und erstand eine Pizza zum Aufwärmen und eine Flasche Wein. Gleichmütig bezahlte sie den Betrag an der Kasse, ihre Gedanken waren noch immer weit weg. Und als sie in ihrer einsamen Wohnung anlangte, seufzte sie.

Val war gern allein. Doch heute störte sie das Ambiente des großen Raumes. Vielleicht, weil sie bei der Einrichtung mit jeder Menge Trotz gearbeitet hatte. Charlie und Jasmin waren von ihren Befreiungsversuchen alles andere als begeistert gewesen.

Plötzlich erschienen Val die Graffiti Wand kindisch, das Troddelsofa grauenvoll und der Tisch (an dem ein Bein wackelte) mutete an, als hätte sie den nicht vom Trödler, sondern vom Sperrmüll.

War sie tatsächlich oberflächlich?

Val dachte an ihn, erschuf das Bild Jekylls vor ihrem geistigen Augen und seufzte erneut.

Er war wirklich …

Nun, an der geeigneten Vokabel arbeitete sie noch. Schön passte nicht zu ihr, süß nicht zu ihm, hübsch zu keinem von beiden. Attraktiv? Untertreibung. Sexy? Nein, er war nicht sexy. Sie wusste nicht, wie er unter der Anzugskluft aussah. Die kaschierte sehr viel. Wer den ganzen Tag mit Anzugträgern arbeitete und einen davon zum Vater hatte, der wusste das sehr genau.

Tief in Gedanken versunken, schob sie die Pizza in den Ofen.

Auf jeden Fall war er außergewöhnlich.

Aber Hyde …

Sie dachte an seine wilden Augen, an den Kopf, der unvermittelt in die eine oder andere Richtung zuckte, an all die Dinge, die er bei ihren drei Konfrontationen gezeigt hatte. Val wusste, dass es immer dabei bleiben würde. Es würde ihn begleiten, sein Leben lang.

So ein SCHEISS!

Plötzlich knirschte sie mit den Zähnen. Konnten sie sich für den Müll nicht ausschließlich HÄSSLICHE Menschen aussuchen!

Das war doch MIST!

Stöhnend ließ sie sich auf das Sofa fallen. Sie konnte sich

nicht vorstellen, damit umzugehen. Und überhaupt! Bisher hatte sie noch gar nicht über ihre Wahnsinnseinlage nachgedacht!

Val war nicht der einhundertprozentige Aufreißertyp. Obwohl in allen anderen Belangen durchaus emanzipiert, gab sie in dieser Hinsicht eher den wartenden Part. Wenn irgendwer etwas von ihr wollte, dann würde er schon kommen. Okay, bei Mike hatte das ja auch glänzend funktioniert. Und WIE der gekommen war!

Wäre es nach dem Mistkerl gegangen, dann hätte es gar keine Pause mehr dazwischen gegeben. Und weil Val hin und wieder Kontakt zu ihren Freunden pflegen wollte oder auch mal schlafen, vom Studium und später der Arbeit ganz zu schweigen, hatte er sich eben eine kleine Nebenfrau gesucht. Schon knirschten Vals Zähne stärker.

»Hör auf, das war doch überhaupt nicht das THEMA!«, knurrte sie in den Raum.

Richtig!

Sie war gerade bei Jekyll Schrägstrich Hyde und ihrer fantastischen Darbietung am Vormittag gewesen. Warum war sie ihm überhaupt nachgelaufen? Konnte ihr das mal jemand sagen?

Val hasste es, wenn sie sich zu unüberlegten Handlungen hinreißen ließ, die sich in der Nachschau IMMER als total dämlich entpuppten.

»Hey, ich bin Val und ich hatte vor drei Monaten eine Abtreibung!«

»OHHHHHHHHHHHHH, Scheiße!« So etwas Dämliches! Was musste er von ihr denken?

»HA!«, machte Val, noch etwas düsterer. Die Wahrheit war nämlich, dass ein Teil von ihr noch immer dazu neigte, ihm die Fähigkeit zum Denken überhaupt abzusprechen! Sie war total bescheuert!

Wie alle anderen auch! Sie respektierte ihn nicht, das musste man doch mal festhalten! In ihren Augen (also jedenfalls den weit hinten in ihrem Bewusstsein) war er ein Idiot, jemand, der keine eigene Meinung hatte und wenn doch, dann wollte Val sie nicht kennen. Sie sah ihn als wirre Gestalt, als peinlich, KRANK!

»Du bist ein mieses, kleines Dreckstück, Val!«, verkündete sie dem Raum an sich. »Du solltest dich unter einer dicken Decke verkriechen und zu Tode schämen. Geh in DICH!«

Sie war ja gerade dabei.

Erst als ihr ein sehr eindeutiger und äußerst besorgniserregender Geruch in die Nase stieg, fiel ihr wieder die Pizza ein.

»OH NEIN!«

Sie stürzte in die Küche, doch ihr ursprüngliches Abendessen war nur noch ein Stück Kohle. Beinahe hätte sie die Handschuhe vergessen und sich spektakulär die Hände verbrannt. Eilig riss sie die Fenster auf und das Blech aus dem Ofen. Kurz wurde sie mit der verhunzten Pizza konfrontiert. »Black Edition. Na, Klasse!«, murmelte sie noch ein bisschen düsterer.

Als plötzlich der Briefschlitz klapperte, riss sie die Augen auf und die Pizza – Black Edition – war vergessen.

Eine Schrecksekunde später stürzte sie zur Tür. Val befand sich mal wieder in einer ihrer unüberlegten Phasen. Sie sah den Brief liegen und fetzte die Tür auf.

Im Treppenhaus waren noch Schritte zu hören und Val hätte beinahe gerufen, besann sich jedoch im nächsten Moment und stürzte zum Fenster.

Angestrengt presste sie die Stirn gegen die Scheibe. Das Teil zu öffnen kam ihr erst später in den Sinn, aber da war es längst zu spät.

Sie wurde nicht enttäuscht.

Kurz darauf klappte unten die schwere Haustür und Jekyll strebte im üblichen Sturmschritt die Straße entlang. Der Kopf war gesenkt und die Arme hingen nutzlos an den Seiten herab.

Diesmal rief sie sogar. »HEY!«

Erst dann fiel ihr ein, dass das dämliche Fenster ja geschlossen war. Und als sie noch überlegte, ob sie es öffnen sollte oder nicht, war er bereits verschwunden.

Bis hierhin war alles gut. Etwas peinlich, ziemlich blöde – also ganz Val.

Schlecht jedoch war, dass sie es NICHT TAT!

Bei Mike wäre sie gerannt! Sie wäre ihm nachgehetzt, hätte ihn zum Bleiben, zum REDEN bewegt. Egal, wie! Bei Jekyll zauderte sie.

»Das ist das ganze Problem«, resümierte sie, während sie sich langsam zur Tür aufmachte. »Und, dass der Typ ein Stalker ist. Aber das nur am Rande ...«

* * *

Val hatte noch nicht viele Abfuhren in ihrem Leben kassiert.

Okay, in Wahrheit konnte sie sich an keine einzige erinnern, die ihr wirklich nahe gegangen war. Die meisten trugen sich zu, als sie sich in einem Alter befand, in dem sie noch nicht wusste, was sie überhaupt mit einem Jungen anfangen sollte und es nur mal versucht hatte.

Bis heute.

Dass so etwas auf solche ART geschehen konnte, wäre ihr wohl auch nie in den Sinn gekommen. Mit brennenden Wangen tappte sie in die Küche. Ohne den Blick von dem Geschriebenen zu nehmen, angelte sie nach Weinflasche und Korkenzieher, selbst das Glas nahm sie ohne Rückversicherung durch die Augen aus dem Schrank.

Dann ging sie in Gedanken versunken zu ihrer Troddelcouch und stellte alles auf den Tisch.

Val brachte es sogar, die Kerzen anzuzünden, ohne aufzublicken. Erst, als es an das Öffnen der Flasche ging, musste sie ihre Meditation wohl oder übel unterbrechen.

»Heiliger Scheiß!«, murmelte sie, während sie das spitze

Metall in den Korken rammte. »Der hat es drauf!«

Sie hatte seinen Brief inzwischen an die fünf Mal gelesen, so lang war er ja nicht. Und mal abgesehen von ihren Wangen, die mit jedem Mal heißer wurden, wusste sie immer noch nicht, ob sie nun lachen oder heulen sollte.

»Heulen, Baby«, empfahl sie sich nach dem sechsten Versuch. »Definitiv ist Heulen angesagt.«

Ihr Kopf fuhr hoch, denn ihr war plötzlich ein interessanter Gedanke gekommen.

Sie hatte Jekyll vor Augen, (siehe Büro), Hyde, (siehe Büro und grässlichste Albträume) und jetzt gab es noch eine dritte Person, die sie auf diesen Mann bezog. Und die nannte sie tatsächlich »MISS Val!«

»Was für ein Scheiß!«, wisperte sie.

Das wirklich Interessante war jedoch, dass diese drei Personen in ihrem Denken nicht miteinander vereinbar waren. Sie konnte sich auf den Kopf stellen, es war ausgeschlossen, dass dieser Typ Jekyll und Hyde sein sollte. In Gedanken sah sie ihn als einen Gentleman aus dem vorletzten Jahrhundert, der einem kleinen Mädchen eine formvollendete Abfuhr erteilte. So mit gegeltem Haar, Schnurrbart und in feinen Zwirn gekleidet. WAS hatte das mit dem zuckenden, ÄNGSTLICHEN! – ha, das hatte sie doch glatt vergessen – Etwas von heute Vormittag zu tun?

Daneben regte sich auch ihre Eitelkeit, die ließ ja nie lange auf sich warten.

HEY!

Sie war ein Mädchen in Not, verdammt noch mal! Dem hatte er zu helfen, wenn er schon diese seltsame Gentleman-Masche abzog! Das konnte sie unmöglich auf sich sitzen lassen!

Okay, dann spielten sie eben ein bisschen Jane-Austen-Was-Hast-Du-Doch-Für-Eine-Tolle-Epoche-Beschrieben-Die-In-Wahrheit-Nie-Existierte – offenbar stand der Clown auf derartigen Blödsinn!

Eilig holte sie Block und Stift.

Sehr geehrter Mister Simon!

»Genau!«, murmelte sie. »Miss Val! Ich glaube, ich spinne!«

Val schrieb weiter und dann hatte sie eine andere Idee. Sie wollte bereits ihre gängige Mailadresse aufschreiben, als ihr noch eine weitere kam.

»HA!«, machte sie wieder und holte ihren Laptop. Es dauerte nicht lange, um den Account einzurichten und als sie den Namen wählte, grinste sie in sich hinein.

Dann mal los, Mister Simon. Mal sehen, wie du dich aus der Nummer herauswindest.

»Schwachsinn!«, murmelte sie kurz darauf, als sich wieder einmal ihr Gewissen meldete. »Das ist kein Stalking, sondern eine formvollendete Antwort auf eine formvollendete Abfuhr!«

Sie nahm einen Schluck von ihrem Wein und schrieb weiter.

Eine halbe Stunde (und ein Weinglas) später, sah Val auf.

Sie hatte alles, was sie an Herzschmerz aufbringen konnte, in ihr Schreiben hineingelegt und plötzlich ging ihr das Gewäsch gründlich auf die Nerven. Das war NICHT SIE!

Fein!

Wenn dieser Mann (attraktiv, schön, hübsch – was auch immer) den Wisch las, wie würde er wohl reagieren?

Mitleidig?

Höchstwahrscheinlich! Wenn er so einen Brief verfasste, dann entstammte er im Denken einer Ära, die vor schlappen einhundert Jahren zu Ende gegangen war. Natürlich würde er wieder eine derartige Antwort schreiben und so würde es hin und her gehen. Kein einziges Wahres, ECHTES Wort würde fallen.

Ohne hinzusehen, goss Val ihren Wein nach und überlegte.

Was sollte der Mist?

ER hatte sie schließlich beobachtet. Okay, sie ihn auch, aber deshalb war es doch überhaupt zu dieser unglücklichen

Verkettung von Umständen gekommen!

Also musste er irgendwas gesehen haben, genau wie sie. Okay, und der Rest der Mädchen aus der Kanzlei auch, aber das stand auf einem anderen Blatt. Denn sein Interesse galt IHR.

Einbildung?

»Vergiss es!«, wisperte Val. Schließlich war es ihr nicht als Einziger aufgefallen.

Dass sich die Dinge inzwischen geändert hatten und sie nicht mehr wusste, was sie wollte, okay, das verwirrte sie. Auch, weil die Gründe sie vor sich selbst immer noch ziemlich mies aussehen ließen.

Aber warum verhielt ER sich so?

Das war doch totaler Bullshit!

Angst?

Sie runzelte die Stirn. Ja, möglich. Obwohl Val diese Aussicht überhaupt nicht gefiel. Schließlich sollte er nicht ängstlich, sondern männlich sein!

Ebenso wenig, wie ihr mit zunehmendem Weingenuss nicht gefiel, dass sie nicht wusste, was sie wollte! Verdammt! Sie wusste es einfach nicht!

Ihr Blick fiel auf den Block, der lässig auf ihren verschränkten Beinen thronte.

Längst residierte sie nicht mehr auf dem Sofa, sondern war mit Kerzen, Wein und sich selbst auf den Boden umgezogen. Hier ließ es sich viel besser nachdenken.

Schon wollte sie alles durchstreichen und noch einmal von vorn beginnen, doch dann hielt sie inne. NEIN!

Stehenlassen! Es war der Beginn der Ehrlichkeit! Oder?

Val schloss die Augen (trank zur Stärkung noch einmal Wein) und begann schließlich von vorn.

Ehrlich diesmal.

Yeah!

Das war es!

Als sie irgendwann einschlief, war die Flasche Wein leer, Val aufgrund des ausgefallenen Essens äußerst angeheitert und sie insgesamt zufrieden. Nur so konnte sie herausfinden, was sie wollte. Denn das wusste sie noch immer nicht.

* * *

Als sie am nächsten Morgen ziemlich verkatert das Büro betrat und ihr Blick auf das Gemälde fiel (ja, ja, schon klar, das klang hochgestochen, aber sie befanden sich ja jetzt in der Jane-Austen-Ära, da war das zulässig), wusste sie sogar ganz genau, was sie wollte.

Nun, jedenfalls bis zu dem Moment, als ihr Blick auf Hyde fiel, der sich unglücklicherweise genau neben Jekyll befand.

Schon kehrten die Zweifel zurück.

MIST! Sie war total im Eimer.

Sie hütete sich, noch einmal nachzudenken. Sobald sie zu Atem gekommen war, nahm sie den Umschlag und machte sich auf den Weg in jenen Flur, der inzwischen die Attraktion der gesamten Kanzlei darstellte.

Dabei übersah sie Sarahs fragenden Blick ebenso wie die der anderen, die ihr wieder mal viel zu zahlreich auf dem Weg begegneten.

Sollten sie sich doch endlich heraushalten, verdammt!

An seiner Tür angekommen, hatte sie bereits die Hand erhoben und wollte klopfen. Doch dann fiel ihr wieder sein Kopf-Gezucke ein. Mit Kater und leerem Magen war Val nicht sicher, ein weiteres »Verfickte Schlampe« zu ertragen.

DAS WAR JA DAS GANZE PROBLEM, VERDAMMT!

Mit wild klopfendem Herzen schob sie schließlich wie ein Dieb den Umschlag unter der Tür hindurch und bekam eine ungefähre Vorstellung, wie er sich wohl gefühlt hatte, als er Ähnliches an ihrer Tür tat. Na ja, sollte er so etwas nicht standardmäßig treiben.

Während Val in ihr Büro zurückkehrte, überlegte sie sich, dass das ja überhaupt das Größte wäre. Was, wenn er einer dieser Dauerstalker war? Vielleicht gab es ungefähr zwanzig Mädchen, denen er auf diese Art regelmäßig seine Aufwartung machte.

Ehrlich!

Verwundert hätte es sie nicht. Bei so einem Kerl wie dem ...

Val!

Sie knirschte mit den Zähnen. Ging das schon wieder los! Das war NICHT SEHR HILFREICH! Wenn er einer von diesen Typen gewesen WÄRE!, dann hätte er sich nicht derart gestochen ausgedrückt und sie abgewimmelt!

Dann fiel ihr Hannibal Lector als erstes Gegenargument ein und Val wischte alle derartigen Gedanken beiseite. Ein bisschen Paranoia war ja gut und schön, aber das grenzte an Hysterie.

… er beobachtete sie.

Anhaltend.

Egal, in welchen Winkel des Büros Val sich flüchtete, seine Augen folgten ihr und er schien mit ihr zu sprechen.

Miss Val, ich hatte ihnen meiner Ansicht nach sehr verständlich erklärt, dass ich keinerlei Interessen an diesem Theater habe, das SIE grausames Schicksal nennen. Bitte wenden Sie sich an jemanden, der mit dieser Thematik besser vertraut ist. Wie wäre es zum Beispiel mit Ihrer Assistentin? Sie scheint mir nicht sonderlich ausgelastet und immer gesprächsbereit.

»Klar!«, knurrte Val. »Das hättest du wohl gern!«

Ihre Hände waren schweißnass und sie hätte sich schon wieder für ihre unüberlegte Aktion schlagen können. Wie konnte sie nur so dämlich sein, ihm diesen Brief zukommen zu lassen. Sie hatte eine komplette Idiotin aus sich gemacht!

OH MIST!

Ihr Blick fiel auf Hyde, der seine Augen derart verdrehte, dass nur noch weiß zu sehen war. Als die Abneigung in ihr hochkochte, ergriff sie die Flucht.

Vor Hyde – sicher, aber in Wahrheit wohl eher vor sich selbst.

Sarahs Abwesenheit hätte ein Hinweis sein sollen – doch da Val ja momentan nicht sehr geradlinig dachte, schaffte sie es natürlich auch nicht auf die zwangsläufige Kombination.

Und so befand sie sich nur noch wenige Meter vor der Teeküche entfernt, als ihr das Offensichtliche auch endlich aufging.

»Er hat sich gestern kein einziges Mal blicken lassen.«

»Ja. Ich glaube, er verbarrikadiert sich da hinten.«

»Also, ich habe noch mal über diese Vampirtheorie nachgedacht.« Das war Angela. »Sagt mal, diese Buchte hat doch kein Fenster, oder? Weiß jemand, wie er sich im Frühling und Sommer verhält? Da wird es doch ziemlich früh hell. Vielleicht beginnt er da schon morgens um fünf mit der Arbeit.«

Alles kicherte und Val war plötzlich wütend. Mit nur drei Schritten bewältigte sie die restliche Distanz und blickte kurz darauf in die belustigten Gesichter der drei derzeitigen Klatschbasen:

Sarah, Angela und Jonas.

Klasse!

»Lasst den Scheiß endlich!«, knurrte sie und goss sich etwas zu schwungvoll ihren Kaffee ein. »Das ist ja nicht zum Aushalten! Habt ihr nichts zu tun?«

Ohne auf eine Antwort zu warten, ging sie wieder. Doch sie kam keine drei Schritte weit, bevor sie Jonas hörte. »Öh, nein ...«

Das Kichern der Mädchen antwortete ihm und Val verdrehte stöhnend die Augen. Jonas war ein wirklich netter Kerl, sie wusste das durchaus. Auch wenn es Momente gab, in denen sie sich anhaltend daran erinnern musste. Aber daneben war der Typ auch ein Aufreißer vor dem Herrn. Und offensichtlich kannte er keine geschmacklichen Untergrenzen.

Ehrlich!

Weder Angela noch Sarah waren in Vals Augen das, was man einen guten Fang nannte. Sie waren oberflächlich bis zum Abwinken (*willkommen im Club, Baby – Halt endlich den Mund, verdammt!*) UND hatten offenbar nicht die Absicht, das irgendwann einmal zu ändern. SO!

Wütend stellte Val ihre Tasse auf den Schreibtisch. Sie arbeitete doch bereits daran, genügte das denn nicht?

Na ja, bisher ließen die Resultate aber noch zu wünschen übrig.

Es dauerte gar nicht lange, bevor Jonas seinen Kopf in den Raum hielt.

»Störe ich?«

»JA!«

Offenbar hatte er mit keiner anderen Antwort gerechnet, denn er nickte und trat ein. Bevor er jedoch etwas sagen konnte, fiel sein Blick auf Vals Kunstwerk und er hielt inne. Nachdem er es eine Weile wortlos betrachtete hatte, sah er sie an. »Willst du darüber reden?«

»NEIN!« Seine besorgte Miene brachte Val schließlich doch zum Lachen. »Quatsch mich einfach nicht darauf an«, meinte sie, als sie sich ein wenig beruhigt hatte. Rot war sie auch schon wieder, doch das war okay.

Jedenfalls bei Jonas.

Der hatte sich schwungvoll auf der Couch niedergelassen, während Val tatsächlich hinter ihrem Schreibtisch residierte. Der Gedanke an einen voluminösen Hintern hatte sie aufgerüttelt.

»Du lässt übrigens langsam ziemliche Bossallüren heraushängen«, bemerkte er nach einer Weile, in der er Jekyll und Hyde immer wieder äußerst besorgte Blicke zugeworfen hatte.

»Ja. Und ich werde das ausbauen, wenn sie nicht endlich mit dem Mist aufhören«, murmelte Val. »Du solltest sie nicht noch zusätzlich aufstacheln.«

»Ich stachele sie nicht auf, ich lausche nur.« Jonas zuckte mit den Schultern.

»Sorry, aber das klang eben anders.«

Jonas seufzte. »Du hast keine Ahnung! Ich betrachte mich als Abgesandten der Geschäftsleitung, um die allgemeine Stimmung in der Firma auszuloten. Und um an die WIRKLICH interessanten Informationen zu gelangen, muss man das miese Spiel eben ein wenig mitspielen.«

Val nickte. »Und wenn man dabei ein wenig unschuldigen Spaß hat, dann ist es auch nicht übel?«

Jonas tat betroffen. »Hatte ich das noch nicht erwähnt? Oh!«

»Du bist ein Idiot.«

»Das ist allgemein bekannt.«

»Steht die Prognose mit dem verlorenen Sohn noch?« Val hatte es verdrängt, aber der Gedanke gefiel ihr gar nicht! Auch wenn sie im Grunde auch nicht schlauer war als gestern Abend. Nur ihre anhaltend schwitzigen Finger wiesen darauf hin, dass sie seine Reaktion kaum abwarten konnte. Etwas belämmert fragte sie sich, was sie tun sollte, wenn er NICHT reagierte, aber diesen Gedanken schob sie auch rüde beiseite.

Er würde!

Punkt.

Mist wäre nur, wenn sie tatsächlich Geschwister waren. So viel hatte selbst sie in ihrem Jurastudium verstanden. Und Val sah momentan keine Möglichkeit, um dieses Rätsel zu lösen.

»Sie ist nicht aus der Welt«, meinte Jonas und schlürfte geräuschvoll seinen Kaffee. »Allerdings hat man einstimmig beschlossen, sich mehr auf die Vampirtheorie zu stürzen, weil die spannender ist. Wusstest du übrigens, dass die Teeküchengrazien inzwischen darum losen, wer seinen Schuhkarton einer näheren Inspektion unterziehen darf?«

»Halt sie auf!«

»Ich versuche es!« Jonas' Blick war wieder auf Jekyll/Hyde gestrandet. »Aber wenn ich mich von ihnen ab sofort fernhalte ...«

»Du hast die offizielle Erlaubnis, sie zu observieren. Jonas, ab heute bist du Agent in meinem Auftrag.«

»Oh, das ehrt mich ...« Er runzelte die Stirn und legte den Kopf zur Seite. »Irgendwie fühle ich mich beobachtet ...« Val verzog das Gesicht.

»Ich wurde übrigens heute offiziell gefragt, wann ich meinen ersten Fall übernehme«, fügte er beiläufig hinzu.

Val, die sich aus ablenkungstaktischen Gründen gerade auf ein ziemlich langweiliges Solitärspiel konzentriert hatte, sah auf. »MIST!«

Jonas nickte. »Und der hört an dieser Stelle nicht auf! Peter will, dass ich vor dir zum ersten Mal im Gerichtssaal auftauche. Sozusagen den Wettlauf zum Mond gewinne.«

»Scheiße!«, stöhnte Val. »Lass mich raten, ich bin Russland?«

»Sieht so aus.« Er neigte den Kopf zur anderen Seite und betrachtete das Bild aus diesem Winkel. »Gruselig«, murmelte er, mehr zu sich selbst. Etwas lauter. »Und um dem Ganzen die Krone aufzusetzen, soll ich einen Fall aus dem Finanzsektor übernehmen. Schließlich gilt es, Charlie von seinem Thron zu stürzen. Seit zwei Jahren betreuen sie vermehrt Fälle in diesem Bereich und Charlie hat noch nicht ein Mal gepatzt. Womit er natürlich hausieren geht. Ich muss nicht sagen, dass Peter grün vor Neid ist?«

»Aber du hast dich doch auf Familienrecht spezialisiert!«

»Yeah, aber das war vor Charlies Glückssträhne. Jetzt soll ich umdisponieren.«

»Scheiße!«

»Hmmm, sehe ich auch so, ich habe ja schon von Familienrecht keinen Schimmer ...« Er klang etwas versonnen, als würde er sich langsam in Trance schauen und Val verdrehte die Augen. »Sieh woanders hin!«

Jonas zuckte zusammen, riss die Augen auf und sah sie an. »Danke.«

»Keine Ursache.«

Etwas wacher fuhr er fort. »Ich glaube, wir werden schneller einen Eklat auslösen, als wir dachten. Was ich übrigens inzwischen nicht mehr SO falsch finde.« Schon sah er wieder zu der Zeichnung und seine Augen wurden glasig.

»Jonas, sieh mich an!« Sie deutete mit zwei Fingern auf ihre Augen, und als er dem Befehl folgte, kicherten beide.

»Jetzt mal ernsthaft«, fuhr Jonas in normalem Ton fort. »Wenn du noch mehr solcher Dinger zeichnest, befindet sich halb New York bald in Dauertrance.«

»Das sieht doch keiner! Und wenn das echt die Wirkung hat, werde ich mich schwer hüten, es noch jemandem zu zeigen. Kann natürlich auch sein, dass es nur auf komplette Idioten diesen Effekt hat.«

Das überging Jonas. »Oh, also, ich finde, es hätte eine Ausstellung verdient. Auch wenn du möglicherweise erst mal dein Motiv fragen musst, ob es damit einverstanden ist. Wahrung der Persönlichkeitsrechte, du erinnerst dich?«

»Ach echt?« Val verzog das Gesicht. »Ich werde es nicht ausstellen. Es gehört nur mir und dagegen kann er überhaupt nichts machen!«

Jonas musterte sie, diesmal ernst. »Das ist nicht gut, glaube ich, Honey.« Er stand auf und trat zur Tür. »Es bleibt bei morgen?«

»Was ist nicht gut?«

Die Frage überging er. »Also, was ist nun mit morgen?«

»Ja, es bleibt dabei«, erwiderte Val unwirsch. »Was ...?«

Doch anstatt ihr eine Antwort zu geben, war er bereits verschwunden.

Düster starrte Val im nach, bevor sie sich seufzend wieder

ihrem Kartenspiel widmete.

Blöder Hund!

Antworten erhielt Val nicht.

Welcher Art auch immer.

Am nächsten Tag zeigte ihr Verhalten bereits leicht obsessive Züge. Nun, das verwunderte sie weniger, Val schien es ja mit Obsessionen zu haben.

Alle paar Minuten sah sie nach, ob nicht vielleicht doch endlich eine Mail eingegangen war. Und wenn sie leer ausging – was leider IMMER der Fall war – dann musterte sie ihn finster.

»Toll!«

Jekyll oder Hyde ließen sich nicht dazu herab, etwas zu erwidern.

Weder deren Bild noch in persona.

Ihre gekränkte Eitelkeit setzte ihr zu. Das konnte Val sogar noch verkraften. Schließlich sprach sie es ja nicht aus. Doch viel schlimmer war das kleine Stimmchen in ihrem Kopf. Es wisperte nämlich mit zunehmender Vehemenz, dass doch so alles genau richtig war.

Geklärte Fronten!

Und sie war aller Sorgen ledig!

So verhielt es sich leider auch nicht, denn sie fühlte sich NICHT froh!

Dankbar war Val für ihre Verabredung mit Jonas und dem Voranschreiten des heimlichen Projektes, das sie nebenher auch noch verfolgte. Ihren Freund endlich mit IHREN Freunden bekannt zu machen und dafür zu sorgen, dass der seine Ex vergaß.

Damit trug Jonas sich nämlich sogar verdammt schwer, obwohl er es ungern zugab.

Babsy hatte nach mehreren gescheiterten Pseudobeziehungen (nur Bett, keine Gespräche) die Suche nach dem geeigneten

Lebensabschnittsgefährten aufgegeben. Val war fest entschlossen, das vermeintliche Traumpaar zu vereinen. Auch wenn die noch nicht wussten, dass sie eines waren. Das galt es ja, aus der Welt zu schaffen.

Es war jedoch wie verhext.

Trotz Verabredung glänzte Babsy durch Abwesenheit. Weder Justin noch Miranda konnten etwas Genaues sagen.

»Also gestern meinte sie, wir würden uns morgen sehen«, sagte Justin, der heute zur Abwechslung mal nicht den Hobbykellner mimte. Er saß in einem der kleinen Sessel. Das Bild war so grotesk, dass Jonas schon wieder in seine Trance zu verfallen drohte. Val stieß ihm in die Seite, bevor es ernst werden konnte. »Keine Gefahr!«

»Aha.« Zweifelnd musterte Jonas den Sessel, auf dem der Riese Justin thronte. »Wenn du das sagst.«

»Oh Mann!«, Stöhnend verdrehte Justin die Augen. »Jetzt habt ihr einen Eindruck von dem, was ich täglich durchmache! Was soll's.« Seufzend betrachtete er Jonas etwas genauer. »Du bist also Vals ominöser Jon?«

»Derselbe.« Jonas neigte den Kopf.

»Du sollst nicht ganz dicht sein«, bemerkte Miranda, die in einer Zeitschrift blätterte.

Jon nickte zustimmend. »Kommt mir bekannt vor.«

Miranda sah auf und beäugte ihn etwas genauer. »Anwalt?«

»Aus Versehen.«

Sie grinste. »Scheint in letzter Zeit häufiger vorzukommen.«

Jonas lehnte sich vor und musterte sie interessiert. »Was machst du eigentlich so ...?«

* * *

Gefühlte zweihundert Stunden später ging eine äußerst frustrierte Val nach Hause.

NICHTS wollte funktionieren.

Anstatt, dass diese sexuell dauerhaft unterversorgte Babsy auftauchte und ihren Traumprinzen als das identifizierte, was er war – nämlich nicht mehr oder weniger als ihr Gegenstück –, hatte die sich den gesamten Abend nicht blicken lassen. Und Jonas, dieser verdammte Aufreißer, hatte sich auf Miranda eingeschossen.

NIEMAND interessierte sich für Miranda, verdammt!

Justin und Miranda waren das älteste Paar, das Val kannte und das NICHT zusammen war. Die beiden gingen seit ungefähr sechs Jahren regelmäßig miteinander in die Kiste und achteten sorgfältig auf die Treue des anderen. Aber beide beharrten stoisch darauf, NICHT zusammen zu sein. Niemand gab noch etwas darauf, alles grinste hinter ihren Rücken und nun hatte Jonas das Unfassbare getan!

Er baggerte Miranda an!

NOCH unfassbarer übrigens: DIE LIESS SICH ANBAGGERN!

Val konnte das nicht glauben!

Justin war mit jeder Minute ruhiger geworden. Irgendwann sah er Miranda nur noch an und schüttete stumpfsinnig literweise Bier in sich hinein.

Doch weder Jonas noch Miranda ließen sich deshalb davon abhalten, sich für den kommenden Tag zu verabreden.

Das war der Moment, in dem Val gegangen war.

Sie konnte das nicht ertragen. Denn egal, was jetzt auch käme, es würde an Drama nicht zu überbieten sein. Na ja, abgesehen von ihrem persönlichen vielleicht.

Kaum war sie in ihrer Wohnung angelangt, stürzte sie an ihren Laptop, nur um kurz darauf bitter enttäuscht zu werden.

Nichts.

Keine wie auch immer geartete Nachricht. Inzwischen hätte sie selbst eine neue Abfuhr in Kauf genommen.

Schon lachte Val trocken auf. Was war sie für ein dämliches

Stück, ehrlich!

SIE hatte ihm die Wahl gelassen. Und wenn sie sich richtig entsann, dann WAR die Abfuhr bereits erfolgt. Schon vergessen, Val?

Nein, das hatte sie nicht. Und der Teil in ihr, der sich entspannt zurücklehnte und ihr erzählte, dass es so am besten war, wollte auch nicht verstummen.

Gekränkte Eitelkeit? War es das?

Val lauschte in sich hinein, und als ihr nicht gleich eine Antwort kommen wollte – warum auch? – ging sie unter die Dusche.

Ohne Antwort lag sie eine Stunde später in ihrem Bett und auch jetzt wusste sie es nicht.

Während sie schlief vermehrten sich die Zweifel noch einmal und sie sah Mr. Hyde, der die Augen so weit verdrehte, dass nur noch das Weiße zu sehen war. Und dabei wisperte er. »Fick dich!«

Zerschlagen wachte sie am Samstagmorgen auf und die Fragen in ihrem Kopf waren noch immer unbeantwortet.

Nachdem sie ein mickriges Frühstück zu sich genommen hatte – alter Zwieback mit uraltem Tee – beschloss sie, das Nachdenken mit etwas Nützlichem zu tarnen.

Wenig später war sie unterwegs und kaufte Farbe, Pinsel, Abdeckplane und den ganzen Mist, den man noch so brauchte. Und als sie kurz darauf grinsend den Teppich abklebte – und nebenbei noch immer keine Antwort gefunden hatte – dachte sie: *Nein, heute malen wir mal auf die GANZ andere Art.*

Dann baute sie sich einen wirklich formschönen Hut aus alter Zeitung und begann mit der Arbeit.

Drei Stunden später war das Graffiti nur noch eine Erinnerung und Val mit weißen Farbspritzern versehen. Sie fand das grässliche Zeug sogar in ihrem Haar – trotz Hut.

Nur eine Antwort wollte sich noch immer nicht einstellen.

»Verdammt noch mal!«, knurrte sie, während sie unter der Dusche stand.

Missmutig beseitigte sie danach die Malerspuren und ärgerte sich weiter. Und als sie schließlich ihr Werk betrachtete, fiel ihr auf, dass das Sofa ziemlich heruntergekommen wirkte.

Val war Anwältin – irgendwie. Sogar in führender Position – auch irgendwie. Obwohl sie bis heute nicht genau wusste, wie sie überhaupt in die Verlegenheit gekommen war.

Einen Vorteil gegenüber dem künstlerischen Schaffen, das sie insgeheim bevorzugte, war, dass man immer über genügend Bares verfügte.

Und so war es wieder einmal einer Blitzentscheidung zu verdanken, dass Val sich kurz darauf in einem Möbelmarkt wiederfand. Dort erstand sie eine kuschelige und wirklich hübsche, passende Couch (besonders zu ihrem Alter und Status). Wo sie schon mal dabei war und weil sie der Kaufrausch im festen Würgegriff hielt, kaufte sie noch eine neue Deckenleuchte und eine kleinere, ein neuer Tisch für das Sofa musste auch noch her, und als sie nettes Geschirr sah (Vorteil, keine der Tassen war angeschlagen), nahm sie das auch noch mit.

Nebenbei erstand sie zwei flauschige Tagesdecken, weil ihr eine Eingebung sagte, dass die sich auf dem Sofa gut machen würden. Und während sie an der Abteilung für Kleinwaren vorbeikam, entschied sie spontan, dass ihre Handtücher (besonders die kleineren) viel zu verschlissen waren, und packte noch einen Stoß davon oben auf.

Als sie schließlich an der Kasse ihre Karte zückte, überlegte Val sich, dass sie noch nie einen derart kostspieligen Frustkauf absolviert hatte.

Sie mietete einen der nette Lieferwagen und hatte Glück, denn einige Verkäufer aus dem Möbelmarkt halfen ihr beim Einpacken ihrer neu erstandenen Schätze.

Das stärkte auch ihr Selbstwertgefühl um einiges, wie sie eher lakonisch feststellte. Bitten musste sie die Männer nämlich nicht lange. Doch als sie nach einer halsbrecherischen Tour nach Hause endlich vor ihrer Haustür stand, erkannte sie, dass sie ein Detail nicht in die Berechnungen mit aufgenommen hatte.

Mindestens eines! Zum Teufel mit ihren spontanen Einfällen! Die brachten sie aber auch JEDES MAL in akute Schwierigkeiten. Im Grunde gab es keine Alternative und so zückte sie ihr Handy und rief Justin an. Bei Miranda versuchte sie es erst gar nicht, denn die befand sich ja gerade bei ihrem Date mit Jonas. Und Babsy rief sie nicht an, weil sie auf die sauer war. Schließlich hatte sie durch ihr Fehlen am gestrigen Tag Vals so sorgfältig eingefädelte Vereinigung der Seelenverwandten verhindert.

Außerdem wäre ihre zierliche Freundin ohnehin keine Hilfe gewesen.

Justin kam sofort – er war ein ungemein zuverlässiger Freund. Doch nachdem Val seine Miene während des gesamten Couch-die-schmale-Treppe-hinauf-Tragens stumm erduldet hatte, fasste sie sich ein Herz. »Justin, sie wird ...«

»Noch was?« Er sah auf. »Hast du noch einen Kühlschrank oder so da unten?«

»Ein Tisch, aber ...«

Doch er befand sich bereits wieder auf der Treppe, und bevor sie zupacken konnte, hatte er den Tisch allein hochgestemmt. Neben seiner Größe war Justin auch nicht gerade schwach. Steinmetz, huh?

Val folgte ihm mit ihren Handtüchern, Geschirr und den beiden Decken. »Justin, ich könnte dir helfen ...«

»Würde sich bei den engen Treppen nur blöd machen.« Ohne sie anzusehen, stellte er den Tisch ab und fragte den Raum insgesamt. »Was machst du mit dem alten Müll?«

»Justin ...«

Stöhnend verdrehte er die Augen. »Ich will nicht darüber reden, Val!« Und schon blickte er sich wieder geschäftig um. »Also, was ist jetzt damit?«

Val seufzte. »Ich wollte es mit dem Truck zurück zum Markt fahren, die nehmen einem das alte Zeug ab.«

Er nickte und warf sich ihr geliebtes Troddelsofa über die Schulter. Sie konnte ihm gerade so die Tür aufhalten, dann stürzte er auch schon hinab, als wolle er den Weltrekord im Möbeltragen aufstellen.

Kurz darauf waren auch die Lampen aus dem Transporter geborgen und Vals alte Schätze eingeräumt. »Ich fahre ihn zurück, geh du hoch und schaff Ordnung.«

»Justin ...«

Kopfschüttelnd hielt er ihr auffordernd die Hand entgegen. Und Val blieb nichts anderes übrig, als ihm Schlüssel und die Papiere auszuhändigen.

Er hob die Hand zum Gruß, mal wieder, ohne sie anzusehen, stieg in den Truck und fuhr davon.

Val nahm sich vor, als Erstes am Montag Jonas zu erschießen und den Rest des Wochenendes mit Beten zu verbringen. Darum, dass die beiden nicht in der Kiste gelandet waren.

In ihrem Appartement angekommen brauchte sie erstaunlich kurze Zeit, um alles an den gewünschten Platz zu rücken. Selbst die neuen Handtücher hatte sie bereits nach einer halben Stunde gegen die alten (Herkunft: Trödler, das Stück zwanzig Cent) ausgetauscht. Auch die angeschlagenen Tassen (Herkunft: Trödler, das Stück zehn Cent) fielen ihrer Erneuerungswut zum Opfer.

Schließlich saß sie auf dem neuen Sofa und wusste nichts mit sich anzufangen. In Wahrheit hatte sie noch nicht entschieden, ob sie ihre Idee für den heutigen Tag nun positiv wertete oder nicht. Außerdem fehlten ihr noch immer Antworten.

Schlimmer, eine neue Frage hatte sich zu den bereits

vorhandenen gesellt und die war auch nicht sehr erheiternd:

Hatte sie ihr Rebellentum hiermit endgültig beendet? War sie tatsächlich dabei, sich anzupassen, so wie Charlie es sich wünschte?

Der Schock über diese Möglichkeit war so grauenhaft, dass Val ein weiteres Mal auf das Essen verzichtete. Sie hatte ohnehin das Einkaufen vergessen. Also das herkömmliche im Supermarkt. Stattdessen machte sie es sich in einer heißen Wanne bequem.

Mit geschlossenen Augen dachte sie nach und versuchte, wenigstens endlich zu erkennen, WAS SIE HIER TRIEB, VERDAMMT!

Doch sie wusste es nicht.

Auch nicht, als sie schließlich aus der Wanne stieg, sich sorgfältig abtrocknete und darauf achtete, die Handtücher GERADE aufzuhängen.

Absichtlich – und unter vielen Mühen – missachtete sie den Laptop, sondern setzte sich betont entspannt auf die neue Couch. Die Polster waren weich und die Decken kuschelig, obwohl sie ihr Bett noch um einiges bequemer in Erinnerung hatte.

Deshalb entschied die ratlose Val irgendwann auch, sich dorthin zu flüchten. Selbstverständlich, nachdem sie die Decken wieder ordentlich zusammengelegt hatte.

Ja, ihr Bett war bequem, wenn auch etwas kindisch mit haufenweise Kuscheltieren zugemüllt. Sie hatte sie nach dem eher unrühmlichen Ende der Mike-Episode wieder hervorgekramt. Damals fuhr Val sogar zu ihren Eltern, um sie aus ihrem alten Mädchenzimmer zu bergen. Auch auf die Gefahr hin, dass ihrer Mutter sie ins Gebet nehmen würde, was diese auch eine geschlagene Stunde getan hatte. »*Val, du musst erwachsen werden! ... Wenn du Hilfe brauchst, dann sage etwas. Du weißt, dein Vater und ich sind immer für dich da. Val, geht es dir auch gut? Du bist so blass!*« Kein Wunder, sie hatte am nächsten Tag den noch unrühmlicheren Termin in der Klinik.

Val wollte keine Hilfe von ihren Eltern. In Charlies Fall hätte sie diese auch nicht überlebt. Stattdessen wollte sie sich ausgiebig in ihrem Verlust suhlen – auch in der Dummheit und Blindheit, die sie in all den Monaten begleitet hatten. Schließlich hatten Justin, Miranda und Babsy sie immer wieder vor ihm gewarnt. Val hatte es nur nicht wahrhaben wollen.

Es geschah nicht absichtlich, doch sie hatte sich zurück in ihre Kindheit geflüchtet, um diese bisher größte Liebe und deren desaströses Ende hinter sich lassen zu können. Dass es so gewesen war, erkannte sie jetzt, als ihr aufging, WIE GOTTVERDAMMT WENIG Platz sie in ihrem Bett hatte!

Kurz darauf stand sie auf und räumte das gesamte Getier weg. Sie brachte es nicht übers Herz, es in irgendeine Ecke zu werfen. Schließlich waren es allesamt treue Begleiter ihrer Kindheit gewesen. Val nahm sich die Zeit, sie sorgfältig in ihrem Bettkasten zu verstauen. Bis auf einen, ihren Hasen, der seit ungefähr zehn Jahren anhaltend damit drohte, sich in seine Bestandteile aufzulösen. Benny.

Sie hatte nicht einmal von ihm gelassen, als sie mit Mike zusammen war.

Dann lag sie wieder in ihrem Bett, inzwischen wirklich hundemüde und suchte noch immer nach Antworten. Doch die WOLLTEN nicht kommen.

* * *

Stunden später, jeder vernünftige Mensch hätte geglaubt, sie wäre bereits seit Ewigkeiten eingeschlafen (einschließlich Val, übrigens) schreckte sie hoch und riss die Augen auf.

»Verdammt!«

Eilig rappelte sie sich aus dem Bett und fegte ins Wohnzimmer.

Hier roch es unangenehm nach frischer Farbe, als wäre sie gerade erst eingezogen. Als sie das Licht einschaltete, wirkte der

Anblick auf den ersten Blick fremd, ordentlich, neu – NICHT SIE!

Damit war ihre Erkenntnis fundamentiert. Sie hatte sich auf ihn vorbereitet.

So, wie der Eindruck, den er in seinem Schreiben auf sie gemacht hatte. Ihr Gentleman aus dem vorletzten Jahrhundert. Val hatte für ihn Platz geschaffen! Wie sollte ein solcher Mensch mit einem eher miesen Graffiti zurechtkommen? Wie mit Geschirr, das nur noch per Zufall nicht einfach auseinanderfiel. Gleiches galt für das Sofa und den Tisch.

Sie wollte, dass er sich wohlfühlte, was beinhaltete, dass sie plante, ihn in naher Zukunft mit hierher zu nehmen.

DAS setzte sie erst einmal matt. Mit einem »UFF!«, ließ sie sich auf das Sofa fallen und sah sich mit großen Augen um.

Val hatte Angst vor Hyde.

Das war die zweite Antwort, die plötzlich so sorglos über sie hereinpurzelten. Val fürchtete diese Anfälle und zwar NICHT, weil sie geschahen, sondern größtenteils wegen ihrer Gedanken. Sie konnte sich nicht vorstellen, ihn zu lieben, während sie ihn in diesen Momenten verabscheute. Sicher war da auch die Furcht vor den Beleidigungen, davor, dass sie sich für ihn schämte, dass sie NICHT zu ihm aufblicken konnte. Aber die Furcht, dass sein Leiden ihre Liebe langfristig zerstören würde, überragte alles andere.

Liebe?

Val runzelte die Stirn.

Nein, soweit war sie nicht. Doch sie ahnte, dass es ungefähr zwei Komma fünf Nanosekunden bedurfte, sich in Jekyll zu verlieben. Etwas länger, zirka drei Minuten, würde sie benötigen, um Mister Simon zu lieben.

Aber Hyde?

Sie wäre schon froh, hätte sie sich an dieser Stelle attestieren können, sich irgendwann mit ihm zu arrangieren.

Und sie hatte unwahrscheinliche Angst, am Ende mit leeren Händen dazustehen und sich bescheinigen zu müssen, dass sie es eben NICHT konnte. Weil das Leben nun einmal gemein und oberflächlich war! Sie war nur Produkt dieser Gesellschaft! Und gegen deren Gesetze anzukämpfen war verdammt schwer. Val musste es wissen, denn sie versuchte es bereits seit geraumer Zeit.

»Unvorstellbar schwer«, seufzte sie und ließ einen weiteren ratlosen Blick durch den fremden Raum schweifen.

Irgendwann entschied Val, noch ein wenig zu kämpfen. Nur noch ein bisschen. Schließlich hatte er nicht geantwortet. Und Respekt vor seiner Entscheidung war wohl der erste Schritt in die richtige Richtung. Leider in diesem Fall auch der letzte.

»Quatsch!«, sagte Val, inzwischen vor ihrem Laptop. Sie wollte nach Ratschlägen von Betroffenen suchen. Val konnte sich nicht vorstellen, dass es niemanden gab, der Erfahrungen vorzuweisen hatte. Vielleicht gab es Tipps, wie man sich in derartigen Situationen verhielt. Sie hoffte es jedenfalls.

Eher aus Gewohnheit checkte sie zunächst den E-Mail-Eingang. Und als da eine Nachricht angezeigt wurde, und zwar von Mr_Simon_Talks_To_Miss_Val@freemail.com, wäre sie beinahe vom Stuhl gefallen.

»NEIN!«, hauchte sie. Mit zittriger Hand klickte sie den unschuldigen virtuellen Briefumschlag an. »Ich werd verrückt!«

* * *

Sehr geehrte Miss Val,

vermutlich haben Sie bereits das Resümee gezogen, dass ich nicht mehr antworten werde.

Sollte Sie das verärgert haben, bitte ich vielmals um Verzeihung. Andernfalls besteht natürlich auch die Möglichkeit, dass Sie hofften, ich würde eine Erwiderung Ihres Schreibens unterlassen und ich enttäusche Sie, während Sie dies lesen.

Womit ich nur das erste unzähliger Risiken benenne, die ich mit Erstellung dieses Schreibens eingehe.

Selbstverständlich möchte ich mit dieser Bemerkung nicht ihr Mitleid erwecken. Es dient eher der Erklärung, weshalb ich mit meiner Antwort so lange warten ließ.

Um ehrlich zu sein, ist auch DIES kein Terrain, in dem ich sehr bewandert bin. Allein deshalb sind meine Anstrengungen, adäquat zu reagieren, enorm. Was eine versteckte Bitte sein soll, mir eventuelle Fehler in der Wortwahl zu vergeben. Ich habe mit keiner Äußerung die Absicht, Sie auf irgendeine Weise zu verletzen.

Es ist Ihnen also nicht entgangen, dass ich Sie einige Male aus der Ferne bewunderte.

* * *

Val schnaubte. »Einige Male? Mein Freund, das hast du über Monate täglich praktiziert ...«

* * *

Bitte verzeihen Sie mir, sollte ich Sie damit belästigt haben.

Ich kann nicht verhehlen, eine gewisse Sympathie für Sie zu hegen.

* * *

»... eine gewisse Sympathie für Sie zu hegen. JUNGE!«, stöhnte Val. »Woher stammst du? Also mal ganz ehrlich, auf die Art reißt du kein Mädchen auf. Okay, abgesehen von mir ... aber nur vielleicht ...« Stirnrunzelnd las sie weiter, doch inzwischen lächelte sie.

* * *

Allerdings wäre ich NIEMALS auf die Idee gekommen, Sie anzusprechen oder andere, wie auch immer geartete Annäherungsversuche zu unternehmen. Mein etwas gewagter Vorstoß mit Schreiben Numero eins galt dem tiefen Bedürfnis, Ihnen mein Bedauern über die Vorfälle in jenem Park auszudrücken.

Dass ich damit nur Ihren Zorn schüren würde, war mir zum Zeitpunkt der Tat nicht bewusst. Andernfalls wäre es zu diesem Ereignis nie gekommen.

Wie ich eingangs erwähnte, ich bin gänzlich unbewandert im Umgang mit derartigen Situationen.

Selbst der Umstand, dass ich dieses Antwortschreiben verfasse, ist in meinen Augen ein äußerst bedenkliches Unterfangen.

Allerdings muss ich Ihnen in einer Hinsicht beipflichten, was gleichzeitig auch der Grund ist, weshalb ich diesen Schritt dennoch wage.

Ja, da IST etwas.

Für die weitere Gestaltung dieser Angelegenheit überreiche ich mangels Erfahrung die Regie in Ihre fähigen Hände. Selbstverständlich respektiere ich auch, wenn Ihr Resümee aus diesem Schreiben lautet, unsere Korrespondenz besser nicht fortzusetzen.

In der hoffnungsvollen Erwartung, dass dies nicht der Realität entspricht, verbleibe ich

Hochachtungsvoll

Simon Geller.

* * *

»Du hast also Schiss, es vermasselt zu haben«, murmelte Val, noch immer lächelnd. »Tut mir leid, hast du nicht. Obwohl ich hier garantiert nicht die Einzige bin, die gehörig einen an der Klatsche hat. Das wollen wir doch mal festhalten. ICH habe die Regie? Na, das ist doch mal ein Wort!«

Und im nächsten Moment tippte sie.

Guten Morgen Mister Simon ...

* * *

Eine Frage der ...

Guten Morgen, Mister Simon,

cool, dass du mir die Regie in die Hand gibst.

Ich habe mir, unabhängig von dir, vorgenommen, ehrlich zu sein, denn ich ahne, das ist überhaupt das Wichtigste in dieser Angelegenheit. Also habe ich nicht vor, mich zu verstellen und hoffe, du tust es auch nicht.

Nein, ich bin nicht sauer. Um ehrlich zu sein, habe ich auf deine Antwort gewartet und dachte bereits, dich endgültig vergrault zu haben.

Dass es nicht so ist, macht mich froh, auch wenn ich nicht weiß, was ich von der gesamten Geschichte halten soll.

Uhhhh, um wiederum ehrlich zu sein (was ich ja unbedingt sein möchte), kenne ich mich mit dieser Art von Unterhaltung auch nicht sonderlich aus.

Also, ich denke, da wir ja noch nicht allzu viel voneinander wissen, beginne ich mal mit der Vorstellung, ist das okay?

Siehst du und hier erkennt man schon die erste Schwäche, die eine derartige ›Konversation‹ aufweist.

Du kannst mir nämlich nicht gleich antworten und aufhalten, wenn ich etwas sage, was dir nicht passt.

Ich bin Val, fünfundzwanzig und Anwältin – nicht von Gnaden, eher aufgrund anhaltender väterlicher Einflussnahme.

Das mit dem Abtreib-Dings vergiss mal wieder, es sollte nur so eine Art Gesprächsauftakt sein, weil mir wirklich nicht einfiel, was ich sagen sollte.

Sorry deshalb.

Ich wollte nicht, dass du denkst, damit du mich bemitleidest oder so etwas ...

Weiter im Text:

Ich arbeite in der Kanzlei – wie du ja unschwer bemerkt haben dürftest – und ich bewohne ein eigenes Appartement, habe derzeit KEINEN Lebensabschnittspartner.

Ich glaube, mehr gibt es nicht zu sagen, wenn du Fragen hast, dann stell sie einfach, okay?

Ich habe eine Menge davon an dich, aber ich will dich nicht überfallen.

Daher mache ich an dieser Stelle Schluss – also mit der Mail! – und warte auf deine Antwort.

Bye ... Val

* * *

Es dauerte Ewigkeiten, bevor Simon in der Lage war, wenigstens halbwegs ruhig noch einmal zu lesen.

Schon erkannte er den nächsten Fehler, den er eingegangen war, indem er ihr überhaupt antwortete. Sie wollte natürlich Näheres über ihn erfahren. Doch was sollte er denn erzählen?

Ich bin ein attestierter Irrer, der ziemlich allein lebt?

Was konnte er ihr bieten, damit sie zufrieden war?

Dieses Schreiben war so fordernd, nicht zuletzt, weil sie wieder diese Anrede benutzte. Simon wäre nicht im Traum auf die Idee gekommen, einfach einen Mitmenschen zu duzen. Ihm fiel überhaupt keine Gelegenheit ein, bei der er zu dieser vertraulichen Anrede zurückgreifen würde. Er duzte seine Eltern – ja!

Niemanden sonst.

Er schluckte, überlas das Schreiben nochmals und dann ging ihm auf, dass er ihr die Regie ja in IHRE Hände gegeben hatte. Der nächste Fehler!

Verdammt!

In wachsender Verzweiflung raufte er sich das Haar. Und so saß er in den kommenden Stunden da. Simon gab sich seinen Tics hin – sonnte sich sogar in dem Gefühl, einmal nicht gegen sie ankämpfen zu müssen, und wusste nicht mehr weiter.

Am Ende antwortete er nur, weil es Val bereits gelungen war, ein gewisses Gefühl der Verpflichtung in ihm zu säen.

Sie hatte zwar abgewiegelt, doch er ahnte, dass sie tatsächlich nach Hilfe suchte. Möglicherweise erwartete sie diese Zuwendung auch, nachdem er sie so unverhohlen angeglotzt hatte. Doch bei seiner Antwort, zu der er sich am Abend hinreißen ließ und die er nur unter den grausamsten Tics zustande brachte, achtete er strikt auf Abstand. Er durfte ihr nicht das Gefühl geben, dass eine Annäherung möglich sei. Denn das war sie nicht!

Niemals!

Eher wäre er gestorben.

Sehr geehrte Miss Val,

ich danke Ihnen für die Antwort und auch für die näheren Erläuterungen zu Ihrer Person.

Damit zeigten Sie mir einige Perspektiven auf, die ich in dieser Form bisher nicht für möglich hielt. Zum Beispiel jene, dass Sie tatsächlich den Beruf des Anwalts ausüben.

Zu meiner Person gibt es nicht viel zu sagen.

Ich bin 27 Jahre, alleinstehend, einziger Sohn meiner Eltern und arbeite in jener Kanzlei, in der auch Sie tätig sind.

Ich bin sehr eingebunden in meine Tätigkeit und verbringe die wenige Freizeit, die mir bleibt, indem ich mich von der anstrengenden Arbeit erhole.

Nichts Spektakuläres, ich hoffe, Sie nicht enttäuscht zu haben.

Hochachtungsvoll

Simon Geller

* * *

Simon betrachtete das als beiläufig genug.

Als er diesmal die Mail abschickte, betete er sogar, dass sie nicht mehr antworten würde.

Er war langweilig, sie eine junge, erfolgreiche Anwältin aus gutem Hause. Simon konnte sich nicht vorstellen, dass er für sie wirklich interessant sein konnte.

Erst als er an diesem Abend in seinem Bett lag, ging ihm auf, was er bisher so fantastisch verdrängt hatte.

Sie WUSSTE es schließlich!

Wenn auch nicht alles, hatte er ihr doch bei ihren drei persönlichen Aufeinandertreffen mehr als deutlich gemacht, dass mit ihm tatsächlich etwas nicht in Ordnung war. Was wollte sie überhaupt von ihm? Schon kehrte seine Paranoia zurück – die hatte es ja nie sehr weit.

Er kam mit ihr nicht klar! Dieses Zutrauen, wo sie sich doch gar nicht kannten, Simon hatte keine Ahnung, wie er darauf reagieren sollte. Aber unter dem Gesichtspunkt, dass sie es ja wusste, fiel es ihm noch bedeutend schwerer, sie einzuschätzen.

Verdammt, er hatte wirklich keinen Schimmer von jungen Mädchen! Aber Simon vermutete, dass er sie mit seinem letzten Schreiben ohnehin abgewimmelt hatte.

Am nächsten Morgen fuhr er etwas früher als gewöhnlich zur Arbeit. Wenn sie die Wahrheit gesagt hatte, begann sie erst um zehn. Das traf auf alle Anwälte zu und deckte sich auch mit der Tatsache, dass er ihr nie zuvor am Morgen begegnet war. Doch Simon wollte jedes noch so geringe Risiko im Vorfeld ausmerzen.

Dass er sogar fantastisch viele Risiken einging, wurde ihm erst bewusst, als er in die klirrende Kälte des Januarmorgens trat, der noch in dieser Woche zum Februar werden wollte.

Nichts stimmte!

Die Beine, die neben und vor ihm die Straße entlangeilten, waren ihm unbekannt, der Zug in der Subway war nicht seiner, so auch nicht dessen Insassen.

Alles war fremd, unkalkulierbar – potenziell gefährlich.

Diese drei Faktoren jedoch bargen in sich eine unausweichliche Wirkung:

Simon kämpfte bereits mit sich, als er in der Subway stand. Er glaubte, sein Kopf würde heute einfach nachgeben, detonieren und den Boden und die Wände, nicht zuletzt die vielen fremden

Mitreisenden mit seinem übel riechenden Inhalt besudeln. Es gelang ihm, es zurückzuhalten, bis er ausstieg, doch dann war es vorbei. Simon stieß einen schrillen Grunzlaut aus, der in dem unterirdischen Gewölbe besonders lautstark schien.

Er verzichtete darauf, die Wirkung auszumachen, indem er sich umsah, sondern lief leise meckernd eilig zum Ausgang.

Hochrot im Gesicht, mit gesenktem Kopf und verzweifelt, wie seit Langem nicht mehr.

Was hatte er sich nur dabei gedacht?

Dass er es an diesem Morgen durch die Lobby schaffte und auch im Aufzug für kein Aufsehen sorgte, glich einem Wunder der besonderen Art. Auch wenn Simon wusste, dass Wunder, wie er sie kannte, in seinem Leben nicht existierten.

Doch der Staatsakt hatte sich gelohnt: Kein Anwalt war anwesend.

Wieder brachte er es nicht auf das obligatorische Nicken in Janes Richtung, sondern stürmte den Flur entlang und schloss aufatmend die Augen, als er endlich Refugium zwei erreicht hatte.

Verdammt noch mal!

* * *

Simon wäre nicht einmal im Traum auf die Idee gekommen, während der Arbeitszeit in seinen privaten Mailordner zu sehen.

Stattdessen vergrub er sich in seiner Arbeit. Der Fall mit dem Angestellten der nicht näher zu benennenden Bank nahm immer größere Ausmaße an.

Selbst auf seinen Tee, den er sich sonst immer brühte, verzichtete er. Eine rein taktische Maßnahme. Deshalb musste er sein Refugium nicht einmal verlassen, um zur Toilette zu gehen.

Wieder dehnte er die Zeit am Abend hinaus. Dafür gab es tatsächlich neben der Feigheit noch andere Gründe. Simon war längst dabei, die Klageschrift zu verfassen. Mr. Welsh hatte, nachdem Simon ihm über die neuen Entwicklungen berichtet hatte, eine Nachricht geschickt, dass der Mandant in Anbetracht der Umstände auf jede gütliche Einigung – ohne Aufsehen – verzichtete.

Hier sollte ein Exempel statuiert werden, Simon blieb freie Hand. Und so konnte er das tun, was er schon immer am liebsten getan hatte:

Beweismaterialien sammeln, die Klageschrift verfassen, Zeugen benennen, sich sogar via Mail mit ihnen in Kontakt setzen. Auch wenn Mr. Welsh die persönlichen Gespräche vornahm.

Sogar das Anfangsplädoyer setzte er auf. So, wie er auch für die Verhandlungsführung verantwortlich war und für die Verfassung des Abschlussplädoyers. Auch die Auswahl der Geschworenen oblag ihm.

Mr. Welsh und er waren ein hervorragendes Team, ein Grund, weshalb Simon so umfassend in seiner Arbeit aufgehen konnte. Er redete ihm niemals in seine Fälle hinein, nahm sein Wort als Gesetz und Simon genau den Teil ab, bei dem der versagte: Die Arbeit in der Öffentlichkeit – vor Gericht.

Als er schließlich nach Hause ging, hatte es zu schneien begonnen und der bedeckte Himmel über ihm war nicht mehr grau, sondern schwarz. Niemand befand sich mehr in den Kanzleiräumen. Simon begegnete nur zwei Frauen von der Reinigungsfirma, welche die späte Stunde nutzten, um die Überbleibsel des Tages zu beseitigen.

Nicht in seinem Refugium. Simon hatte mit Mr. Welsh ausgehandelt, dass er für die Sauberkeit in seinem Domizil eigenverantwortlich war. Und da er ohnehin nicht viel Schmutz produzierte, genügte es, wenn er einmal wöchentlich den Sauger aus der nebenan gelegenen Kammer entnahm und die wenigen Spuren seiner Existenz beseitigte.

Während er die dunklen Straßen entlanglief und ohne es zu bemerken den Zeitpunkt, an dem er in sein Appartement zurückkehrte, immer weiter nach hinten schob, kam ihm der Gedanke, dass es wohl symptomatisch für ihn war. Es bedurfte keiner Viertelstunde, um seine Existenz aus diesem Raum zu entfernen, in dem er einen guten Teil seines Lebens verbrachte.

Das war ihm bereits aufgefallen, als er die wenigen privaten Dinge zusammengeräumt hatte, die er überhaupt dort lagerte. Er war ein Schatten!

Simon schlug den Kragen seines Mantels hoch und senkte den Blick, als er am anderen Ende der Straße Passanten sah, die sich ihm näherten.

Es war ein gutes Gefühl. Nichts anderes wollte er sein. Und das würde er auch bleiben!

NICHTS und NIEMAND konnte das ändern.

Niemand!

Natürlich hatte sie geantwortet.

Wie immer duzte sie ihn und versuchte, an weitere Informationen zu gelangen. Selbstverständlich hatten sie die wenigen Angaben NICHT zufriedengestellt. Obwohl Simon das noch immer nicht begreifen konnte. Er antwortete nicht, sondern kochte sich seinen Tee und aß etwas zu Abend. Wenngleich er neuerdings keinen Lunch mehr hatte, hielt sich sein Hunger in Grenzen, was ihn tatsächlich überraschte. Dann ging er schlafen.

So ist es gut!, dachte er. Ja, so ist es gut ...

* * *

Mitten in der Nacht schreckte er hoch.

Diesmal konnte er sich erfolgreich davon abhalten, vom Sofa zu fallen, aber es war knapp. Und bevor er irgendetwas anderes tat, musste er zunächst seinen Körper unter Kontrolle bekommen.

OHHHH! Verdammt noch mal!

Simon verdammte im Stillen sein Gehirn, das diese verwirrenden Botschaften aussandte. Nicht nur im Schlaf, was ja schon schlimm genug war, sondern auch jetzt noch, während er sich verzweifelt bemühte, nicht mehr atemlos zu sein und diese

Bilder vor Augen zu sehen, die ihm auch nicht weiterhalfen.

Doch wie immer kapitulierte er vor der Übermacht. Die rosa Lippen waren ebenso anwesend, wie die Augen – ihr gesamtes Gesicht schien nur aus ihnen zu bestehen. Außerdem hatte sich da auch noch ein äußerst hübscher Frauenkörper hinzugesellt. Die Haut war hell und makellos und er sah …

Als Simon diesmal verlor, gleich an zwei Körperstellen auf einmal, stöhnte er auf.

Was hatte er sich nur dabei gedacht?

Nachdem er wieder zu Atem gekommen war, ging er mit gesenktem Kopf ins Bad, zog sich seinen besudelten Pyjama aus und stieg unter die Dusche.

Es war NICHT RECHT!

Mit Grauen dachte er an die Vorträge seines Vaters, als er ihn einmal dabei erwischt hatte. Da war Simon sechzehn gewesen und befand sich gerade in seiner Betty-Beobachtungsphase.

»Der Herr verbietet derart widerliche Handlungen an uns selbst, mein Sohn! Menschen wie du, denen er besondere Bürden aufgeladen hat, obliegt nun einmal ein enthaltsames Leben. Finde dich damit ab und lebe nach Gottes Geboten!«

Simon, der hochrot den Kopf gesenkt hatte, und verzweifelt gegen den nächsten Orkan ankämpfte, wagte kaum zu atmen. »Jeder hat mit seiner eigenen Last zu leben. Du, mit dem, was du bist, wir, indem ER uns mit einem Sohn wie dich bedachte. Füge dich in dein Schicksal und begehre nicht auf. ER legt uns gern seine Prüfungen auf. Aber unterlasse ab sofort derartige Handlungen. Sie sind Sünden und ich dulde keinen Sünder unter meinem Dach!«

Das hatte Simon sich sehr zu Herzen genommen. Wann immer er ab sofort Gefahr lief, zu versagen, dachte er an die Worte seines Vaters. Aus heutiger Sicht war es wohl ganz hilfreich gewesen, dass Betty kurz darauf den Angriff startete, er es vermasselte und wenig später alles getan hätte, nur nicht noch einmal an sie zu denken. Aber mit zunehmendem Alter musste Simon die Erfahrung machen, dass er nun einmal auch in dieser Hinsicht Sklave seines Körpers war.

Oft konnte er ihm Einhalt gebieten, bevor es zum Schlimmsten kam, manchmal jedoch gelang es ihm nicht. Wie heute Nacht zum Beispiel.

Dennoch brannten seine Wangen, während er unter der Dusche stand und versuchte, nicht nur die Spuren seines Versagens zu beseitigen, sondern auch das unvorstellbare Gefühl der Schuld mit fortzuwaschen, das in ihm wütete.

Er war kein Idiot. Auch an Simon war nicht vorbeigegangen, dass sein Vater ein wenig ZU konservativ in seinen Ansichten war. Seine Mutter übrigens auch. Spätestens am College hatte er das begriffen. Alle anderen Leute seines Alters hatten nämlich Sex und zwar reichlich. Und bestimmt nicht, um damit ihrer höheren Bestimmung zu dienen und Kinder zu zeugen.

Doch für ihn fiel so etwas leider aus!

Warum?

»Halt die Schnauze!«, quiekte er. Und als sich sein Kopf wieder beruhigt hatte, nickte er wie zur Bestätigung.

DESHALB!

Nachdem er sich frische Wäsche angezogen hatte, ging er zu seinem Computer und schrieb mit zusammengebissenen Lippen.

Sehr geehrte Miss Val,

ich bedaure Ihnen mitteilen zu müssen, dass ich entschieden habe, unsere Korrespondenz nicht fortzusetzen.

Dies hat keineswegs etwas mit Ihrer Person zu tun. Eher betrachte ich es aufgrund der besonderen Gegebenheiten nicht als angezeigt, einen derartigen Austausch zu pflegen.

Hochachtungsvoll

Simon Geller.

Obwohl er das wirklich bedauerte, fackelte er nicht lange,

sondern sandte die Mail sofort ab.

So war es besser. VIEL besser.

Simon hoffte inständig, damit endlich diese grauenhaften Bilder aus seinem Gehirn verbannt zu haben. Grauenhaft, nicht weil sie abstoßend waren. Oh Gott, er wäre froh gewesen, hätte es sich derart verhalten.

Es war ihre Unerreichbarkeit, die sie so unerträglich werden ließ. Eines hatte Simon nämlich auch gelernt und das bereits vor geraumer Zeit:

Hoffnung half ihm im Leben nicht weiter. Und solange er mit dieser Frau kommunizierte, vorgab, etwas zu sein, was er nicht war, sogar suggerierte, das eine Entwicklung möglich war, die niemals vonstattengehen konnte, verurteilte er nicht nur sich zu jener widerlichen, illusorischen Hoffnung, sondern auch sie.

Es war unehrlich! Und hatte sie nicht genau darauf Wert gelegt?

Ehrlichkeit?

Nun, dem hatte er wohl Genüge getan.

Allerdings änderte die Mail nichts an der Tatsache, dass Simon in dieser Nacht keinen Schlaf mehr fand, sondern mit offenen Augen in der Dunkelheit lag und verzweifelt daran arbeitete, ihr Bild endgültig aus seinem Kopf zu verbannen.

Sehr erfolgreich war er nicht.

Trotzdem blickte er weitaus gelassener in die Zukunft, als er wenige Stunden später auf dem Weg zur Arbeit war. Wie gestern eine Stunde früher als üblich, dabei würde es auch bleiben. Er konnte bei den Füßen (und einem flüchtigen Blick nach oben) bereits die ersten vertrauten Elemente ausmachen. Es beruhigte nicht sehr, doch er verspürte nicht mehr diesen grenzenlosen Ausnahmezustand wie am Tag zuvor.

Die Kanzlei war abgesehen von Jane noch nicht besetzt. Heute brachte er es sogar auf ein flüchtiges Nicken, bevor er sich hastig in sein Refugium flüchtete.

Ja, er begrüßte es mit einem lauten Gackern und Simon konnte nicht eher mit der Arbeit beginnen, bevor er nicht zwanzig Minuten mit *Adagio for Strings* verbracht hatte.

Dennoch.

Er spürte seine Zuversicht wiederkehren. Und allein das sagte ihm, dass er richtig gehandelt hatte.

Als er am späten Abend nach Hause zurückkehrte, sah er nicht in den Mailordner, sondern löschte den Account ungesehen.

Es war gut so!

Auch wenn ihm die Bilder immer noch zusetzten. Besonders in der Nacht, während er von ihr träumte. Doch er wachte nicht auf und konstatierte am nächsten Morgen, dass ein paar unschuldige Träume schließlich nicht verboten waren. Nicht einmal einem Idioten wie ihm.

Der nächste Tag – es war der Mittwoch – verlief beinahe entspannt.

Simon hatte Mr. Welsh fast die komplette Akte geschickt, die Klage war geschrieben, die Beweisliste erstellt, die Zeugen benannt. Er wartete auf Antwort des Gerichts und widmete sich währenddessen bereits dem nächsten Fall.

Diesmal handelte es sich um etwas Hochbrisantes. Eine Mandantin wollte ein namhaftes Geldinstitut auf Schadenersatz verklagen. Wegen Fehlberatung und Fehlinvestition, weshalb sie ihr Vermögen zu einem großen Teil während der vergangenen Finanzkrise eingebüßt hatte. Wären sie erfolgreich, würde das eine Flut an Folgeklagen nach sich ziehen und jede Menge lukrativer Fälle für die Kanzlei.

Simon befand sich also ganz in seinem Element.

Die Stirn gerunzelt, der Rücken gerade, der Kopf erhoben, die Augen wach. So saß er in seinem selbst erwählten Verlies, schrieb die Fakten auf, bereitete sich akribisch vor und ging in Gedanken bereits ein Plädoyer durch, das er nie halten würde.

Er war nicht böse darüber oder wünschte sich, irgendwann

einmal die Ausführungen, die er so logisch und stichhaltig zu Papier brachte, selbst zu erläutern. Jene Plädoyers trug er unzählige Male im Stillen vor. Sie fielen immer flammend aus und besaßen die seltene Gabe, die Geschworenen bereits zu Beginn der Verhandlung für sich einzunehmen, und zwar restlos. Doch er hätte sich niemals vorgestellt, sie in einem Gerichtssaal zu halten. Vor dem Richter, den Geschworenen und dem Publikum im Hintergrund.

An diesem Tag fühlte er sich zum ersten Mal seit einer Woche imstande, Wasser für seinen Tee zu holen. Sicher, er lauschte lange und anhaltend, ob in dem kleinen Flur wirklich keine Geräusche zu vernehmen waren. Erst dann trat er in die Dunkelheit und verzichtete darauf, das Licht einzuschalten. Und noch einmal horchte er, diesmal an der Tür, die zu den Haupträumen der Kanzlei führte. Bis ihm einfiel, dass dies totaler Blödsinn war. Es handelte sich um dieses feuerfeste Matierial, da war kein Lauschen möglich!

Dummkopf!

Als er in den Flur trat, sich dabei sorgsam an seiner Glaskanne festhielt, geschah es wieder wie aus heiterem Himmel. Er stand vor ihr.

Nicht vor IHR!

Das hätte ihn möglicherweise an diesem Vormittag, der sich doch so unschuldig angelassen hatte, den Verstand gekostet. Es war eine ihrer beiden Begleiterinnen, die dabei gestanden hatten, als er im Park die Fassung verlor. Sie wirkte nicht erstaunt oder vielleicht erschrocken, weil er wie Phönix aus der Asche plötzlich vor ihr auftauchte.

Stattdessen grinste sie auffordernd und Simon war erledigt. Bevor er es auch nur kommen spürte, war es geschehen. Keine Chance, die Dinge aufzuhalten.

»FICK DICH!«, brüllte er ihr entgegen. Und bevor er fliehen konnte, um wenigstens das größte Desaster zu verhindern, ging es weiter, denn er pfiff. So, wie er es manchmal in Filmen sah, wenn die Jungen die Mädchen auf der Straße anpöbelten.

»Bist du noch ganz dicht?« Das kam empört, was Simon ja wirklich nachvollziehen konnte. Er hätte ihr auch gern geantwortet, doch das war leider unmöglich. Das Herz klopfte ihm bis zum Hals, die Teekanne fiel ihm aus den Händen und die Angst übernahm die Regie. Er senkte den Kopf und registrierte dankbar das Rauschen in seinen Ohren. Denn ihre Worte drangen deshalb nur aus weiter Ferne zu ihm durch. Was übrigens voll und ganz genügte, besten Dank!

»Du hast sie wohl nicht mehr alle! Ehrlich, hast du dafür trainiert oder bist du einfach nur noch dämlich! Ich lasse mir das nicht gefallen. Du bildest dir wohl ein, nur weil du gut aussiehst, kannst du dir alles erlauben? Du ...«

»Geh, Sarah!« Es war die Stimme eines Mannes, die Simon nicht kannte.

»Aber, der Idiot hat ...«

Das Rauschen war vorüber und Simon hob den Kopf. Er lachte gackernd, musterte nebenbei jedoch den zweiten Anwesenden. Manchmal war er noch so dämlich, seine Neugierde gewähren zu lassen. Der Neuankömmling war blond und jung. »GEH!«, herrschte dieser die junge Frau an.

»Aber ...«

»GEH JETZT ENDLICH!«

All das, während Simon die unsinnigsten Geräusche von sich gab, sein Kopf hin und her zuckte, er sich einmal sogar um die eigene Achse drehte und damit die Scherben seiner Teekanne tief in den Teppich trat.

Die Frau namens Sarah musste gegangen sein, denn als Simon sich wieder auf seine Umwelt konzentrieren konnte, war sie verschwunden.

Der blonde Typ nicht. »Mist«, hörte Simon ihn murmeln. »Die Kanne ist hin. Haben Sie einen Ersatz?«

Simon hob den Kopf und starrte ihn an. Ihm war so übel wie

seit Langem nicht mehr.

»Sie können sich keinen ...« Stirnrunzelnd betrachtete der Mann, den Simon nicht kannte, die Überreste. »... Tee?, kochen.«

»Kein Problem«, hörte Simon sich wispern und warf den Kopf unkontrolliert zur Seite.

»Machen Sie sich keine Sorgen, ich räume das weg«, meinte der junge Mann. »Ich bin hier nicht – äh – sonderlich ausgelastet.«

Simon verstand kein Wort, doch er nickte, machte kehrt und ging auf tauben Beinen in sein Refugium. Sorgfältig verschloss er die Tür, setzte sich in seinen Sessel und legte den dummen, verräterischen Schädel in seine Hände. Die Augen brannten und zum ersten Mal seit Ewigkeiten, hätte er gern geheult.

Sein Herz hatte sich nicht beruhigt und noch in seinen Händen ruckte sein Kopf immer wieder in die eine oder andere Richtung. Verzweifelt versuchte er, wieder in geordneten Bahnen zu denken.

Was sollte er tun? Was IN GOTTES NAMEN SOLLTE ER DENN NUN TUN?

* * *

Das Klopfen an der Tür riss ihn aus seiner Lethargie und hätte Simon beinahe einen Herzinfarkt beschert.

Mit riesigen, panischen Augen starrte er zu der Tür und stieß ein Gackern aus, von dem er nichts wusste. Nach endlosen zwei Minuten fiel ihm endlich ein, wer das nur sein konnte und vor allem, aus welchem Grund er zu ihm kam.

Gut! Damit wurde ihm die Entscheidung abgenommen.

Simon erhob sich auf hölzerne Beine, die er nicht wirklich spürte, und legte die zwei Meter bis zur Tür zurück.

Es ist gut!, beschwor er sich! *So ist es gut!* Doch es fühlte sich nicht so an.

Als er schließlich unter unmenschlichen Anstrengungen den Schlüssel herumgedreht und die Tür geöffnet hatte, stand NICHT

Mr. Welsh vor ihm, der ihm förmlich erklärte, dass er viel Geduld habe, doch jedes Kontingent irgendwann einmal aufgebraucht sei.

Es war jener blonde Mann, dem er soeben im Flur begegnet war. »Ich dachte mir, Sie wollen vielleicht noch immer einen Tee trinken.«

Fassungslos senkte Simon den Blick und sah eine Tasse in den schlanken Händen. Er blickte auf und der blonde Typ grinste. »Übrigens, ich bin Jonas Bone. Wohl bekommt's!«

Simon brauchte geraume Zeit, bevor er begriff, dass er die Tasse nehmen sollte, das Zucken seines Kopfes nahm er kaum wahr.

Der Mann nickte. »Bis dann!«

Und damit ließ er den entgeisterten Simon stehen und ging.

* * *

Erst am sehr späten Abend sah Simon sich in der Lage, die Tür zu öffnen und in den GROSSEN Flur zu treten.

Niemand schien noch vor Ort zu sein, was ihn ein wenig aufatmen ließ.

In den Händen hielt er die Tasse und stellte etwas belämmert fest, dass er keine Ahnung hatte, wohin er sie bringen sollte.

Schweren Herzens machte er sich auf die Suche nach dem mit Sicherheit vorhandenen Raum, in dem das Geschirr gelagert wurde. Simon kam nicht einmal in den Sinn, das Porzellan vielleicht einfach auf Janes Tresen abzustellen. Das widersprach seiner Vorstellung von Ordnung.

Die Flure waren dunkel, nur die Notlichter brannten. Untrügliches Zeichen dafür, dass es wieder einmal sehr spät geworden war. Erst nach einigen Minuten ging Simon auf, dass er sich zum ersten Mal in dem weiträumigen Areal umsah, das seit über zwei Jahren seinen Arbeitsplatz darstellte.

Na ja, dann hatte die Suche nach dem geeigneten Ort, um die Tasse loszuwerden, wenigstens einen tieferen Sinn.

Als er um eine der zahlreichen Ecken bog, Janes Tresen hatte er bereits hinter sich gelassen, bemerkte er den schwachen Schein einer Lampe aus einem Raum in den Flur driften. Er stoppte und wollte bereits fliehen. Doch dann blickte er an sich hinab, sah seine verdammte Tasse und realisierte, dass er das nicht konnte. Diesmal war dieses dumme Stück Porzellan der Manipulator.

Bedeutend langsamer setzte er den Weg fort. Als er das Licht erreichte und einen flüchtigen Blick um die Ecke wagte, erkannte er, dass er den geeigneten Raum erreicht hatte. Hier standen sogar etliche Tassen.

Nach kurzer Suche fand er auch den Geschirrspüler und war wenig später wieder auf dem Flur. Simon hatte bereits den Ausgang erreicht, als er doch noch auf eine der beiden Reinigungskräfte traf. Sein Kopf zuckte ein wenig, doch er nickte höflich »Guten Abend!« und trat zum Aufzug.

Tief in seine Grübeleien versunken lief er wieder einmal nach Hause. Diesmal nicht aus Furcht vor der Fahrt mit der Subway, sondern weil er dahintergekommen war, dass er beim Laufen in der Kälte gut nachdenken konnte.

Er fühlte sich von diesem Jonas Bone bedrängt, doch zeitgleich hatte ihm noch niemals jemand einen Tee gebracht oder etwas anderes. Simon war so sehr daran gewöhnt, was er benötigte allein zu besorgen, dass er sich nie Gedanken darüber gemacht hatte.

Diese unvorhergesehene Freundlichkeit verwirrte ihn zutiefst. Auch die Reaktion des Mannes. Nicht dass er diese Frau fortgeschickt hatte, sondern dessen wissender Blick. Was grauenhaft war, aber wohl nicht unerwartet eintraf.

Die Gelassenheit machte Simon ebenfalls zu schaffen. Er war so beherrscht gewesen und verhielt sich, als wäre Simon – normal!

Ein seltsamer Mensch, wirklich.

Auch in dieser Nacht wurde Simon von rosaroten, vollen Lippen, großen dunklen Augen und einem wundervollen weiblichen Körper heimgesucht.

Simon hörte sich danken, weil sie nicht anwesend gewesen war, als er wieder einmal die Beherrschung verlor. Doch diesmal mischte sich noch eine männliche Gestalt in seine Träume.

Er besaß ein sehr freundliches Lächeln und reichte ihm eine Tasse Tee. »Wohl bekommt's!« Dann ging er und ließ Val (die inzwischen aufgetaucht war) und Simon stehen.

Es war zum Verrücktwerden, attestierte Simon sich beim Aufwachen. Warum begriff sein Gehirn nicht, dass er nicht an sie denken wollte?

Den Morgen brachte er relativ gelassen hinter sich.

Erst, als er sich wie üblich eine Stunde früher auf den Weg begab, stellte sich die Panik ein.

Sie stieg mit jedem Meter, den er sich dem Wolkenkratzer näherte, in dem sich die Kanzlei befand.

Heute gab es ebenfalls kein Nicken für Jane, Simon glaubte auch nicht, dass das noch einmal für ihn infrage kommen würde. Er konnte sich durchaus vorstellen, dass diese Jane, mit dem Mädchen namens Sarah befreundet war. Und selbst wenn nicht.

Sein Kopf fuhr zur Seite, doch das geschah eher beiläufig, weil er bereits ärgerlich die Stirn runzelte.

Sie kannten sich doch! Und mit Ausnahme von ihm sprachen sie miteinander. Seine Darbietung von gestern würde die Runde gemacht haben. Und auch Val hatte selbstverständlich davon erfahren.

»Haha!«, lachte er, als er seinen Flur erreichte. Zum ersten Mal ließ er einen Tic wirklich gern gewähren, denn er gab genau das wieder, was Simon soeben dachte.

Und schon weil es so war, sank seine Stimmung noch einmal rapide. Denn soweit er sich erinnern konnte, hatte er sich bereits vor etlichen Tagen von derartigen Gedanken verabschiedet, verdammt!

Dass man sich NICHT gegen seine Gefühle wehren kann, egal, wie angestrengt man auch daran arbeitet, erfuhr Simon, als er seine Tür aufschloss. Kaum hatte er sie geöffnet, schlug sein Herz so laut, dass er meinte, es in der Stille des Raumes hören zu können.

»VERFICKTE SCHEISSE!« Auch das kam aus vollstem Herzen.

Sorgfältig schloss er die Tür von innen ab und erst dann wagte er, den Briefumschlag aufzuheben.

Allerdings vermutete er diesmal keine Bombe.

Kichernd ging er zu seinem Sessel, er nahm sich nicht einmal die Zeit, den anhaltenden Tic abzuwarten oder vielleicht die Jacke auszuziehen. Mit klammen Händen öffnete er das Kuvert und atmete neben seinem Gegacker und der Verkündung, dass alles »VERDAMMTE, VERFICKTE SCHEISSE!« war, erleichtert auf, als er ihre Handschrift sah.

Lieber Simon,

ich RESPEKTIERE Deine Entscheidung!

Bitte, nimm nicht an, ich wolle mich dir aufdrängen.

Ich will dir auch nicht mein Bedauern über den gestrigen Vorfall ausdrücken, denn das wäre unangebracht.

Ich möchte mich für das Verhalten meiner Kollegin entschuldigen.

Ausreden dafür gibt es zuhauf – die passendste wäre wahrscheinlich, dass sie es einfach nicht besser WEISS!

Auch ich nutzte sie bereits für mich und ich kam sogar für knapp vierundzwanzig Stunden vor mir selbst damit durch ;-).

Und jetzt werde ich etwas tun, was du vielleicht verurteilst.

Es steht dir natürlich frei, mir zu antworten oder es zu lassen (obwohl ich wirklich sehr, sehr wünsche, dass du dich dennoch für ein JA entscheidest).

Ich habe eine Vermutung, aus welchem Grund du unseren schriftlichen Kontakt abgebrochen hast.

Wenn ich falsch liege, dann korrigiere mich. Mir ist durchaus bewusst, dass auch DAS die Aufforderung zu einer Antwort ist und ich stehe dazu!

Wenn ich dich ein wenig manipulieren muss, dann werde ich auch das tun, denn ich habe so die Vermutung, dass du dich NIEMALS melden würdest, egal, was dir dein Herz auch sagt ...

* * *

»HALT DIE SCHNAUZE!«

* * *

Simon, ich KENNE dein Problem!

Ich will nicht behaupten, dass ich genau weiß, was auf uns zukommt, aber ich hatte zwischenzeitlich genügend Einblick in dieses Thema, um mir zuvor ganz genau überlegt zu haben, was ich will.

Ich weiß es!

Weißt du es auch?

Oder hast du die Flucht gewählt, weil sie viel einfacher ist, als sich auf ein Risiko einzulassen, das dich durcheinanderbringt?

Was aber, wenn du damit mehr aufgibst, als dir derzeit bewusst ist?

Vielleicht sogar Glück?

Ja, ich lehne mich weit aus dem Fenster, und nein, ICH KANN NICHT SAGEN, was die Zukunft bringen wird. Es läuft immer auf ein Risiko hinaus. So oder so.

Man stellt entweder irgendwann fest, dass man sich so viel zu sagen hat, dass die Zeit niemals genügen wird oder dass längst alles gesagt ist. Damit muss JEDER leben.

Warum finden wir es nicht heraus?

Ich habe eine annähernde Vorstellung, was ich von dir verlange, doch ich denke, wenn, müssen wir BEIDE einen Schritt wagen. Und wenn du fair bist, dann habe ich mich mit diesem Schreiben bereits so weit vorgewagt, dass es für mich nur noch peinlich werden KANN!

Es sei denn, du bist bereit, mir entgegenzukommen.

Fühle dich nicht unter Druck gesetzt, weil ich auf deine

Antwort warte.

DENKE nach wäge das Für und Wider sorgfältig ab, überlege, was du in all den Wochen sahst, als du im Park standest.

Ich weiß, was ICH sah und aus diesem Grund melde ich mich bei dir.

Schreibe mir erst, wenn du sicher bist, DEINE Fragen beantwortet zu haben. Das ist eine ziemlich spannende Angelegenheit, ich habe den Prozess bereits hinter mir.

... und, Simon?

Ich heiße Val, nicht MISS Val ;-)))

Viele liebe Grüße

Val

* * *

Der Donnerstag verging ebenso wie der Freitag.

Das Wochenende schloss sich an. Diesmal war Simon clever genug, sich AUSREICHEND Arbeit mitzunehmen und kein noch so geringes Detail zu vergessen.

Es half nicht.

Ihr Schreiben verwirrte Simon. Es setzte ihn unter Druck, wie selten etwas zuvor in seinem Leben. Nach wie vor wusste er nicht, was sie eigentlich von ihm wollte! Alle Möglichkeiten, die ihm in den Sinn kamen, waren zu utopisch, als dass sie zutreffen konnten.

Einige Male brachte er es auf ein bitteres Lachen. Nämlich immer dann, wenn er der Versuchung nicht widerstehen konnte und doch wieder ihr Schreiben las. Denn sie wusste NICHTS. Er war erstaunt, weil sie durchaus hin und wieder mit ihren Vermutungen ins Schwarze getroffen hatte. Doch was genau das bedeutete, KONNTE sie nicht wissen. Schon, weil er ebenso ahnungslos war.

Er stolperte von einer Katastrophe in die nächste. Und immer, wenn er glaubte, dass keine weitere Steigerung möglich war, brach der nächste Tic über ihn herein. Schlimmer, unbezähmbarer, unwiderstehlicher, als er es jemals zuvor erlebt hatte.

DAS wollte sie auf sich nehmen?

Niemals!

Unzählige Male war er so weit, ihr den Brief zu schreiben, der endlich alles beendete.

Ein paar Mal hatte er sogar damit begonnen.

Handschriftlich, bis ihm einfiel, dass er auf diese Art keine Möglichkeit haben würde, ihn ihr zukommen zu lassen. Nachts wurde er von Träumen von diesem Mädchen gequält, das er nicht kannte und von dem er sich nicht die geringsten Vorstellungen machen konnte, WIE sie war.

Simon hatte nämlich wirklich keine Ahnung vom weiblichen Teil der Menschheit. Von Männern auch nicht.

Da war dieser blonde Typ, Jonas Bone. Aber auch den kannte Simon nicht. Doch zunehmend ertappte er sich bei dem Wunsch, jemanden zu haben, den er um Rat fragen konnte. Einen Mann, einen FREUND, irgendwen, dem er sich und seine Zweifel und Ängste anvertrauen konnte. Schlecht wäre auch nicht gewesen, wenn der ihm gesagt hätte, welche Vorteile Simon sich aus einem Schritt auf sie zu erhoffen konnte und – noch viel besser – wenn er ihn darüber aufgeklärt hätte, WIE dieser Schritt überhaupt aussehen sollte! Simon hatte nämlich nicht einmal diesbezüglich einen Schimmer.

Ein Treffen stand für ihn ebenso außer Frage, wie ein persönliches Gespräch, möglicherweise am Telefon. Er wusste, wie es ausgehen würde.

Also WAS?

Dies waren die Momente, in deren Ergebnis er sich IMMER vor einem Block oder wahlweise seinem Computer wiederfand, um die negative Nachricht zu schreiben.

Doch er konnte nicht.

Ebenso wenig, wie er an jenem vertrackten Mittwoch erneut

kündigen konnte, obwohl ihm seine Instinkte dazu rieten, brachte er ein weiteres ablehnendes Schreiben an sie zustande. Doch eine Antwort auf all seine Fragen bekam er deshalb nicht.

Auf diese Art ließ sich die nächste Woche an. Sie hatten den Februar erreicht und der Winter holte noch einmal zum Gewaltschlag aus. Simon fror auf seinem Weg zum Wolkenkratzer und besonders an den Abenden, wenn er wie neuerdings üblich nach Hause lief. Hierbei handelte es sich um gut eine Stunde Fußweg. Doch er fühlte sich bereits am Montag außerstande, mit der Subway nach Hause zu fahren.

Missmutig stapfte er am Dienstagabend durch den erstarrten Schnee. Niemand hatte es für nötig gehalten, ihn beiseitezuräumen, bevor er zu Eis gefror. Doch die dichte Decke, mit der die Straßen, Dächer und Autos überzogen waren, besaß auch ihre Vorteile. Die Geräusche wurden gedämpft, als bestünde das Weiß tatsächlich aus Watte – so, wie es auch aussah.

Momentan benahm er sich wie ein unverbesserlicher Idiot! Simon konnte sich an kaum eine Zeit erinnern, in der er so oft die Kontrolle verloren hatte wie derzeit. Und über allem standen rosa Lippen und große Augen, die er nicht vergessen konnte.

Sie hatte ihn tatsächlich manipuliert!

Am Mittwochabend kam ihm dieser Gedanke, weshalb er stehen blieb und den verhangenen Himmel betrachtete, der sich anschickte, die nächste Ladung Schnee auf die Stadt zu entfesseln.

»Verdammt noch mal!«, knurrte er und lief eilig nach Hause. Halb davon überzeugt, endlich den entscheidenden Brief – mit der Ablehnung – zu schreiben.

Doch er KONNTE nicht! Wie er feststellen musste, als er schließlich vor dem Computer saß. Vielleicht allein deshalb, weil seine Fragen noch immer nicht beantwortet waren. Er hatte jedenfalls keine Ahnung.

Irgendwann ging er zu Bett, ohne irgendetwas an sie verfasst zu haben.

Der nächste Tic brach über ihn herein, als er plötzlich die recht unangenehme Vermutung spürte, dass sie vielleicht nicht ewig warten würde. Gleichzeitig machte sich in ihm jene Ruhe breit, die immer dann eintrat, wenn er ein Problem aus der Welt geschafft hatte.

Schließlich raufte er sich das Haar.

»VERFICKTE SCHEISSE!«, brüllte er in den dunklen Raum und hatte selten so sehr mit seinem verdammten Kopf übereingestimmt.

Am kommenden Morgen machte er sich zerschlagen auf den Weg in die Kanzlei, mied wie neuerdings üblich selbst Janes Blick und verbarrikadierte sich in seinem Büro. Genügend Arbeit wartete auf ihn. Die Klage war endlich eingereicht, das Gericht hatte sie erwartungsgemäß ohne Voranhörung akzeptiert und es würde demnächst in die Vorverhandlung gehen. Simon musste sich mit den vorgeschlagenen Geschworenen auseinandersetzen, was immer der schwierigste Part an einem Prozess darstellte. Der Fall würde vor der großen Kammer verhandelt werden. Wie so häufig hatte er einen guten Riecher bewiesen.

Doch immer wieder schob sich dieses verdammte Bild vor seine Augen. Er hatte längst darauf verzichtet, es beiseite zu wischen. Schon, weil das wohl einer Art Selbstbetrug gleichgekommen wäre. Immer später verließ er abends das Büro, immer früher tauchte er morgens auf. Er kochte sich keinen Tee mehr, nur aus Angst, vielleicht wieder dieser Miss Sarah zu begegnen.

Das Wochenende verbrachte er zwischen seinen Tics und der Vorbereitung der Verhandlung. Übrigens auch damit, anhaltend Briefanfänge zu verfassen:

Sehr geehrte Miss Val,

Hallo Miss Val,

Werte Miss Val (das kam immer, wenn sie besonders

ausdauernd in seinem Kopf umhergeisterte und Simon langsam ernsthaft sauer wurde).

Einen Brief jedoch verfasste er nie.

Der Frost hielt an, obwohl bereits die zweite Woche im Februar hinter ihnen lag. Simon hatte sich angewöhnt, überhaupt nicht mehr den Kopf zu heben. Möglicherweise entging ihm deshalb zunächst, dass sich seine Träume zwar verstärkten (inzwischen duschte er fast in jeder Nacht mit brennenden Wangen), seine Tics – jedenfalls die oberhalb seines Halses – langsam nachließen.

Als er am Montag spät abends aus seinem Büro trat, wäre er beinahe über eine Tasse gestolpert, die direkt vor seiner Tür stand.

»HA!«, schrie er, beachtete es jedoch nicht weiter. Das Herzklopfen befand sich mal wieder in seiner Mundhöhle.

Ein Zettel lag darunter, der Tee war längst kalt. Simon nahm das Papier und schaltete geistesabwesend das Flurlicht ein.

Hey,

ich hatte den Eindruck, Sie würden in letzter Zeit auf Ihren Tee verzichten.

Keine gute Idee.

Flüssigkeit ist wichtig, um konzentriert zu arbeiten.

Wohl bekommt's!

Jonas Bone

»Ha!«, sagte Simon wieder, bevor er die Tasse sorgsam in die Toilette entleerte. Dann machte er sich daran, das Porzellan in das Geschirrzimmer zu bringen. Wie immer war es der einzig noch erleuchtete Raum in der gesamten Kanzlei. Doch als er um die Ecke bog, stellte er zu seiner grauenhaften Überraschung fest, dass er nicht allein war.

* * *

Sein Kopf verselbstständigte sich, zuckte nach links und

Simon gab ein nächstes »HA!« von sich.

»Guten Abend«, bemerkte sie und trank weiter an ihrem Wasser, als wäre nichts gewesen.

Simon schluckte. Der Kopf ging in die andere Richtung, ein leises »Fick dich!«, kam auch noch und sein Herz vollführte wieder das Wunder, bei dem es seinen Standort aus dem Brustkorb in die Mundhöhle zu verlagern schien.

Aber er hörte sich sagen. »Guten Abend.«

Eilig stellte er die Tasse in den Geschirrspüler, sein Kopf bewegte sich das nächste Mal, nun nach links, doch er schaffte es sogar auf ein: »Auf Wiedersehen!«, bevor er floh.

Erst als er im Aufzug stand, lehnte er sich gegen die Wand, schloss die Augen und wischte mit bebenden Händen den Schweiß von der Stirn.

Oh mein Gott!

* * *

Drei weitere Wochen sollten vergehen, in denen Simon mit sich haderte.

Allerdings änderte sich innerhalb dieser 21 Tage ALLES.

Jeden Tag stand gegen zehn Uhr am Vormittag eine Teetasse vor seiner Tür. Dieser Mister Bone klopfte nie, doch an Tag drei nach erstmaligem Auftauchen dieses Phänomens nahm Simon die Gabe an. Und so kam es, dass er an jedem Abend seine Teetasse in dem dafür zulässigen Raum entsorgte.

Er benötigte drei Tage, bis er den Zeitpunkt auf exakt zehn Uhr datierte.

An jedem Abend war sie da, trank ihr Wasser, begrüßte ihn freundlich und beachtete ihn nicht weiter.

Simon WUSSTE, dass sie ihn manipulierten, doch nachdem er sich anfänglich massiv dagegen gesträubt hatte, ließ er sich auf das Spiel ein. Auch wenn ihm noch immer nicht klar war, mit welchem Ziel!

Die Gewohnheit stellte sich ein, so wie sie es immer tat.

Eines freitags in der ersten Märzwoche trat er am späten Abend an seinen Computer und begann zum unzähligen Mal mit dem Brief.

Sehr geehrte Miss Val ...

Er runzelte die Stirn, nahm sich ihr letztes Schreiben noch einmal vor und löschte den Anfang.

Dann holte er tief Luft (Herz befand sich in der Mundhöhle und Kopf zuckte unruhig hin und her).

Guten Abend, Val ...

* * *

… Gewöhnung

Einige Wochen zuvor …

»Dad, ich brauche deine Hilfe!«

Atemlos stand Val vor ihrem Vater. Der blickte jedoch erst auf, nachdem er die Akte, an der er gerade saß, sehr ordentlich beiseitegelegt hatte. »Setz dich erst mal und hol tief Luft.«

»Du verstehst nicht …«

»Nein.« Charlie nickte. »Genau das wollte ich ausdrücken. Und es wird nicht besser, wenn du mir die Problematik, was immer es auch ist, in diesem Wischi-Waschi-Zustand darlegst. Setzen!«

Seufzend gehorchte Val.

Charlie lehnte sich zurück und betrachtete sie für einen Moment. »Dann erzähl mal«, sagte er schließlich.

Das war doch ein Wort!

»Also, die Sache ist die!«, begann Val. »Ich habe eine Freundin – Babsy – aber der Name ist egal. Also momentan. Sie hatte gestern einen Unfall – böse. Ein älterer Mann wurde überfahren, er liegt im Koma, man weiß nicht, ob er durchkommt. Sie schwört, dass sie unschuldig ist, aber da gibt es zig Zeugen, die das Gegenteil aussagen und Babsy sitzt so ziemlich in der Scheiße – sorry – Klemme. Sie hat kaum Geld, kann sich keinen Anwalt leisten und das ist so ziemlich mies, wie du dir vorstellen kannst.«

Val richtete sich auf und betrachtete ihn entschlossen. »Dad, ich brauche dringend deine Hilfe! Du musst den Fall übernehmen und sie rausboxen. Sie braucht einen Anwalt!«

Charlie hatte ihr schweigend gelauscht. Und noch lange nachdem Val mit ihrem, zugegebenermaßen leicht wirren, Vortrag geendet hatte, sagte er nichts. Doch irgendwann lehnte er sich lächelnd zu ihr vor. »Fein! Hiermit übergebe ich dir deinen ersten Fall!«

Vals Augen wurden groß. »Dad!« Das klang etwas schrill. »Ich glaube, du hast mich nicht richtig verstanden. Sie benötigt einen ANWALT!«

»Du BIST Anwalt!«

»Aber kein GUTER!«

»Dann werde es!«, knurrte Charlie. »Wenn du Fragen hast, kannst du jederzeit zu mir kommen. Ich entnahm deinen Äußerungen, dass die Mandantin die Rechtsvertretung nicht eigenständig finanzieren kann. Somit ist nur der staatliche Pflichtanteil zu erwarten. Es tut mir leid, aber ich KANN diesen Fall nicht übernehmen. Die Partner würden mir die Hölle heißmachen. Wie gesagt ...« Er hatte den Blick bereits wieder auf seinen verdammten Aktenkram gesenkt. »... für Tipps stehe ich dir jederzeit zur Verfügung, ansonsten kann ich dir leider nicht helfen. Du hast auf mich bisher nicht den Eindruck gemacht, als wärst du überarbeitet.«

Val konnte nicht vermeiden, dass sie rot anlief. Charlie sah auf und breitete die Arme aus. »Du hast deinen ersten Fall! Ich betrachte es als günstigen Wink des Schicksals, dass es sich bei der Mandantin um eine Freundin handelt. Obwohl man so etwas üblicherweise ablehnt. So wirst du dich wenigstens ins Zeug legen.« Er hob die Augenbrauen. »Sie ist momentan anwesend?«

Val nickte, sprechen konnte sie nicht, denn sie überlegte sich gerade, wie sie Jonas, den Idioten, mit Babsy zusammenbringen sollte, wenn die im Gefängnis saß.

SIE KONNTE DAS NICHT! SEIT WANN WAR SIE EINE ANWÄLTIN? HE?

Aber halt! Sie hatte mal was von Hochzeiten hinter Gittern gehört. Wenn sie möglicherweise Hafterleichterung beantragte ...

»... dann lass deine Mandantin nicht warten!« Charlie klang strikt. »Geh jetzt, ich habe zu tun. Und du auch, wenn mich nicht alles täuscht.«

Val versuchte es ein letztes Mal. »Dad ...«

»Nein! Geh!«

Damit vertiefte er sich wieder in seine verdammte Akte und Val musste wohl oder übel einsehen, dass sie verspielt hatte.

* * *

Trotz zunehmender Panik gelang es ihr, Babsy so etwas wie Zuversicht zu vermitteln.

Auch wenn sie nicht ganz ehrlich war. Denn sie verkündete ihrer Freundin (die tatsächlich ETWAS durch den Wind war) dass es ihr gelungen sei, DIE KANZLEI für ihren Fall zu interessieren und dass nur DIE BESTEN Anwälte sich damit befassen würden. Sie bräuchte sich keine Sorgen machen, DIE WÜRDEN SIE SCHON RAUSHAUEN.

Dann schickte sie Babsy, die nicht nur durch den Wind war, sondern deren Gesicht auch etliche Kratzer und Schrammen aufwies, nach Hause und ins Bett. Und als Val endlich allein war, wälzte sie sich für mehrere Minuten in einem mittelschweren hysterischen Anfall.

Sie überwand ihn, aber es wurde knapp. Als Nächstes tat sie das Einzige, was ihr noch einfiel.

Val flüchtete sich zu Jonas.

Im Allgemeinen mied Val den Gang ins Büro ihres Freundes. Schon, weil das direkt neben Peter Bones lag und man als Sprössling des verfeindeten Gegenclans jedes Aufeinandertreffen mit einem Vertreter dieser Art tunlichst zu vermeiden hatte. Im Grunde traf das auch auf Jonas zu. Doch am heutigen Tag machte Val sich darüber keine größeren Gedanken.

Schließlich war sie aus dienstlichen Gründen hier.

Val wartete nicht auf seine Antwort, sondern trat nach kurzem Klopfen ein. »Jonas, ich sitze in der Scheiße!«

Ein leichtes Déjà vu überkam sie, denn auch er saß hinter seinem Schreibtisch und las in einem Berg aus Akten.

Sein Kopf hob sich abrupt. »Gut, dass du kommst ...« Erst dann runzelte er die Stirn. »Was willst DU hier?«

Val verzog das Gesicht und wankte zu dem Stuhl vor seinem Schreibtisch, doch bevor sie ernst machen und sich in eine ähnlich Bittsteller Haltung begeben konnte, wie zuvor bei ihrem Dad, schwenkte sie auf das Sofa um. Erst als sie ermattet in die Polster gesunken war, rückte sie mit der Sprache heraus. »Du musst mir helfen!«

»Klar ... Wobei?«

»Bei einem Fall.«

Schlagartig saß Jon aufrecht. »Bitte?«

Val nickte heftig. »Du verstehst mein Problem, ja?« Und dann erzählte sie ihm mit raschen Worten noch einmal die gesamte Story. Mit einem Unterschied: Diesmal entschuldigte sie sich nicht für ihr ›Scheiße‹.

Das war nämlich durchaus gerechtfertigt.

Jonas war fassungslos. »Und er hat gesagt, DU sollst den Fall übernehmen?«

Bei jeder anderen Angelegenheit wäre Val über den ungläubigen Tonfall sauer gewesen, doch diesmal war er angebracht. Das war nämlich wirklich das Dümmste, was man nur tun konnte. Stumm nickte sie.

»Wow!«, Jonas lachte auf und schüttelte den Kopf. »Auch eine Art, dich zum Arbeiten zu bewegen. Dass deine Freundin dabei unters Messer kommen könnte, ist ihm anscheinend egal. Aber das verwundert mich überhaupt nicht.« Letztes kam verhalten.

»Wie ist das gemeint?«

Er winkte ab. »Eins nach dem anderen. Also, wo ist sie?«

»Wer?«

»Deine Freundin?«

»Ach so, die habe ich nach Hause geschickt.«

Jonas nickte. »Gut. Wir sollten uns den Müll ansehen und überlegen, was zu tun ist. Wenn nicht anders möglich, beauftragen wir einen *echten* Anwalt.« Er grinste, doch es war nicht langlebig. »Ich rede mit Schneider, der ist mir noch was schuldig.« Als er Vals fragenden Blick sah, winkte er abermals ab. »Er hat eine Wette verloren, nicht so wichtig. Du hast alles Relevante aufgeschrieben?«

»WAS?« Val wurde immer ratloser. Ihrer Ansicht nach war es schon ein Wunder, dass sie derzeit noch lebte!

Jonas stöhnte, doch dann winkte er zum dritten Mal ab und vermittelte Val damit erfolgreich das Gefühl, eine totale Idiotin zu sein. »Aber ihre Adresse hast du doch sicher?«

Val dachte nach. Und als Jonas erneut stöhnte, sagte sie eilig. »Sie kommt immer ins PAINT, außerdem weiß ich, wo sie wohnt, ich bin nur nicht sicher, ob es die 43. oder 44. Straße war, sorry!«

»Schon gut ...« Jonas blickte wieder in die Akten. Dann legte er seine aufgestützten Hände ineinander und betrachtete sie. »Etwas anderes ...«, begann er langsam. Schon aufgrund des veränderten Tones horchte Val auf. »Ich hatte dir doch erzählt, dass mein Alter Herr in mir den neuen Staranwalt in Sachen Finanzwesen sieht?«

»Ja, so was in der Art erwähntest du.«

Jonas Grinsen wirkte nicht sehr fröhlich. Er musterte sie anhaltend. »Ich glaube, ich WEISS, was unser stiller Freund in seinem fensterlosen Kabuff treibt.«

Und jetzt war Val sogar ganz Ohr. »WAS?«

* * *

Val hätte es ja nie für möglich gehalten, doch die kommenden

Tage wurden verdammt stressig.

Plötzlich hatte sie gleich VIER offene Baustellen, die es zu bedienen galt.

Zum einen Mister Simon, der ihr zwar antwortete, jedoch im Grunde überhaupt nichts sagte. Dann war da Babsy. Jonas war selbstverständlich sofort zu Julius Schneider gegangen, aber sie kamen zu spät. Charlie hatte vorgebaut.

»Tut mir leid, Anweisung vom Boss. Ich darf euch nicht helfen.« Dabei verzog er das Gesicht so dämlich bedauernd, wie Jonas später berichtete, dass es beinahe zu spät gewesen wäre. Also für Schneider.

»Sein Grinsen ging von einem Ohr zum anderen. Ich schwöre, der hat sich selten so prächtig amüsiert.« Jonas seufzte. »Was bedeutet, wir müssen die Geschichte allein schaukeln.«

»Vergiss es! Das geht schief!«

Jonas hob die Arme. »Abwarten! Schließlich haben wir das gelernt, oder? Dann müssen wir uns nur noch erfolgreich daran erinnern, was während der endlosen Vorlesungen geschah. Wer ist sie überhaupt?«

»Eine Freundin«, erwiderte Val geistesabwesend. Doch dann verengte sie die Augen. »Wie lief es eigentlich mit Miranda?«

Es kam lauernd und prompt war Jonas vorsichtig. »Hast du irgendein Problem, oder ...«

»Ich will nur wissen, ob es Samstag gut lief.« Val setzte dabei die unschuldigste Miene auf, die sie zustande bringen konnte.

Jonas grinste. »Bestens!«

Stöhnend schloss Val die Lider. Verdammt noch mal! Spätestens jetzt hätte sie getreu ihrem Schwur Ernst machen und die Knarre aus dem Schrank holen müssen. Sie hätte Jonas auch wirklich zu gern erschossen, doch nach neuestem Stand durfte sie das überhaupt nicht! Denn ohne ihren Freund würde ihre FREUNDIN und seine Seelenverwandte (was ja noch erschwerend hinzukam) bald die Gitterstäbe von innen betrachten können.

»Fein!«, sagte sie schließlich verdrossen. Von Unschuldsmiene konnte keine Rede mehr sein. Doch dann wechselte sie abrupt das Thema. An dieser Front konnte sie derzeit nichts ausrichten. »Also hat er mich endlich dort, wo er mich wollte. Trotzdem versalzen wir ihm die Suppe. Nach den neusten Eröffnungen ist das nur recht und billig.«

»Und wie genau ist das zu verstehen?«

Val grinste. »Ich denke, das Anwaltsgespann Bone und Welsh – JUNIOR – wird gemeinsam diesen Fall übernehmen. Dürfte eine Premiere sein. Und wir werden uns einen vortrefflichen Berater ins Boot holen.«

Jonas stöhnte. »Baby, MUSS ich dich an Regel Nummer eins im Hause Bone erinnern? Ein Bone spricht NIEMALS mit einem Welsh. Regel Nummer zwei ist übrigens ebenso strikt und gleichzeitig vernichtend. Ein Bone fraternisiert NIEMALS mit einem Welsh!«

Unwirsch winkte Val ab und Jonas verbiss sich ein Grinsen. »Regel Nummer eins wirst du nicht brechen, von dem war nicht die Rede. Du glaubst doch wohl nicht, dass ich auf Knien bettelnd zu Daddy krieche, damit der uns aus der Scheiße hilft! Wenn, dann sprichst du nur mit mir, und wir können ja so tun, als würde ich vorübergehend Schmid heißen, oder so. Und Regel Nummer zwei, die übrigens auch bei den Welshs gilt, geht mir schon seit Ewigkeiten auf den Geist! Meinetwegen können sie sich auch für die kommenden fünfundzwanzig Jahre bekriegen, aber was haben wir eigentlich damit zu tun? Ich sprach von jemand anderem! Ein unvorstellbar talentierter junger Anwalt!«

Diesmal schaltete Jonas sofort. Seine Augen wurden groß, doch dann schüttelte er den Kopf. »Wie willst du das anstellen? Bisher wirkte er auf mich nicht sehr gesprächig, nichts für ungut!«

»Lass mich nur machen.« Val überlegte bereits. »Es wäre nicht schlecht«, murmelte sie. »In mehrfacher Hinsicht.«

»Und wie ist DAS jetzt wieder gemeint?«

Doch sie antwortete nicht. Stattdessen starrte sie blicklos vor sich hin, während sich die unvorstellbarsten Pläne in ihrem Kopf formten und leider sofort wieder wegen Undurchführbarkeit getötet wurden. Als Jonas anhaltend vor ihren Augen schnippte, wachte sie auf. »Sorry. Wie viel Zeit haben wir?«

Jonas zuckte mit den Schultern. »Ich gebe zu Protokoll, dass ich ausschließlich Vermutungen anstelle. Aber vielleicht sollten wir erst einmal den Eingang der Klageschrift abwarten. Von der Staatsanwaltschaft, meine ich. Dann werden wir reagieren. Möglicherweise ist es ja auch nur heiße Luft.«

Val musterte ihn zweifelnd, doch sie beschloss, die gewonnene Zeit zur umfassenden Weiterbildung zu nutzen. Denn wenigstens in einer Hinsicht lag Jonas richtig:

Einfach würde es nicht werden. Und damit bezog sie sich sowohl auf den Fall an sich als auch auf die Gewinnung des genialen Anwalts, der sie unterstützen sollte und bisher nichts von seinem Glück ahnte.

Eigentlich hatte sie zu Charlie gehen und ihn umfassend zur Rede stellen wollen. Doch dann überlegte Val es sich anders. Sie hatte so den Verdacht, dass ein kleines Faustpfand gegen ihren Vater nicht unbedingt negativ wäre.

Allerdings machte sie sich daran, Beweise zu sammeln. Was zwangsläufig dazu führte, dass Val tatsächlich zu arbeiten begann. Unter den Augen von Jekyll und Hyde, die ihr sprachlos zusahen.

Nichts für ungut, Val war ja auch ganz verblüfft!

Wenn sie sich nicht in Sachen Strafrecht bildete (was übrigens ein interessantes Unterfangen war, denn allein der Bereich

Verkehrsstrafrecht umfasste einige nicht unerhebliche Wälzer), dann las sie in den Akten, die Jonas ihr gegeben hatte. Sein Grinsen dabei war auch nicht echt gewesen.

»Sieh es dir an und dann urteile selbst ...«

Das ließ Val sich nicht zweimal sagen. Allerdings wusste sie nicht, was sie denken sollte, nachdem sie die ersten Seiten gelesen hatte.

Simon war also tatsächlich kein unwichtiger, kleiner Mitarbeiter und ihr Vater garantiert kein edler Samariter. Doch wenn man es ganz genau nahm, dann hatte Charlie sich nicht falsch verhalten. Zumindest in geschäftlicher Hinsicht. Dass es da auch noch eine ethisch / moralische gab, kam ihrem werten Vater möglicherweise nicht einmal in den Sinn.

Val war in Gedanken an fünf verschiedenen Orten gleichzeitig, als Simons nächste Abfuhr ins Haus flatterte. Diesmal traf es sie total unvorbereitet und war so strikt, dass Vals erste Reaktion ähnlich entschieden ausfiel.

Dann lässt du es! Das war's!

Jedenfalls dachte sie so an jenem Abend, bevor sie sich in ihr von Kuscheltieren befreites Bett legte.

Doch am Morgen sahen die Dinge bereits ganz anders aus. Auch an der Mister-Hyde-Front hatte sie gearbeitet und sich belesen. Zumindest, wann immer ihre mittlerweile eng bemessene Zeit es mal zuließ. Und daher WUSSTE sie, was es zu bedeuten hatte.

»Er taucht ab!«, murmelte sie, während sie unter der Dusche stand. »Feigling!«

Kaum war sie im Büro, antwortete sie ihm, doch als sie eine Stunde später nachsah, war die Mail als unzustellbar zurückgekommen. Er hatte sogar den Account gelöscht.

»Feigling«, zischte Val wieder. Sie hatte bereits das Blatt in der Hand, um die Dinge auf die herkömmliche Art zu klären, doch dann hielt sie inne.

Respekt vor seiner Entscheidung, nicht wahr?

Sie musterte Jekyll und glaubte, eine vorwurfsvolle Note in seinem Blick auszumachen. Val seufzte. Ja, Respekt war der erste Weg in die richtige Richtung. Doch alles in ihr bäumte sich dagegen auf, es widerstandslos hinzunehmen. Denn sie wusste, dass er nur aus Angst so handelte.

Mittlerweile war Jekyll/Hyde/Mister Simon nicht mehr nur eine fixe Idee, sondern tatsächlich in ihren Gedanken auch für die Zukunft lebendig. Innerhalb der vergangenen Tage hatte sie mit ihm stumme Zwiegespräche geführt, zu mehr war der Kerl ja nicht imstande. Er gehörte bereits zu ihrem Leben, obwohl er bisher nicht einmal ansatzweise ein Teil davon war. Wann immer sie sich in ihrem Büro aufhielt, war er bei ihr. Und irgendwann stellte sie seine Blicke nicht mehr infrage, sondern arbeitete mit ihnen. Inzwischen schlich er sich sehr häufig in ihre Gedanken und ihre stundenlange Recherche über all das, was bei ihm anders war, trug zu diesem sonderbaren Gefühl der Verbundenheit noch zusätzlich bei.

Und jetzt sollte sie so einfach akzeptieren, dass er sich von ihr verabschiedete, obwohl er nie wirklich da gewesen war? Val konnte das keineswegs und deshalb ließ sie es auch. Eines jedoch hatte sie endlich verstanden:

Mit Gewalt ging hier GAR NICHTS! Sie musste sich in Geduld üben und seine Nähe suchen.

Immer wieder. Unauffällig, NICHT fordernd, DA SEIN! Mehr nicht!

Ja, nur WIE DENN, wenn er sich von allen abseits hielt und jeden noch so geringen Kontakt ablehnte?

* * *

»MIR REICHTS!«

Val sah auf. Sie hatte mal wieder über den Akten der Fälle im

Finanzbereich gebrütet und war immer fassungsloser geworden.

Diesmal nicht aus Empörung, sondern weil der Mann tatsächlich ein Genie war.

Von ihrem Studium war wirklich nicht viel hängen geblieben, doch sie hatte unzählige Fallstudien und Präzedenzfälle gelesen und sich etliche Aufnahmen von Gerichtsverhandlungen angesehen.

Selten waren die Plädoyers so herausragend gewesen wie Simons.

Sarah stand in der Tür. Val konnte sich nicht erinnern, ein Klopfen gehört zu haben. Ein böses Zeichen. Ihr Blick ließ auch nichts Gutes vermuten. »Was ist passiert?«

»WAS PASSIERT IST?«, fauchte Sarah sofort los, trat unaufgefordert ein und schloss die Tür hinter sich. »Dieser Idiot ist passiert! Ich lasse mir das nicht gefallen! Wenn du es toll findest, fein. ICH NICHT! Ich habe den Job nicht angenommen, um mich beschimpfen zu lassen. Entweder, er geht oder ich!«

Val verstand nur Bahnhof. »Wovon sprichst du überhaupt?«

Sarah verdrehte die Augen, die Arme hatte sie verschränkt. »Da gehe ich so völlig entspannt den Flur entlang und wer springt mir wie ein mieser Bandit aus dem Mittelalter in den Weg und hat nichts Besseres zu tun, als mich übelst anzugiften?«

Stöhnend schloss Val die Augen. Verdammt! Eilig riss sie die Lider wieder auf. »Wie hast du reagiert?«

»BITTE?, hauchte Sarah fassungslos. »Das ist das Einzige, was du ...«

»SAG SCHON!«

»Ich habe ihn angebrüllt, was dachtest du denn? Und ...«

»Wie hat er reagiert?«

Sarah steigerte sich langsam in einen ausgewachsenen hysterischen Schreikrampf. »Ich höre hier nur er, er, er! Wer kümmert sich um MICH? Jonas kam und ...«

»Jonas?« Vals Augen wurden mit jeder Sekunde größer. Heftig nickte Sarah, ihre Wangen zierten etliche hässliche rote Flecken. »JA! Ich dachte, er würde mir beistehen, aber soll ich dir sagen, was er tat?«

Val lehnte sich zurück, plötzlich ruhig und gleichzeitig mit einem äußerst verdächtigen Herzklopfen versehen. »Schieß los!«

Sarah verzog das Gesicht. Doch die Tratsche in ihr siegte wie immer. »Er schickte mich FORT!« Sie holte tief Luft. »Val, das war kein Witz! Ich verlange, dass dieser Kerl fliegt! Das ist unzumutbar. Er scheint sich einen Spaß daraus zu machen. Der Typ ist ein mieser, ungehobelter, Frauen verachtender Aufreißer oder so was. Und das muss man sich nicht gefallen lassen. Ich sah das schon mal im Fernsehen und so viel juristisches Verständnis habe selbst ich.« Boshaft verengten sich ihre Augen. »Wenn ihr ihn nicht entfernt, verklage ich die Kanzlei wegen sexueller Belästigung.«

»Soll das ein Witz sein?«

»Nein! Entweder er oder ich!«

Abwägend betrachtete Val sie. In ihrem Kopf jedoch rasten die Gedanken. Das klang übel. »Mr. Geller hat über derartige Vorfälle keine Kontrolle«, begann sie langsam.

»Was?« Endlich trat Sarah etwas weiter in den Raum, und als sie Vals Jekyll und Hyde Porträt sah, klappte ihr der Unterkiefer herunter und die Augen wurden groß. »NEIN!«, hauchte sie.

Val spürte, wie ihre Wangen langsam aber sicher das Siedestadium erreichten, doch sie ignorierte es tapfer. »Er ist krank, Sarah«, sagte sie leise. »Das sind inoffizielle Informationen, ich bitte dich, sie dementsprechend vertraulich zu behandeln.«

HAHA, was für ein Witz! Als Val aufging, dass sie damit gerade das Geheimnis in der gesamten Kanzlei verbreitete, wurde ihr noch etwas übler. Doch auch das ignorierte sie tapfer. Sie sah wirklich keine andere Möglichkeit. »Er ist für diese Ausbrüche nicht verantwortlich. Du solltest sie ignorieren!«

»Wie krank?«, wetterte die hysterische Kuh nach kurzer Besinnungspause. »Wenn das eine Krankheit ist, dann sollte der Idiot weggeschlossen werden. Warum ist er nicht in einem Irrenhaus, wohin er gehört? Er sitzt doch sowieso nur da hinten und tut nichts! Ich bleibe dabei!«

»Wobei?«

»Ich verklage die Kanzlei, wenn er nicht augenblicklich verschwindet! Was will der Irre überhaupt hier?«

Scheiße!

Val bemühte sich um eine überlegene Miene, doch sie wusste wirklich nicht, was sie sagen sollte. Das klang gefährlich und sie musste das irgendwie aufhalten. Eilig versuchte sie es auf die andere Tour. »Sarah, es waren doch nur Worte. Vergiss sie einfach!«

»HA!«, schnaubte Sarah, das dämliche Weib. »Du bist von ihm besessen! Ich meine ...« Anklagend deutete sie auf Jekyll und Hyde. »War doch klar, dass du ihn in Schutz nimmst! Du bist so vernebelt, dass du nicht mehr weißt, was du sagst!«

»Jetzt gehst du langsam zu weit.« Val sagte es leise und brachte Sarah für einen Moment ernsthaft ins Straucheln. Dann nahm sie die Arme auseinander, ihre Miene wirkte endgültig und trotz akuter Dämlichkeit durchaus gefährlich. »Mein Wort steht. Entweder er geht oder ich reiche Klage ein.«

»Und du meinst, damit durchzukommen?«

Die Tür öffnete sich und Jonas trat ein. Er war ernst, ein Grinsen fehlte diesmal komplett.

Sarah warf einen Blick über ihre Schulter. Als sie sah, wer der Neuankömmling war, fuhr sie zu ihm herum. »Danke!«, zischte sie. »Dafür, dass du mir so fantastisch beigestanden hast.«

»Du brauchtest Hilfe?«, erkundigte Jonas sich interessiert.

»Muss mir entgangen sein.«

Empört stöhnte Sarah auf. »Der Nächste, der sich von dem Irren einlullen lässt!«

Jonas schloss die Tür und trat in den Raum. »Dass die Ausbrüche nicht gewollt geschehen, dürfte selbst dir nicht verborgen geblieben sein«, sagte er ruhig. »Auch wenn du gern etwas anderes vermuten würdest. Er ist ...«

»... ich habe sie bereits ins Bild gesetzt. Doch sie hat nicht die Absicht, deshalb von einer Klage abzusehen«, unterbrach Val ihn.

Jonas' Blick wurde immer kühler. »Das ist deine Meinung?«

Sarah strauchelte wieder, bloß leider nicht sehr anhaltend. »Genau das!«, giftete sie nur wenige Sekunden später in alter Form weiter. »Entweder ihr sorgt dafür, dass er weggeschlossen wird oder ich ziehe vor Gericht. Schließlich wusste ich nichts davon. Ihr lasst diesen Irren auf die Menschheit los ...«

»Es reicht!«

Es kam gleichzeitig von Val und Jonas. Sarah verstummte. Sie nickte knapp und äußerst drohend, warf Jekyll/Hyde einen letzten Blick zu, der an Verachtung nicht zu überbieten war und stolzierte auf ihren fünf-Meter-Absätzen aus dem Raum.

* * *

Kaum war die Tür geschlossen, sah Val Jonas an. »Wie geht es ihm?«

Hilflos hob er die Hände. »Das kann ich nicht einschätzen. Er wirkte ... ängstlich?«

Val nickte. »Meinst du, er wird wieder kündigen?«

»Woher soll ich das wissen? Ich habe versucht, ihn irgendwie zu beruhigen, ob es mir gelungen ist ... Ganz ehrlich? Ich bezweifle es.«

Stöhnend warf sich Val in ihrem Sessel zurück. »Das hätte nicht geschehen dürfen! Jetzt wird er sich wieder total zurückziehen!«

»Hat er das nicht bereits? Noch mehr und er läuft unter dem Teppich.«

Dafür kassierte Jonas Vals WIRKLICH bösen Blick. »Was ist mit der Grazie da draußen? Könnte sie damit durchkommen?«, fragte sie irgendwann, nachdem sie wieder eine etwas versöhnlichere Miene aufgesetzt hatte.

»Ich bin mir nicht sicher. Du bist doch ständig bei Google unterwegs. Ist es anerkannt, als Leiden, meine ich?«

»Sicher!« Val machte sich nicht die Mühe, zu hinterfragen, woher Jonas wusste, wonach sie surfte.

»Dann dürfte sie chancenlos sein.« Er zuckte mit den Schultern.

»Sie meint, da sie es nicht wusste, kann man auch nicht erwarten, dass sie korrekt reagiert und Verständnis aufbringt«, gab Val zu bedenken.

Jonas überlegte. Schließlich schüttelte er den Kopf. »Das können wir nicht einfach ignorieren. Du musst zu deinem Vater gehen.«

* * *

Das sah Val ähnlich. Für keine Sekunde lief sie Gefahr, den Ernst der Lage zu unterschätzen.

Charlie auch nicht. »Was genau ist vorgefallen?«, fragte er, sobald sie mit ihrem Bericht geendet hatte.

»Ich war nicht dabei. Aber ich denke, das muss ich dir nicht im Einzelnen auseinandernehmen«, sagte sie leise.

Ihr Vater blickte aus dem Fenster und Val musste sich wieder einmal zusammenreißen, um ihren Faustpfand nicht doch noch sinnlos zu verpulvern. Er wirkte nämlich beinahe GENERVT!

»Gut«, sagte er nach eingehender Konzentrationsphase. »Ich spreche mit ihr.« Er stand auf und ging zur Tür.

»Was willst du ihr sagen?«

Charlie antwortete nicht, sondern strebte aus dem Raum und

Val blieb nichts anderes übrig, als ihm wie eine Idiotin nach zu hecheln.

Wenig später standen sie in Sarahs Büro. Die wurde bleich, als sie sah, wer da gerade eintrat, doch sie fing sich verhältnismäßig schnell.

Wie immer. Leider.

»Wie ich hörte, hatten Sie einen unangenehmen Zusammenstoß mit Mr. Geller«, begann Charlie ohne lange Vorrede.

Sie warf Val einen hastigen Blick zu. »Ja, Sir. Äußerst unangenehm.«

Charlie nickte. »Miss Welsh hat Sie bereits darüber in Kenntnis gesetzt, dass es sich keineswegs um eine vorsätzliche Tat handelte?«

»Das hat sie. Aber ...«

»Aber Sie fühlen sich selbstverständlich dennoch verletzt. Was genau hat Mr. Geller denn zu Ihnen gesagt?«

Sarah verzog angewidert das Gesicht. »Muss ich das wiederholen?«

Charlie nickte. »*Unbedingt!* Wie ich hörte, ziehen Sie eine Klage in Betracht.« Er runzelte die Stirn. »Es stimmt doch, dass Sie fordern, Mr. Geller aus diesen Räumen zu entfernen?«

Sarah strauchelte erneut, kurzfristig. »Es tut mir leid, aber ich weigere mich ...«

»Beantworten Sie meine Frage, Miss Stone!«, unterbrach er sie. »Dies ist eine äußerst ernste Angelegenheit. Mr. Geller arbeitet seit etlichen Jahren für diese Kanzlei. Ihn grundlos zu entfernen, dürfte *seine* Klage nach sich ziehen. Ich muss die Dinge sorgsam gegeneinander abwägen. Nehmen Sie es nicht persönlich.« Auffordernd nickte er. »Was GENAU hat er zu Ihnen gesagt?«

Sie wurde rot. »Das möchte ich nicht wiederholen!«

»Aber das MÜSSEN Sie, Miss Stone. Spätestens vor dem Richter und den Geschworenen. Wie sich mir die Sachlage derzeit darlegt, werden wir in jedem Fall dort landen. Egal, ob SIE sich veranlasst sehen, Klage gegen die Kanzlei einzureichen oder Mr. Geller.« Charlie hob die Schultern. »Ich habe jedoch keine Bedenken, dass Sie auch diese Hürde mit Bravour meistern werden. Was also hat Mr. Geller zu Ihnen gesagt?«

Doch Sarah hatte vorübergehend ihre Stimme eingebüßt.

Jedenfalls erweckte sie den Anschein, denn ihre Lippen teilten sich zwar mehrfach, nur war so gar nichts zu hören. Als nach einer äußerst langen Kunstpause noch immer nichts geschehen war, nickte Charlie. »Es gäbe selbstverständlich die Option, Ihnen diese mit Sicherheit peinliche Aussage zu ersparen und stattdessen eine interne Klärung vorzunehmen. Wäre das in Ihrem Interesse?«

Sie räusperte sich, ihre Wangen waren rot. »Ja«, hauchte sie.

Er richtete sich auf, von sanftem Lächeln konnte keine Rede mehr sein. »Die Einzelheiten sollten wir unter vier Augen besprechen.« Er sah auf seine Uhr. »In einer halben Stunde in meinem Büro?«

»Ja, Sir.«

Nachdem Charlie verschwunden war, machte Val auch, dass sie fortkam, bevor sie dieser affektierten Kuh doch noch den Hals umdrehen konnte. Was sogar mit SICHERHEIT eine Klage nach sich gezogen hätte.

Sie erfuhr NIE, wie Charlie diese Angelegenheit klärte. Doch als Sarah nach zwei Stunden zurückkehrte, wirkte die äußerst fröhlich, was Val wieder ihre ursprünglichen Pläne, das dämliche Stück zu massakrieren, in Erinnerung rief.

Auch diesmal beherrschte sie sich, aber es wurde denkbar knapp.

Vielleicht sollte sie doch einmal eine Teilnahme an einem

dieser Anti-Aggressions-Trainings in Erwägung ziehen.

* * *

Am Abend beorderte Charlie die Belegschaft in den Konferenzraum.

So etwas geschah selten bis nie. Schon, weil dann unglücklicherweise die verfeindeten Clans aufeinandertrafen. Also in der Theorie. In der Praxis glänzte Peter Bone wie üblich durch Abwesenheit. Jonas übernahm die offizielle Vertretung für den Bone-Teil der Kanzlei.

Charlie baute sich an der schmalen Stirn des Tisches auf und räusperte sich vernehmlich. Die ungefähr vierzig Leute, bestehend aus Anwälten, Assistentinnen und Hilfskräften verstummten.

»Vermutlich hat die Kunde von dem unglücklichen Vorfall zwischen Mr. Geller und Miss Stone längst die Runde gemacht. Um derartige Vorkommnisse in Zukunft zu vermeiden, habe ich diese Sitzung einberufen. Hiermit setzte ich Sie darüber in Kenntnis, dass Mr. Geller an einem eher seltenen Leiden erkrankt ist, das seine Äußerungen nicht in jeder Situation den gängigen Vorstellungen von gutem Geschmack entsprechen lässt. Dies spiegelt keineswegs seine wahren Gedanken und Gefühle wider und es beeinträchtigt nicht im Mindesten seinen Verstand. Ich fordere Sie auf, derartige … Äußerungen zukünftig zu ignorieren. Mr. Geller genießt mein uneingeschränktes Vertrauen.«

Er ließ den Blick über die Menge schweifen und strandete auf Sarah, die mal wieder rot angelaufen war. »*Keine* seiner Äußerungen sollen provozieren oder gar verletzen. Ich denke nicht, dass ich es hinzufügen müsste, aber ich werde das der Form halber dennoch anmerken. Niemand wird ihn auf Derartiges ansprechen. Ab jetzt gelten im Umgang mit diesem Kollegen folgende Regeln: Ignorieren und gehen. Sollte irgendwer damit Schwierigkeiten haben ...« Wieder traf Sarah ein durchdringender

Blick. Die ähnelte inzwischen einer Tomate. »... dann wendet er sich bitte direkt an mich. Noch irgendwelche Fragen?«

Die hatte niemand. Val ahnte bereits, welche Folgen das haben würde. Oh verdammt, sie würden sich die Mäuler zerreißen! Doch sie fand, Charlies Ansage war überfällig gewesen. Ihr war schleierhaft, wie das so lange gut gehen konnte!

Nachdem sie von Charlie freundlich entlassen worden waren, ging sie in Gedanken versunken zurück in ihr Büro.

Ihre Arbeitszeit war längst beendet, doch Val hatte momentan ja so unglaublich viel zu tun, dass die neuerdings außer Kraft gesetzt worden war. Jonas passte sich offensichtlich an, denn nach einer halben Stunde trat er in den Raum.

»Er hat sich mit der kleinen, hysterischen Sarah geeinigt?«

»Sieht so aus«, nickte Val, ohne den Blick vom Monitor zu nehmen.

»Dann ist ja alles geklärt ...«

»Hmmm ...«

»Nicht?«

»Ich weiß nicht ...« Val war noch immer nicht ganz bei der Sache. »Es wird ihm immens zusetzen.«

»Ja, den Eindruck hatte ich auch.«

»Hat er ...« Endlich sah sie ihn an. »Hat er dich auch ...?«

»Sicher.« Es kam so gleichmütig, dass Val plötzlich von einer Welle des Neides überschwemmt wurde. Wie konnte er das so einfach hinnehmen, während ihr bis heute die verletzenden Worte nicht aus dem Kopf gehen wollten? Gleichzeitig empfand Val mit einem Mal echte Liebe für Jonas. Sie hatte ihn immer gemocht, ja, doch noch nie hatte sie sich ihrem Freund derart verbunden gefühlt. Er hatte Hyde ertragen, verdammt! ER HATTE ES GETAN! Wenn Jon das konnte, dann sie auch!

Dann fiel ihr ein, dass Simon leider nicht wollte, dass sie ihn ertrug und ihre Stirn legte sich abermals in Falten. »Ich schätze ...«, sinnierte sie, »... wir haben wohl derzeit keine Chancen, ihn in Sachen Babsy mit ins Boot zu holen?«

Nachdenklich setzte Jonas sich auf die Couch. »Weißt du, ich habe ein wenig nachgedacht«, begann er. »Über ihn.« Er nickte zu Jekyll/Hyde. »Seitdem ich diese Fälle gelesen habe und ihn heute sah, bin ich mir nicht mehr sicher, was er für ein Typ ist. Auf mich machte er einen ziemlich gehemmten Eindruck.«

»Das ist er unter Garantie«, murmelte Val.

»Auch ängstlich, ja ...« Unsicher wog Jonas den Kopf hin und her. »Aber in erster Linie, als wüsste er nicht, wie er sich verhalten soll.«

»Na ja, ich glaube nicht, dass er häufig auf Menschen trifft.« Für einen flüchtigen Moment war sie versucht, Jonas Simons Briefe zu zeigen, doch dann entschied sie sich dagegen. Sie gehörten IHR! Niemand würde sie jemals zu Gesicht bekommen. Nicht einmal Jonas.

»Charlie hält ihn dort hinten wie einen Gefangenen.«

»Er sagt, Simon wollte es nicht anders«, warf Val ein. Obwohl ihre Gedanken in letzter Zeit nicht sonderlich freundlich für ihren Vater ausfielen, musste sie ihn dennoch verteidigen. War wohl so eine Clan-Vendetta-Sache.

»Das nehme ich ihm sogar ab.« Jonas, der bisher das Jekyll/Hyde Porträt fixiert hatte – diesmal ohne glasigen Blick – sah sie an. »Doch ich halte es für einen Fehler. Jetzt mal unabhängig davon, dass Charlie anstatt seiner die ganzen Lorbeeren einheimst.«

Val, die darüber lange und ausgiebig nachgedacht hatte, biss sich auf die Lippen. »Ich glaube ...«, begann sie langsam, »... Simon WILL gar keine Lorbeeren.«

Wieder nickte Jonas, heftiger diesmal. »Richtig! Aber anstatt ihn zu protegieren, zu fördern, lässt er ihn da hinten versauern!«

»Aber er will es nicht anders!«

»Weil er Angst hat!« Jonas klang nicht laut, nur fest. »Was mich nicht wundert, du hättest es heute sehen sollen. Diese Sarah ...« Er schüttelte den Kopf. »Ich meine, wie kann man so dämlich sein und DAS nicht sofort durchschauen?«

Val wurde rot. Na ja, sie hatte auch zwei Anläufe benötigt.

»Ich bin nicht der Retter der Enterbten und Benachteiligten und ich habe auch nicht unbedingt Lust, mich mit dem Kerl zu verbrüdern, versteh mich nicht falsch«, fuhr Jonas fort. »Aber wir brauchen ihn tatsächlich. Und auch wenn er nicht auf diesen Fachbereich spezialisiert ist, könnte er uns, oder vielmehr Babsy, wohl den Arsch retten. Denn nimm es mir nicht übel, aber allein sind wir chancenlos.«

Wenigstens diesbezüglich konnte Val ihm rückhaltlos beipflichten. Sie hatte innerhalb der vergangenen Tage kaum etwas anderes getan, als sich durch die elend fetten Bücher zu wälzen. Sogar die eine oder andere Erinnerung an ihre Vorlesungen war in ihr aufgekeimt. Aber sie hatte bisher nicht den leisesten Verdacht, wie sie diese Geschichte angehen sollten. Sie würden vor Gericht EINGEHEN, die Staatsanwaltschaft sie so lange rupfen, bis sie aussahen, wie bereits gebraten. Val wurde übel, wenn sie nur daran dachte.

»Übrigens, ist schon irgendeine Klage gekommen?«

»Noch nicht. Ich habe Babsy gesagt, sie soll sich sofort melden, wenn etwas eintrifft.«

Jonas nickte. »Ich glaube, er tut mir irgendwie leid.«

»Falsch«, sagte Val sofort. »Das will er nicht.«

»Schon klar, ich meinte ja nur ...« Jonas seufzte. »Streichen wir den letzten Satz und bleiben bei den betrüblichen Fakten. Wir brauchen ihn.«

Val stand auf. »Ich weiß. Willst du einen Kaffee?«

»Das ist nicht dein Ernst, oder? Es ist nach neun! Ich wollte irgendwann noch schlafen.«

»Oh!« Val riss die Augen auf und sah auf die Uhr. »Jonas, merkst du was?«

Er grinste. »Tja, am Ende bekommen sie uns alle!«

»Ich hab Angst!«, wisperte Val. »Und wir werden jetzt sofort gehen!« Sie hatte bereits ihre Jacke genommen. »Das nimmt überhand! Und das kann ich nicht dulden!«

»Eye, eye, Captain!« Grinsend stand er auf und wartete, bis sie ihre Jacke übergeworfen und ihre Tasche gegriffen hatte.

»Bleib hier, ich hole nur schnell meine Klamotten«, sagte er, als sie im Flur standen. Bevor sie etwas erwidern konnte, war Jonas verschwunden. Val lehnte am Tresen und blickte sich in dem dunklen Flur um. Es wirkte so anders, als am Tag, wo alles geschäftig hin und her wuselte.

Als sie entfernt eine Tür klappen hörte, fuhr sie zusammen. Aus Gründen, die sie sich zunächst nicht erklären konnte, ging sie in die Hocke und verschanzte sich hinter dem breiten Empfangstresen.

Kurz darauf wusste sie auch, warum sie sich aufführte, als würde hier ein heimlicher Dreh von ›Vorsicht Kamera‹ stattfinden.

Simon erschien auf der Bildfläche.

Und was Val sah, ließ sie die Augen aufreißen und ihren Unterkiefer nach unten sacken.

Diesmal – zum ersten Mal, soweit sie sich erinnern konnte – hielt er den Kopf nicht gesenkt, stattdessen stolz erhoben. Seine Miene wirkte auch nicht, als rechne er jeden Moment mit einem Anschlag, sondern relaxt, beinahe verwegen. Um seinen Mund hatte sich selbst ein schmales Lächeln ausgebreitet.

Scheiße!

Dann hatte er sie passiert, visierte jedoch nicht den Ausgang an, sondern bog um die Ecke, in den Gang, der zur verruchten Teeküche führte. Kurz bevor er ihr endgültig den Rücken zuwandte, erhaschte sie einen Blick auf die Tasse in seinen Händen.

Eilig schickte sie ein Stoßgebet zum Himmel, damit Jonas nicht gerade jetzt auf der Bildfläche erschien. Das hätte nämlich auf jeden Fall das Lächeln vernichtet.

Jonas tauchte nicht auf und Val krabbelte ein wenig hinter dem Tresen hervor, um Simon weiter beobachten zu können.

Himmel, besaß der Typ einen Gang!

Wenn er das doch nur einmal sehen könnte!, dachte sie verzweifelt und beobachtete, wie er tatsächlich in dem einzig erleuchteten Raum verschwand. Wenig später trat er wieder in den Flur und Val tarnte sich eilig wieder hinter ihrem Tresen.

Mist! So konnte sie ihn nicht beobachten!

Was ihr entging, sah sie, als er die gefährliche Stelle passiert hatte und sie sich wieder etwas hervorwagen konnte. Der Kopf saß noch immer kerzengerade auf dem Hals und sie konnte sich an seinem beschwingten Gang nicht sattsehen.

Verdammt!, dachte sie wieder.

So sah Simon also aus, wenn er sich in Sicherheit wähnte.

Sie lauschte mit angehaltenem Atem, bis er die Glastüren passiert hatte. Doch auch dann bewegte sie sich noch nicht.

Das musste sie zunächst verdauen.

Erst, als sie fast die Balance verlor und drohte, einen ziemlich miesen Abgang auf ihren neugierigen Hintern zu machen, tauchte sie hinter dem Tresen auf und blickte in das zu Tode erschrockene Gesicht der Putzfrau.

»HUCH!«, machte die und griff sich ans Herz.

»Sorry, ich habe etwas gesucht‹, hauchte Val.

Das brachte ihr einen äußerst argwöhnischen Blick ein. Doch dann nickte die ältere Frau und eilte davon.

Benommen schüttelte Val den Kopf und hielt sich wankend am Tresen fest.

Selten hatte sie sich so achtkantig erschrocken. Ein klarer Fall von ›Kleine Sünden bestraft der liebe Gott sofort‹. Schließlich hatte man nicht zu lauschen!

Als Jonas kurz darauf erschien, nickte sie. »Gewöhnung.«

»Bitte?«

»Es ist alles eine Frage der Gewöhnung«, wiederholte Val geduldig. Und dann erzählte sie ihm von ihrer Begegnung der dritten Art. »Warum grinst du denn so blöde?«, erkundigte sie sich, als sie fertig war.

»Es ist nichts.« Jonas ordnete seine Gesichtszüge und schloss die Jacke. »Was ist, können wir? Ich glaube, wir sind die Letzten.«

»Sicher.« Argwöhnisch musterte sie ihn, doch am Ende gab sie es auf und ging gemeinsam mit ihm zu den Aufzügen. »So, und WAS genau läuft da jetzt zwischen Miranda und dir?«

»Ein Gentleman genießt und schweigt, das weißt du doch.«

Sie stöhnte.

In der Lobby sah sie ihn an. »Ich muss irgendwie dafür sorgen, dass er mich jeden Tag vor die Pupille bekommt, wenn die anderen nicht da sind.«

»Hmmm ...«

»Du grinst schon WIEDER!«

»Sorry.«

»Also, irgendwelche Vorschläge?«

Jonas zuckte mit den Schultern. »Wenn er heute eine Teetasse hatte, wird er morgen auch eine haben, oder?«

»Er wird sie sich gleich morgens holen, schätze ich«, grübelte Val laut. »Oder eher abends?«

»Wer weiß?«

»Ja«, murmelte sie, »wer weiß.«

An diesem Abend ging sie zum ersten Mal nicht in sich

gekehrt ins Bett, sondern Val verspürte durchaus so etwas wie Zuversicht. Und ja, insgeheim, gab sie Jonas Recht. Auch wenn ihr ihre Verpflichtung als Tochter verbot, es laut zu sagen.

Charlie heimste die Lorbeeren ein, während Simon die Plädoyers schrieb, die Fakten zusammensammelte und die Verteidigung oder eben die Klage aufbaute. Er wählte sogar die Geschworenen aus. Charlie bekam von seinem Günstling – wenn man ihn überhaupt so nennen konnte – einen genauen, detaillierten Fahrplan. Vals Vater war ein Genie vor Gericht. Was Simon nicht konnte, nämlich öffentlich auftreten, übernahm sein Chef.

NUR das. Val schätzte, es kostete ihn pro Fall möglicherweise vier, fünf Stunden, um sich in die Unterlagen einzulesen. MEHR NICHT!

Es war nicht Recht! Und es ließ Charlie in ihrem Ansehen ziemlich tief sinken.

Nächste Überlegung: Simon war also tatsächlich Anwalt! Sie hätte das nicht geglaubt und konnte es noch immer nicht fassen. Wie hatte er denn das College besucht? Das war unvorstellbar, schon weil seine Ausdrucksweise so komisch gestochen war. Also spätestens nach der Uni hätte das doch beseitigt sein müssen!

Na ja, bei ihm nicht!

Dann überlegte sie sich, dass er ja auch die Highschool absolviert hatte. Demnach gab es durchaus Möglichkeiten.

Es war alles eine Frage der Gewöhnung. So hatte sie es auch auf den entsprechenden Seiten gelesen.

Also konnte sie nur hoffen, dass er tatsächlich allabendlich seine Tasse fortbrachte. Sie würde da sein, ganz klar.

Doch dann überlegte Val sich, dass es vielleicht zu viel des Guten sein würde. Erst einmal musste er den neuesten Schock verkraften. Sarah, die dämliche Ziege!

Zeit und Geduld! Darauf lief alles hinaus.

Sie beschloss, das am nächsten Morgen ausführlich mit Jonas zu besprechen. Solange sich niemand bei Babsy meldete, hatten sie Zeit. Sie wollte Simon nicht bedrängen. Denn Val fühlte, dass dies alles zunichtegemacht hätte.

Der Schlaf wollte nicht kommen. Mal wieder, Val war es nicht anders gewohnt.

Gegen drei Uhr stand sie auf und setzte sich mit Block und Stift in die übliche Position vor ihren neuen Tisch. Sie wusste, dass sie im Begriff war, die Regeln zu brechen. Andererseits wollte sie ihm zeigen, dass er nicht allein war.

Was sie am Ende zustande brachte, war grenzwertig und Val nicht sicher, zum Ausdruck gebracht zu haben, was sie beabsichtigte. Auf jeden Fall konnte sie, nachdem ihr Brief fertig war, endlich schlafen.

Allein deshalb hatte es sich wohl gelohnt.

An Ausschlafen war allerdings nicht zu denken. Bereits gegen sechs stand sie auf, fühlte sich wie gerädert und dennoch unvorstellbar gut. Auch wenn sie circa eine Wannenladung kaltes Wasser benötigte, um überhaupt zu sich zu kommen.

Kurz darauf hetzte sie in die Kanzlei, stellte mit grenzenloser Erleichterung fest, dass er noch nicht anwesend war, und schob eilig den Brief unter seiner Tür durch.

Während sie hastig den Flur zu ihrem Büro entlangstürzte, überlegte sie sich, ihm etwas Zeit zum Beruhigen einzuräumen, sollte er sauer sein. Nachdem sie die Tür aufgeschlossen hatte, lachte sie auf.

Was für ein MIST!

Trotzdem!

Sie fühlte sich nicht schlecht! Sondern wirklich gut!

Der Tag verging mit dem Summen des Getratsches, auch wenn man sich nach Charlies Ansage bedeutend mehr Mühe gab, es hinter verschlossenen Türen zu treiben.

Also das Getratsche.

Dennoch war Val froh, als sich die wispernden Gestalten gegen Abend vereinzelten. Sie versuchte nicht, mit Simon Kontakt aufzunehmen, sondern ließ ihm Zeit, sich zu beruhigen.

Zwei Wochen wartete sie auf irgendeine Reaktion. Und als nichts, aber auch gar nichts geschah, beschloss sie – nach eingehender Beratung zuerst mit Jekyll und Hyde und später mit Jonas – zum Angriff überzugehen.

Den gesamten Tag über war sie nervös.

Jonas, der einige Male zu ihr hereinsah, grinste sich eins, was sie mit einem entnervten Stöhnen begleitete. Gegen neun Uhr ging sie in die Teeküche, holte eine Flasche Wasser aus dem Schrank, fühlte sich total dämlich dabei und konnte das klopfende Herz dennoch nicht verhindern.

Und als er schließlich dastand, war es wie eine Offenbarung. Selbstverständlich war er total verwirrt. Doch die Tics wirkten auf sie nicht halb so grausam, wie sie sich das vorgestellt hatte. Seit Wochen wartete sie darauf, ihn zu sehen und erst jetzt, als er da war, erkannte sie, wie sehr er ihr gefehlt hatte. Es fiel ihr sogar verdammt schwer, ihn nicht wie eine Idiotin anzustarren.

Und sie wurde belohnt, oder?

Sie bekam ein »Guten Abend!« UND ein »Auf Wiedersehen!«

Val wäre beinahe hysterisch geworden vor lauter Freude. Verdammt! Zwischenzeitlich hatte sie ihre Erwartungen aber ziemlich heruntergeschraubt, das musste man ja mal anmerken.

Am folgenden Tag kam er wieder. Zwar erst eine Stunde später, da hatte Val die Ruhe in der Teeküche wirklich ausgiebig genossen und überlegte ernsthaft, ob er vielleicht schon gegangen war.

Fehlanzeige. Er tauchte in der Tür auf, sie lächelte ihr »Guten

Abend« und er, nach einem Zucken nach rechts, erwiderte es.

Jeden Abend brachte Simon seine Tasse in die Küche und Val war da. Am kommenden Tag musste sie noch warten, doch bereits am übernächsten trat er pünktlich um zehn Uhr ein.

Und mit jedem Mal, ehrlich, Val hätte ihren linken Arm dafür gegeben, wurde er ruhiger. Übrigens stieg gleichzeitig ihr Herzklopfen und das Zittern ihrer Hand bewegte sich ebenfalls jenseits alles Erträglichem. Doch sie nahm das als zusätzliches Zeichen, dass ihr Tun richtig war. Die schwankenden Knie auch.

Es war doch so:

Noch *nie* war ihr jemand begegnet, der so gut aussah! Und außerdem roch er auch verdammt gut. Abends, wenn all die übrigen Gerüche verschwunden waren, konnte sich der Duft seines Aftershaves oder was immer er verwendete, ungehindert breitmachen. Val musste zugeben, dass sie ziemlich darauf abfuhr.

Was scherte sie, dass sie so gut wie keinen Schlaf mehr unter der Woche bekam?

Was interessierte es Val, dass sie kaum noch Zeit fand, ins PAINT zu gehen? Und wenn, dann hieß das nichts anderes, als dass Wochenende war. Die mochte sie bald nicht mehr sonderlich. Nie hätte Val geglaubt, dass es mal so spannend in der Kanzlei werden würde.

Das lag am zunehmenden Gesumme der Leute – das übrigens immer eingestellt wurde, wenn sie in der Tür auftauchte – Sarah hatte bestens vorgearbeitet. Aber es lag auch an ihren allabendlichen Dates. So nannte sie die flüchtigen Begegnungen nämlich.

Dennoch wäre Val nicht im Traum darauf gekommen, dass dieser Typ so lange durchhalten würde, *ohne* etwas zu tun.

Dabei lächelte er bereits in der zweiten Woche zaghaft und in der dritten glaubte Val, so etwas wie Erwartung bei ihm auszumachen. Nicht, dass der Kerl mal etwas gesagt hätte.

Abgesehen von »Guten Abend« und »Auf Wiedersehen!«

In der vierten wurde Val langsam *ernsthaft* ungeduldig. Ihre Freunde übrigens auch. Miranda hatte sie schon zweimal zu Hause aufgesucht und gefragt, ob sie jetzt unter die Austern gegangen sei. Das PAINT büße wegen ihres Fernbleibens jede Menge Umsatz ein! Das könne sie doch nicht verantworten, oder?

Nein, konnte Val nicht. Deshalb ließ sie sich auch auf den *späten* Freitagabend festnageln. Schon, weil sie unbedingt etwas aus Miranda herausbekommen wollte.

Jonas hielt nämlich dicht und das war das Einzige – neben Babsy – worüber Val abgesehen von Simon überhaupt noch einen Nerv hatte, nachzudenken.

Der Frühling unternahm ernsthafte Anstalten, auszubrechen und noch immer spielte Simon sein Spiel. Auch wenn Val neuerdings allabendlich unter seinem Lächeln zusammenbrach.

Fast!

Noch konnte sie sich beherrschen, die Frage war nur, für wie lange. Am Freitag war sein Lächeln schon eher ein Strahlen, was Vals Knien auch nicht sonderlich gut tat und er ließ sich verdammt viel Zeit, bevor er die Tasse endlich weggestellt hatte. Doch abgesehen von einem »Gute Nacht!«, kam nichts.

Als er weg war, stöhnte Val. Verdammt!

Missmutig ging sie die Straßen entlang und achtete kaum darauf, wer ihr entgegenkam. Viele Menschen waren es ohnehin nicht. Niemand war bescheuert genug, so spät in der Nacht noch unterwegs zu sein. Na ja, mit Ausnahme von ihr und Simon – dem Idioten.

JA! Das war er, ganz klar! Sie duldete keine Widerworte!

Beinahe wäre sie nach Hause gegangen, doch dann fiel ihr ihre Verabredung ein und sie lenkte ihre Schritte in Richtung PAINT.

Als sie eintrat, hätte sie am liebsten wieder kehrt gemacht. Denn neben Miranda saß dort auch ein grinsender Jonas.

Das ging ja noch!

Doch an diesem Abend hatte Justin mal wieder Dienst. Sie musste nicht lange suchen. Der Riese mit der Miene, als wollte er jede Sekunde das gesamte Mobiliar kurz und klein dreschen, war nicht zu übersehen. MIST! Hatte Miranda nicht gewusst, dass er heute auch hier sein würde?

Ein spätes Abtauchen war nicht möglich, denn sie hatten sie bereits erblickt und winkten eifrig. Val machte gute Miene zum bösen – OH SO BÖSEN – Spiel und trat an den Tisch. Im Vorübergehen nickte sie Justin zu, der es nicht einmal auf ein Gegennicken brachte. Und das, wo sie wirklich *niemals* damit gerechnet hätte, dass Jonas auf Miranda abfahren würde, verdammt!

Viel zu früh erreichte sie die beiden Verschwörer. »Hey!«

»Baby! Wie schön dich zu sehen!«

Ihre Augen verengten sich. »Übertreib nicht! Wir hatten zuletzt vor zwei Stunden das Vergnügen!«

Jonas wirkte kein bisschen in sich gekehrt. »Warum kommst du so spät?«, erkundigte sich Miranda.

»Arbeit!«

Jonas verschluckte sich an seinem Bier, nickte jedoch enthusiastisch. »Ja, wir haben beschlossen, jetzt doch Anwälte zu werden. Also echte. Val muss es in Sachen Arbeitswut mal wieder übertreiben.«

Miranda nickte. »Babsy erzählte, dass ihr den Fall übernehmt, sollte noch was kommen ...«

Wie auf Kommando ging in diesem Moment die Tür auf und eine gehetzte Babsy, die aussah wie ein Pfau – gelbes Basecap, rote Bluse, violette Jacke (Leder, offen) grüner Rock und schwarze Strumpfhosen, die altrosa Stiefel nicht zu vergessen –

stürzte herein. In einer wahnwitzigen Geschwindigkeit durchquerte sie den Raum, warf Justin ein »Ein GROSSES Bier!« zu und kam schlitternd vor den dreien zum Stehen. Ohne Luft zu holen, knallte sie einen kleinen Brief auf den Tisch und ließ sich schließlich neben Val auf das Sofa fallen. »Es ist soweit!«

Wortlos nahm Val das Kuvert und extrahierte ein einzelnes Blatt.

Die Vorladung.

Viel stand nicht da, sondern nur Termin und Ort. Erst einmal ging es nur um Babsy Aussage.

Sie reichte das Papier an Jonas weiter, der bisher ratlos den Pfau betrachtet hatte. Den Blick kannte Val, das war immer nur eine vorübergehende Angelegenheit. Also der Schock. Er warf einen flüchtigen Blick auf den Brief und sah wieder zu dem Pfau. »Du bist Babsy?«

Die nickte. »Ja, und am Arsch. Danke!« Justin hatte gerade das Bier gebracht. Stirnrunzelnd blickte sie ihm nach, doch dann sah sie Val an. »Deine Leute helfen mir immer noch?«

»Keine Sorge«, sagte Val eilig und sah zu Jonas. »Sie müsste am Montag in die Kanzlei kommen.«

Jonas nickte.

Val fuhr sehr langsam fort. »Damit wir ihre Aussage besprechen können.«

Jonas nickte.

»Und jemand wird sie begleiten müssen – zu der Aussage.«

Jonas nickte.

»Damit er sie aufhält, sollte sie etwas Falsches sagen«, überlegte Val laut.

Beide musterten sich stumm und mit identisch hoffnungsvollen Blicken. »Wir sollten unsere Verstärkung hinzuziehen«, meinte Val schließlich.

»Sicher«, Jonas nickte. »DU solltest vorher dringend mit ihr reden.« Als er Vals verzweifelten Blick sah, schüttelte er unmerklich den Kopf. Dann sah er zu Babsy. »Also, du bist der Pechvogel mit dem Unfall?«

Die hatte die Stirn gerunzelt. »Das hatten wir doch bereits geklärt, oder? Worum ging's da gerade?«

Jonas winkte ab. »Anwaltsgewäsch, total trockenes Zeug. Und wie geht's dir?«

Val beobachtete die beiden für eine Weile, doch die erhoffte Seelenverwandtschaft wollte noch nicht in den Vordergrund treten. Eher machten sich immer wieder besorgte Blicke seitens Jonas bemerkbar. Verdammt! Hätte sie nicht wenigstens heute mal etwas weniger – ähm – *Schillerndes* anziehen können? Wie weit die Geschichte zwischen Miranda und Jonas inzwischen gediegen war, musste sie wohl auch nicht mehr hinterfragen. Denn während Jonas aus ablenkungstaktischen Gründen auf Babsy einfaselte, lag Mirandas Arm um seine Schulter und Val kämpfte mit zunehmender Übelkeit.

Sie stürzte ihr Bier herunter und überlegte, was sie tun sollte. Schließlich musste sie Simon irgendwie davon überzeugen, ihnen zu helfen und das, wo er abgesehen von einem netten Gruß überhaupt nicht mit ihr SPRACH!

Nach einem weiteren Bier brach die Müdigkeit mit Macht über sie herein – die Woche war sehr lang gewesen.

Babsy redete mit Jonas, der hielt Mirandas Hand und die sah nur den blonden Jonas. Val entschied, auch damit nicht unbedingt etwas zu tun haben zu wollen und flüchtete.

In ihrem Appartement überlegte sie nicht lange, denn es war sogar sonnenklar, was sie jetzt tun würde. Sie setzte sich auf den Boden, holte Block und Stift und begann zu schreiben. Doch die Augen fielen ihr immer wieder zu, und wie sie auch begann, es ergab entweder überhaupt keinen Sinn und attestierte sogar für sie schleichenden Wahnsinn oder es klang fad und aufgesetzt. Und so verschob sie das Schreiben auf den nächsten Morgen. Schließlich lagen zwei Tage vor ihr, in denen sie darüber nachgrübeln konnte, wie sie es am besten in Worte fasste. Sie hatte plötzlich Skrupel, überhaupt etwas zu schreiben, wusste nicht, ob sie nicht die kleine zarte Vertrautheit, zerstören würde, die zwischen ihnen existierte. Andererseits hatte sie auch ihrer Freundin gegenüber eine Verpflichtung.

Am kommenden Morgen erwachte sie recht früh, wenn man bedachte, dass es Samstag war und sie eigentlich ausschlafen konnte.

Macht der Gewohnheit.

Klar, dachte sie seufzend, als sie ihren Kaffee trank. *Darauf scheint alles hinauszulaufen.*

Um den Block machte sie einen riesigen Bogen und ging erst einmal unter die Dusche. Danach unterzog sie ihren Kühlschrank und die Vorratsschränke einer eingehenden Inspektion. Die erbrachte, dass nicht einmal eine der legendären New Yorker Ratten überlebt hätte. Und so machte sich Val als Nächstes in den Supermarkt auf, wo sie einmal alles kaufte. Einschließlich jeder Menge Schokolade – gegen den Frust und gleichzeitig als Nervennahrung für das zu verfassende Bittschreiben. Zwei Flaschen Wein waren auch dabei, ein paar Dinge aus dem Froster für den Ofen ... *MERKE: Stelle diesmal den Garwecker, nur für alle Fälle!*, und noch einige andere, unverzichtbare Dinge. Wie zum Beispiel einen riesigen Becher Eiscreme, wenn alle Stricke rissen.

Mit äußerstem Bedacht räumte sie ihren Einkauf weg, wischte sogar vorher den Kühlschrank aus und danach ihren Küchentisch ab.

Ja, schon gut!, fauchte sie, als es tatsächlich nichts mehr zu tun gab.

Jetzt!

Sie ging ins Wohnzimmer, machte auf halbem Weg noch einmal kehrt und entschied sich für einen heißen Tee. Schließlich war es draußen zwar inzwischen April und angeblich Frühling. Doch die Temperaturen hatten das irgendwie noch nicht verstanden.

Während sie dem Wasserkocher beim Funktionieren zusah, ging Val auf, weshalb sie so zauderte, diesen Brief zu schreiben.

Sie wollte ihn *nicht* missbrauchen, möglicherweise den zweiten Charlie geben – denn wenn sie ehrlich war, hatten sie nichts anderes vor.

Val hätte alles darum gegeben, mit Simon im Team zu arbeiten, gemeinsam mit ihm vor Gericht zu ziehen und IHN den Ruhm einheimsen zu lassen, wenn er Babsy erfolgreich herauspaukte.

Nur war das nun einmal nicht möglich!

Sie knirschte mit den Zähnen und entschied, zunächst einen Ausflug an ihrem Laptop zu unternehmen. Solitär spielen!

YEAH!

Inzwischen liebte sie das Spiel!

Als sie das unschuldige Briefumschlag Symbol sah, drohte weder ein Herzinfarkt, noch stellte Val dessen Vorhandensein infrage. Sie hatte darauf gewartet, sein Eintreffen war *überfällig!*

»Da hast du ja noch mal Glück gehabt!«, murmelte sie. Absender war diesmal übrigens SimonGeller@freemail.com. Jetzt kam es nur noch drauf an, zu welchem Resümee er gelangt war.

Guten Abend Val,

nein, Sie wissen es nicht.

Damit beziehe ich mich weniger auf die Informationen, die

Sie mit Sicherheit in der Zwischenzeit über meine Abnormität einholten, als vielmehr auf Ihr Wissen, welche Konsequenzen dies im Einzelnen mit sich bringt. Möglicherweise können Sie es in den Ansätzen ahnen, jedoch niemals die gesamte Bandbreite erfassen.

Ich nahm mir Ihren Ratschlag zu Herzen und HABE nachgedacht. Und ich denke, ich sollte Ihnen folgendes erklären:

Der emotionale Aspekt dieser Angelegenheit KANN für mich nur von zweitrangiger Natur sein. Was SIE sich wünschen (sofern es diesbezüglich überhaupt etwas gibt) wird so niemals eintreffen.

Weder bin ich in der Lage, mich mit Ihnen verbal auseinanderzusetzen, noch können wir JEMALS jedweder gemeinsamen Aktivität nachgehen.

Was keineswegs bedeutet, dass ich das nicht will! Die Vorstellung hat für mich etwas zutiefst Wunderbares, ich hoffe, Sie glauben mir.

Allerdings verkommt dieses immer nur imaginäre Wunderbare zur Gegenstandslosigkeit, sobald ich daran denke, welchen Grausamkeiten Sie in meiner Gegenwart ausgesetzt sein würden.

Val, eben WEIL ich Sie mehr verehre, als ich in Worte fassen kann, DARF es nie zu einer längerfristigen Begegnung zwischen uns kommen. Ich könnte mir niemals verzeihen, würde ich Sie anhaltend beleidigen oder Sie mit ähnlich gelagerten Gesten nicht mit dem Respekt behandeln, den Sie verdienen.

Ich bin in vielfacher Hinsicht kein Mann, auf den diese Bezeichnung zutrifft. Das habe ich bereits vor Jahren für mich festgemacht und akzeptiert. Auch wenn es mir in letzter Zeit unerwartete Schwierigkeiten bereitet.

Ich bitte Sie, konzentrieren Sie sich nicht auf mich. Das bin ich nicht wert und es würde Sie unter Umständen unglücklich machen. Wenn es jedoch eines gibt, was ich vermeiden MUSS, dann, Sie unglücklich zu sehen. Ich hatte den Eindruck, das wären Sie bereits ohne mein Zutun.

Ich kann nicht verhehlen, dass mir die allabendlichen Sekunden mit Ihnen gefallen.

Oh, das will ich keineswegs.

Sie geben mir mehr, als Sie sich vorstellen können und ich danke Ihnen für jeden Abend, an dem Sie mir aufs Neue die Ehre erweisen, diese wenigen Momente zu teilen.

Auch in der Zukunft.

Sollten Sie eines Tages für sich beschließen, dass dies in Ihrem Leben keinen Platz mehr hat, dann genießen Sie mein größtes Verständnis.

Bis dahin jedoch, seien Sie gewiss, dass ich jenen Episoden mit höchster Erwartung entgegenblicke.

Bis zu unserem nächsten Treffen verleibe ich

mit außerordentlichem Respekt.

Simon Geller.

Val las es genau einmal.

Heute lachte sie nicht oder verzog das Gesicht. Sie war ernst, ihre Augen brannten sogar, auch wenn das zu den Dingen gehörte, die sie eher ungeschehen machen wollte.

»Nein!«, sagte sie langsam. »Ich werde das NICHT zulassen. Erschieß mich später!«

Und dann spielte sie doch kein Solitär mehr oder machte einen weiteren Bogen um den verräterischen Block.

Diesmal schrieb sie.

Allerdings war der Inhalt ein etwas anderer, als ursprünglich geplant.

* * *

… Anwalt sein hingegen sehr

So häufig Simon an jenem Wochenende auch nachsah, Val antwortete nicht.

Zunächst war er nicht sonderlich beunruhigt. Möglicherweise ein bisschen enttäuscht ja, wofür er sich gleich noch etwas mehr hasste. Doch als auch am Sonntagabend nichts eingetroffen war, las er eilig noch einmal sein Schreiben und seufzte.

Sie wertete es als Ablehnung – was es ja durchaus auch war. Dabei hatte er doch nur ausdrücken wollen, dass sie einen Kerl wie ihn nicht brauchte und eben nicht wusste, worauf sie sich so freudig einlassen wollte.

Als Simon am Sonntagabend ins Bett ging, redete er sich anhaltend ein, dass es gut war. Kein Herzklopfen mehr, keine Angst vor der nächsten Situation, mit der er nicht umgehen konnte, endlich wieder den langweiligen, aber so beruhigenden Alltag aufnehmen.

Das klang doch wirklich gut!

Leider fühlte es sich nicht so an.

Am Montagmorgen stieg seine Herzschlagrate mit jedem Meter, den er sich seinem Büro näherte. Doch als er seine Tür aufschloss, fand er keinen Briefumschlag, und Simon musste sich mit der Tatsache auseinandersetzen, sie erfolgreich abgewiesen zu haben.

Lange hielten seine Enttäuschung und die Tics nicht an. Bald nahm ihn seine Arbeit in Beschlag und die Teetasse tauchte pünktlich um zehn Uhr auf, was seine Stimmung gleich ein wenig hob.

Allerdings folgte der Overkill genau zwölf Stunden später. Als er sich nämlich auf den üblichen Weg begab, um seine Tasse auch zu entsorgen und um die Ecke bog, fand er die Küche leer vor.

»HA!«, machte er und ließ irrsinnigerweise den Blick einmal im gesamten Raum umherschweifen. Da es sich hierbei um nicht mehr als möglicherweise fünfzehn Quadratmeter handelte, gelangte er sehr schnell zu dem Urteil, dass sie tatsächlich nicht da war. Das Herzrasen setzte ein und sein Kopf fuhr unruhig hin und her. Die Tasse klirrte bedrohlich auf der Untertasse.

Er hatte alles verdorben! Verdammt!

Kurz vor dem ultimativen Ausrasten, erblickte er glücklicherweise den weißen Umschlag auf dem Tresen, an dem sie sonst immer stand.

»HAHA!«, brüllte er und stürzte in den Raum. Die Tasse stellte er achtlos auf den Tisch. Seine Hände bebten, als er das Kuvert aufnahm, auf dem

Simon

stand. Und zwar in jener vertrauten Schrift, die er unter zehntausenden augenblicklich identifiziert hätte.

Wie konnte sie das Risiko eingehen, ihm hier eine Nachricht zu hinterlegen? Was, wenn ihn jemand bereits gefunden hatte? Doch er wirkte unversehrt, die Ränder waren fest verklebt, nichts deutete auf einen Manipulationsversuch hin.

Simon konnte es nicht erwarten, ihn zu öffnen. Doch der ewig besorgte Teil in ihm übte sich bereits wieder im Zweifeln. Was immer dort geschrieben war, es würde ihn durcheinanderbringen und nichts an der Situation ändern! Und so stand er über fünf Minuten da, den Umschlag in den bebenden Händen, ohne den Mut aufzubringen, ihn auch aufzureißen.

Als er schließlich einsah, sich soeben einmal mehr zum absoluten Idioten zu stempeln, kam das Öffnen einem Gewaltakt gleich. Entgegen seiner sonstigen Angewohnheit war das Kuvert als solches danach nicht mehr zu erkennen.

Es handelte sich um ein äußerst kurzes Schreiben.

Lieber Simon,

Du solltest aufhören, für mich zu denken und Entschlüsse zu fassen!

Was ich ertragen kann oder nicht, obliegt MEINER Entscheidung!

NICHT DEINER!

Besser, Du gewöhnst Dich daran!

Ich erwarte Dich in meinem Büro.

Den Gang zurück, auf dem Schild steht mein Name.

Bis gleich!

Val

»VERFICKTE SCHEISSE!«, brüllte Simon. Das Blatt in seiner Hand bebte, als stünde es unter Strom.

Was sollte das?

Während er sich einmal mehr einem seiner Ausnahmezustände hingab, schwirrten die Gedanken wild durch seinen Kopf. Ihm blieb nicht einmal Zeit, zu fürchten, dass ihn jemand beobachtete.

»HAHA!«

Hatte sie denn überhaupt nichts verstanden? Er konnte nicht einfach zu ihr gehen!

»Fick dich!«

Jeder andere ja, er nicht! Das war doch das gesamte Problem!

Was sollte er tun? Sie wartete auf ihn, wenn er nicht ging, dann war es vorbei.

Vorbei! Ja und er hätte endlich wieder seine Ruhe. Aber dann wäre sie fort, für immer und ewig und …

Irgendwann kam Simon zu sich. Seine Wange brannte, der Raum schien noch immer von seinen Flüchen zu vibrieren, doch der Brief war nicht verschwunden. Er hatte ihn während seines Anfalls nicht in der Hand behalten können, stattdessen lag er jetzt auf dem Boden.

Doch er war DA! Mit dem Text nach oben, damit er auch ja nicht vergaß, in welch umfassender Falle er saß. Sie hatte es nicht so derb formuliert, aber er wertete dies als eindeutiges Ultimatum. Am Ende stellte sie ihn doch vor die Wahl. Es verwunderte ihn nicht. Schließlich war es nur eine Frage der Zeit gewesen, bis sie mehr forderte. Obwohl er die Tatsache an sich noch immer nicht begreifen konnte. Warum er? Es gab so viele Männer, die intakt waren. Was wollte sie denn mit ihm?

»Verdammt!«, knurrte er, und diesmal war es kein Tic.

Ewigkeiten betrachtete er die geschwungene Schrift. Sie wirkte wie eine Anklage und unvorstellbare Bedrohung. Er musste jetzt eine Entscheidung fällen, deren Konsequenzen er nicht einmal annähernd abschätzen konnte. Bisher hatte Simon so etwas immer vermieden. Spontanität gehörte nicht zu seinem Leben.

Schließlich nahm er das Papier und begab sich auf den Weg zu den Aufzügen. Doch kurz bevor er die zweiflüglige Glastür erreichte, blieb er stehen. Für einen Moment blickte er ausdruckslos vor sich hin, dann machte er abrupt kehrt, ging zurück in die Küche und stellte die Tasse in den Geschirrspüler. Minutenlang betrachtete er den Brief, holte tief Luft und schloss die Augen.

Ebenso unvermittelt riss er sie wieder auf und ging abermals in den dunklen Flur. Diesmal auf direktem Weg zu ihr. Nur, um ihr ein für alle Mal verständlich zu machen, dass so etwas nun einmal nicht akzeptabel war! Simon vertraute ganz auf seinen miesen Kopf. Der würde ihm im Zweifelsfall die überzeugende Argumentation liefern, sollten ihm wie so häufig die Worte fehlen.

Doch ungefähr zehn Meter vor dem silbernen Schild, auf dem er *Valerie* ausmachen konnte, blieb er wieder stehen und schüttelte den Kopf.

Er konnte das nicht! Niemals! Schon machte er erneut kehrt

und strebte zum Ausgang.

Auf diese Weise vergingen weitere zehn Minuten. Grausame Tics suchten ihn zwischenzeitlich heim. Simon ließ sie gewähren, spornte sie sogar an, hieß sie willkommen. Bisher hatte er sich selten in den Trotz geflüchtet, heute beging er auch diesen unverzeihlichen Fehler.

Seine Wange schmerzte, die Gelenke auch, das Genick schien von dem ewigen, unvermittelten Zucken in die eine oder andere Richtung gezerrt. Kaum gelang es ihm, in Tic-freien Momenten, eine gewollte Kopfbewegung zu vollführen.

Nach einer Weile kehrte sein Verstand zurück und Simon sah ein, dass er auf diese Art nicht weiterkommen würde. Auch aus anderen Gründen befahl er sich schließlich, seine Revolte zu beenden. Sie waren zwar tief verschüttet, ließen ihn jedoch keineswegs unberührt.

Stolz zum Beispiel.

Manchmal forderte selbst der seinen Tribut. Auch die Frage, was sie wohl von ihm halten würde, wenn er nicht erschien, war äußerst lebendig und stach unentwegt auf ihn ein. Möglicherweise würde sie denken, sie wäre ihm egal und das war ...

»HAHA!«

... so falsch!

Simon lehnte sich gegen die Wand, schloss die Augen und flüchtete sich in *Adagio for Strings*. Und so stand er in dem dunklen Flur. Ganz allein, ohne Gefahr, überrascht zu werden. Selbst die Putzkräfte waren heute bereits gegangen. Er nahm sich die Zeit, sicherzugehen.

So sicher, wie überhaupt möglich.

Erst dann flogen seine Lider auf. Darunter offenbarte sich jener entschlossene Blick, der ihn ausmachte, wenn er einmal vergaß, dass er im Grunde Niemand war.

Mit raschen, festen Schritten überwand er die letzten Meter zu der Tür, die zu ihrem Büro führte. Nur um sofort dem nächsten Schock ausgesetzt zu werden.

Valerie Welsh

»HA!«

Fassungslos starrte er das unschuldige Schild an und schloss abermals die Augen.

›... nicht von Gnaden, eher aufgrund anhaltender väterlicher Einflussnahme ...‹

»Ha!« Diesmal kam es bedeutend verhaltener. Was nun? Bevor er sich in die nächste Entspannungsübung flüchten konnte, tat Simon das, was ihm nun wirklich nicht ähnlich sah: Er handelte spontan.

»HA!«, brüllte er, kaum dass er den Raum betreten hatte. Schon wollte er wieder die Flucht ergreifen. Er war bereits halb aus der Tür, als er registrierte, dass er sich in einer Art Vorzimmer befand, und atmete hörbar auf.

Aufschub.

Sein Kopf zuckte unkontrolliert hin und her. Doch die wenigen Meter, die ihn von der nächsten Tür trennten, gaben ihm tatsächlich Zeit, sich ein wenig zu entspannen. Sie war nur angelehnt, durch den schmalen Spalt fiel ein schwacher Lichtschein. Als er schließlich in dem hübschen, nicht unbedingt überdimensioniert großen, für Simons Verständnis jedoch sogar extrem weiträumigen Raum stand, kämpfte er verbissen.

Diesmal erfolgreich.

Sie saß auf der Couch und sah ihm entgegen.

Eher, um ihren Blick zu meiden, betrachtete er den Tisch und machte zwei Tassen Tee aus. Sie hatte ihn tatsächlich erwartet.

Die Regeln des guten Benehmens diktierten, etwas zu sagen. Simon zählte bis drei; der Kampf hielt unvermindert an, mit der Tendenz, demnächst wie immer gegen ihn entschieden zu werden. Er konnte es nicht verhindern.

»Guten Abend.« Es war ein Röcheln. Als würde er demnächst verenden.

Oh, verdammt!

Unvermutet breitete sich ein Lächeln auf ihrem Gesicht aus. »Hey!«

Und Simon verlor. »Fick dich!«, quiekte er.

Das war es! Bevor er auch nur einen Gedanken bemühte, war er bereits herumgewirbelt und machte Anstalten, aus dem Raum stürzen.

Ehe er die Tür erreichen konnte, rauschte sie an ihm vorbei und verstellte ihm den Weg.

Abrupt blieb er stehen, doch sie war nah genug, um die berühmt/berüchtigten rosa Lippen auszumachen, einschließlich dieser Augen. Außerdem versperrte sie ihm auch noch die einzige Rückzugsmöglichkeit. Was in der Summe gleich den nächsten Tic über ihn hereinbrechen ließ.

»Wie wäre es mit einer Tasse Tee?«, erkundigte sie sich, als er still war. Ihr Lächeln wirkte echt. Doch als sie seine Hand nehmen wollte, fuhr er zurück und nickte eilig. Sein Mund war so trocken, dass er Tee für eine wirklich gute Idee hielt.

Hastig ging Simon zu einem der vorhandenen Sessel. Kurz darauf saß er da, stocksteif, die Hände auf den Knien und wusste nicht, was er sagen sollte.

Sie hatte sich auf die Couch gesetzt und schob eine Tasse zu ihm hinüber.

»Danke«, murmelte er rau und sein Kopf – dieser verdammte Kopf! – zuckte nach rechts. In seiner Verlegenheit hielt er sich an den Tee. Wieder klirrten die beiden Elemente, die zusammengenommen ein Teegedeck ausmachten, unangenehm aufeinander. Doch selbst das schien sie nicht zu bemerken.

Beinahe hätte er gelacht, auch wenn es bestimmt ausnehmend trocken ausgefallen wäre. Sie war tatsächlich gut unterrichtet.

Nur leider funktionierten die Dinge nicht so einfach, auch wenn er ihre Manipulationsversuche noch so großherzig unterstütze. Sein Kopf unterlag keinen Gesetzmäßigkeiten. Es galten keine feststehenden Regeln, auf die der sich einließ. Mal klappte es und beim nächsten Mal eben nicht.

Doch er war hier! Bei ihr! Trotz allem! Eine Utopie, wie sie wohl fantastischer nicht möglich war. Zunehmend verspürte er den Wunsch, sie für ihre Mühe nicht zu enttäuschen. Soweit er sich entsinnen konnte, hatte ihm noch nie jemand so viel Aufmerksamkeit geschenkt. Das wollte/konnte er nicht achtlos übergehen.

Und daher griff Simon, als er spürte, dass das nächste Desaster nicht mehr aufzuhalten war, zu seiner Universaltechnik. Er schloss die Augen und ließ sein Lied im Kopf erklingen. Dabei gelang es ihm sogar, nicht zu überlegen, was sie wohl gerade von ihm dachte.

Es half.

Als er sie eine Ewigkeit später ansah, blickte sie nachdenklich aus dem Fenster.

Sie war gut. Nun ja, offensichtlich hatte sie sich akribisch vorbereitet. Es war unangenehm, doch gleichzeitig rührte es ihn auch auf absonderliche Weise. Simon räusperte sich, versuchte etwas zu sagen, brachte jedoch keinen Ton zustande. Am Ende beließ er es dabei, trank seinen Tee und registrierte mit einiger Erleichterung, dass wenigstens nicht mehr das Porzellan klirrte, als hätte er einen epileptischen Anfall.

Weitere fünf Ewigkeiten später, die sie in relativ einvernehmlichem Schweigen verbracht hatten, stellte sie ihre Tasse auf den Tisch. »Es ist spät.« Es kam klar und fest. »Ich denke, wir sollten nach Hause gehen.«

Seine Augen wurden groß, die Hand landete in seinem Gesicht. Das Klatschen machte sich in der wieder eingetretenen Stille hundertfach verstärkt aus. Wie, nach Hause? WAS?

Simon beobachtete, wie sie aufstand, sein Kopf zuckte unkontrolliert hin und her, während sie sich die Jacke anzog und zur Tür trat. Erst jetzt sah sie ihn an.

»Oder siehst du das anders?«

Er?

Oh, Simon sah momentan überhaupt nichts. Sie führte die Regie und er stolperte ihr ohne Sinn und Verstand nach. Sie wollte gehen, nun, dann würde er folgen und währenddessen überlegen, wie er ihr begreiflich machen konnte – ohne sie für immer und ewig aus seinem Leben zu verbannen – dass sie gemeinsam nirgendwohin gehen würden.

Er befand sich bereits auf dem Weg zur Tür, als er sich noch einmal umwandte und die Tassen stehen sah. Eilig ging er zurück und nahm sie.

Ihn empfingen erhobene Augenbrauen und ein fröhliches Lachen. »Du bist ein Nerd!«

WAS?

Schon kündigte sich der nächste Tic an und brach im nächsten Moment aus.

»HALT DIE SCHNAUZE!«

Ihr Blick wurde vorsichtig. Es war, als würde sie sich besinnen, denn kurz darauf hielt sie ihm die Tür auf. Mit zusammengebissenen Zähnen folgte er ihr, und als sie im Flur standen, sah Val ihn an. »Bring sie weg, ich warte so lange.«

Simon schaffte es, bis er die Tassen weggestellt hatte, dann lieferte er sich dem nächsten Tic aus. Er brauchte Ewigkeiten, um sich auch nur annähernd zu beruhigen. Doch als er schließlich zu ihr trat, wirkte sie nicht im Mindesten ungeduldig.

Sie folgte ihm hinaus und wartete mit ihm auf den Aufzug.

Simon sah überall hin, nur nicht zu ihr. Erst, als sich die Türen geöffnet hatten, erkannte er das nächste Problem. Diese furchtbaren Kabinen waren so eng!

Mit fest zusammengepressten Zähnen überstand er die

grausam lange Fahrt hinab. Ihr Parfüm beherrschte nach wenigen Sekunden den gesamten Raum und er glaubte, die Wärme ihres Körpers fühlen zu können. Als sie in die Lobby traten, war es vorbei.

»VERFICKTE SCHEISSE!«

»Yeah!«, meinte Val trocken. »Das ist wohl wahr.«

Wie vom Donner gerührt starrte er sie an. Seine Wangen wurden heiß und Simon wusste vor lauter Verlegenheit nicht, wie er sich verhalten sollte. Am liebsten wäre er auf der Stelle im Erdboden versunken, doch Val hob die Schultern. »Na, ist doch so, oder?«

Eine Antwort war nicht möglich, Simon war zu sehr mit dem Pfeifen beschäftigt. Auf die gleiche Art, wie er es bei dieser Sarah getan hatte.

Oh Gott!

Als sie in der Dunkelheit vor dem Gebäude standen, war er ruhig.

»Bis morgen?« Ganz plötzlich war ihre bemerkenswerte Selbstsicherheit verschwunden. Er glaubte sogar, in ihrem Blick eine Art Bitte auszumachen.

Simon brauchte eine Weile, dann nickte er knapp. »Auf Wiedersehen!« Es klang fast normal.

»Bye!« Sie lächelte.

Auch das war symptomatisch dafür, wie verkorkst er war. Simon brachte es nämlich nicht, auf ihren ungezwungenen Tonfall einzusteigen. Es erschien ihm respektlos. Dennoch:

Als er an diesem Abend nach Hause ging, fühlte er zum ersten Mal so etwas wie vorsichtigen Optimismus. Und als er an ihr »YEAH!«, dachte, lächelte er sogar ein wenig.

Trotzdem kostete es ihn am Dienstag die größte Überwindung, um, nachdem er seine Tasse sicher im Geschirrspüler deponiert hatte, zu ihr zu gehen. Wieder saß sie bereits auf der Couch. Als er den Raum betrat, betrachtete sie ihn mit leuchtenden Augen.

Was ihn zu einem »SCHLAMPE!« veranlasste und sofort das Blut in seine Wangen trieb. Doch sie schien es nicht gehört zu haben. Stattdessen hatte Val etwas anderes im Sinn, was Simon fast in den nächsten Beinaheohnmachtsanfall trieb. Kaum saß er, ging sie zum Angriff über.

»Du bist Anwalt?«

Nach zehn Minuten, inklusive eines grausamen Tics und anschließender Meditation, brachte er es auf eine Erwiderung. »Nein.«

Ihr Blick wurde ungläubig. »WAS?«

Simon schluckte, sein Kopf zuckte in jede erdenkliche und nach allen anatomischen Regeln undenkbare Richtung, doch irgendwann konnte er antworten. »Ich habe die Ausbildung, aber nie das Bar-Examen abgelegt.«

»Warum nicht?«

Er verpasste sich eine schallende Ohrfeige, nachdem er ihr empfohlen hatte, die »SCHNAUZE!« zu halten. Dennoch klang er bemerkenswert trocken, als er schließlich antwortete. »Ist das nicht offensichtlich?«

Begreifen dämmerte auf ihrem Gesicht, doch dann schüttelte sie den Kopf. »Das ist kein Grund!«

Das brachte Simon tatsächlich zum Lachen. »Nein? Nun, ich denke, Sie täuschen sich. Auch wenn ich Ihre Bemühungen sehr zu schätzen weiß. Sie können die Sachlage nicht adäquat überblicken. Aber das schrieb ich bereits.«

Sie schwieg für eine ganze Weile, während er sicherheitshalber den Kopf senkte, weil der sich wie üblich verselbstständigte. »Simon ...?«

Flüchtig sah er auf und nickte.

Plötzlich tauchte vor seinen Augen eine Hand auf. »Ich bin Val.«

»HALT DIE SCHNAUZE!« Er räusperte sich. »Ich weiß.«

»Warum siezt du mich?«

Ein wundervolles Pfeifen ertönte. Oh mein Gott! »Das ist nicht ...«

»Es ist widerlich!«, knurrte sie. »Ich bin Val!«

Erschrocken sah er auf. Widerlich? »Es ist eine Frage des Respekts!«, beharrte er, sein zuckender Kopf war ihm egal.

»Das wäre es, wenn ich älter als du wäre. Bin ich aber nicht.« Sie hob eine Augenbraue. Noch immer stand sie vor ihm und er war gezwungen, zu ihr aufzusehen.

»Aber das ist nicht von Relevanz!«, begehrte Simon auf. »Es schickt sich nicht, eine Dame zu duzen.«

Sie lachte. »Schickt es sich von Frau zu Mann?«

»Bitte?« Simon dachte darüber nach. »Ich bin nicht sicher«, murmelte er, ohne aufzusehen.

»Dann lass dir etwas gesagt sein, Simon Geller. Wenn!« Als er einen flüchtigen Blick wagte, sah er, dass sie einen Finger erhoben hatte. »Und ich betone dieses Wenn außerordentlich, man sich Briefe schreibt, so wie wir es tun ...«

»Nicht regelmäßig!« Diesmal währte sein Blick länger. Wenn sie doch nur nicht so nah gewesen wäre! Er konnte nicht verhindern, dass sein Kopf immer wieder zuckte, als leide er tatsächlich an Epilepsie.

Val schien es nicht zu bemerken. Sie winkte ab. »Aber dann und wann. Und man ist im annähernd gleichen Alter, duzt man sich. Alles andere ist ... komisch.«

Er musterte sie mit erhobenen Augenbrauen, während sein Kopf einen scharfen Ruck nach links vollführte und er ein »FICK DICH!« in den Raum warf.

Sie verzog das Gesicht. Erst dachte Simon, es sei wegen seines Tics, doch er lag falsch.

»Doch nicht *das* komisch!«

Simon nickte und versuchte dabei angestrengt, ihren

Ausführungen geistig zu folgen. Sein Eindruck war richtig gewesen, sie war durchaus seltsam. Doch möglicherweise waren das alle Mädchen. Er hätte es nicht sagen können.

Val holte tief Luft. »Sprich mir nach.«

»Pardon?«

Sie stöhnte. »Du sollst mir die Worte nachsprechen, es sei denn, du bekommst es zustande, einfach du zu mir zu sagen. Ohne vorherige Übungen.«

»HALT DIE SCHNAUZE!« Simon senkte den Kopf. Verdammt!

Eine Adagio Einheit später wagte er einen Blick zu ihr. Sie hatte sich gesetzt und blickte aus dem Fenster. »Ich könnte es versuchen«, wisperte er.

Schon sah sie ihn an. »Wundervoll!«, jubelte sie trocken und diesmal verzog Simon das Gesicht. Sie machte sich über ihn lustig! Aber das war sogar halbwegs verträglich.

Plötzlich war sie ernst. »Darf ich dich um etwas bitten?«

Schon stieg die nächste Panik in ihm hoch. Was würde sie wollen? Dass er sie besuchte? Dass sie ihn besuchte? Dass er sagte, weshalb er so seltsam war (darauf hätte er wirklich keine Antwort gehabt). Dass er ihr erklärte, weshalb er offensichtlich nicht einmal in der Lage war, einen verdammten Briefwechsel mit einem Mädchen zu führen, ohne seine Seltsamkeiten zu offenbaren? Was? Simon war davon überzeugt, dass alles, was jetzt kommen würde, nur peinlich werden konnte. Sein Kopf zuckte alle paar Sekunden in die eine oder andere Richtung. Eilig senkte er den Blick und wartete, bis es vorbei war.

Diese Taktik schien aufzugehen. Irgendwann sah er durchaus ruhig auf. Sie hatte wieder einmal aus dem Fenster gesehen. »Wenn es nichts Persönliches ist.«

Sie sah ihn an und schüttelte lachend den Kopf. »Keine Sorge, ich will dir nicht zu nahe treten. Schon war sie wieder ernst. »Ich brauche deine Hilfe.«

Rums!

Und abermals war er mattgesetzt. Doch inzwischen reagierten beide wie ein eingespieltes Team. Bevor Simon den Blick senkte, sah er noch, wie Val aus dem Fenster sah. Wenige Momente und einige »FICK DICHs!« sowie Ohrfeigen später, sahen sie sich wieder an.

»Wobei sollte ich dir helfen?«

Ihr Mund verzog sich zu einem raschen Lächeln. »Du erinnerst dich an mein ›... Anwalt nicht von Gnaden, sondern eher von anhaltender, väterlicher Einflussnahme‹?«

Er nickte.

Val seufzte. »Ich bin, um es wirklich, wirklich drastisch auszudrücken, ein ziemlich beschissener Jurist. Meine Freundin befindet sich in Schwierigkeiten und mein ...« Sie hielt inne und neigte den Kopf zur Seite. »Dir ist inzwischen aufgegangen, wer mein Vater ist?«

Simon verzog das Gesicht. »Selbstverständlich.«

Sie nickte. »Gut ... jedenfalls, Charlie hat mir den Fall übergeholfen und jetzt stehen Jonas und ich, okay, vielmehr ich und Jonas, na ja, allen voran natürlich Babsy ...« Sie hatte den Blick gesenkt, während Simon noch immer versuchte, dahinter zu gelangen, was sie ihm denn nun sagen wollte. Sein Kopf bewegte sich und einmal pfiff er oder grunzte, so genau wusste er es nicht. Viel zu angespannt lauschte er ihrem zugegeben äußerst wirren Vortrag.

Sie holte tief Luft. »Könntest du uns vielleicht helfen?«

* * *

Nach fünf Minuten anhaltend gesenktem Kopf sah er auf.

»Ich bin kein zugelassener Anwalt«, sagte er leise.

»Aber du besitzt zweihunderttausend Mal mehr Wissen als Jonas und ich zusammengenommen!«

»Ich kann nicht vor Gericht auftreten«, wisperte er.

Sie runzelte die Stirn, doch dann glättete sie sich wieder. »Darum geht es doch gar nicht ...«

»Sondern?«

»Würdest du uns helfen, die Verteidigung vorzubereiten?«

Simon senkte eilig den Blick, ließ den nächsten Tic gewähren – diesmal etwas ungeduldig – und sah schließlich auf. »Worum genau geht es?«

Val holte abermals tief Luft, bevor sie ihm die gesamte Geschichte flüchtig umriss. Als sie geendet hatte, schüttelte er den Kopf. »Das ist nicht mein Fachgebiet.«

»Ich weiß, aber ich habe deine sonstigen Arbeiten gesehen ... und ich … ehrlich ... Du bist brillant!«

Einmal Kopfsenken später sah Simon auf und musterte sie sehr lange und ausgiebig. Es wäre ein Durchbruch gewesen, doch in Wahrheit sah er sie nicht wirklich. Tatsächlich ging er gedanklich das Für und Wider dieser unkalkulierbaren Angelegenheit durch und versuchte abzuwägen, worauf er sich einließ.

Die Neugierde, seine Hilfsbereitschaft und auch ein wenig der Stolz siegten. Es war eine Premiere.

»Um eine konkrete Aussage zu tätigen, müsste ich mich erst einmal intensiv mit diesem Fall auseinandersetzen.«

* * *

Sie hatte nicht viel, im Grunde überhaupt nichts.

Nur die Vorladung zu den Behörden, die bereits für den kommenden Mittwoch anberaumt war, und Vals Erzählungen, die ihm allerdings auch nicht sonderlich weiterhalfen.

»Ich brauche Fakten.« Simon sah auf. »Die Aussage der Beklagten, die Akte der Behörde, mögliche Zeugenaussagen. Wer ist der bearbeitende Staatsanwalt?« Wieder blickte er auf das so wenig aussagende Schreiben und schüttelte den Kopf. »Die Zeit drängt, Sie ... HALT DIE FRESSE! ... Du! ... musst die

Mandantin am Mittwoch begleiten. Ihr verweigert jede Aussage! Die Vorbereitungszeit war zu eng bemessen! Wir müssen eine Fristverlängerung heraushandeln. Das Unfallopfer ist zwischenzeitlich verstorben?« Als er wieder aufsah, lächelte sie.

»Ich weiß es nicht genau«, erwiderte sie eilig, sobald sie ihn aufmerksam gemustert hatte.

Das brachte ihr einen äußerst ungläubigen Blick seitens Simons ein. Doch dann hatte er auch diese Nachricht verarbeitet. »Sie werden morgen einige Telefonate führen. Ich schreibe Ihnen ...«

»Simon!« Es kam mahnend und diesmal war er wirklich verwirrt. »Was ...?« Dann sah er ihren bedeutungsvollen Blick und senkte eilig seinen.

Wenig später sah er auf. »Es tut mir sehr leid. Du solltest morgen einige Telefonate führen. Ich werde schriftlich festhalten, wie genau du vorgehst. Dieser ...« Simon runzelte die Stirn. »... Mr. Bone ...«

»Jonas.«

Er nickte. »Ja, Mr. Jonas, er arbeitet gemeinsam mit dir an diesem Fall?«

»Er versprach, mich zu unterstützen.«

Auch das verwirrte Simon – flüchtig. Dann widmete er sich wieder den derzeitigen Fakten. Er ließ sich Papier und Stift geben und begann eilig, eine Auflistung der dringend erforderlichen Daten zu erstellen.

Irgendwann riss ihn Val aus den Gedanken. »MIST!«

Sein Kopf fuhr erst nach links, dann hoch. »VERFICKTER SCHEISS! ... Habe ich etwas übersehen?«

»Es ist nach zwei Uhr!«

»FUCK!«

Eilig senkte er den Blick. Doch noch während er seinen nächsten Tic gewähren ließ, blickte er auf seine Uhr. Sie hatte recht.

»Es tut mir sehr leid«, stammelte Simon, als er dazu wieder in der Lage war, und erntete dafür einen dieser seltsamen Blicke. »Weshalb tut es dir leid?«, erkundigte sie sich höflich. »Ich hielt dich auf! Das Bedauern liegt ganz auf meiner Seite.«

Beide sahen ein, dass es kaum Sinn ergab, sich über die nächste halbe Stunde gegenseitig ihr aufrichtiges Bedauern auszudrücken. Während Val die Akten zusammenpackte, brachte Simon das Geschirr fort und dann eilten sie aus der Kanzlei.

Simon war derart verzweifelt, dass er ohnehin keine Chance hatte und jeden Kampf gegen seine Tics ersatzlos strich. Allerdings ging die Fahrt im Aufzug heute schneller vonstatten als üblich. Val schien mit ihren Gedanken ganz woanders, obwohl kein Fenster verfügbar war, aus dem sie hinausschauen konnte.

Es war nur ein sehr schwacher Trost. Doch als sie die Lobby verlassen hatten, war Simon ruhig und sie konnten sich wenigstens annähernd gesittet verabschieden. Dankbar bemerkte er, dass sie nicht versuchte, ihm die Hand zu geben.

Es wäre wieder peinlich geworden. Im Grunde schien alles peinlich zu sein, was in Anwesenheit dieses Mädchens geschah. Dennoch ging Simon an diesem Morgen sehr beschwingt nach Hause, nur um keine drei Stunden später wieder aufzustehen.

Gift für ihn. Müdigkeit steigerte die Gefahr seiner Tics. *Ach, verdammt!*, dachte er resigniert, während er unter der Dusche stand. *ALLES steigert sie!*

Die Fahrt in die Kanzlei geriet peinlich, aber nicht über Gebühr, an Jane stürzte er vorbei, auch wenn er wusste, dass es unhöflich war. Doch Simon blieb keine Zeit, sich damit auseinanderzusetzen, denn auf ihn wartete tatsächlich viel Arbeit. Neben den üblichen Fällen betreute er mittlerweile auch einen Strafprozess. Er wollte weder Val noch diesem netten Jonas Bone zu nahe treten, aber viel hatten die in dieser Hinsicht bisher nicht zustande gebracht.

Was keine Kritik war. Simon wäre nicht im Traum auf die

Idee gekommen, sich ablehnend über Vals Arbeitsweise oder die Jonas Bones zu äußern. Nicht einmal gedanklich. Doch ihn verwunderte, dass sie sich nicht umsichtiger gezeigt hatten.

Jedenfalls so lange, bis er in seine Arbeit versunken war.

Wieder stand seine Tasse Tee vor der Tür und Simon fragte sich bekümmert, was er wohl tun würde, wenn Mr. Bone eines Tages seine Lieferdienste einstellte.

Die Stunden vergingen, ohne dass er häufig aufsah. Und als er am Abend zu Val ging, war es nicht mehr ein Besuch, um mit ihr eine Tasse Tee zu trinken, sondern zu zwingender Notwendigkeit geworden.

Das verschonte ihn auch nicht vor dem einen oder anderen Tic, doch es blieb kaum Zeit, sich deshalb zu kasteien. Denn für die nächsten Tage arbeiteten sie allabendlich äußerst angestrengt. Es bedurfte nicht vieler Hinweise, bevor Simon verstand, dass er Val alles genauestens aufschreiben musste. Bald hatte er sich angewöhnt, jeden Schritt zu erklären und war dennoch verwundert, dass sie ihm aufmerksam zuhörte.

Manchmal war auch Mr. Bone anwesend – Jonas. Er hatte Simon gebeten, ihn so zu nennen. Das führte bei den ersten Versuchen zu einigen peinlichen Momenten. Doch wie immer arbeitete die Macht der Gewohnheit und bald stellte auch diese so neue Vertraulichkeit kein größeres Handicap mehr dar.

Möglicherweise lag es auch daran, dass niemand seine Tics zu bemerken schien und Simon während der Abende, die er in Vals Büro zubrachte, konzentriert arbeitete. Ihm fehlte schlicht und ergreifend die Zeit, um sich mit derartigen Nebensächlichkeiten auseinanderzusetzen.

Val hatte in Erfahrung gebracht, dass der ältere Herr tatsächlich zwischenzeitlich verstorben war. Womit sich die Dinge sogar brisant zuspitzten.

* * *

Zwei Wochen später gehörten die Abende in Vals Büro zu Simons Leben, als wäre es nie anders gewesen.

Er verdammte die Wochenenden, an denen er gezwungen war, in seinem Appartement zu bleiben. Allerdings nutzte er diese Zeit, um weiter an dem Fall zu arbeiten. Val hatte Babsys Befragung mitgeschnitten, die nach Simons Stichpunktzettel geführt wurde. Derzeit sah es so aus, als wüsste niemand, wie genau der Unfall vonstattengegangen war.

Es existierten zwar mehrere Zeugenaussagen, doch die gestalteten sich in Simons Augen allesamt fragwürdig. Problematisch war nur, dass dieser Fall vor die Grand Jury gehen sollte und das bereits in zwei Monaten. Das war gemessen an der Schwere der Anklage: ›fahrlässige Tötung‹ nicht viel Zeit. Babsys Aussage hatte Simon mit Hilfe von deren Angaben vorformuliert und reichte sie bei der zuständigen Staatsanwaltschaft ein. Gleichzeitig zeigte er (in Vals Namen selbstverständlich) dabei Babette Coopers Rechtsvertretung an. Das verlangsamte den Ablauf ein wenig. Niemand hatte damit gerechnet, dass die kleine Frau mit der Tochter eines Staranwaltes aufwarten würde.

Eile war geboten, wenn die Dinge nicht schieflaufen sollten. Simon hatte durchaus erfasst, dass momentan weder Val noch Jonas in der Lage waren, vor die Grand Jury zu treten.

Und so verging die Zeit unbemerkt. Aus Anfang wurde erst Mitte und dann Ende März. Simon befand sich derart im Taumel der unbekannten und dennoch nicht minder faszinierenden Ereignisse in seinem Leben, dass ihm nicht einmal auffiel, wie sehr sich seine Tics vereinzelten, wie häufig sich in der Zwischenzeit ein Lächeln auf seine Lippen stahl (besonders, wenn er Val ansah) und wie ungezwungen er mit ihr sprach.

Jedenfalls, solange es ihm nicht bewusst wurde.

Irgendwann, da war aus dem März April geworden, der Schnee nur noch Geschichte und die Sonne schickte sich an, der Stadt einen wundervollen Frühling zu bescheren, hatte selbst die

Tatsache, dass plötzlich gleich zwei Menschen fester Bestandteil in seinem Leben geworden waren, jede Brisanz verloren.

Simon hütete sich, darüber nachzudenken. Er traute weder sich noch den anderen. Was keine Beleidigung Vals sein sollte oder Jonas Bones. Doch die Dinge waren gut, wie sie waren. Rüttelte er daran, brachte er sie möglicherweise aus dem Gleichgewicht oder schlimmer, sie (besonders Val) begannen, zu grübeln. Und möglicherweise kamen sie dann auf die Idee, endlich einzusehen, dass Simon ein denkbar langweiliger und seltsamer Gefährte war.

Wenn auch nur in der Woche zwischen 21 Uhr bis Mitternacht.

Sie hatten sich bald darauf geeinigt, sich bereits eine Stunde früher zu treffen. Das ließ ihnen mehr Zeit, an dem Fall zu arbeiten.

Nachts jedoch war Simon mit sich und seinen Träumen allein, welche mit jedem Tag grausamer wurden. Noch nie hatte er derart plastische Illusionen. Es geschah ihm immer häufiger, dass er aufwachte und es wieder einmal nicht aufhalten konnte.

Auch darüber dachte er keineswegs nach. Simon hatte sich das Grübeln ohnehin mehr oder weniger abgewöhnt.

Manchmal, wenn alles über den Fall gesagt war und Simon jede noch so kleine Äußerung fünfmal mit Val geübt hatte, kehrte Schweigen ein und sie genossen die Stille. Anfänglich, als diese Momente noch eher Seltenheitswert besaßen, blieb es dabei. Doch eines Abends, da war der April bereits zur Hälfte Geschichte, räusperte Val sich.

»Danke.«

Simon sah auf. »Keine Ursache.«

»Ich will nicht, dass du glaubst, wir würden dich ausnutzen. Ich ...« Sie runzelte die Stirn. »Okay, wir nutzen dich aus! So viel lässt sich nicht leugnen. Doch das war nicht der Grund, aus dem ich ...«

Simon betrachtete sie mit zur Seite geneigtem Kopf. Er hatte wieder einmal keinen Schimmer, was sie ihm sagen wollte. Aber das war nichts Neues. Unglücklicherweise sah er wieder die Lippen und dieses süße Lächeln. Der Gedanke daran verließ Simons Geist in der Zwischenzeit überhaupt nicht mehr. Und der reale Anblick verschärfte die Lage noch einmal enorm.

»Ich bin gern mit dir zusammen«, sagte sie schließlich trotzig.

Simon nickte und unternahm sogar den angestrengten Versuch, das zu verstehen, obwohl er es doch längst besser wusste. Möglicherweise würde er ihre Äußerungen und Handlungen niemals nachvollziehen können.

Warum sagte sie das?

Und als es ihm endlich aufging, kam der nächste Tic. Diesmal, weil Simon wirklich überrascht war. Hastig senkte er den Blick und Val – da war er sicher – sah aus dem Fenster.

Viel mehr sprachen sie an diesem Abend nicht und gegen Mitternacht fuhren sie wie immer gemeinsam im Aufzug hinab.

Dies waren die besonders prekären Minuten. Simon genoss sie an jedem verdammten Abend, doch gleichzeitig fürchtete er sie in zunehmendem Maße. Zu keinem Zeitpunkt waren sie sich näher und er konnte mit ihrer unmittelbaren Gegenwart nicht umgehen. Zu viele gegensätzliche Gedanken und Gefühle suchten ihn dann heim.

Glücklicherweise dauerte es nie besonders lange, und als sie in der Dunkelheit vor dem Gebäude standen, hielt sie ihm nach einem tiefen Luftholen entschlossen die Hand entgegen. »Bis Morgen.«

Schon senkte er den Kopf. Doch sie suchte sich offensichtlich irgendein Fenster oder hatte für derartige Situationen ein anderes visuelles Ablenkungsmanöver gefunden, denn Val wartete, anstatt endlich die Flucht zu ergreifen. Und Simon lachte hysterisch, was nur teilweise auf den verdammten Tic zurückzuführen war. Ihm war gerade aufgefallen, wie dumm die Situation doch auf einen

Außenstehenden wirken musste! Was wollte sie ausgerechnet mit ihm?

Er drehte durch, wenn sie sich mit einem durchaus üblichen Händedruck verabschieden wollte.

Als er aufsah, wartete sie noch immer. Die zierliche Hand hielt sie in seine Richtung, der Blick war bittend. Wie sollte er sie enttäuschen?

Zögernd griff er zu und ließ augenblicklich wieder los, als hätte er einen wirklich grauenvollen Stromschlag erhalten. Doch es war zu spät. Damit hatte er sich endgültig zu den furchtbarsten, süßesten Albträumen verurteilt. Nie hätte er geahnt, dass es sich so anfühlen würde.

Simon konnte sich nicht mehr daran erinnern, wann er zuletzt einem Menschen die Hand gegeben hatte. Wenn es überhaupt jemals stattgefunden hatte, musste das vor Eintreten der Tics gewesen sein und die waren im Grundschulalter über ihn hereingebrochen.

Doch es war geschehen und so, wie es die Dinge bei ihm immer taten, nahm auch dies bald gewohnheitsmäßige Formen an.

Am folgenden Tag war es noch schwierig, am übernächsten wusste er bereits, was auf ihn zukommen würde und bereitete sich den halben Abend mental darauf vor. Und am darauffolgenden – wieder einmal ein verdammter Freitag, der ein elend langes Wochenende einläutete – ertappte Simon sich dabei, dass er diese flüchtige, nichtssagende Berührung herbeisehnte. Unreif und dumm, ja, er wusste das durchaus, doch er war nun einmal nicht normal.

Val übrigens auch nicht. Davon war er zwischenzeitlich überzeugt. Er konnte sich nicht vorstellen, dass es auf der Welt einen weiteren Menschen gab, der seine eng bemessene Freizeit mit einem Idioten wie ihm vergeudete.

Während des einsamen Wochenendes ging ihm auf, dass er

faktisch an nichts anderes mehr dachte als an ihr Lächeln, ihre Augen, ihren Duft, ihr Haar und ganz besonders das fremde und so faszinierende Gefühl, ihre Hand in seiner zu halten: Er war dem Schicksal so unendlich dankbar, mit ihr zusammen sein zu dürfen.

Simon wäre nie auf die Idee gekommen, mehr zu wollen, sie vielleicht in den Arm zu nehmen oder zu küssen.

Auch wenn er davon träumte. In jeder verdammten und so einsamen Nacht.

Der Tag des Eröffnungsplädoyers rückte immer näher. Simon verbrachte jede freie Minute damit, Val zu trainieren. Er erwies sich als strenger Lehrer. Das war durchaus eine Überraschung. Genau wie die Tatsache, dass er Freude daran hatte, ihr sein Wissen zu vermitteln und ihre Fortschritte zu beobachten.

»... wurde ein Leben beendet, was immer ein grauenvolles Ereignis ist. Wir alle trauern mit den Angehörigen ... Das muss leidenschaftlicher kommen! Vergiss nicht, die Verwandten befinden sich im Gerichtssaal, zwei sitzen als Nebenkläger auf der Anklagebank. Wenn du auch nur den Anschein erweckst, uns wäre der Tod Schneiders egal, verschenken wir wichtige Sympathiepunkte. Sei betroffen, senke immer wieder den Blick und stelle zu jedem einzelnen Geschworenen mindestens einmal direkten Blickkontakt her. Das ist beinahe ebenso wichtig, wie eine ausgeklügelte Verhandlungsführung.«

Sie stand in der beiläufigen Pose, die Simon ihr empfohlen hatte, und räusperte sich. Den Zettel in ihrer Hand, auf dem das Plädoyer stichpunktartig festgehalten war, benötigte sie längst nicht mehr. »... ein Leben wurde zerstört. Das ist immer ein grauenhaftes Erlebnis ...« Unsicher sah sie zu ihm. Er saß in seinem Sessel und ließ sich nicht aus den Augen. Jeden noch so kleinen Patzer korrigierte er sofort.

Simon lächelte. »Kein Problem! Es muss von *dir* kommen, also wähle die Worte, wie sie zu dir passen ... Jedenfalls, solange kein cool dabei ist.« Sein Kopf zuckte und er senkte flüchtig den Blick, bevor er sie wieder ansah. Konzentriert wie zuvor.

Val verdrehte die Augen und holte tief Luft. »... Erlebnis. Wir alle bekunden den Angehörigen unser tiefstes Mitgefühl und können dennoch nur annähernd nachvollziehen, welch schwere Zeit sie in den vergangenen Wochen durchstehen mussten.«

Er stand auf und trat stirnrunzelnd zu ihr. »Halte dich ein wenig gerader und achte darauf, dass du jedem einzelnen der Geschworenen in die Augen siehst. Blickkontakt!«

Val nickte. »... Schwere Zeit sie in den vergangenen Tagen, Mist! Noch mal. … Wochen durchlaufen ... Oh, verdammt. Simon!« Das klang verzweifelt, die Miene drückte Ähnliches aus.

»Ist etwas nicht in Ordnung?« Sein Kopf zuckte nach links und er trat eilig einen Schritt zurück. Ihm war bisher nicht aufgefallen, wie nah er gewesen war. »Ich habe dich nervös gemacht ... Fick dich! ... Das tut mir leid.«

Sie bedachte ihn mit einem äußerst seltsamen Blick. »Das muss dir nicht leidtun«, meinte sie schließlich. »Ich habe nur die leise Vermutung, dass ich versagen werde!«

»Das wirst du nicht! Du bist Anwältin, es ist alles eine Frage der ...«

»Aber verstehst du denn immer noch nicht!« Sie war laut geworden, ihre Hände ballten sich zu Fäusten und Simon wich vor lauter Schreck gleich noch ein Schritt zurück. »Ich bin keine! Das alles ist nur meinem Vater zu verdanken, weil ich dem nie etwas abschlagen kann! Und jetzt sitze ich in der Scheiße, aber das ist ja nicht mal das Schlimmste! Wenn ich es versaue, dann ist Babsy erledigt!«

Eilig senkte Simon den Blick. In den kommenden Sekunden wand er sich in dem nächsten Tic und den wachsenden Vorwürfen, sie wütend gemacht zu haben. Er hätte sich mehr Mühe geben müssen!

Irgendwann konnte er sie sogar wieder ansehen. »Du hast das

Studium absolviert?«

Sie machte Anstalten, die Augen zu verdrehen, doch dann besann sie sich. »Ja, sicher.«

Er nickte. »Du hast die Zulassung?«

»Natürlich, sonst wären wir jetzt nicht hier!«

»Dann hast du mehr als ich. Nach allem, was ich weiß, macht dich das zu einer Anwältin. Egal, was du glaubst. Niemand schafft das Bar-Examen ohne Wissen! Du brauchst nur Übung!«

Ihre Zweifel verschwanden nicht. Simon zwang sich zu einem Lächeln und hoffte, dass es ihm glückte. Er musste die Worte besonnener wählen, um sie nicht wieder aufzubringen. Eilig dachte er nach, wobei sein Blick auf ihre Jeans und die Bluse fiel. Darin wirkte sie eher wie ein Mädchen als eine mondäne Anwältin.

»Was wirst du tragen?«

»Was?« Ungläubig musterte sie ihn und er hätte sich gern geohrfeigt, weil er es schon wieder falsch begonnen hatte. »Keine Ahnung. Ehrlich, darüber habe ich mir überhaupt noch keine Gedanken gemacht.«

»Gut ...« Sein Kopf zuckte nach links, doch er ignorierte es. Auch Val machte sich nicht erst die Mühe, das Fenster zu fixieren. »Wie wäre es mit einer Veränderung?«, begann er behutsam. »Nur während der Verhandlungstage? Ein Rock oder etwas Vergleichbares, anderes Schuhwerk, vielleicht die Frisur ein wenig ...« Sein Blick fiel auf ihr Haar, das zu einem nachlässigen Zopf in ihrem Nacken zusammengefasst war und er änderte hastig die Blickrichtung. Das war wohl etwas zu gewagt gewesen.

»Wie sollte ich es denn tragen?«, erkundigte sie es sich leise.

Zwei Minuten Kopfsenken und ein »VERFICKTE SCHLAMPE!« später, sah er auf und zwang sich, ihr in die Augen zu schauen.

Simons Räuspern klang etwas rau. »Vielleicht

hochgesteckt ...« Hilflos tat er, als würde er sein nicht vorhandenes Haar zu einem Dutt zusammenstecken.

Sie kicherte. »Dann sehe ich aus wie eine Gouvernante!«

»Ja ...«, bestätigte er ernst. »Oder eine Anwältin.«

Sie runzelte die Stirn. »Du meinst ... uhhh ...« Nachdenklich blickte sie aus dem Fenster, obwohl nicht einmal Simons Kopf momentan zuckte. »Eine Verkleidung?«

Eilig nickte Simon und entspannte sich ein wenig. Sie wirkte nicht wütend. »Ja. Ich dachte mir, dass du vielleicht nur dein Äußeres verändern musst, um etwas zuversichtlicher zu sein. Wenn die Kleidung stimmt, dann ...« Er verstummte und spürte, dass er rot wurde. »Ich weiß natürlich nicht, ob das auch funktionieren kann.«

»Nein, die Idee ist wirklich gut!«, versicherte sie eilig und ihre Augen glänzten.

Selten waren Simon so viele Steine auf einmal von der Seele gefallen.

Er räusperte sich, wieder klang es ziemlich belegt. »Übermorgen ist die Auswahl der Geschworenen. Du musst dich genau an meine Anweisungen halten. Die Gegenpartei wird auf einigen äußerst brisanten Kandidaten beharren. Ich habe dir genauestens aufgeschrieben, wen du unter allen Umständen ablehnen musst und wer mit einigen Zugeständnissen annehmbar wäre. Wird Mr. Bone dich begleiten?«

»Jonas.«

»HALTS MAUL! ... Jonas«, wisperte Simon und senkte den Blick. Oh Gott!

»Ja, er begleitet mich ...« Sie trat zum Tisch. »Es ist wieder spät geworden. Wollen wir für heute Schluss machen?« Das kam unbekümmert wie immer und Simon brachte es tatsächlich, sie anzusehen. Er nickte und begann, die Tassen zusammen zu räumen.

Als sie sich vor dem großen Gebäude die Hand gaben, fiel

keinem von beiden auf, wie warm es zwischenzeitlich geworden war. Unbemerkt hatten sich die winzigen Frühlingsboten zu ernst zunehmenden Nachrichten gemausert. Die Bäume, die hier und dort inmitten der Steinwüste ihr Dasein fristeten, trugen jenes dunkelgrüne Laub, das noch von satter Frische erzählte, bevor der ewige Smog es viel älter aussehen lassen würde, als es in Wahrheit war.

Das Leben außerhalb der Kanzleiräume hatte für die beiden längst jede Bedeutung verloren.

Sie blickten sich tief in die Augen, auch das gehörte inzwischen zum Alltag. Doch als Simon wie üblich seine Hand aus ihrer ziehen wollte, sobald wenigstens eine Ahnung von Kontakt stattgefunden hatte, griff sie fester zu und legte die andere auf ihre beiden Hände. Sein »VERFICKTE SCHEISSE!«, das durch die menschenleere Straße hallte, überhörte sie wie üblich. Und als er sie wieder ansah (sobald sein verflixter Kopf es zuließ), hatte sie den Blick nicht abgewandt. Sie schien ihn zu bitten und er wusste nicht, worum.

Alles, was Simon wollte, war, so schnell wie möglich ihrem Griff zu entkommen und dann ihrer Anwesenheit an sich. Schon, weil er bereits den nächsten Tic kommen spürte. Sie brachte ihn so unvorstellbar durcheinander!

Vielleicht war ihre Reaktion Ausdruck dafür, warum er sie so verehrte, dass er es nicht mehr in Worte fassen konnte. Denn als hätte sie es gehört, ließ sie ihn los. Val seufzte. »Gute Nacht, Simon. Vielen Dank.« Sie nickte knapp, wandte sich von ihm ab und ging.

Er blickte ihr nicht nach, wie üblich, sondern stürzte davon, bis er sicher war, außer Hörweite zu sein. Erst jetzt ließ er seinen Tic gewähren und wischte sich nach einer Weile mit zitternder Hand über seine wieder einmal schmerzende Wange.

Gott, es war so verdammt schwer.

Und als wäre das nicht bereits grausam genug gewesen, wurde

er ab sofort nicht nur von süßen, so verlockenden rosa Lippen gefoltert und von seidigem Haar, das er dringend berühren wollte. Nur das! Nur erfahren, wie es sich anfühlte!

Nein! Inzwischen trugen die großen Augen auch diesen flehenden Ausdruck. In jeder Nacht suchte er ihn heim und Simon lernte, die Zeit in seinem Bett zu hassen. Denn in seinen Träumen wusste er ganz genau, was er wollte.

Er fühlte die Lippen, berührte das Haar nicht nur, sondern versenkte seine Finger darin und sorgte dafür, dass der Ausdruck in ihren Augen verschwand.

Die reale Val dachte nicht daran, ihn zu erlösen.

Sie folterte ihn mit ihren Augen, den Lippen, dem Haar, ihrem Duft und ihrer Existenz an sich und legte neuerdings beinahe ausschließlich diesen Blick auf, was Simon auch nicht sonderlich half. Zunehmend fühlte er sich gedrängt, sie zu bitten, das einzustellen. Oder sich zu entschuldigen, weil er ahnte (auch wenn ihm noch immer nicht in den Schädel wollte, warum!), dass er dafür verantwortlich war.

Der Tag der Geschworenenauswahl brach an. Simon konnte es am Abend nicht abwarten, zu Val zu gelangen und zu erfahren, wie es gelaufen war.

Sie war nicht allein, Mr. Bone – Jonas – befand sich bei ihr und Simon spürte gleich zwei Stiche, die ihn recht unerwartet, weil fremd, trafen.

Enttäuschung, er hatte sich auf ein Gespräch mit Val unter vier Augen gefreut. Die zweite Emotion konnte er nicht identifizieren, deshalb verwarf er den Gedanken daran schnell wieder.

Allerdings war der Empfang wieder einer von der Variante: *Dinge, die Simon Geller unter Garantie aus der Balance werfen.*

Denn kaum stand er im Raum, stürzte sie jubelnd auf ihn zu. »Du bist ein GENIE!«

»HALT DIE SCHNAUZE!« Simon wich zurück, bevor sie ihn angreifen konnte. Oder was auch immer sie beabsichtigte. Sie blieb abrupt stehen und senkte den Kopf. Zeitgleich mit Simon, der derzeit mit dem neuesten Tic zu kämpfen hatte.

Gleichzeitig sahen sie auf. Beide mit identisch roten Wangen. »Darf ich davon ausgehen, dass alles zufriedenstellend verlaufen ist?«, erkundigte Simon sich höflich.

»Du darfst!« Das war Jonas. Auch er hatte sich erhoben und grinste. »Sie hat brilliert!«

»Bullshit!«, widersprach Val sofort. »Du warst viel besser.«

»Einigen wir uns darauf, dass wir ohne Simon chancenlos gewesen wären«, schlug Jonas vor und grinste noch breiter.

»Das kann ich gelten lassen«, verkündete Val, die auch den jüngsten Schock bereits erfolgreich überwunden hatte. Nicht zuletzt deshalb betete Simon sie an.

»Ich wollte gerade gehen!« Jonas nahm seine Jacke von der Couch. Als er Simon erreichte, war er ernst. »Vielen Dank, wir hätten es ohne dich nie geschafft.«

»HALT DIE SCHNAUZE!«

Als Simon den Blick wieder hob, war Jonas verschwunden.

* * *

An diesem Abend trainierten sie nicht und gingen auch keine der vielen Akten und Gerichtsverhandlungsablaufpläne durch.

Selbst das Anfangsplädoyer blieb unerwähnt.

Sie saßen beieinander, tranken ihren Tee und Val erzählte von ihrem Studium. Auch sie hatte es an Cornell in Ithaka abgelegt. Sie mussten es zeitweilig sogar gleichzeitig besucht haben. Irgendwie.

Er erwiderte nichts, wusste auch nicht, was er sagen sollte. So wie im Grunde immer, wenn sie sich nicht gerade über den Fall austauschten. Und irgendwann ertönte wieder das gefürchtete Seufzen. »Vielleicht sollten wir heute mal ein bisschen früher gehen. Ich bin müde.«

»Selbstverständlich!« Schon begann er, die Tassen

zusammenzuräumen.

Wenig später standen sie in der lauen Frühlingsnacht, die vom bevorstehenden Sommer erzählte und Val reichte ihm wie üblich die Hand. Doch als er sie nahm, zog sie und war ihm kurz darauf unvorstellbar nah. So nah, dass er diesmal tatsächlich die Wärme ihres Körpers durch seinen Anzug spüren konnte.

Sie sah zu ihm auf, er fühlte Finger in seinem Nacken und war gelähmt.

Noch nie hatte er mit einem Menschen etwas Derartiges geteilt. Und er hätte nie gedacht, dass es ein dermaßen erhebendes Gefühl sein würde. Die Lippen waren mit einem Mal zum Greifen nah und all die vielen Küsse aus seinen Träumen drohten akut, real zu werden.

Simon spürte es kommen, und kämpfte verzweifelt dagegen an. Wie so häufig war er zweigeteilt. Er wollte umgehend fort und gleichzeitig sehnte er sich danach, ihr Angebot anzunehmen. So sehr, plötzlich war es alles, was er jemals wollte.

Einmal Val küssen und dann sterben.

Und als ihre Lippen immer näherkamen und sie bereits die Augen schloss, verlor er.

»VERFICKTE SCHLAMPE!«

Er sah ihre Lider flattern und stieß sie so heftig von sich, dass sie drohte, die Balance zu verlieren.

»Verzeihung«, wisperte er, bevor er sich eine schallende Ohrfeige verabreichte und davoneilte ...

* * *

Später Frühstart ...

Mit brennenden Augen und klopfendem Herzen sah Val ihm nach.

Sie hatte hoch gepokert und verloren. Die Resignation war umfassend und sie hätte mal wieder heulen können. Ausgiebig. Doch anstatt in sich zu gehen, mit hängendem Kopf nach Hause zu schleichen und ihr Dasein zu betrauern, setzten sich ihre Beine wie von selbst in Bewegung.

Erst zaghaft, dann immer schneller, und am Ende legte sie sogar einen Spurt ein.

Wenige Sekunden später bekam sie ihn an der Jacke zu fassen und wirbelte ihn herum.

Das konnte nur funktionieren, weil er es zuließ. Aber das sollte ihr erst später aufgehen, als sie wieder denken konnte.

»HALT DIE SCHNAUZE!«, quiekte er. In der leeren Straße machte es sich unvorstellbar laut aus.

Val war so konzentriert, dass es sie diesmal kaum berührte. Mit angehaltenem Atem nahm sie ihn an den Schultern. Dazu musste sie recht weit nach oben greifen. Und dann wartete sie.

Sein Kopf war gesenkt und zuckte wie so häufig unkontrolliert in die eine oder andere Richtung. Er wollte sich auch wieder schlagen, doch ihre Arme hinderten ihn erfolgreich daran.

Val unterdrückte ein Stöhnen, als sein starker Arm auf ihren ziemlich schwachen traf. Wenn sie sich nicht zukünftig vorsah, würde sie sich auf diese Art, eines Tages unweigerlich die Knochen brechen.

Merke, Val: Während der Tics wirken unkalkulierbare Kräfte!

Irgendwann war er ruhig und Val nahm all den Mut

zusammen, den sie längst nicht mehr besaß. »Sieh mich an!«

Er schüttelte den Kopf und ... grunzte? Ja, möglich.

Sie duckte sich, um in sein Gesicht sehen zu können, doch er schreckte zurück. »Simon?«

»Nein!«, wisperte er und dann sah er auf. Seine Miene war bemerkenswert hart. »Du verstehst nicht.«

»Doch, sehr gut sogar.« Auch sie sprach leise.

Sein trockenes Lachen traf sie tief. Tiefer als jeder Tic, dem er bisher in ihrer Nähe ausgesetzt gewesen war. Es klang so hoffnungslos.

Behutsam drängte sie sich näher und natürlich wich er zurück. Doch diesmal wurde er von einem Laternenpfahl gestoppt. Sie standen unter deren grellem Licht und Val dachte für einen flüchtigen Moment, unsinnigerweise darüber nach, dass es doch mal einen Song gegeben hatte, der eine solche Situation beschrieb.

»... steht eine Laterne und steht sie noch davor ...«

Egal.

Himmel, sie konnte sich nicht vorstellen, dass ihr Herz schon einmal derart wild geklopft hatte. Zögernd unternahm sie den nächsten Schritt zu ihm. Und dann war sie ihm wirklich unerlaubt nah. Es gefiel ihr – und wie!

»FICK DICH!«

»Nein«, wisperte sie.

Oh, er roch so gut. Seufzend schloss sie die Augen und überließ sich ganz dem wunderbaren Moment – der dies eigentlich sein sollte. Blind tastete sie sich zu seinem Nacken vor und spürte sofort den nächsten Widerstand.

»Val!«

»Was?« Sie machte sich nicht die Mühe, die Lider zu öffnen. Manchmal war der Blindflug besser, entdeckte sie gerade. Seine ewige Ablehnung konnte einen nämlich verdammt aus dem Konzept bringen.

»Du verstehst nicht!« Er klang verzweifelt.

»Das sagtest du bereits ...«

»SCHWANZLUTSCHER!«

Hmmm, später, irgendwann möglicherweise. Heute eher nicht.

Sie merkte, wie sie rot wurde, aber es war doch nur die Wahrheit, verdammt! Val war wie in Trance. Kein vernünftiger Gedanke wollte sich in ihrem Hirn einstellen. Unwillkürlich verstärkte sie den Druck ihrer Hände. Wäre er kleiner gewesen, hätte sich wenigstens diese Übung einfacher gestaltet. Andererseits gefiel ihr seine Größe durchaus.

Irgendwann genügten ihr Duft, Nähe und Berührung nicht mehr. Sie sah ihn an, ihr Blick fiel auf seine Lippen und sie wollte sie.

Scheiß auf alles, was danach kommen würde!

Nachdenken war ohnehin nicht gestattet, auch nicht darüber, dass sein Herz ebenso wild klopfte wie ihres. Sie spürte es durch seine leichte Jacke. Und selbst das machte sie wahnsinnig an. Val zog ihn zu sich hinab, schloss die Augen und dann – endlich – küsste sie ihn.

Er versuchte zu entkommen, ob Tic oder gewollt, Val konnte es nicht sagen. Doch sie hinderte ihn erfolgreich daran.

Es war kein Kuss, wie sie ihn bisher erlebt hatte. Ohne Leidenschaft, die Lippen waren geschlossen. Simon blieb absolut passiv, bewegte sich nicht, atmete nicht einmal, so weit sie es einschätzen konnte. Irgendwann legte sie ihre Arme um ihn.

Reaktion gleich null.

Vals Selbstbewusstsein erlitt den nächsten beachtlichen Dämpfer. Doch wenigstens versuchte er nicht wieder abzuhauen. Was wohl eine Verbesserung war. Auch wenn es sich nicht so anfühlte. Sie gab sich die allergrößte Mühe, ihre Enttäuschung zurückzudrängen und sich an dem zu erfreuen, was sie hatte.

Nach einer Weile gelang es ihr sogar.

Und so standen sie, Lippen an Lippen, in dem seltsamsten

ersten Kuss vereint, den die Menschheit jemals gesehen hatte. Irgendwann seufzte sie auf, nahm den Kopf zurück und betrachtete ihn.

Er hielt die Augen geschlossen, seine Lippen zitterten, die Stirn war gerunzelt. Das wirkte nicht unbedingt, als hätten sie sich soeben geküsst, verdammt! Na ja, oder als hätte er es genossen. Vals Selbstwertgefühl sank noch einmal und spätestens diesmal ging es ins Bodenlose.

Dabei war er so hübsch.

Die hohen Wangenknochen, die zarten Lider, die vollen Wimpern, die Nase, perfekt modelliert, nicht zu groß, nicht zu klein. »Simon?«, wisperte sie schließlich.

Nach einer Weile sah er sie tatsächlich an. Sein Blick war ausdruckslos.

Val lächelte. »Wir müssen das üben.«

Er machte Anstalten, den Kopf zu schütteln, doch sie lehnte sich an ihn, die Wange an seiner Brust. Schon schlossen sich wieder ihre Lider. Sie war im Eimer! Vollständig. Denn allein, weil sie ihm endlich nah sein durfte, hätte sie glatt heulen können.

Vielleicht ritt sie der Teufel höchstpersönlich, doch Val wagte an diesem Abend eine ganze Menge. Viel mehr, als eigentlich beabsichtigt, wenn sie überhaupt so etwas wie einen Plan gehabt hatte. Nach einer Weile nahm sie seinen schlaffen Arm, der bisher an seiner Seite hing, und legte ihn um ihre Taille. Wobei sie sich übrigens dämlich wie noch nie zuvor in ihrem Leben vorkam.

Aber andererseits sehnte sie sich so verzweifelt nach seiner Berührung, dass selbst das an Bedeutung verlor.

Sekündlich rechnete sie mit seiner Gegenwehr, doch die blieb aus. Seine warme Hand lag auf ihrer Hüfte und sie presste die Augen zusammen.

Er wollte das auch!

Als sie nach einer Weile seinen zweiten Arm spürte, der sich zögernd um sie legte, schluchzte sie tatsächlich. Simon übte nicht den geringsten Druck aus, doch das war egal.

Baby, konstatierte sie. *Du hast deinen ersten Kuss PLUS Umarmung! Egal wie, es hat funktioniert! Auch wenn es sich vielleicht nicht so anfühlt. Dann musst du ab jetzt nur noch ungefähr zwei Jahre warten, bevor du deinen ersten Sex mit ihm bekommst. Kein Problem!*

Trocken kicherte sie auf.

Und schon wurde er noch starrer, als er es ohnehin schon war. Am liebsten hätte sie sich geohrfeigt.

»Nein«, wisperte sie. »Es ist okay.«

Sie sah ihn an, sein Blick war zweifelnd. Widerwillig löste Val sich von ihm und sah zu ihm auf. Wild ging sein Kopf nach links, doch diesmal suchte sie sich keinen Punkt, um sich schnell auf etwas anderes zu konzentrieren. Auch wenn es sie viel kostete.

»Okay«, nickte sie. Behutsam hob sie die Hand. Er wollte zurückweichen, doch sie war schneller und streichelte seine Wange.

Als er die Augen schloss, lächelte sie.

Yeah!

Dann nahm sie seine Hände, wartete, bis er sie ansah, drückte sie fest, wandte sie ab und ging.

Obwohl das so ungefähr das Letzte war, was sie derzeit wollte, hätte sie Luftsprünge vollführen können.

Es war nämlich wirklich gut!

* * *

Weniger positiv war allerdings, dass ein weiteres überaus einsames Wochenende bevorstand.

Val nutzte es für einen ausgiebigen Frühjahrsputz und einem Besuch im PAINT.

Letzteres stellte sich schnell als grober Fehler heraus.

Babsy war anwesend, Jonas auch, Miranda saß neben ihm und Justin stand hinter dem Tresen.

Das wäre möglicherweise noch erträglich gewesen.

Überhaupt nicht akzeptabel jedoch war, dass Babsy ohne Unterbrechung Jonas anschmachtete.

Fein!

Der Erste hatte die offensichtliche Seelenverwandtschaft also erkannt. Blieb nur noch, den anderen Part auch zu überzeugen. Ja, wie genial! Der machte nämlich nicht die geringsten Anstalten, der Trottel!

An der Miranda und Justin Front lief es noch vernichtender. Während Miranda immer schamloser ihre Verliebtheit zu Jonas demonstrierte, drohte Justin zunehmend Amok zu laufen.

Da Val momentan nicht in bester Verfassung war, floh sie am Samstagabend, nachdem sie sich das allgemeine Desaster für ein paar Stunden tapfer reingezogen hatte.

Sie wollte allein sein.

Wenig später saß sie vor ihrem Laptop und öffnete kurz entschlossen das Mailfach.

Lieber Simon.

Ich liebe dich.

Sorry, deshalb.

Val

Sie war nicht dämlich genug, den Wahnsinn lange zu überdenken, sondern jagte ihn kurz darauf in den Cyberspace.

Danach saß sie da und spielte mit einer recht zittrigen Hand Solitär. Die Unsicherheit war selbstverständlich längst zurückgekehrt, deshalb war sie ja so schnell mit dem Absenden gewesen.

Eine halbe Stunde später traf tatsächlich die Antwort ein. Val hielt die Luft an, als sie die Mail öffnete.

Nein!

Tu das nicht!

Du wirst das so bitter bereuen.
BITTE!
Simon

»Baby, darauf erwidert man im Allgemeinen das Gleiche.« Seufzend zuckte Val mit den Schultern und tippte.

Zu spät!

»Nimm das, Geller!«, murmelte sie, bevor sie auf Senden klickte.

Die Antwort traf zehn Minuten später ein.

Nichts ist zu spät.
Du weißt nicht, was du tust!
Bitte!

Trocken kicherte Val auf.

»Ach wirklich?« Ganz so falsch lag er nicht. Aber Val hatte den leisen Verdacht, dass er sich auf etwas ganz anderes bezog.

Simon,

habe ich auf dich jemals den Eindruck gemacht, geistig leicht bis mittelschwer eingeschränkt zu sein?

Ich hoffe nicht.

Ich weiß immer noch am besten, was ich denke und fühle.

Das sagte ICH dir bereits.

Sieht so aus, als müsstest du mit der grausamen Realität leben.

Und wenn du mich deshalb verteufelst.

Ich kann es nicht ändern, NIEMAND kann das.

Am wenigsten du!

Und das will ich auch nicht.

Val.

Passend zum Text trug sie ein teuflisches Grinsen. Plötzlich fühlte sie sich so herrlich! Endlich hatte sie die Marschrichtung geblasen!

Diesmal brauchte Simon zwanzig Minuten, um zu antworten.

Ich würde dich niemals verteufeln, sondern gebe nur zu bedenken, dass du unglücklich wirst.

Denn ich kann dir nicht geben, was du willst – brauchst – verdienst!

Wähle das zutreffende Adjektiv.

Und ich kann nicht damit leben, dich unglücklich zu sehen.

»Hmmm ...« Val spitzte die Lippen.

Ich neige neuerdings dazu, unglücklich zu sein, wenn du nicht bei mir bist.

Was nun?

Wieder grinste sie, obwohl sie wusste, dass sie ihm damit den Todesstoß versetzte und er sich höchstwahrscheinlich gerade in den wüstesten Tics wand.

Fünfundzwanzig Minuten brauchte er.

Sie mutete ihm an diesem Abend wirklich eine ganze Menge zu.

NEGATIV!

* * *

POSITIV!

* * *

VERDAMMT!

»Genau«, wisperte sie, ihre Augen leuchteten. »So verdammt!«

Beruhige dich!

Es ist nicht das Ende der Welt.

Andere Männer vor dir haben das überlebt.

Ich freue mich auf Montag.

Danke noch einmal.
Val

Diesmal kam keine Antwort, doch es war okay. Die Uhr zeigte inzwischen weit nach drei Uhr nachts und Val vermutete, dass sie ihm etliches zum Nachdenken gegeben hatte.

Es war ihr bereits vor einiger Zeit aufgefallen. Neben der Gewöhnung brauchte Simon auch immer viel Zeit, alles zu überdenken. Man musste nur aufpassen, dass er es nicht versehentlich *zer*dachte.

* * *

Am Sonntag schlief sie aus und verbrachte den Vormittag mit seligem Nichtstun. Sie badete ausgiebig, föhnte ihr Haar, was sie sonst so gut wie nie tat, lackierte ihre Fußnägel und trug dabei ihr dämliches Grinsen spazieren.

Simon antwortete nicht, doch das überraschte sie längst nicht mehr. Er war in vielfacher Hinsicht ein sehr komplizierter und vor allem sensibler Mensch. Deshalb war es ja alles so schwer. Val war immer am Raten und Experimentieren. Und das bei einem Mann, bei dem man sich keine Experimente leisten konnte. Er war zu verletzlich, jeder noch so simple Fehler warf ihn aus der Bahn.

Das und die Tatsache, dass Val nichts anderes übrig blieb, als sich ihm förmlich an den Hals zu werfen, machte die Dinge nicht unbedingt leichter.

Nebenbei war Simon übrigens auch ein sehr harter und strenger Lehrer. Aus diesem Grund nahm Val sich am späten Nachmittag seine Übersichten und begann zu lernen. Unter anderen Umständen hätte sie Simon gehasst. Er ließ nicht locker und monierte selbst den geringsten Fehler. Doch anstatt ihn gedanklich zum Mond zu schießen, himmelte sie ihn während der gemeinsamen Stunden am Abend an. Schlimmer konnte es kein Teenager zustande bringen. Denn dies waren die einzigen

Momente, in denen Simon er selbst war und Val eine Ahnung davon bekam, welcher faszinierende Mensch in ihm schlummerte.

Er war so konzentriert, dass er sogar seine beiläufigen Tics ignorierte. Und auch wenn es Val sehr schwerfiel – immer noch – gelang ihr das inzwischen bei sechs von zehn Anlässen ebenfalls.

Ihr war sogar schon der Gedanke gekommen, dankbar für sein Leiden zu sein.

Andernfalls – davon war sie überzeugt – hätte sie bei ihm nie eine Chance bekommen. Er wäre ein Überflieger gewesen. In jeder Hinsicht und er hätte ein Mädchen wie sie nie beachtet.

Und war ihm nicht sogar jetzt das scheinbar Unmögliche gelungen?

Grinsend dachte Val an den ersten Verhandlungstag, an dem die Auswahl der Geschworenen stattgefunden hatte. Der Staatsanwalt, ein junger Typ mit grausamer Akne, war über ihr Auftreten relativ verblüfft gewesen, hatte sich aber schnell wieder gefangen.

Nun ja, bis Val und Jonas begannen, reihenweise die doch offensichtlich geeignetsten Geschworenen abzulehnen.

Sie hatte sich auch an Simons Vorschläge bezüglich ihres Äußeren gehalten.

Fast jedenfalls. Ihr Haar war nicht hochgesteckt gewesen, den Trumpf behielt sie sich für den Moment vor, wo die Dinge brenzlig wurden.

Einziger Wermutstropfen war Babsy gewesen. Die war nämlich trotz Belehrung in ihrem schrillen Outfit erschienen …

»Wann fuhren Sie in Ihrem Wagen los?«

Val stöhnte.

Das muss viel fester kommen!, belehrte sie seine strikte Stimme. Mist! Die hatte es bereits erfolgreich in ihren Kopf geschafft. Mit geschlossenen Augen ging sie auf und ab.

»Wann fuhren Sie in Ihrem Wagen los?«

»Wo waren Sie zuvor?«

»Hatten Sie Schwierigkeiten, die Sie möglicherweise vom Verkehrsgeschehen ablenkten?«

Als sie eine Pause einlegte, nutzte sie die Zeit, um ihre Kleidung für den morgigen Tag herauszulegen. Da würde sie ihr Eröffnungsplädoyer halten. Wenn sie nur daran dachte, bekam sie bereits akutes Herzrasen.

Üben, üben, üben, dann bist du auch sicher!, empfahl die mahnende Stimme in ihrem Kopf.

»Bin ja schon dabei!« Es klang trotzig und Val grinste.

Kurz darauf hatte sie ihren ewigen Spaziergang im Wohnzimmer wieder aufgenommen und sprach dabei unablässig vor sich hin.

Sie wollte sich besser nicht ausmalen, wie sie wohl auf einen Fremden gewirkt hätte.

Doch plötzlich blieb sie abrupt stehen. Ihr Kopf hob sich und sie ließ die Hand mit dem Blatt sinken, auf dem Simon ihr Plädoyer ausgearbeitet hatte.

Selbstvertrauen!

Er hatte es doch selbst gesagt! Simon musste nur üben! Er war ein eintausend Mal besserer Anwalt, als sie es jemals werden würde. Und er kannte den Trick, doch offensichtlich hielt er ihn nur bei Val angebracht und sich für einen hoffnungslosen Fall.

Und wie sollte sie ihn vom Gegenteil überzeugen?

Nachdem sie eine Weile wie eine Salzsäule dagestanden hatte, schüttelte sie den Kopf.

»Immer eins nach dem anderen, Baby«, murmelte sie und setzte ihren Endlosmarsch fort.

Bevor sie an diesem Abend schlafen ging, checkte sie noch einmal den Mailordner. Und diesmal wurde sie nicht enttäuscht.

Es war nur eine kurze Nachricht.

Für dein erstes Plädoyer wünsche ich Dir viel Erfolg!

Mit besten Grüßen

Simon.

»Danke«, wisperte sie und ihr Herzrasen, das unvermittelt wieder einsetzte, hatte diesmal nichts mit der Angst vor ihrem ersten Vortrag bei Gericht zu tun.

* * *

Am kommenden Morgen traf sich Val wie verabredet mit Jonas und Babsy vor dem Gerichtsgebäude.

Die beiden warteten bereits und blickten sich suchend um, als Val angehetzt kam. Mit Erleichterung registrierte sie, dass Babsy sich heute wenigstens auf zwei Farben beschränkte.

Violett und schwarz.

Der Rock, wenn auch durchsichtig und lila, ging sogar über die schwarz bestrumpften Knie. Val schätzte, damit war Babsy bereits über sich hinausgewachsen.

Jonas grinste ihr entgegen und Babsy, die bis kurz unter seine Brust reichte, verdrehte in Jonas' Richtung bedeutungsvoll die Augen.

Für einen flüchtigen Moment blieb Val stehen und betrachtete entzückt den Anblick.

Sie passten so gut zueinander! Wenn Babsy demnächst auch auf höhere Schuhe umsteigen müssen würde.

Aufschub gab es nicht, was vielleicht ganz gut war. Denn Val litt unter derartigem Lampenfieber, dass ihr inzwischen das Atmen schwerfiel. Was hätte sie darum gegeben, Simon an ihrer Seite zu haben. Also den Lehrer Simon. Nicht den anderen. Doch ein Blick in Jonas' gelassenes Gesicht ließ sie ein wenig aufatmen. Der schien nicht im Mindesten angespannt, dafür ähnelte Babsy mittlerweile einer wandelnden Leiche.

Der Fall hatte bisher nicht viel Aufsehen erregt. Nur vereinzelt fanden sich zu dieser frühen Stunde Zuschauer ein, und die wirkten eher gelangweilt als sensationslüstern.

Der Staatsanwalt war noch nicht anwesend, nur ein älterer, verbissen wirkender Typ mit Brille. Val stieß Jonas an und nickte fragend in die Richtung des Fremden, doch ihr Freund hob nur ratlos die Schultern.

Der Richter traf ein. Ein alter Mann, der kurz vor der Pensionierung stehen musste oder sie einfach ignoriert hatte. Ohne Verzögerung eröffnete er die Verhandlung.

Allerdings blieb der Typ mit Brille stehen, während die anderen sich setzten. »Euer Ehren, darf ich sprechen?«

Richter Grace sah auf. »Sie dürfen.«

»Staatsanwalt Aaron Shust. Guten Morgen. Ich gebe zu Protokoll, dass mein ehrenwerter Kollege Tyler erkrankt ist. Die weitere Vertretung in diesem Fall wurde mir übertragen.«

»Auch das.« Der grauhaarige Richter nickte.

Doch Shust war noch nicht fertig. »Darüber hinaus beantrage ich die Zulassung einer weiteren Zeugin. Victoria McNeil.«

»Die Unterlagen?« Grace musterte ihn mit erhobenen Augenbrauen.

Shust lächelte. »Liegen Ihnen bereits vor, Sir.«

Der Richter begann in seinen Akten zu wühlen und Jonas tat es ihm nach. Stirnrunzelnd, was ziemlich aufgesetzt wirkte. Sie hatten keine Unterlagen erhalten, das wussten sie beide. Val wartete, bis er sie ansah. Ihre Augen waren groß.

Was nun?

Jonas stand auf. »Eurer Ehren?«

Val biss sich vor Anspannung auf die Lippe. Das war die Katastrophe, die nie hätte eintreten dürfen. Der Verlauf wich von Simons Fahrplan ab. Ohne Jonas wäre sie bereits erledigt gewesen.

Grace sah auf. »Mister Bone?«

»Die Existenz dieser Zeugin war der Verteidigung bisher nicht bekannt.«

Mit erhobenen Augenbrauen blickte der alternde Richter in

Richtung Staatsanwalt. Der blieb unbeeindruckt. »Ein Fehler bei der Weitergabe, vermutlich.« Bedauernd hob er die Schultern.

Jonas lächelte. »Wir bitten um Vertagung, bis wir das neue Material sichten konnten.«

Richter Grace nickte. »Wenn das so ist, gebe ich Ihrem Antrag ...«

»Euer Ehren, die Verteidigung kann die Unterlagen vor Ort einsehen. Eine Vertagung ist nicht erforderlich. Das Studium dürfte nicht mehr als zwanzig Minuten in Anspruch nehmen.«

Val und Babsy sahen zwischen Shust und Jonas hin und her. Jonas runzelte die Stirn, doch er lächelte. »Minuten dürften hierbei wohl nicht ausreichen, Sir«, informierte er Shust.

Der neigte den Kopf. »Ich wollte nur behilflich sein.«

»Sicher«, konterte Jonas.

Auch der Richter hatte der Unterhaltung der Männer schweigend beigewohnt. »Sind die Herren sich dann einig?«, erkundigte er sich freundlich.

»Ja, Euer Ehren.« Das kam von beiden.

Diesmal wirkte Grace Lächeln etwas grimmig. »Hervorragend! Die Verhandlung wird bis Freitag, neun Uhr vertagt!«

Er ließ den Hammer auf das Pult sausen.

* * *

Vor dem Gerichtsgebäude wandte Val sich strahlend an Jonas. »Das hast du großartig gemacht!«

Sie sah zu Babsy. »Kennst du diese Zeugin?« Ihre Freundin schüttelte den Kopf. Auch wenn sie ihre Erleichterung über den unerwarteten Aufschub kaum verbergen konnte.

»Hmmm.« Val hatte die Stirn gerunzelt. »So, wie der Typ gestrahlt hat, bedeutet sie für uns nichts Gutes.« Fragend sah sie Jonas an. Der nickte. »Yeah, den Eindruck hatte ich auch. Und dieser Shust ist ebenfalls nicht ohne.«

»Aber ich habe doch gar nichts getan!«, jammerte Babsy los. Plötzlich brach die Verzweiflung, bisher so gut unter Verschluss gehalten, doch noch aus ihr heraus. Val sah Jonas' mitleidigen Blick und ihr fiel – wie immer im ungünstigsten Moment – die Seelenverwandtschaft der beiden ein. »Wie wäre es mit einem Kaffee?«

Alles nickte. Sie nahmen die heulende Babsy in ihre Mitte und machten sich auf den Weg.

Kurz darauf saßen sie einträchtig bei Starbucks.

»Der Typ ist gruselig«, bemerkte Val. »Ich mag ihn nicht!«

»Ich verstehe das nicht.« Babsy war immer noch am Jammern, wenn jetzt auch verhaltener.

Jonas musterte sie besorgt. »Du sagtest, die Straße wäre menschenleer gewesen. Abgesehen von den beiden alten Frauen?«

Babsy nickte und Jonas hob die Schultern. »Rankommen lassen.«

Neue Hoffnung keimte in den dunklen Augen von Vals Freundin auf, doch sie hielt sich nicht sehr lange. Kurz darauf liefen die nächsten Tränen. »Ich bin erledigt!«, heulte sie.

Jonas neigte den Kopf und hob ihr Kinn. »Alles wird gut«, sagte er leise, als sie ihn endlich ansah. »Keine Sorge. Okay?«

Sie nickte schniefend. Und Val, die atemlos die Szene beobachtet hatte, wagte nicht, ihren Augen zu trauen.

Jonas sah sie an. »Wir sollten mit unserer Unterstützung über die neueste Entwicklung sprechen. So schnell wie möglich.«

Wenig später machten sie sich auf den Weg in die Kanzlei. Zuvor hatten sie Babsy versichert, dass alles gut gehen würde und sie in ein Taxi verfrachtet.

Es war erst Mittag und Val erkannte mit einiger Bestürzung, dass sie noch Ewigkeiten warten müsste, bevor sie mit Simon sprechen konnte. Düster blickte sie zu Jekyll und Hyde. Wenn deren lebendes Pendant anwesend war, mussten die beiden immer hinter dem Sofa abtauchen.

»Du könntest ruhig ein bisschen früher aufkreuzen!«, wetterte sie plötzlich los.

Der Blick blieb ausdruckslos wie immer und irgendwann schnaubte sie entrüstet auf.

Verdammte Ignoranten!

Die Tür öffnete sich und Jonas trat ein.

Er verharrte für einen Moment und musterte sie mit erhobenen Augenbrauen. Derzeit wirkte sie wohl etwas durch den Wind. Dann ging er grinsend zum Sessel, der eigentlich Simon gehörte, und setzte sich. »Cool bleiben.«

Val nahm auf der Couch Platz und ihren Kaffee entgegen. »Klar! Ich erzähle es Simon, sobald er kommt.«

»Gut.«

Als er nichts hinzufügte, musterte sie ihn mit zur Seite geneigtem Kopf. »Wie läuft's eigentlich mit Miranda?«

Schon verdrehte er die Augen. »Du weißt, dass ich diesbezüglich keine Auskünfte erteile.«

»Ich frage doch nur.«

»Und ich antworte nur.«

Val stöhnte. »Was tut sich an der Tussi-Tratsch-Front?«

Schon grinste Jonas wieder. »Willst du die lange oder lieber die kurze Version?«

Gewissenhaft überprüfte Val den Zustand ihres Nervenkostüms. »Die kurze«, meinte sie schließlich. Das war derzeit sicherer.

Jonas' Grinsen wurde breiter. »Du bist hoffnungslos verknallt, er irre. Charlie ist mit Sicherheit der Erzeuger, weshalb sich hier ein wüster Inzest anbahnt, wenn er nicht bereits stattgefunden hat. Man mutmaßt übrigens darüber, wie es so ist, wenn er dich beim Sex ständig beleidigt und anbrüllt. Macht dich das an? Kleine

Tendenz zum Masochismus? Außerdem ist man derzeit am Losen, wer zu dir geht, um dir reinen Wein einzuschenken. Du bist nämlich tatsächlich von seinem Aussehen total verblendet ...«

Val verdrehte die Augen.

Jonas nickte. »Seitdem du den Fall übernommen hast, tust du, als wärst du etwas Besseres ...«

»Ach, du nicht?«, wandte Val ein.

»Ich verstehe es, auf beiden Fronten meine Eisen im Feuer zu behalten ...«, erwiderte er unschuldig.

»Idiot!«

Jonas grinste. »Das auch.« Sein Blick wurde nachdenklich und er nickte. »Auf jeden Fall.«

Val wälzte bereits wieder ein neues, altes Problem. »Meinst du, ich bin wirklich seine Schwester?«

Er schüttelte den Kopf. »Inzwischen halte ich es für einen Fake.«

»Was, wenn doch?«

»Dann sitzt du ziemlich in der Klemme.« Er runzelte die Stirn. »Darf man fragen, wie weit die Geschichte zwischen euch fort ...«

»Nein!«

»Okay«, erwiderte er gleichgültig und widmete sich seinem Kaffee.

»Ich frage Charlie«, sagte Val entschlossen.

Jonas sah auf. »Schlechte Idee.«

Val stöhnte. »Ich weiß! Was soll ich sonst tun?«

»Frag Simon«, schlug er vor.

Val hob die Augenbraue. »Schlechte Idee!«

»Ich weiß!«

Sie grinsten sich an.

Beiläufig wechselte Jonas das Thema. »Der Staatsanwalt scheint ein harter Knochen zu sein.«

Val zuckte mit den Schultern. »Wir werden sehen ...«

Beide widmeten sich ihrem Kaffee, bis Jonas unvermittelt aufsah. »Hast du dir das wirklich überlegt?«

Jäh aus ihren Gedanken gerissen, blickte Val auf. »Hmmm?«

Er seufzte. »Mit Simon. Bist du dir sicher?«

»Wovon sprichst du?«, erkundigte sie sich lauernd.

Jonas holte tief Luft. »Mag sein, dass er ein fantastischer Anwalt ist und uns soeben den Arsch rettet ...«

Sie verzog das Gesicht, doch der lauernde Ausdruck verschwand nicht.

Er lehnte sich vor, sein Blick war eindringlich. »Er wird nie normal sein, Baby.«

»Sieh an! Das wusste ich noch gar nicht!« Es klang genauso feindselig wie beabsichtigt.

Seine Augen wurden groß. »Nein! Lass das Gezicke, du weißt, ich meine es nur gut. Er wird ...«

»... mich unglücklich machen?« Heftig nickte sie. »Komisch, genau das sagt er auch.«

»Er ist ein feiner Kerl.« Das Lächeln verschwand. »Und er hat recht.«

»Ich entscheide, was gut für mich ist und was nicht!«, zischte Val. »Warum ist jeder der Ansicht, über meinen Kopf derartige Entscheidungen treffen zu müssen?« Jonas hielt sich an seinen Kaffee. »Halt dich da raus!«

Er sah auf, die Augenbrauen waren erhoben. »Das tue ich bereits. Weshalb reagierst du so wütend, wenn du fest entschlossen bist?«

Wütend? Sehr witzig!

Seine aufgesetzte Ruhe ging Val plötzlich gehörig auf den Geist.

Jonas hatte keine Ahnung, wie schwer alles war. Gleichzeitig ahnte er nicht einmal, dass Simon noch viel, viel mehr Mühen wert war, als sie bisher investiert hatte.

Als seine Tasse leer war, stand Jonas auf und ging. Dabei

lächelte er so fröhlich wie eh und je, als hätte ihre kleine Auseinandersetzung nie stattgefunden.

Stumpfsinnig saß Val vor ihrem Computer und klickte ihre Solitärkarten. Wie so häufig gingen die Gedanken mit ihr spazieren. Es war wirklich nicht einfach. Immer tappte sie im Dunkeln, nie konnte sie sicher sein, das Richtige zu tun. Nicht, was ihre Gefühle betraf – oh, wie die aussahen, wusste sie zufällig ganz genau.

Sie liebte ihn. Simon sie ja nicht, schließlich hatte er es nicht geschrieben und der Zeitpunkt wäre echt günstig gewesen. Es war albern, doch das setzte ihr noch immer extrem zu.

Wie sah eine mögliche Zukunft in ihrer Fantasie aus? Val wusste es nicht. Um die Wahrheit zu sagen, hatte sie überhaupt kein Bild des Kommenden vor Augen. Was sollte werden, wenn ihr Traum tatsächlich einmal in Erfüllung gehen und die beiden ein Paar sein würden, das diese Bezeichnung auch verdiente?

Charlie? Der würde toben und wüten, doch das war Val egal. Schließlich war Simon gerade damit beschäftigt, sie zu einer echten Anwältin zu machen. Also konnte ihr Dad froh sein, dass Simon existierte.

Ihn jemals ins PAINT mitnehmen? Unabhängig davon, dass er sich mit Händen und Füßen zur Wehr setzen würde. Konnte Val das nach derzeitigem Stand in Betracht ziehen?

Grübelnd neigte sie den Kopf zur Seite.

Irgendwann verzog sie das Gesicht. Nein! Verdammt noch mal, Val konnte sich nicht einmal annähernd ausmalen, ihn ihren Freunden vorzustellen.

Diese Erkenntnis deprimierte sie derart, dass sie in den kommenden zwei Stunden das Denken komplett einstellte.

Doch dann verzog sie abermals das Gesicht.

Erkenntnis richtig, aber Grund falsch benannt!

Warum wollte sie denn nicht? Val wusste nicht, wie sie mit der Reaktion ihrer Freunde umgehen sollte. Sie hatte Angst, dass ihm Hohn entgegenschlagen würde oder auch die Berührungsängste, die Ablehnung, bevor sie ihn wirklich kennenlernen konnten. Val hatte Furcht vor ihren Versuchen, ihn ihr auszureden, so wie Jonas es heute und wie sie es zuvor bei Mike getan hatten.

Val hatte auch Angst vor seiner Angst.

Sie atmete auf.

Das war mies, aber garantiert nicht so übel, wie es hätte sein können.

Daher gestattete sie sich eine neue Grübeleinheit – die im Ergebnis mal wieder überhaupt nichts brachte und sah schließlich entschlossen auf die Uhr.

Entnervt stöhnte sie auf.

Immer noch fünf Stunden.

Sie lehnte sich zurück und dachte lächelnd an den Kuss, der nach allem, was sie wusste, im Grunde gar keiner gewesen war. Simon war so vorsichtig. Ein Babykuss, mehr hatte er nicht gewagt.

Aber dennoch. Sie konnte kaum noch an etwas anderes denken.

Okay. Nach unzähligen (jedenfalls fühlte es sich so an) Wochen des Wartens, war ihre Begeisterung wohl auch kein Wunder. Wie armselig! Val seufzte.

Warten. Neuerdings gehörte es zu ihren Lieblingsbeschäftigungen. Sie war ja schon wieder dabei. Diesmal wartete sie, dass endlich diese verdammte Zeit verging.

Als es acht wurde und Val schwor, demnächst tatsächlich sang- und klanglos vor lauter Warterei zu sterben, räumte sie Jekyll und Hyde auf deren Schlafplatz hinter das Sofa.

Bei dem Gedanken, was wohl geschehen würde, sollte Simon die beiden jemals zu Gesicht bekommen, wurde sie rot. Nein, darüber wollte sie lieber nicht ausgiebig nachgrübeln.

Wie an jedem Abend holte sie zwei Tassen Tee und stellte in

einer Blitzentscheidung, noch ein wenig Gebäck hinzu. Dann erneuerte sie sorgfältig ihr Make-up und ließ die Lippen dabei jedoch aus. Was sie zu einem spöttischen Grinsen veranlasste.

Als Nächstes legte sie eilig die Unterlagen bereit, damit es so wirkte, als hätte sie gearbeitet.

Simon hätte nie gewagt, etwas zu sagen, aber manchmal sah er sie ziemlich ungläubig an. Das war ihr keineswegs entgangen. Und er war sehr streng.

Val hasste ja diese aufgesetzten Lehrer, die sich einbildeten, alles zu wissen. Bei dem einen oder anderen hatten sich in der Vergangenheit durchaus Mordgedanken eingestellt. Doch Simons Strenge verursachte bei ihr Glücksgefühle. Oh ja, sie liebte ihren strikten Lehrer.

Vielleicht litt sie an einem hormonellen Problem.

Kaum hatte sie das gedacht, kicherte sie wie ein Kleinkind. Oh, mit Sicherheit hatte sie das eine oder andere Problem mit ihren Hormonen, so viel stand fest!

Endlich wurde es neun. Doch Simon tauchte nicht auf.

Um fünf nach neun war er noch immer nicht eingetroffen. Val hatte zwischenzeitlich vor Anspannung die Luft angehalten. Er war NIE unpünktlich!

Niemals!

Was hatte das zu bedeuten?

Sollte sie ihm eine Mail schreiben?

Die würde er nicht lesen. Nicht, solange er in seiner Besenkammer weilte.

Einfach zu ihm gehen?

NEIN!

Simon hasste es, wenn jemand sein Allerheiligstes betrat. Das hatte er nie gesagt, Val wusste es dennoch. An seiner Tür hing ein unsichtbares Schild:

Betreten verboten!

Was sollte sie nur tun? Ihre Hände waren schweißnass. Mit der Möglichkeit, dass er nicht erscheinen würde, hatte sie bisher nie gedealt.

Und als es endlich zaghaft klopfte, zuckte sie zusammen.

»VERFICKTE SCHEISSE!«

Nun, die Begrüßung war eher ungewöhnlich, aber garantiert nicht neu. Der Anblick wäre es vor einigen Wochen auch nicht gewesen. Er war total durcheinander. Sein Blick verharrte für keine zwei Sekunden an der gleichen Stelle.

Und mit seinem Eingangsfluch war bereits wieder alles vorbei.

Val hatte geglaubt, wenigstens dies endlich hinter sich zu haben.

Zu früh gefreut!

Bevor er die Flucht ergreifen konnte, stürzte sie zur Tür, schloss sie und stellte sich davor.

Aus Fehlern wurde man klug. Als sie behutsam seine Hand nehmen wollte, wich er wie üblich zurück.

Oh nein! Das hatten sie auch bereits hinter sich gelassen! Sie konnten nicht ständig bei null anfangen, denn dann würde ihr Zweijahresplan scheitern. Seufzend griff sie erneut zu und diesmal ließ er sie gewähren. Vorsichtig führte sie ihn zum Sessel. Er setzte sich und senkte den Kopf.

Val wartete und richtete wie immer in solchen Momenten den Blick aus dem Fenster.

Kaum hatte sie es getan, zwang sie sich, Simon anzusehen. Es dauerte Ewigkeiten, bevor er den Blick heben konnte. Immer wieder kam ein neuer Tic.

Und all das wegen eines unschuldigen Kusses!

Sie holte tief Luft, nahm einen Schluck von ihrem Tee und blickte schließlich entschlossen auf.

»Der Fall wurde an einen anderen Staatsanwalt übergeben.«

»VERFICKTER SCHEISS!« Er senkte den Kopf und Val

nickte.

»Yeah ...«

»Wie lautet der Name?«, wisperte er, als er sie wieder ansehen konnte.

»Aaron Shust.«

Seine Augen wurden groß und der Kopf flog nach rechts.

»Was ist los?«

Er stöhnte. »Das ist der Bezirksstaatsanwalt und ein cleverer Mann.« Sein Kopf ging nach rechts, doch Simon ignorierte es. »Warum sollte er sich mit einem solchen Fall befassen?« Diesmal wurde sein Kopf nach links geworfen.

»Jonas hat eine Vertagung beantragt, dem wurde stattgegeben. Der nächste Termin ist am Freitag. Ich weiß nicht, aber Shust schien nicht begeistert«, erzählte Val.

Simon verzog das Gesicht. »Er ist ein Halunke«, warnte er. »Ihr müsst auf der Hut sein!«

Schon war Val wieder hin und weg. Er war so ... *brillant!*

Nur mit Mühe gelang es ihr, ihn wenigstens nicht ganz so schmachtend anzusehen, wie Babsy es bei Jonas neuerdings praktizierte.

»Ab jetzt müssen wir doppelte Vorsicht walten lassen«, fuhr der brillante Anwalt fort, der im Grunde keiner war. »Sind die Unterlagen bereits eingetroffen?«

Sie schüttelte den Kopf.

Simon überlegte. »Sicher, Shust lässt sich Zeit um uns die Gelegenheit zu nehmen, adäquat zu reagieren. Es könnte knapp werden.« Sein Kopf zuckte nach links und er senkte ihn eilig.

Mit angehaltenem Atem wartete sie, bis er sie wieder ansah. »Gibt es eine Möglichkeit, dir im Zweifelsfall im Gerichtssaal eine Mail zukommen zu lassen?«

Sie nickte lächelnd. »Kein Problem, mein Handy ist immer dabei.«

»VERFICKTER SCHEISS!«

Val ignorierte es diesmal komplett.

Yeah!

Auch wenn Simon nicht ganz so gut war. Doch sein Kopf senkte sich für weniger als zehn Sekunden, bevor er sie wieder ansah.

»Wir müssen uns noch besser vorbereiten«, fuhr er ohne Übergang fort. »Wie macht Miss Cooper sich?«

Val verzog das Gesicht und umriss ihm ihre heutige Aufmachung.

Energisch schüttelte er den Kopf. »Sie muss konservativ auftreten. Shust wird versuchen, aus der fahrlässigen Tötung mehr zu machen. Das könnte deiner Freundin unter Umständen zehn Jahre einbringen.«

Val sah auf. »WAS?«

Simon nickte ernst. »Er ist gnadenlos. Sobald die Dokumente eingetroffen sind, lasse sie mir zukommen.« Er wurde rot und sein Kopf verselbstständigte sich. »Ich werde recherchieren.«

Val nickte.

Verlegen räusperte er sich.

»Was?«

Seine Wangen glühten. »Du solltest ...« Er deutete auf ihr Haar. Unwillkürlich griff sie nach oben und musterte ihn fragend.

Als er sich eine klatschende Ohrfeige verpasste, zuckte sie zusammen. Alle Finger waren auf der Haut zu sehen. Es war, als könnte sie den Schmerz spüren. *Wie hält er das nur aus?*, dachte sie verzweifelt.

Nachdem er sie wieder ansehen konnte, wisperte er. »Hochstecken ...«

Sie nickte. »Okay.«

Mit bebenden Händen nahm er seine Tasse.

Val versuchte, die grausame Situation zu überspielen und grinste. »Also, was ist das für ein Staatsanwalt? Hattest du schon häufiger mit ihm zu tun?«

Es dauerte eine Weile, doch irgendwann entspannte er sich tatsächlich. Zwei Stunden später war alles gesagt und getan, was derzeit möglich war.

Schweigen kehrte ein. Sie tranken ihren Tee. Simon wagte nicht, sie anzusehen und Val fiel ein altes Spiel ein.

Das WENN – DANN – Poker.

Wenn er in den nächsten zehn Minuten – nein, fünf – nicht einmal zuckt, dann ...

Mit halbem Blick auf die Uhr konzentrierte sie sich in den kommenden fünf Minuten auf alles, nur nicht auf Simon. Sie sah aus dem Fenster, zur Decke, in ihre Tasse, auf ihre Knie, manipulierte ihn und sich, wo es nur ging.

Es hatte tatsächlich etwas Verzweifeltes, doch das war sie auch.

Mist!

Als die Frist abgelaufen war, grinste sie.

Kein Tic.

Ha!

So beiläufig wie möglich, wenn man sich zu zweit in einem Raum befindet, stellte sie ihre Tasse ab und stand auf.

Sein Kopf zuckte.

Zu spät, Baby, dachte sie nicht ohne Häme und holte dennoch außerordentlich tief Luft.

Mann!

Sie war es nicht gewohnt, den Anfang zu machen. Dieser Kerl stellte eine echte Herausforderung für sie dar, und zwar in jeder Hinsicht. Als sie an seinem Sessel angelangt war, empfing sie ein »HALT DIE SCHNAUZE!«

Sie hatte nicht die Absicht.

Als Nächstes stützte sie ihre verräterisch bebenden Hände auf die Sessellehnen. Sofort senkte er den Kopf, doch sie hob ihn behutsam am Kinn. Er ließ es zu und das machte ihr Mut. Den brauchte sie auch – soviel war sicher.

Irgendwann trafen sich endlich ihre Blicke und sie lächelte. »Du bist der attraktivste Mann, der mir jemals begegnet ist.«

»HALT DIE SCHNAUZE!«

Sie nickte. »Gleich.« Das nächste Lächeln fiel etwas schwer, aber es gelang. »Du bist auch der beste Anwalt, den ich bisher traf. Verpfeife mich bitte nicht bei meinem Dad.«

Sein Kopf ging nach links. »Val«, keuchte er.

»Du kannst so viel ...«

»FICK DICH!«

»Du bist so viel ...«

Der Kopf zuckte nach rechts.

»Und du solltest dich schnellstens daran gewöhnen, dass ich bei dir bin. Sie holte tief Luft. »Weil ich das dringend brauche.« Behutsam nahm sie sein Gesicht in ihre Hände, ihr Herz klopfte bis zum Hals, als sie ihn zwang, sie wieder anzusehen.

»Val ...«

»Ja ...«

Nach einem letzten Luftholen näherte sie sich seinen Lippen.

»Bitte ...«

»Ja«, flüsterte sie.

Noch zwei Zentimeter, sein Kopf zuckte wild. Sie wollte ihn festzuhalten, obwohl sie wusste, dass es falsch war. Er konnte sich verletzen und sie auch.

Kurz darauf versuchte er, sich zu schlagen. Wieder wurde sein Arm von ihrem aufgehalten. Außerdem war ihr Körper im Weg.

»Nein, das tust du nicht«, wisperte sie, durchaus streng. »Das darfst du nicht.« Sie hauchte es an seinen Lippen, denn sie war endlich angekommen.

Resigniert seufzte er auf.

Val nickte. »Ja«, hauchte sie und dann küsste sie ihn.

Er wehrte sich, wollte zurückweichen, begann sogar, sie von sich zu schieben. Doch all das geschah beiläufig, andernfalls wäre er erfolgreich gewesen. Val hielt noch immer seinen Kopf, und als er erneut aufseufzte, nutzte sie die Gunst des Augenblicks und machte den Kuss zu ihrem ersten wahren.

Sie stöhnte, es war so viel besser, als sie gedacht hätte. Nur um sich sofort mit den größten Vorwürfen zu überschütten.

Bleib bloß hier!, befahl sie sich eilig. *Wage es nicht, dich zu sehr zu verlieren! Ein Fehler, und alles ist vorbei. Noch ist nichts gewonnen!*

Er müsste nur den Mund schließen und sie wäre verloren. Und das wäre eine Niederlage. Oh Mann!

Aber Simon dachte nicht daran, diesen so himmlischen Kuss zu boykottieren. Sie hörte ihn stöhnen, spürte plötzlich Arme, die sich um sie legten, kurz darauf zaghafte Finger in ihrem Haar und seufzte unwillkürlich auf. So sehnsüchtig.

Noch nie hatte sie auf diese Art anhaltend geküsst. Sonst übernahm immer der Mann irgendwann die Regie, Simon machte nicht die geringsten Anstalten. Wie sonst behielt sie auch jetzt vollständig die Regie. Was den Vorteil in sich barg, dass sie vor dem drohenden Untergang bewahrt wurde. Seine warmen Hände in ihrem Haar und Nacken und der unvorstellbare Duft machten sie bereits wahnsinnig.

Normal wäre gewesen, sich nach einiger Zeit voneinander zu lösen. Bei ihm wäre auch ein Tic normal gewesen, seine Flucht, diesmal doch endlich erfolgreich.

Stattdessen geschah nach einer Weile das, was eben nicht normal war.

Nicht bei ihnen beiden. Sie spürte ihn, zögernd, tastend schob er ihre Zunge zurück, eroberte ihren Mund und es war vorbei.

Scheiß drauf!

Simon zog sie auf seinen Schoß, ihre Ellenbögen lagen auf seiner Schulter, die Finger in seinem Haar und der Kuss nahm mit jeder Sekunde an Leidenschaft zu. Ihr Atem ging schneller, Simons auch, sie spürte deutlich seine harte Erregung, aus

Fingern in seinem Haar wurden Hände, kurz darauf Fäuste, und als er sie schließlich doch zurückdrängen wollte, wehrte sie sich.

»NEIN!«, knurrte sie und hielt ihn fester. Und obwohl sie sein protestierendes Seufzen hörte, beendete Simon nicht etwa den Kuss oder ließ sie los. Sein Stöhnen wurde dunkler, er zog sie noch enger an sich, ihr hektischer Atem vermischte sich mit seinem und Val verlor auch noch das letzte bisschen Verstand, das sie sich bis hierher bewahrt hatte.

Schon tastete sie sich zu seinem Hemd vor und nestelte an den Knöpfen.

Nur hin und wieder schnappte sie hilflos unter seinem umwerfenden Kuss nach Luft, in ihren Ohren tobte ein wildes Rauschen.

Als sie dann brutal und ohne Vorwarnung zurückgestoßen wurde, landete sie ziemlich unsanft auf ihrem Hintern.

»FICK DICH!«, keuchte Simon.

Doch er senkte nicht den Kopf. In seinen Augen lebten wilde Leidenschaft und gleichzeitig namenloses Entsetzen. Sein gesamter Körper bebte, der Schweiß stand ihm auf der Stirn, der Atem kam stoßweise, die Fäuste waren geballt.

Irgendwann ertönte ein resigniertes, tiefes, dunkles, so sexy Stöhnen und er sank in sich zusammen.

Sprachlos saß Val am Boden und versuchte, einen zusammenhängenden Gedanken zu fassen. War er ohnmächtig geworden?

Sie hatte schon vieles gehört und in letzter Zeit noch mehr gelesen, doch von Bewusstlosigkeit aus Leidenschaft war ihr bisher nichts bekannt. Das musste sie glatt überlesen haben.

Was war denn mit ihm?

Mehrere Minuten geschah nichts. Nur das hektische Atmen war zu hören. Beide hatten sich noch nicht beruhigt.

Dann flog sein Kopf hoch und Val sah Simon in einem Tic

untergehen, wie sie es noch nie zuvor erlebt hatte. Alle paar Sekunden zuckte der Kopf, er traktierte sich mit Ohrfeigen. Ununterbrochen ertönte das grässliche Klatschen und über allem fluchte und entschuldigte er sich gleichzeitig.

»FICK DICH ... Oh mein Gott ... VERFICKTE SCHLAMPE ... es tut mir« Klatsch! »... so ... HALT DIE SCHNAUZE ... leid!«

Irgendwann fuhr er aus dem Sessel hoch, wich vor ihr zurück, als hätte sie eine ansteckende Krankheit und stürzte aus dem Raum.

* * *

Wie erstarrt blickte sie ihm nach.

Bisher war es Val nicht gelungen, den Ereignissen zu folgen. Eben noch war sie so weit weg gewesen, gefangen in seinen wundervollen Armen, verloren in dem besten Kuss, den sie je erlebt hatte, und jetzt saß sie mit schmerzendem Hintern am Boden und hatte ihm beim totalen Ausrasten zusehen müssen.

Die Tränen kamen und diesmal konnte sie nichts dagegen tun. Auch nicht gegen ihren Zorn, der langsam in ihr stieg. Noch nie hatte sie sich so abgelehnt gefühlt. Und es interessierte Val momentan einen Scheißdreck, ob er es so gemeint hatte oder nicht.

Ohne seine Arme fühlte sie sich so allein, leer und kalt! Ununterbrochen kullerten die Tränen an ihren Wangen hinab, ohne demnächst zu planen, mal aufzuhören.

Irgendwann rappelte sie sich auf und brachte schluchzend die Tassen in die Teeküche.

Als sie vor dem Geschirrspüler stand, schloss sie die Augen.

Wieder sah sie ihn vor sich. Diese unvorstellbare Erregung, die offensichtliche Leidenschaft, der hektische Atem, der umwölkte Blick …

Und erst jetzt begann sie zu begreifen, was passiert war und vor allem, was es bedeutete.

Verdammt! Sie hatte lange gebraucht, um zu verstehen. Zu lange! Das hätte nicht geschehen dürfen! Sie hätte es wissen müssen! Es konnte doch überhaupt nicht anders sein!

Eilig warf sie die Maschine zu und stürzte zurück in ihr Büro.

Abgelehnt?

Nein, eher das komplette Gegenteil, Baby! Aber total!

Neue Tränen machten ihre Augen blind. Sie kicherte etwas hysterisch und öffnete den Mailordner.

Zu viel für dich!, wisperte die strenge Stimme.

»NEIN!«, schluchzte sie störrisch. Als hätte sie eine Wahl gehabt!

Sie spürte den Kuss immer noch!

Sein Duft befand sich anhaltend in ihrer Nase.

Seine Berührungen ... trotz der Tränen erschauderte sie leicht und sehnte sich sofort zurück in seine Arme. Obwohl sie wusste, dass dies nie weiter entfernt gewesen war. Ein erneuter Versuch würde ihn jetzt umbringen.

Die Tränen bekamen neuen Auftrieb. Heftig wischte sie sich über Augen und Wangen.

Krieg dich ein, verdammt!

Entweder es gelang ihr, ihn aus seinem Loch zu befreien oder sie würde wohl mit ihm untergehen.

»So sieht es aus, Baby«, schluchzte sie.

Und dann begann sie zu tippen ...

* * *

Die Rattenfängerin

Simon sah und hörte nichts.

Gefangen in seinen Tics, stürzte er die Straßen entlang, als wäre er der einzige Mensch auf dem Planeten. Dabei war es nicht einmal dunkel. Aus dem Mai war längst Juni, und die Tage immer länger geworden. Die Dämmerung kündigte sich soeben an, die Luft war lau und anders als noch vor wenigen Wochen waren etliche Passanten unterwegs.

Was die dachten, konnte Simon momentan nicht berühren. Es waren Fremde, die er nie wiedersehen würde. Denn neben den Tics wand er sich in unvorstellbarer Scham. Spätestens die machte alle Vorsicht unmöglich. In seinen Augen brannten Tränen, doch sie drohten wenigstens nicht, auszubrechen. Simon hätte nicht gewusst, wie er zu allem anderen auch noch damit umgehen sollte.

Noch nie hatte er die Strecke nach Hause so schnell bewältigt. Er hastete die Treppe hinauf, als würde er von einem Massenmörder verfolgt. Seine Hände zitterten derart, dass er kaum den Schlüssel ins Schloss bekam. Dabei keuchte er zu allem Überfluss, von den unaufhörlichen Tics ganz zu schweigen, die durch den gesamten Hausflur hallten.

Als die Tür endlich offen war, stürzte er in sein Appartement, warf sie zu und schob den Riegel vor.

Dann lehnte er sich mit dem Rücken dagegen und schloss die Augen.

Sein keuchender Atem erhob sich in der tröstenden Stille. Er begehrte nicht auf, als seine Knie nachgaben, sondern ließ sich langsam zu Boden sinken. Gefangen in seiner Trauer, den Tics und diesem unvergesslichen Gefühl, das ihn noch immer nicht verlassen hatte. Woher hätte er wissen sollen, dass es so sein würde? Vorgestellt hatte er sich in den vergangenen Jahren viel, doch niemals *das!* Selbstschutz, mutmaßte er. Sonst hätte er nicht überlebt, weil die Sehnsucht ihn lebendig aufgefressen hätte.

Aber was nun? Jetzt wusste er es! Wie sollte er ohne leben? Dass jeder weitere Versuch ersatzlos gestrichen war, stand fest. Viel mehr wusste er derzeit nicht.

Irgendwann stand er auf und wankte ins Bad.

Das klebrige Gefühl, das er auch so verbissen beiseitegeschoben hatte, verschwand nämlich nicht von selbst. Mit angewiderter Grimasse zog er sich aus. Er tat die Sachen nicht in die Schmutzwäsche.

Oh nein!

Nackt wie er war, trug Simon seinen Anzug und alles andere mit spitzen Fingern zum Müll und stopfte es hinein. Als Nächstes nahm er den Sack heraus und schnürte ihn zu. Er hätte ihn am liebsten auf der Stelle verbrannt, doch leider besaß dieses Appartement keinen Kamin. An eine derartige Notwendigkeit hatte er nicht gedacht, als er es damals anmietete.

Auch das war kein Gedanke, den er derzeit vertiefen wollte. Er stellte den Müllsack neben die Eingangstür und ging duschen.

Minutenlang stand er reglos unter dem heißen Wasserstrahl. Die Augen waren geschlossen und die Gedanken so zahlreich, dass er sich nicht entscheiden konnte, welchem er sich zuerst widmen sollte.

Irgendwann übernahmen seine Gewissensbisse.

Er hatte sie *geworfen!* Val war mindestens einen halben Meter weit geflogen! Simon stöhnte auf und stieß seine Stirn gegen die geflieste Wand. Der Schmerz änderte leider nichts daran. Und er verhinderte auch nicht, dass sich die nächsten Gedanken in den Vordergrund drängten.

Schon sah er die Lippen vor sich. Unerträglicher noch, er *spürte* sie. Nicht zu vergessen ihre Hände in seinem Haar. Und als wäre das nicht bereits genug gewesen, erinnerte er sich auch noch an das Gefühl, seine Finger in *ihrem* zu haben!

Diesmal klang sein Stöhnen bedeutend dunkler und er stellte eilig das Wasser ab, bevor er die Dusche verließ.

An Schlaf war nicht zu denken.

Simon tigerte in seinem kleinen Appartement auf und ab, raufte sich das Haar und versuchte, sich zu beruhigen. Das bei Betty damals war nichts gewesen!

Peanuts! Nicht der Rede wert, gegen das, was er heute erlebt hatte. Und das galt sowohl im positiven, als auch im negativen Sinne.

Nie war Simon ratloser gewesen – niemals in seinem gesamten vorherigen Leben. Und das war nicht unbedingt einfach verlaufen!

Irgendwann setzte er sich in seiner Ratlosigkeit an den Rechner. Und als er ihre Mail sah, brüllte er in die Stille des Raumes »VERFICKTE SCHEISSE!« sprang wieder auf und begann die nächste Runde in seinem Appartement zu drehen.

Jetzt mit neuer Schikane. Denn er blickte ständig zu seinem Laptop.

Zwischenzeitlich überlegte er ernsthaft, vor dem kleinen, unschuldig erscheinenden Kasten zu fliehen. Oder ihn aus dem Fenster zu werfen – auch das war eine Option, die durchaus einen weiteren Gedanken wert war. Und es benötigte vieler, vieler Runden und Tics, um so weit zu sich zu kommen, dass sein Stolz Gehör fand.

Reiß dich zusammen!, beschwor er sich. *Was sie will, ist zwangsläufig und somit haben die Dinge wenigstens ein Ende.*

Ja!

Ein Teil von ihm nickte eifrig. Doch ein anderer – der zu Tode verlegene – verkroch sich unter seiner Decke, bereit, nie wieder darunter hervorzukommen, geschweige denn, sich dem Inhalt der Mail zu stellen.

Der dritte jedoch, der Mann, der so unvorstellbar verliebt war, dass sie ihm trotz allem für keine Sekunde aus dem Kopf ging, zuckte zusammen und heulte auf.

NEIN!

Nach gefühlten Stunden konnte er sich setzen und mit zittrigen Fingern zur Maus greifen. Sein Herzklopfen jedoch war so akut, dass er wieder einen nahenden Infarkt in Erwägung zog.

Lieber Simon,
alles ist gut.
Mach dir BITTE keine Sorgen.
Sprich mit mir!
Ich kann nicht wissen, was in dir vorgeht.
Bitte!
Ich liebe dich!
Val

»HA!«

Simon lehnte sich zurück und schloss erleichtert die Augen. Doch damit waren die Probleme keineswegs gelöst. Verstand sie denn nicht? Es ging nicht, das würde es niemals! Die Dinge würden von einer Katastrophe, wie der am heutigen Abend, in die nächste schlingern. Und genau von dieser Gefahr musste Simon sich endgültig befreien.

Die Antwort war bereits geschrieben:

Ich KANN nicht!

Doch es gelang ihm nicht, diese verdammte Mail abzuschicken!

Unmöglich.

Zu viel, was er aufgab. Simon war Egoist genug, darum zu kämpfen. Auch wenn er nicht den geringsten Schimmer hatte, wie sich die Dinge nach dem heutigen Erlebnis in der Zukunft gestalten sollten.

In den kommenden Stunden ging ihm auf, dass er vollständig von ihrer Gnade abhängig war. Solange sie ihn und seine Grausamkeiten duldete, würde er nicht gehen können.

Er hatte keine Chance!

Wenn sie ihn nicht mehr wollte – er stöhnte, weil selbst der Gedanke unerträglich war – erst dann würde er wieder frei sein. Bis dahin würde er sich unentwegt zum Idioten machen, sie und sich selbst verletzen, vernichten, hassen …

Simon ließ sich aufs Sofa fallen und legte den zuckenden Kopf in eine Hand.

Verdammt! Was hatte er sich nur dabei gedacht? Wie von selbst schlossen sich seine Augen. Er sah sie vor sich, ihren biegsamen, wundervollen Körper, das Haar, die Lippen. Schon spürte er wieder diesen Kuss!

Augenblicklich packte ihn die Sehnsucht. Er wollte zu ihr, auf der Stelle! Alles stehen und liegen lassen, alles riskieren, zur Not alles aufgeben, nur für einen einzigen dieser Küsse. Auf der anderen Seite hatte er solche Angst vor diesem Engel, dass sich bereits die nächsten Auswanderungspläne in seinem Kopf bildeten. Und diesmal nahmen sie verdammt reale Formen an.

Val war die schlimmste Bedrohung, der er jemals ausgesetzt gewesen war. Und er war von ihr abhängig. Das konnte man doch gut und gern als totales Desaster bezeichnen, oder?

Gegen fünf kochte Simon sich einen Tee und befahl sich, Haltung zu wahren.

Eine Antwort war wohl angebracht. Er konnte das nicht so stehen lassen. Besonders das *Ich liebe dich!* Verdammt, ihm wollte nicht einmal in den Kopf, dass *er* damit gemeint war! Vielleicht hatte sie sich einfach geirrt? Möglich war doch alles!

Seufzend setzte er sich wieder an den Schreibtisch und gestand sich ein, dass ihm diese Option keineswegs mehr gefiel, als die, dass sie genau wusste, was sie empfand.

* * *

Es tut mir unendlich leid.
Simon

Simon wollte mehr schreiben.

Ganze Romane existierten in seinem Kopf, die er ihr gern mitgeteilt hätte. Doch möglicherweise wäre sie spätestens dann von seinem Irrsinn überzeugt gewesen. Jeder, der derzeit in seinen Schädel blicken konnte – was glücklicherweise nur auf ihn zutraf – war das zwangsläufig.

Er schickte die Mail ab und ging wieder unter die Dusche. Nur, um wenigstens annähernd den üblichen Tagesablauf einzuhalten. Dabei versuchte er, sie sich für den Moment aus dem Kopf zu schlagen.

Wenig später lachte er bitter auf. Offenbar neigte er neuerdings zu Scherzen!

Val (einschließlich rosa Lippen, wundervollem Körper, süßem Mund und seidigem Haar) hatte seine Gedankenwelt faktisch übernommen! Von für den Moment aus dem Kopf schlagen, konnte keine Rede sein! Sie wohnte dort und blieb wohl gern zu Hause.

Viel zu früh machte er sich auf den Weg ins Büro.

Simon lief, alles andere war nicht akzeptabel. Er wollte sich nicht ausmalen, welches Schauspiel er heute in der überfüllten Subway geliefert hätte.

Als in der Kanzlei noch alles still war, atmete er ein wenig auf und begab sich an die Arbeit.

Staatsanwalt Shust ... Simon wusste ein wenig mehr, als er Val gesagt hatte. Bisher hatte er sich nie mit dem Mann beschäftigt. Es ging ihn nichts an. Das war jetzt anders. Wenn seine Vermutung sich bewahrheitete, dann stand fest, weshalb Shust diesen doch so unspektakulären Fall an sich gerissen hatte. Dies konnte zum Fiasko werden, andererseits, wenn sie die Dinge clever angingen, auch durchaus ein bahnbrechender Erfolg. Und Simon glaubte zu wissen, dass sowohl Val als auch Jonas derzeit diesen am dringendsten benötigten.

Gegen Abend war Simon aufgekratzt. Er verspürte nicht die geringste Müdigkeit. Obwohl er wusste, dass die mindestens zum Teil für die verdammten Tics zuständig war, die ihm heute wieder ganz besonders hart zusetzten. Er wollte fliehen und andererseits so schnell wie möglich zu ihr.

Seine Zerrissenheit hatte sich im Verlauf des Tages nicht gelegt.

Und da er bereits erkannt hatte, dass es keine Flucht vor ihr gab, schloss er schließlich die Augen und begann zu meditieren.

Beim ersten Mal war die Wirkung gleich null, beim zweiten sah es auch nicht viel besser aus. Erst nach dem dritten entschied er, dass wenigstens ein Versuch möglich war.

Und da hatte er geglaubt, der gestrige Gang zu ihr wäre beschwerlich gewesen.

Ehrlich!

Neuerdings übte Simon sich in Superlativen. Den positiven, aber ganz bestimmt auch den negativen.

Sie wusste es nicht, verdammt! Sie ahnte nicht einmal, wie schwer es war.

Simon war die Ratte und Val der Hamelner Rattenfänger.

Chancenlos. Die Erinnerung an sie war jene Melodie, die ihn, entgegen seiner anderslautenden Tipps und dringenden Ratschläge, zu ihr zogen. Er war ihr Sklave!

Während er sich, von Tics geplagt über den abgedunkelten Flur kämpfte, überlegte er sich, dass dies auch eine Erkenntnis war, auf die er gern verzichtet hätte.

* * *

»FICK DICH!«

So lautete seine romantische Begrüßung. Doch selbst ein Verzweifeln war nicht mehr möglich. Noch verzweifelter und er wäre ein Selbstmordkandidat gewesen.

Val überspielte sein Versagen wie immer. »Hey.« Ihr Lächeln erzählte auch nichts davon, dass er sie vor vierundzwanzig Stunden beinahe …

»VERFICKTER SCHEISS!« Ja, so ähnlich.

Sie trat zu ihm und führte ihn am Arm zu seinem Sessel.

Während er sich unter ständigem Zucken des Kopfes setzte, fragte sich Simon, wann das Sitzmöbel eigentlich in seinen Besitz übergegangen war. Er wusste es nicht. Aber wenigstens fühlte es sich nicht sonderlich vernichtend an, diese neue Errungenschaft gemacht zu haben.

»Die Unterlagen sind eingetroffen.« Neben der Teetasse erschien plötzlich eine Mappe vor seinen Augen. Er nahm sie, achtete sorgfältig darauf, ihre Hand nicht zu berühren und war dankbar, weil er in den nächsten Minuten lesen konnte. Das ersparte ihm den Blick in ihre Augen.

Shust hatte selbstverständlich alle, wirklich relevanten, Informationen tunlichst zurückgehalten. Neben den Standarddaten wurde faktisch nichts offengelegt. Damit hatte Simon durchaus gerechnet. »Ich werde mich darum kümmern.« Endlich wagte er, aufzusehen.

Kaum hatte er ihr Lächeln gesehen, zuckte sein Kopf erneut.

Lächeln war neuerdings also auch gefährlich.

Himmel Herr Gott!

Er räusperte sich. Ob er wollte oder nicht, irgendeine Bemerkung zu dem Desaster am vorangegangenen Abend musste er von sich geben. Auch wenn er gern darauf verzichtet hätte.

»Ich ...« Sein Kopf flog nach links. Simon holte tief Luft. »Es tut ... HALT DIE SCHNAUZE! Ich möchte ...«

Als sie aufstand und zu ihm trat, war es vorbei. Alle Konzentration versagte und Simon verlor sich in dem nächsten Anfall.

Wie neuerdings üblich hielt Val das selbstverständlich nicht von ihrem Vorhaben ab. Vielleicht war sie ja wirklich gestört. Nun ja, aber keineswegs so sehr wie Simon. Der hielt den Kopf verbissen gesenkt. Jedenfalls solange er nicht von irgendeinem Tic nach oben oder zur Seite gezwungen wurde. Als er ihre Hand in seinem Haar spürte, befand er sich kurz vor dem Durchdrehen.

Verdammt!

Hatte sie denn nie genug? Irgendwann musste doch die Ablehnung kommen!

Nicht von Val, offensichtlich. Während Simon fröhlich den Tic auslebte und dabei beharrlich seine Knie anstarrte, streichelte sie seinen Kopf als wäre er ein Kleinkind. Nicht dass das Gefühl auch nur annähernd unangenehm gewesen wäre.

Schließlich seufzte sie. »Mist!«

Die Hand verschwand und kurz darauf beobachtete er im Augenwinkel, wie sie wieder auf der Couch Platz nahm. Ungläubig sah er auf, halb befand er sich bereits im nächsten Anfall. Diesmal aus Angst, dass sie doch endlich genug von ihm hatte.

Als ihre Blicke sich trafen, senkte sie ihren.

Simon runzelte die Stirn. Sein Kopf fuhr zur Seite, doch er ignorierte es. Was hatte sie jetzt?

War sie wütend? Zog sie tatsächlich endlich die angebrachten

Konsequenzen?

Gut!

NEIN!

Verdammt!

Irgendwann sah sie auf, holte tief Luft und ihre Wangen färbten sich in beachtlicher Geschwindigkeit rot. »Ich kann nicht wissen, wenn ich etwas falsch mache, weil du nicht mit mir sprichst!«

Was sollte er darauf erwidern? *Es gibt keine Regeln, Val? Du darfst mir nicht zu nahe kommen, weil ich es immer versauen werde?*

Möglicherweise war seine gestrige Bitte von ihr falsch aufgenommen worden. Simon war sich selbst nicht sicher, wie er es gemeint hatte. Noch immer nicht! Wie sollte sie es dann richtig interpretiert haben?

Als sie sich unvermittelt zu ihm herüberlehnte, wich er zurück. Obwohl der Tisch zwischen ihnen stand. »FICK DICH, SCHLAMPE!«

Die Ohrfeige folgte auf der Stelle. Passend zu ihrem betroffenen Blick. Oh Gott!

Entgegen Simons Erwartung floh Val auch diesmal nicht. »Simon ...« Es kam langsam und bedächtig. »Willst du hier sein, oder ...« Sie runzelte die Stirn. »... oder magst du es nicht ...« Tiefes Luft holen. »... oder magst du *mich* nicht?« Es war nur ein Hauchen und sein Kopf flog wie auf Bestellung nach links.

»HALT DIE SCHNAUZE!«

Das war auch eine Antwort, aber die denkbar ungeeignetste. Eilig senkte er den Kopf und flüchtete sich in sein Adagio.

»Hmmm.« Ihre Stimme war weit entfernt. »Klingt eher nicht danach ...«

Oh mein GOTT!

Sie stand auf und Simon versuchte sich davon zu überzeugen,

dass dies der richtige Zeitpunkt war, um endlich das Weite zu suchen. Was immer jetzt auch folgte, es würde sein sicherer Untergang sein.

Doch er war die Ratte und Val besaß die geeignete Flöte, um ihn gefügig zu machen. Und so blieb er sitzen und wartete auf die nächste Katastrophe. Die blieb nicht lange aus.

Kurz darauf spürte er ihre Hände auf seinen Schultern.

Sein Kopf sackte noch etwas tiefer.

Bleib so!, knurrte er sich an. *Wenn du nichts tust, wird sie irgendwann aufgeben und du hast wenigstens diese Klippe umschifft!*

Wie sollte er denn beschreiben, was sie für ihn war und gleichzeitig, welche Probleme das mit sich brachte?

Und schon folgte das nächste Inferno – Himmel!

Denn plötzlich kniete sie vor ihm. Als würde sie ihn bitten. Er war gezwungen, in ihr Gesicht zu sehen. Jenes mit den gefährlichen Lippen und Augen.

»Machen wir es so ...«, wisperte sie. »Wenn du lieber verschwinden möchtest, gehe. Jetzt! Dann wissen wir beide, wie die Dinge stehen.«

Sie erhob sich und trat einen Schritt zurück.

Deine Chance! GEH!, brüllte er sich an. *NEIN!*, brüllte er gleichzeitig.

Verdammt noch mal!

»Das ist eine Basis«, murmelte sie irgendwann und Simon schloss die Augen. Fluchtzeitpunkt verpasst. So etwas nannte man wohl einen klaren Fall von ›Total in der Falle sitzen‹. Sie kniete sich wieder vor ihn, er sah es nicht etwa, doch er spürte es. Außerdem war ihre Stimme ganz nah, von dem Duft ganz zu schweigen.

»Simon?«

Seufzend schlug er die Augen auf und sah sie an. Sein Kopf

fuhr zur Seite, doch das war ihm egal.

»Bitte, sprich mit mir.« Da war er wieder, der flehende und so gefährliche Blick.

»Was soll ich sagen?«

»Ich weiß nicht.« Das kam in üblicherer Lautstärke. »Einfach nur reden. Über was auch immer.«

Simon runzelte die Stirn. Small Talk?

Das war nicht unbedingt eine seiner Stärken.

Sollte er ihr sagen, dass er total kaputt war? Jetzt noch schlimmer als jemals zuvor? Dass er sie unglücklich machen würde, dass er sich wie ein Flegel aufgeführt hatte? Und dass – und das war am grausamsten von allem – er trotzdem zu ihr musste, weil sie so umsichtig dafür gesorgt hatte, dass er ohne sie nicht existieren wollte.

»Nicht denken«, wisperte sie. »Sag es!«

Trocken lachte er auf. »Nein, das willst du nicht wissen, versprochen.« Sein Kopf fuhr zur Seite.

Sie runzelte die Stirn. »Woher weißt du das?«

»Eine Vermutung.«

»Du vermutest falsch.«

Simon lächelte. »Das kannst du nicht wissen.«

»Natürlich nicht.« Es klang vorwurfsvoll. »Du sprichst ja nicht mit mir!«

»Weil es unmöglich ist! FICK DICH!« Stöhnend schloss er die Augen. »Deshalb«, wisperte er.

»Aber das weiß ich doch!«

Verzweifelt sah er sie an. »Es ist nicht recht!«

»Du kannst doch nichts dafür!«, beharrte sie.

»Das macht es dennoch nicht besser!«

Stumm betrachtete sie ihn. Immer noch so nah, vor ihm kniend wie ein Bittsteller. Dabei hätte er sie doch anbetteln müssen. Irgendwann räusperte sie sich. »Das macht dich zu keinem schlechteren Menschen.«

Wieder musste er lachen. »Nein? Mit dieser Meinung katapultierst du dich ins Abseits. Die meisten Menschen sehen das anders.«

»Weil sie es nicht wissen. Wenn du ihnen nur eine Chance geben würdest ...«

Sein Kopf fuhr nach rechts und gleichzeitig schnellte eine Hand nach oben. Sie versuchte, ihn davon abzuhalten, griff sogar zu, doch die Kraft, das aufzuhalten, besaß nicht einmal Simon.

Kurz darauf rastete die Hand klatschend auf seiner Wange ein. Er sah sie zusammenfahren und senkte eilig den Kopf.

Irgendwann sah er auf. »Du kannst es nicht ändern«, sagte er ernst.

»Das weiß ich!«

»Nein, tust du nicht.« Simon runzelte die Stirn. »Du glaubst, wenn du ...« Er seufzte. »... dich bemühst, dann wird es besser.« Sein Kopf zuckte nach links. Als es wieder ging, lächelte er bitter. »Was ich sagen will ...«

»Ich glaube nicht, dass du besser werden musst!«, unterbrach sie ihn. »Du bist gut genug.«

Er lachte auf. »Glorifizierungen sind unangebracht, vertrau mir. Ich bin ganz bestimmt kein Heiliger. VERFICKTE SCHLAMPE!« Dafür hatte er nur ein müdes Lächeln übrig.

»Aber ...«

»Nein!« Es kam strikt. »Was immer du glaubst, es trifft nicht zu!«

Ihre Miene wurde hart und sie rückte ein wenig von ihm ab. »Warum bist du nicht gegangen?«

Simon senkte den Blick, dabei hatte er überhaupt keinen Tic. Nun, warum wohl? Seine Stirn lag in tiefen Falten und ihm ging auf, dass er nicht einmal mit ihr sprechen konnte.

Wie er es immer vermutet hatte. Was sah sie denn nur in ihm?

Warum weigerte sie sich so strikt, sich allen anderen anzuschließen und ihn endlich zu ignorieren?

Als sie seine Hand nahm, sah er auf.

»Bitte«, hauchte sie und er seufzte.

»Ich weiß es nicht.« Noch immer mit gerunzelter Stirn, strich er ihr behutsam eine Strähne aus dem Gesicht, und als sie die Augen schloss, eroberte sein Herz ein weiteres Mal seine Mundhöhle. Hatte er das gerade getan?

Warum?

Irgendwann sah sie ihn wieder an. »Gib uns eine Chance.«

»HALT DIE SCHNAUZE!« Sie senkte nicht den Blick und Simon zwang sich, es auch nicht zu tun. »Wofür?«

»Was?«

Er holte tief Luft. »Eine Chance wofür?«

Und als sie nicht antwortete, nickte er langsam, sein Lächeln war bitter. »Das wird es nie sein. Niemals!«

Abrupt verschwand ihre Hand. Verwirrt blickte er in ihr plötzlich so aufgebrachtes Gesicht. Sein Kopf zuckte hektisch. Val stand auf, trat einen Schritt zurück und verschränkte die Arme.

»Woher willst du das wissen?«

Er wartete, bis er unter Kontrolle war. »Ist das nicht offensichtlich?«, erkundigte er sich dann leise.

»Nein, ist es nicht! Wie viele Beziehungen hattest du denn schon, um so genau zu wissen, was uns erwartet – oder eben nicht?«

Simon antwortete nicht, seine Lippen bebten.

Doch sie kannte keine Gnade. »Lass mich raten! Keine?« Ihre Augenbrauen waren erhoben. »Weiter: Wie oft warst du schon mit einer Frau zusammen?«

»HALT DIE SCHNAUZE!«

Sie wurde rot, nickte jedoch. »Deine Tics sind verdammt

ehrlich und geradeheraus«, meinte sie. »Ist dir das schon mal aufgefallen? Also: noch nie?«

Er senkte den Blick. »Es tut mir ...«

»WAS?« Das kam so laut, dass er sie verdattert ansah. Schon wollte er wieder fliehen und diesmal war der Wunsch so mächtig, dass er kaum noch atmen konnte. »Das tut dir leid?«, wetterte sie. »Ist ja toll! Was tut dir denn noch leid? Dass du existierst? Mit Sicherheit!« Heftig nickte sie. »Was sonst noch? Lass mich nachdenken ...« Sie sah nicht so aus, als wäre sie momentan in der Verfassung, einen besonnenen Gedanken zu bewegen. Lange dauerten ihre Pseudo-Überlegungen auch nicht an. »Tut dir auch leid, dass du denkst, was du denkst?«

Er hatte nicht die geringste Chance, ihr geistig zu folgen. Aber Simon glaubte nicht, dass Val dies besonders interessierte, denn sie sprach mit jedem Wort lauter und schneller. »Lass mich raten, dir tut bestimmt auch leid, dass du mich geküsst hast, richtig?«

NEIN! JA!

Er wusste nicht, ob er es bedauerte. Denn dieser Kuss hatte so viele Dinge angerichtet, die niemals hätten geschehen dürfen. Als er die Tränen in ihren Augen sah, war es endgültig um seine Fähigkeit zu atmen geschehen. Wenn er sie doch nur verstehen könnte!

Sein Kopf zuckte alle paar Sekunden in die eine oder andere Richtung und er rümpfte hektisch die Nase. Panisch blickte er wieder zur Tür.

Es entging ihr nicht. Plötzlich war alle Wut verschwunden. »Du bereust, nicht gegangen zu sein.« Es war keine Frage. Wieder nickte sie, die ersten Tränen lösten sich und fielen auf ihre Wangen.

»NEIN!«, brüllte er unvermittelt. »Ich ...«

Doch die Flut konnte er nicht mehr aufhalten. Weder an der einen noch an der anderen Front. Val weinte immer heftiger und

Simon war in seinem nächsten Tic gefangen.

Was für ein geniales Timing!

Nun ja, dachte er sich. Es hätte schlimmer kommen können. Denn er wusste absolut nicht, wie er mit ihren Tränen umgehen sollte.

Irgendwann ging sie weinend zur Couch und setzte sich und Simon brüllte und zappelte …

Hervorragend!

* * *

Nach einer Weile beruhigten sich beide.

Ihre Tränen waren versiegt und Simon hatte eine normale Phase erreicht. Er schätzte, irgendwann war auch sein Kopf ausgepowert. Ein interessanter Gedanke.

Sie bemühten sich anhaltend, in entgegengesetzte Richtungen zu blicken, bis Simon aufging, dass er etwas sagen musste. Und so räusperte er sich schließlich. »Es tut mir ...«

Spöttisch sah sie ihn an. »Was? Mein Geheule?« Sie lachte hohl. »Das ist frauenspezifisch, wir heulen öfter mal.«

Und schon wieder war Simon verwirrt. Was?

Val hatte die Stirn gerunzelt. »Sorry deshalb. Ich weiß, ihr mögt das nicht.«

Das verwirrte ihn noch mehr!

»Ich werde mich in Zukunft beherrschen.«

»Nein«, sagte er rau und schüttelte den Kopf. Sein Genick hatte selten so sehr geschmerzt. »Ich wollte dich nicht dazu treiben. Es tut mir sehr leid.«

Val verdrehte die Augen. »Simon! Wenn Menschen emotional reagieren, dann heulen sie manchmal.« Sie stöhnte. »Okay, Frauen jedenfalls. Das hier ist nicht ... einfach!«

»Nein«, bestätigte er leise.

Sie antwortete nicht. Als das Schweigen zu peinlich wurde, erhob er sich und begann, die Tassen zusammenzustellen.

»Was tust du?«

Er sah sie nicht an. »Ich denke, es ist besser, wenn ich jetzt gehe.«

»Nein!«

Endlich hob er den Blick. In den Händen hielt er bereits das Porzellan. »Aber du weinst!«

»Nicht mehr!« Das kam so vorwurfsvoll, dass er lächeln musste. Doch dann wandte er den Blick ab und widmete sich wieder seiner Aufgabe. »Ich habe dich durcheinandergebracht. Das ist ...«

»Ich erklärte bereits, wie sich das mit Frauen und dem Heulen verhält.« Er hörte das Lächeln in ihrer Stimme.

»Simon?«

Seufzend sah er auf. »Was?«

»Könntest ...« Sie wurde rot. »Könntest du die Tassen wieder hinstellen?«

»Warum?«

»Um dich zu mir zu setzen.« Auffordernd klopfte sie mit der flachen Hand auf das Polster direkt neben sich.

Er schüttelte den Kopf. »Besser nicht.«

»Warum nicht?«

Flüchtig sah er auf. »Weil ich ... FICK DICH!«

»Sicher.« Trocken nickte sie.

Kopfschüttelnd wandte Simon sich von ihr ab und senkte den Kopf, um mit sich selbst zu kämpfen.

»Simon?«

Er ließ sich nicht stören, bis er wusste, dass es sicher war, irgendwie. Als er ihrem bittenden Blick begegnete, seufzte er. »Ich weiß nicht, wie ich mich verhalten soll«, gestand er schließlich.

Sie lachte. »Das ist offensichtlich!«

»HALT DIE SCHNAUZE!« Sein Stöhnen klang verzweifelt.

»Es tut mir ...«

»NEIN! Wofür entschuldigst du dich immer?«

Sie war so unbeständig. Eben noch hatte sie gelacht und nun war sie wieder wütend! Er konnte sie nicht verstehen. »Soll ich besser gehen?«, erkundigte er sich höflich.

»Nein!« Es kam unwirsch und so langsam wurde Simon sauer.

»Aber das sollte ich tun! Es ist falsch!«, fuhr er auf. Seine Augen wurden groß, als ihm aufging, was er getan hatte, doch sie lächelte.

»Nein.« Val stand auf, nahm ihm die Tassen aus den Händen, stellte sie zurück auf den Tisch und sah ihn an. »Hör mir zu.« Seine Stirn lag bereits wieder in tiefen Falten. »Ein Mädchen will wissen, wenn sie dem Mann ihrer Träume gefällt.«

»HALT DIE SCHNAUZE!«

Sie nickte. »Ich weiß, dass du das nicht gern hörst, aber das ist nun einmal die Wahrheit. Ich will mit dir zusammen sein, mit dir sprechen, mit dir ... *Dinge* erleben. Willst du das auch?«

»Ja ... NEIN!« Er stöhnte.

»Du weißt es nicht?«

Simon presste die Lippen zusammen und entschied, besser zu schweigen.

Val holte tief Luft. »Was da gestern ...«

»HALT DIE FRESSE!«

Als sein Kopf wieder ruhig war, wisperte sie. »Ich weiß, dass es dir peinlich ist. Aber ...«

»FICK DICH!«

Sie seufzte. »Ich wusste es doch nicht! Hättest du es mir gesagt, wäre das nie geschehen!«

Ungläubig sah er auf und Val seufzte erneut. »Okay«, räumte sie widerwillig ein. »Vielleicht kann man das nicht so einfach sagen. Aber ...« Unvermittelt lehnte sie sich über den Tisch, ihre Augen waren groß. »Wie geht das? Da war nie eine andere? Ich meine, Simon ... das ist ...«

»Krank.« Er nickte. »Ich weiß.«

Ärgerlich schüttelte sie den Kopf. »Bullshit! Ich wollte ausdrücken, dass es unfassbar ist!«

»Ja.« Er lachte auf. »Die Story meines Lebens.«

Val lächelte und er erwiderte es. Ihre Blicke versanken ineinander, bis sie von einem lauten Knurren unterbrochen wurden. Diesmal stammte es von Simons Magen. Er riss die Augen auf, doch sie lachte. »Ich auch!« Schon wurde sie wieder ernst. »Du isst tagsüber nichts, oder?«

Er sah nach unten. »Nicht mehr«, wisperte er. Als er wieder aufsah, hatte sie die Lippen gespitzt. »Das ist übel. Was nicht heißen soll, dass ich dich lieber fett hätte.« Mit zur Seite geneigtem Kopf musterte sie ihn. Von oben bis unten, ein schmales Lächeln umspielte ihre Lippen.

»FICK DICH!«

Sie fuhr sichtlich zusammen und Simon – nachdem sein Schädel nicht mehr unkontrolliert in die eine oder andere Richtung zuckte – stöhnte leise. »Es tut ...«

»Simon!«

Er biss sich auf die Zunge, um sie nicht anzufahren. Denn es tat ihm leid, verdammt! Jedes Mal. Und er würde es niemals ändern können!

»Wo waren wir?«, meinte sie nach einer Weile, beschwingt wie immer. »Beim Essen.«

Sie stand so schnell auf, dass er abermals zurückwich. Er sah, wie sie die Augen verdrehte. Dann trat sie zu ihrem Schreibtisch und setzte sich.

»Simon?«

Nur widerwillig sah er sie an. Erfahrungsgemäß gefiel ihm selten, was in solchen Momenten von ihr kam. »Darf ich dir eine persönliche Frage stellen?«

Wie er vermutet hatte. »Ich bin mir nicht sicher«, sagte er langsam und erntete dafür ein Kichern. Es klang äußerst süß, er hatte es noch nie gehört. Doch er war zu angespannt, um zu lächeln. »Vertrau mir«, meinte sie, nachdem sie sich beruhigt hatte. »Es ist nichts Schlimmes.«

Dennoch benötigte Simon eine ganze Weile, bevor er es auf ein knappes Nicken brachte.

Sie lehnte sich vor, ihre dunklen Augen blitzten. »Was isst du gern?«

Sein Lachen kam spontan, war anhaltend und äußerst befreit.

Nachdem er die gewünschte Auskunft erteilt hatte, wurde Val geschäftig. Sie bestellte telefonisch bei irgendeinem Lieferanten das chinesische Dinner.

Nach einer halben Stunde meldete der Pförtner von unten, dass das Essen eingetroffen sei.

Während Simon die Tassen endlich doch wegräumte, fuhr sie hinab, um die Lieferung in Empfang zu nehmen.

Er war verwirrt – immer noch. Außerdem wurden seine Gewissensbisse wegen ihrer Tränen stetig größer. Von ihrem Gesicht waren die Spuren nämlich nicht verschwunden. Doch er entschied, nicht darüber nachzudenken.

Jedenfalls nicht unbedingt in diesem Moment.

Als sie mit etlichen Tüten beladen zurückkam, deckten sie eilig den Tisch. Simon machte neben unzähligen Papptöpfen auch zwei Flaschen Wein aus.

»Ich trinke nicht!«

Val sah auf. »Das wusste ich nicht, sorry.«

Schon wuchs sein schlechtes Gewissen noch etwas mehr und er lenkte eilig ein. »Vielleicht ein Glas?«

Sie strahlte und er atmete auf, weil er es scheinbar wenigstens diesmal richtiggemacht hatte.

Dann saßen sie sich gegenüber und Simon überprüfte dreimal seinen Kopf, bevor er wagte, einen Bissen zu nehmen. Auch noch seine unappetitlichsten Essgewohnheiten zu offenbaren – wenn auch eher unbeabsichtigt – wäre mehr gewesen, als er verkraftet hätte.

Und er bescheinigte sich mittlerweile, dass er eine ganze Menge hinnehmen konnte.

»Was bekommst du?«, fragte er, nachdem auch der zehnte Bissen erfolgreich verlaufen und Schweigen eingekehrt war.

Verwirrt sah sie auf. Dann fiel ihr Blick auf das Essen und sie grinste. »Nichts. Beim nächsten Mal bist du dran.«

»HALT DIE SCHNAUZE!«

»War ja nur ein Vorschlag«, grummelte sie. Doch als Simon wieder aufsah, glücklicherweise hatte er gerade nichts im Mund, lächelte sie.

Oh Gott! Immer wenn er glaubte, wenigstens ein wenig Fortschritte zu machen, kam gleich der nächste Dämpfer. Aber hey! Sie plante eine Wiederholung?

Er lauschte in sich hinein, fühlte sich allerdings, trotz der vielen Zweifel bei diesem Gedanken nicht ganz so unwohl, wie befürchtet. Also wurde er wohl doch besser.

Irgendwann stand sie auf und begann, die Pappteller zusammenzuräumen. »Bist du satt?«

Er sah auf, selbst mit Räumen beschäftigt. »Ja, vielen Dank.«

Sie lächelte. »Gern.«

Kurz darauf waren die Reste der Schlacht verschwunden, bis auf die beiden Flaschen und die Gläser. »Noch etwas Wein?«

Ihr bittender Blick entging Simon nicht und er warf alle Zweifel über Bord. »Okay.«

Schon antwortete ihm ein befreites Lächeln. Simon saß wie immer in seinem Sessel und überprüfte sich. Er fühlte sich nicht unwohl. Nein. Ganz und gar nicht. Obwohl die Situation so gänzlich ungewohnt war. Mittlerweile stellte die Tür keinen heilsamen Fluchtweg mehr dar, sondern ausschließlich einen Gebrauchsgegenstand, von dem man aus diesem Raum in den davor liegenden wechseln konnte.

Wortlos tranken sie ihren Wein. Das Schweigen hatte jedoch nichts Feindseliges oder Peinliches. Irgendwann neigte sie den Kopf zur Seite. »Würde es dir etwas ausmachen, dich zu mir zu setzen?«

»HALT DIE SCHNAUZE!«

Bevor Simon den Kopf senkte, sah er noch ihren erschrockenen Blick. Er wartete, bis der Tic zu Ende war, dann sah er auf. »Ich sagte doch, dass ich nicht kann«, erinnerte er sie leise.

Val stand auf, ging zu ihm und nahm seine Hände. Und als wäre das nicht alles schon genug, kniete sie kurz darauf wieder vor ihm.

Oh Gott!

»Ich weiß es doch«, sagte sie eindringlich. »Und ich kann damit umgehen. Es ist okay. Ein Teil von dir!«

Simon lachte. »Ein mieser Teil«, nickte er.

Sie grinste. »Na ja, aber der Rest ist ganz okay.«

Er ließ sie nicht aus den Augen, auch nicht, als sie wieder zur Couch ging. Nun ja, er hätte es als mittlere Katastrophe bezeichnet, doch er widersprach nicht. Als sie seinen Wein nachfüllte, schüttelte er heftig den Kopf. »Nein!«

»Der Alkohol«, fügte er auf ihren fragenden Blick hinzu. »Er schürt die ...« Er ließ den Zeigefinger an seiner Schläfe kreisen.

Sie zuckte mit den Schultern und goss unbekümmert weiter. Wieder schüttelte Simon den Kopf. »Du bist so anders.« Es war heraus, bevor er darüber nachgedacht hatte.

Val sah auf, ein schmales Lächeln auf den Lippen. »Wie anders?«

»Anders!«, wiederholte er und stieß mit ihr an.

»Wie war deine Collegezeit?«, fragte sie nach einer Weile.

Er hob eine Augenbraue und betrachtete sie kritisch. »Nein«, meinte er langsam, »in Wahrheit willst du erfahren, wie es mir gelungen ist, den Abschluss zu schaffen.«

Val wurde rot, doch ihr Grinsen war breit. »Erwischt!«

Auch Simon lächelte. »Die Frage ist naheliegend.« Beim nächsten Schluck Wein zuckte sein Kopf einmal, aber er ignorierte es. Dann erzählte er ihr, wie genau einer wie er es schaffen konnte, das Studium zu absolvieren.

»NEIN!« Empört sprang sie auf und Simons Kopf zuckte. Doch er ließ sie nicht aus den Augen. »Ich war über das Angebot nicht traurig.«

»Aber das dürfen sie nicht!«

Simon lachte. »Aber sie tun es!«

»Aber ...«

Er schüttelte den Kopf. »Ich war ein Störfaktor. Sie hatten recht.«

»Haben sie nicht! Die Rechtslage ist eindeutig!«

Simon verzog das Gesicht, dann holte er tief Luft. Sein Kopf zuckte nach rechts. »Ich weiß, was und wie ich bin, Val. Das solltest auch du endlich akzeptieren! Cornell war da bedeutend schneller.«

Doch Val hatte nicht die Absicht, klein beizugeben. »Aber das bist nicht du! Du bist so ...« Sie verstummte und er senkte den Kopf, als sich der nächste Tic anbahnte.

Irgendwann sah er wieder auf. »Wie ...?«

Sie lächelte und schwieg.

Vor den Fenstern war die Dunkelheit längst herangebrochen. Val hatte kein Licht eingeschaltet, die einzige Quelle war der Monitor.

Eine seltsame Stimmung breitete sich aus. Sie unterhielten sich, der Alkohol tat sein Übriges, und zwar in jeder Beziehung. Die Tics traten vermehrt auf, doch keiner der beiden schenkte dem noch sonderlich viel Beachtung. Je dunkler es wurde, je weniger sie ihn beobachten konnte, desto wohler fühlte Simon sich. Er saß noch immer im Sessel, Val auf der Couch, ihre Stimmen hatten sich wie auf Kommando gesenkt, waren kaum lauter als ein Wispern.

»Wo bist du aufgewachsen?«

»New York.«

»Leben deine Eltern noch hier?«

»Ja ...« Simon nickte und nahm einen Schluck von seinem Wein. Noch nie hatte ein Mensch sich für ihn interessiert. Und Val wollte anscheinend gleich alles erfahren. Wie Mr. Welsh ihn noch am College angeworben hatte, wie er beim Bar-Examen versagte. Das hinterfragte sie sogar etliche Male und die Tics häuften sich währenddessen akut.

Simon grinste. »Ich glaube, ich habe dort einen bleibenden Eindruck hinterlassen. Das wird heute noch Thema auf den Partys sein.«

Sie lachte nicht. »Du solltest es wiederholen!«

»Und dann?«

»Dann bist du Anwalt!«

»Und dann?«

Er wusste, dass sie die Augen verdrehte, auch wenn er es nicht sehen konnte. »Dann hast du Mandanten und kannst deine Fälle allein betreuen.«

Simon antwortete nicht. Sie war damals nicht dabei gewesen, vielleicht hatte er es auch nicht sehr anschaulich beschrieben. Doch in dieser grauenhaften Stunde, in der er in den furchtbarsten Tics gefangen vor der Prüfungskommission gestanden hatte, die gnadenlos Fragen stellten, egal, ob er ihnen momentan folgen konnte oder nicht, war ihm aufgegangen, dass er niemals ein Anwalt werden würde. Wenn er nicht einmal vor sechs Richtern bestehen konnte, wie dann in einem Gerichtssaal, der unter Umständen einhundert Personen fasste?

Sie stand auf und trat zu ihm. Schon dröhnte der Raum unter seinen Flüchen und Ohrfeigen.

»Bitte.« Es kam leise.

Sie hatte ihn erreicht. »Worum bittest du? Dass ich gehe oder dass ich mich nicht von deinem Einspruch irritieren lasse?«

Es klang so dunkel und sinnlich. Augenblicklich bekam er eine Gänsehaut und sein Herz schlug bis zum Hals. Sie nahm einen Schluck von ihrem Wein und gemeinsam warteten sie, bis der nächste Tic vorüber war.

»Du weißt es nicht?«

»Momentan weiß ich überhaupt nichts.« Sein Kopf ruckte nach rechts. »Du hast mich verwirrt.«

Sie nickte, ihre Augen leuchteten. »Und das magst du nicht?«

»Nein.«

»Bereust du es?«, hauchte sie.

Er zögerte und verdammte seinen Kopf, der diese Unterhaltung noch zusätzlich erschwerte. Es war doch bereits kompliziert genug! Nicht zuletzt, weil sie wieder so verdammt nah war und er ganz genau wusste, was gestern in einer ähnlichen Situation geschehen war.

Eher witzig fand er, dass ihn bei der Erinnerung daran nicht nur Panik ereilte. Sein Herz klopfte mal wieder, als wollte es seinen Körper verlassen.

»Ich hatte keine Wahl«, sagte er schließlich. »Du lässt ja nicht locker.«

»Bereust du es?« Das kam eindringlicher.

»Nein.« Und auch wenn es nicht die ganze Wahrheit war, bedauerte er zumindest nicht die halbe Lüge.

Sie lächelte. »Gut.«

Kurz darauf spürte er ihre Hand. Sie nahm nicht nur seine, sondern zog im gleichen Moment.

»Val, bitte.«

Sie erstarrte. »Was?«

»Ich kann nicht!«, wisperte er.

»Was kannst du nicht?« Irre, aber sie klang keineswegs beeindruckt, eher eine Spur dunkler als sonst. Dieser Ton durchrieselte seinen Körper wie ein besonders lauer, angenehmer Sommerregen. Außerdem versuchte sie schon wieder, ihn aus dem Sessel zu ziehen. »Küssen? Oh, da habe ich ein Gegenmittel. Übrigens, sehe ich das anders ...«

»FICK DICH!«

Nicht einmal das hielt sie auf und Simon wusste plötzlich nichts mehr. Sein Kopf wurde nur noch von einem Gedanken beherrscht:

Dieser verdammte Kuss und die Chance auf Wiederholung.

Er gab den Widerstand auf und ließ sich von ihr zur Couch dirigieren, obwohl er wusste, dass dies ein Fehler war, den er noch früh genug bereuen würde. Doch derzeit bat er ausschließlich darum, dass der Zeitpunkt der Reue bitte – bitte – nicht zu früh eintreffen würde.

»Was?«, erkundigte er sich heiser, als sie bei dem Sofa angelangt waren und sie ihn unmissverständlich hinaufdrückte.

Sie kicherte. »Das will ich nicht, keine Sorge.« Bevor er aufatmen konnte, fuhr sie allerdings fort. »Was nicht bedeutet, dass dies für immer gilt. Eines Tages ...«

»HALT DIE SCHNAUZE!«

Sie hatte sich neben ihn gesetzt und er schloss die Augen. Als er sie wieder öffnete, schwebte vor seinen Augen sein Weinglas.

… welches er nicht annehmen durfte. Und was tat Simon?

Er hatte an diesem Tag bereits so viele Tabus gebrochen und

Val war ihm so nah, dass es auf das eine mehr oder weniger auch nicht mehr ankam. Er nahm das Glas und leerte es in einem Zug.

Dann saßen sie nebeneinander. Sie hatte seine Hand genommen und ihren Kopf an seine Schulter gelehnt.

Ganz genau wusste er nicht, was er davon halten sollte, doch das Gefühl war nicht übel.

Irgendwann rückte sie von ihm ab, und bevor er reagieren konnte, zog sie wieder.

»Val!«

»RUHE!«, knurrte sie. »Sonst besteht die akute Gefahr, dass ich auch Tics bekomme und das willst du nicht erleben, vertrau mir. Dagegen bist du harmlos!«

»HALT DIE SCHNAUZE!«

»Eben!«

Er wusste nicht, wie es geschehen konnte, doch als er wieder zu sich kam, lag sein Kopf in ihrem Schoß und er lebte noch. Obwohl er geschworen hätte, dass ohne Wein und Dunkelheit genau in diesem Moment sein Tod besiegelte Sache gewesen wäre.

Die Sehnsucht blieb nicht aus, aber er war clever genug, mit dem zufrieden zu sein, was sie ihm gab. Als er ihre Hand in seinem Haar spürte, schloss er die Augen.

Simon konnte sogar ihr Herz hören und die Wärme wahrnehmen, einschließlich des Duftes ... nun, daran dachte er momentan besser nicht.

Einige Male zuckte sein Kopf, doch sie schien es nicht zu bemerken.

»Simon?«, fragte sie nach einer Weile.

Er antwortete nicht.

»Wenn du irgendetwas nicht willst, weil es ...« Sie zögerte. »... unangenehm ist, dann sag es.«

»Alles ist unangenehm.« Als sie erstarrte, seufzte er. »Du

verstehst es nicht.«

»Dann erkläre es mir.« Dankbar registrierte er, dass sie sich ein wenig entspannte. Simon überlegte, was sich mit der streichelnden Hand in seinem Haar wirklich nicht einfach gestaltete.

»Alles Neue«, begann er irgendwann, ohne die Augen zu öffnen. »Veränderungen, besonders der süße Duft einer Val Welsh, deren Lippen und ... FICK DICH!« Er holte tief Luft. »Es macht mich kaputt! Ich kann es nicht mehr kontrollieren – überhaupt nichts – und ich weiß, dass du mich eines Tages hassen wirst.«

»Niemals!« Er spürte ihre Lippen auf seiner Schläfe.

Das genügte, dass er auch noch gegen seinen verräterischen Körper kämpfen musste.

Diesmal wurde die Schlacht brutal.

Schon ahnte er, dass er verlieren würde und jetzt war er es, der wie eine Feder angespannt war. Simon wusste, dass er fliehen musste, bevor das Desaster perfekt war. Alles, aber nicht das noch einmal.

Doch plötzlich begann sie zu sprechen, die Hand verschwand aus seinem Haar. Und nach einigen Minuten, in denen er die Luft angehalten hatte, spürte er, wie es ein wenig nachließ.

Auch wenn er dennoch derart erregt war und … Gott, er wollte sie so sehr.

Simon runzelte die Stirn. Er hatte das noch nie gedacht. Kein einziges Mal. Nicht einmal dazu war er bisher imstande gewesen. Hinter seinen geschlossenen Lidern tauchten die Bilder aus seinen Träumen auf. Klarer, deutlicher, umfassender, facettenreicher …

Weit entfernt, sicher. Aber, etwas war neu.

Nicht mehr unerreichbar? Hoffte er?

Wenn es so war, dann verhielt er sich verdammt dumm und naiv.

Doch Val war da, das ließ sich kaum leugnen. Auch wenn Simon tunlichst darauf achtete, nicht die Augen zu öffnen.

»Du solltest es versuchen«, meinte sie irgendwann.

»Was?«

»Das Bar-Examen.«

Er schüttelte den Kopf. »Nein, ein Mal genügt mir.«

Sie seufzte. Ihre Finger hatten sich längst wieder in sein Haar gestohlen.

Eine Frage kam ihm in den Sinn, er hatte sie bereits häufiger bewegt. Mit einem Mal erschien es ihm nicht zu gewagt, sie auch zu stellen. Er räusperte sich. »Wie bist du Anwältin geworden?« Kaum hatte er es gesagt, bereute er es. Doch als sie kicherte, atmete er auf und grinste.

»Na ja, das frage ich mich auch. Besonders ...« Sie verstummte und hob die Schultern.

»Du wolltest es nicht?«

»Nein.«

»Aber warum?«

Als sie seufzte, runzelte er die Stirn. »Dein Vater?«

Sie nickte und er wusste nicht, was er dazu sagen sollte.

Solange er zurückdenken konnte, hatte er Anwalt werden wollen. Nun ja, das Ziel hatte er knapp verfehlt, aber er war dennoch seinen Wünschen gefolgt. Seine Eltern waren von der Berufswahl keineswegs begeistert gewesen. Zum ersten Mal war er ungehorsam, nur um sich seinen Traum zu erfüllen, als sich die Gelegenheit so unerwartet bot.

Sein Kopf fuhr zur Seite, diesmal in Richtung ihres Körpers und es gelang ihm, trotz seines Tics, die Nähe zu genießen.

Auch das war neu ... und nicht unangenehm.

»Val?«, sagte er irgendwann.

»Hmmm?«

»Ich bin froh, bei dir sein zu dürfen«, wisperte er und fühlte, wie er rot wurde.

Er hörte sie lächeln und kurz darauf spürte er ihre Lippen auf seiner Stirn.

»Und ich erst ...«

* * *

Mit vereinten Kräften

Es war ein neuer von Vals persönlichen Tiefpunkten.

Denn während sie Simon in dieser Nacht im Arm hielt, fühlte sie sich wie im siebten Himmel. Dabei geschah doch gar nichts!

Möglicherweise lag es an der intimen Nähe zu ihm. So ungewohnt und so gut, dass ihr vor Aufregung fast die Luft wegblieb. Doch vielleicht ging es ihr auch nur deshalb so peinlich gut, weil er damit den ultimativen Beweis erbrachte, dass er ihr tatsächlich vertraute.

Val ahnte, dass Simon noch nie einem Menschen so nah gewesen war. Und er wäre wohl kaum eingeschlafen, hätte er ihr misstraut.

Das tat er nämlich, während sie wie eine der Königstöchter im Märchen sein Haar kraulte.

Neueste Erkenntnis: Simon schniefte im Schlaf und hatte keine Tics. Und: Er war so hübsch, wenn er völlig entspannen konnte! Der Bart, der sich langsam auf seinen Wangen blicken ließ, machte ihn sogar sexy wie die Hölle!

Oh Mann!

Viel Schlaf bekam sie in dieser Nacht nicht. Möglicherweise nickte sie ein paar Mal ein, schreckte jedoch kurz darauf wieder auf. Vielleicht hatte auch ihr Unterbewusstsein endlich begriffen, dass man diese seltenen Begegnungen auskosten musste!

JA!

Bei Simon Geller wusste man nämlich nie, ob und vor allem wann sie sich wiederholen würden.

Als der Morgen vor den Fenstern graute, beobachtete sie, wie die Sonne langsam aufging, und beschützte währenddessen seinen Schlaf.

Erst gegen sechs wurde Simon plötzlich wach. »HA!«, brüllte

er. Seine Augen waren groß, desorientiert sah er sich um.

Val streichelte seine Wange. »Beruhige dich! Alles ist gut.«

Simon schien ihr wohl nicht zu glauben, denn sein unruhiger Blick huschte noch einmal durch den gesamten Raum, bevor er auf ihr strandete. Dann wurden seine Augen noch etwas größer, sein Kopf vollführte eine der legendären Bewegungen zur Seite und er rutschte hastig von ihr herunter.

Hochgradig verwirrt.

Da war wohl eine Erklärung angebracht.

»Du bist eingeschlafen.«

»VERFICKTE SCHEISSE!«

»Das würde ich nicht unterschreiben.«

Doch es war zu spät. Sein Kopf war bereits gesenkt. Val seufzte. »Ich wollte dich nicht aufwecken. Du hast tief und fest geschlafen.«

Als er aufsah, musterte er sie ungläubig. All das Entspannte, das sein Gesicht in der kurzen Nacht noch viel attraktiver gemacht hatte, war verschwunden. »Das geht nicht!«, knurrte er und stand im nächsten Moment. Er stieß ein Gackern aus, das Knurren danach war gewollt.

»So etwas ...« Den Satz brachte Simon nicht zu Ende. Eilig fuhr er sich durchs Haar. Sein Blick fiel auf den Tisch, auf dem die Reste ihres gestrigen Gelages standen und er begann, sie eilig einzusammeln.

Dann nickte er und stürzte mit leeren Weinflaschen und Gläsern bewaffnet aus dem Raum.

Seufzend blickte Val ihm nach.

Toll, was den passenden Abschluss einer durchaus romantischen Nacht (ohne Sex) betraf, bestand für Simon wohl auch noch Nachholbedarf. Sie sah auf die Uhr. Es war erst halb sieben. Simon war sicher. In seiner Verwirrung und wohl auch Wut – sie schätzte, er war tatsächlich sauer – hatte er ganz vergessen, sich vorab zu vergewissern, dass niemand dort draußen lauerte.

Als sie davon ausgehen konnte, dass Simon nicht mehr in den Fluren unterwegs sein würde, machte sie sich auf den Weg in die Damentoilette. Dort versuchte sie, mittels der wenigen Utensilien, die sich mit sich führte, aus sich einen Menschen zu machen. Val war es schon lange nicht mehr gewohnt, ungeplant eine Nacht außerhalb ihres Appartements zu verbringen.

Sehr vorzeigbar war das Ergebnis auch nicht.

Dann besorgte sie sich in der Teeküche einen Kaffee, grinste auf dem Rückweg die verwirrte Jane an, die soeben eingetroffen war, und ging wieder in ihr Büro. Dort weckte sie Jekyll und Hyde und trank schließlich in Ruhe ihren Kaffee. Was hätte sie darum gegeben, jetzt einfach zu Simon gehen zu können.

Aber das war ja verboten.

Mist!

Zwei Stunden später rief sie Jonas an. Der befand sich gerade auf dem Weg in die Kanzlei. »Bringst du Frühstück mit?«

»Huh?«

Val verdrehte die Augen. »Machst du nun?«

»Klar.« Er klang etwas verwirrt. »Für wie viele Personen?«

Okay, Jonas war wohl nicht ganz so verblüfft, wie er sich anhörte. Oder aber seine Kombinationsgabe widerstand derart prekären geistigen Zuständen perfekt.

Als er eine halbe Stunde später mit etlichen Tüten beladen eintraf, grinste Val.

»Bringst du ihm seines?«

Jonas runzelte die Stirn. »Das ist keine gute Idee.«

Sie neigte den Kopf zur Seite und klimperte aufgesetzt mit den Wimpern. »Bütte?«

»Oh Mann!«, grinste er. »Sie hat meine Schwachstellen ausgelotet.«

Val nickte. »Bereits seit Jahren, du Chaot. Und ...« Stirnrunzelnd musterte sie ihn. »Was immer du dir in deinem kranken Hirn ausmalst, es war anders!«

Er lachte. »Woher weißt du, was ich in meinem verruchten Verstand denke?« Er blickte zur Decke. »Sexspiele auf dem Schreibtisch, auf der Couch. Fesseln mittels Gürtel ...«

Val stöhnte. Sie eilte zu ihm und verdeckte mit einer Hand sein verseuchtes Gesicht. »Raus, bevor mir übel wird!« Damit schob sie ihn aus dem Raum.

Viel Zeit blieb ihr nicht, um die Ereignisse der vergangenen Nacht noch einmal Revue passieren zu lassen. Denn neben all dem wartete auch jede Menge Arbeit auf sie. Am kommenden Morgen würde die Verhandlung in die nächste Runde gehen und besonders betreffs dieser neuen Zeugin waren sie alle momentan noch relativ ahnungslos.

Gegen Mittag traf eine Mail ein.

Liebe Val,
es tut mir leid.
Ich habe mich unmöglich aufgeführt.
Simon

Das konnte man so oder so interpretieren.

Sie hoffte, er bezog sich auf seinen Abgang, nicht darauf, dass er die Nacht mit ihr verbracht hatte.

Val runzelte die Stirn.

Die Nacht mit ihr verbracht!

Himmel, das klang so *schlüpfrig!* Dabei war doch gar nichts vorgefallen. Was hätte sie darum gegeben, wäre es anders gewesen. Nicht nur Jonas verfügte über ein äußerst krankes Hirn, was die Möglichkeiten von Sexspielen in einem Büro anging.

Seufzend tippte sie die Antwort.

Lieber Simon,
kein Problem.
Kommst du heute Abend?
Val

Auch das besaß durchaus Interpretationsspielraum. Der Mauszeiger verharrte über dem Senden – Button

Doch dann stöhnte Val.

Okay, sie, Eigentümerin eines gestörten Gehirns, konnte das fehlinterpretieren. Jonas mit seinem kranken Verstand auch. Aber Simon?

Nie und nimmer!

Erst, als seine Antwort eintraf, ging ihr auf, dass dies eine Premiere war. Noch nie hatte Simon während der Arbeitszeit mit ihr gemailt.

Selbstverständlich.

Lächelnd machte sie sich wieder an die Arbeit.

Er kam tatsächlich. Gemartert von Tics, mit jeder Menge Gewissensbisse, aber dennoch hoch konzentriert. Und er bedankte sich höflich für das Frühstück.

Sie hatte keine Ahnung, wie Jonas es angestellt hatte, aber offensichtlich war es angekommen. Das barg in sich einige Möglichkeiten, was Simons Hungern über den Tag anging. Darüber hatte sie sich nämlich Gedanken gemacht. Alles scheiterte immer an diesem Rühr-mich-nicht-an Benehmen. Aber wenn er ein Frühstück akzeptierte, weshalb nicht auch einen Lunch?

Wie immer sprachen sie über den Fall. Val hatte jedoch etwas Neues in den Ablauf eingebaut. Diesmal nicht aus Berechnung. Ab einem bestimmten Moment – das war ihr aufgegangen – konnte sie in seiner Gegenwart nicht mehr klar denken. Da brach ihre Verliebtheit durch. Schon, weil sein Bartansatz sich inzwischen zu einem echten Drei-Tage-Bart gemausert hatte, wenngleich er nur einen Tag alt war. Offensichtlich hatte Simon im Büro keinen Rasierapparat. Das nannte man Pech – äh, Glück!

Val konnte sich an ihm nicht sattsehen.

Auch wenn ihr zunehmendes Starren ihn immer wieder

durcheinanderbrachte und seine Tics provozierte. Ihre Küsse übrigens auch. Wann immer es möglich war, stahl sie sich einen.

Simon war verwirrt, aber er wehrte sie nicht ab. Und Val achtete tunlichst darauf, ihm ansonsten nicht zu nahe zu kommen.

Er stellte übrigens sicher, nicht noch einmal auf der Couch einzuschlafen. Leider. Immer wieder warf er dem Möbelstück besorgte Blicke zu und hielt sich betont weit davon entfernt.

Aus dem nicht unbedingt geplanten, aber doch gewünschten Kuscheln würde demnach wohl auch nichts werden.

Mist!

»Morgen ist für dich ein wichtiger Tag«, erinnerte er sie ernst. Und Val, obwohl sie das absolut nicht wollte, musste ihm leider beipflichten. Am nächsten Morgen würde sie endlich ihr Eröffnungsplädoyer halten. Und daher beendete Simon diesen Abend frühzeitig. Es war kaum elf Uhr.

Gemeinsam fuhren sie im Aufzug hinab.

Val bekam ihren flüchtigen Kuss, einen ebenso knappen Händedruck und ein: »Viel Glück!«, bevor Simon sich abwandte und ging.

MIST!

Wenigstens war sie am kommenden Morgen ausgeschlafen, wenn die Aufregung sie auch trotzdem beinahe umbrachte.

Am Ende lief es leidlich. Sie verhaspelte sich auch nur zweimal und Babsy ähnelte nur einer Leiche, keinem Zombie. Doch es gelang Val, den von Simon dringend empfohlenen trauernden Tonfall zu treffen, und sie konnte jedem der zwölf Geschworenen mindestens einmal tief in die Augen blicken.

Allerdings kam dann der Staatsanwalt. Und dieser Shust war vor Gericht ein Profi.

Nach einer halben Stunde (der Kerl sprach über eine Stunde) war selbst sie davon überzeugt, dass Babsy Cooper eine gemeingefährliche Mörderin war, die sich mit der Absicht ein motorisiertes Fahrzeug zugelegt hatte, New York um einen beträchtlichen Anteil seiner Bevölkerung zu bringen.

Einziger Vorteil des ewig langen und so vernichtenden Plädoyers war, dass der Richter danach das Wochenende einläutete. Möglicherweise konnte er auch nur nicht mehr aufrecht sitzen.

Val fuhr sofort zurück in die Kanzlei, während Jonas versuchte, die hysterische Babsy zu beruhigen.

Simon nahm die Dinge gelassen. »Er ist ein Fuchs. Bleib ruhig!«

Ein frommer Wunsch, ganz ehrlich. Val war noch nie so außer sich gewesen. Auch wenn Simons Anwesenheit, abgesehen von den gelegentlichen Tics, durchaus beruhigend wirkte.

Sie bekam sogar einen Abschiedskuss. Keinen leidenschaftlich atemberaubenden, bei dem ihre Knie augenblicklich weich wurden, nein. Aber wenigstens ging er nicht einfach.

Doch als sie ihm auf der dunklen Straße nachblickte, begann gleichzeitig die grausamste Zeit: das Wochenende.

Val wollte nicht nach Hause gehen. Dort war es einsam. Sie hatte aber auch keine Lust auf das PAINT, in dem sich der saure Justin und die Turteltauben Jonas und Miranda aufhielten. Nicht zu vergessen die schmachtende Babsy.

Besten Dank!

Und so verkroch Val sich mangels Alternative in ihrem Appartement und schlich wie ein Geier um den Laptop herum.

Simon schrieb nicht. Es verwunderte sie nicht sehr, der meldete sich ja nur, wenn er etwas zu sagen hatte. Von Small Talk hielt der Mann nicht viel. Logisch, er hatte ja keinen Funken Romantik in seinen Adern.

Daher wusste Val absolut nichts mit sich anzufangen. Und weil ihr nichts anderes einfiel, übte sie am Ende für die bevorstehende Verhandlung. So, wie Simon es ihr aufgetragen hatte.

Auch wenn ihr der Trotz sagte, dass er das eigentlich nicht verdiente.

Der erste Montag im Juli versprach, ein heißer Tag zu werden. Die Sonne stand bereits hoch am wolkenlosen Himmel. Val hatte kaum mehr als einen flüchtigen Blick dafür übrig.

Sie quälten ganz andere Sorgen.

Simon hatte ihr versichert, alles zu unternehmen, um an mehr Informationen zu gelangen, aber bisher war er nicht erfolgreich gewesen.

Wieder trafen sich die drei vor dem Gerichtsgebäude.

Val hätte geschworen, dass die beiden gemeinsam gekommen waren. Doch sie verbiss sich jede Frage, schon, weil Jonas ziemlich finster blickte, als sie anheben wollte.

Arsch!

Val beschloss, ihm auch nichts mehr zu erzählen. Okay, das hatte sie ohnehin nicht, aber diesmal würden ihre Lippen *total* versiegelt bleiben.

Babsy hatte sich wieder auf zwei Farben beschränkt, was ihr Aussehen von total durchgeknallt auf normal durchgeknallt reduzierte.

Bevor Val verzweifeln konnte, überlegte sie sich, dass dies ihre Freundin nun einmal ausmachte. Es wäre bei den Geschworenen mit Sicherheit seltsam angekommen, wenn sie mit einem Mal so etwas wie Seriosität ausgestrahlt hätte.

Überraschend war das plötzliche Interesse an dem Fall. Jeder Stuhl im Zuschauerbereich war besetzt, und vereinzelt machte Val einen Vertreter der Presse aus. So viel zu dem Unterschied, wenn man mit dem leitenden Staatsanwalt dealte.

Verdammt!

Sie stöhnte, Babsy wurde noch etwas blasser und Jonas hob die Augenbrauen in ihre Richtung.

Reiß dich zusammen!

Sie war ja schon dabei!

Zunächst wurden die beiden alten Damen vernommen, die den Unfall beobachtet hatten. Wie von Simon geplant und vorher auch schon gelesen, konnten sie im Grunde überhaupt nichts aussagen, weil sie mangels herabgesenkter Sehfähigkeit in der dunklen Nacht ohnehin nichts erkannt hatten.

Und was sie sich einbildeten, gesehen zu haben, zerstreute Val (mit freundlicher Unterstützung Simons) mit wenigen Fragen. Doch dann wurde diese Victoria McNeil in den Zeugenstand gerufen. Und schon, als die Tussi auf ihren elenden Absätzen nach vorn stolzierte, wusste Val, dass die Ärger machen würde.

Sie war brünett, sehr groß, äußerst schlank, trug ein eng sitzendes Kostüm und präsentierte sich den Geschworenen mit grell geschminkten Lippen.

Der Blick aus den blauen Augen war eisig und sie offenbarte nicht die geringste Aufregung. Während Val bei den beiden alten Ladys ständig das Gefühl gehabt hatte, wegen eines drohenden Herzinfarktes die Ambulanz rufen zu müssen, schien McNeil die Aufmerksamkeit sichtlich zu genießen.

Val lehnte sich zu Jonas hinüber. »Was ist das denn?«

Ohne den Blick von der affektierten Kuh zu nehmen, hob er die Schultern. Babsy wurde sogar noch etwas blasser. Ihre dunklen Augen machten sich in dem farblosen Gesicht wie zwei riesige Murmeln aus.

Nachdem McNeil vereidigt worden war, erhob Shust sich.

»Guten Morgen, Miss McNeil.«

Die grellroten Lippen verzogen sich zu einem Lächeln. »Guten Morgen, Sir.«

Val spürte einen grausigen Schauder, der sich von ihrem Nacken langsam in Richtung verlängertes Rückgrat bewegte. Die war echt gruselig!

Und dann ging es los. Laut Aussage der Überraschungszeugin, hatte die beobachtet, wie Babsy mit überhöhter Geschwindigkeit in die ruhige Seitenstraße gerauscht war.

»Einspruch!« Jonas sah zum Richter. »Die Zeugin kann nicht

wissen, ob Miss Cooper mit überhöhter Geschwindigkeit fuhr. Es sei denn, sie war im Besitz einer Radarpistole und wusste darüber hinaus, diese ordnungsgemäß zu bedienen.«

Vereinzelte Lacher ertönten. Der Richter warf einen drohenden Blick in die Runde und strandete auf Jonas. »Stattgegeben!«

Nach flüchtiger Pause ging das Verhör weiter.

Babsy könne den alten Mann unmöglich übersehen haben. Bis auf ihn war die Straße leer, die beiden älteren Damen habe sie in deren Position nicht erspähen können. Es war zwar dunkel, doch die Scheinwerfer hätten den Herren erfasst. »Vielleicht stand die Angeklagte unter Drogen?« McNeil hob die spitzen Schultern.

»Einspruch!« Val hatte es gesagt, bevor sie nachdenken konnte.

Grace musterte sie mit erhobenen Augenbrauen. »Begründung?«

Sie fühlte, wie sie rot wurde. Mist! »Die Zeugin mutmaßt«, begann sie langsam. »Außerdem wurden keine bewusstseinsverändernden Präparate in Miss Coopers Blut festgestellt.«

Eilig sah sie zu Jonas, dessen Lippen zuckten, als stünde er kurz vor einem Lachanfall.

Idiot!

»Stattgegeben!«

Val atmete auf. Ihr erster Einspruch war nicht zur Katastrophe ausgeartet.

Shust blieb relaxt. »Bitte unterlassen Sie in Zukunft jedwede Vermutung, Miss McNeil.«

Die nickte. »Ja, Sir.«

»Also, Sie sagten, der Wagen fuhr recht rasant ...«

»Einspruch!«

»Stattgegeben!«

Shust lächelte. »... der Wagen fuhr in die dunkle Straße. Die Scheinwerfer erfassten das Opfer?«

Die Tussi nickte eifrig und erinnerte Val dabei unglaublich an Sarah in deren besten Zeiten. Vielleicht war es der gleiche Typ. Auf jeden Fall konnte sie die Kuh nicht ausstehen und verspürte ständig das zwanghafte Bedürfnis, ihr an den Kragen zu gehen.

Das konnte unmöglich ein Zufall sein.

»Ich hatte den Eindruck, Sie wollte erst gar nicht anhalten.«

»Das ist nicht wahr!«, brüllte Babsy. Val riss die Augen auf. Verdammt!

»Miss Cooper, unterlassen Sie die Zwischenrufe!«, donnerte der Richter. »Miss Welsh, Mr. Bone, ich hätte vermutet, Sie hätten ihre Mandantin besser über die Gepflogenheiten bei Gericht eingewiesen.«

Jonas legte seine Hand auf Babsys rechte und musterte sie drohend. Der Effekt war genial, denn jetzt liefen die Tränen wirklich. Ohhhh, Scheiße!

Merke: Babsy morgen vor Verhandlungsbeginn Valium verabreichen!

»Einspruch!« Es kam von Jonas und Val schloss die Augen. Das hatte sie vergessen.

»Begründung?«

»Die Zeugin gibt ausschließlich ihre subjektiven Eindrücke wieder.«

»Sicher tut sie das. Das ist ihr Job.« Shust grinste und Vals Aggressionen fokussierten sich für einen flüchtigen Moment auf den Staatsanwalt. Für dieses Grinsen hätte sie ihn augenblicklich massakrieren können.

Jonas nickte. »Fakt ist jedoch, sie hat unmittelbar, nachdem sie das Opfer erfasste, gehalten. Eine Vermutung darüber, wie lange sie benötigte, um zu diesem Entschluss zu gelangen, ist Hörensagen und könnte die Geschworenen beeinflussen.«

Grace nickte. »Stattgegeben! Streichen Sie die letzte Antwort aus dem Protokoll!«

Val atmete auf.

Das Kreuzverhör folgte und damit Vals nächste Premiere.

Nach einem letzten Blick zu Jonas, der das Ganze mal wieder total locker nahm, erhob sie sich mühselig. Val beurteilte diese Geschichte nämlich nicht einmal annähernd so gelassen. Was an ihrer Stimme auch deutlich zu hören war. Die kam äußerst dünn. »Wo waren Sie zuvor?«

»Bitte?« Die Tussi grinste und Val – gefangen in ihrer nächsten Aggressionsvision – räusperte sich und senkte plötzlich den Blick.

Es half. Als sie aufsah, war sie ruhiger. Deshalb machte Simon das also ständig!

»Was ich meinte«, fuhr sie bedeutend fester fort. »Weshalb befanden Sie sich an jenem Abend in besagter Straße?«

»Ich?«

Nein, die Wand, du dämliche Kuh!

»Ich war shoppen.«

Val nickte. »Weshalb haben Sie sich nicht sofort als Zeugin gemeldet, so wie die anderen beiden Damen? Die Polizei war schließlich vor Ort.«

McNeil zuckte mit den Schultern.

»Bitte?«

»Ich hielt es nicht für wichtig.«

»Ein Mann wurde überfahren und Sie hielten es nicht für wichtig, ihre Aussage zu Protokoll zu geben?«, wiederholte Val ungläubig.

»Ich war bereits gegangen! Ich hatte es eilig! Als ich in der Zeitung davon las, meldete ich mich bei der Staatsanwaltschaft.«

Fein. »Wie weit waren Sie vom Unfallort entfernt?«

Sie dachte nach. »Fünfzig Meter, vielleicht?«

Val hob die Augenbrauen. »Ziemlich weit, um die Vorgänge genau zu beobachten, oder?«

»Es war dunkel. Bei diesen Lichtverhältnissen sieht man bedeutend weiter als am Tage. Außerdem war es das einzige Fahrzeug in der Straße.«

Womit sie nicht ganz unrecht hatte. Fieberhaft überlegte Val, doch ihr fiel beim besten Willen nichts ein. Verdammt! Hilfe suchend sah sie sich zu Jonas um, aber der hatte abgesehen von einem ausdruckslosen Blick auch nichts auf Lager. Super! Was hätte sie darum gegeben, wäre Simon hier gewesen!

»Miss Welsh?« Richter Grace musterte sie fragend.

Eilig wandte Val sich um. Rechtzeitig, um das Grinsen der dämlichen McNeil zu sehen. Sie seufzte. »Keine weiteren Fragen.«

»Das ist doch ein Wort.« Richter Grace sah auf seine Uhr. »Es ist bereits spät, ich vertage die Verhandlung auf morgen, neun Uhr.«

Er ließ den Hammer auf das Pult sausen.

* * *

Als sie aus dem Gerichtsgebäude traten, musterte Val ihre Freundin besorgt. »Morgen bist du mit deiner Aussage an der Reihe.«

Babsy nickte. Die Tränen waren glücklicherweise getrocknet.

»Du kennst sie nicht?«, erkundigte sich Jonas, der recht nachdenklich wirkte.

Ihre Augen wurden sogar noch größer. »Ich schwöre!«

»Schon gut!«, erwiderte er hastig. »Bleib ruhig, Babsy. Noch ist nichts verloren.«

Das stimmte. Schließlich lagen mindestens noch zwei Verhandlungstage vor ihnen. Jedenfalls, wenn Babsys Aussage längere Zeit in Anspruch nehmen würde.

Aber dann würden sie erledigt sein.

Mutlosigkeit machte sich zunehmend in Val breit, doch es gelang ihr, wenigstens annähernd optimistisch zu klingen. »Denk daran, dich morgen menschlich anzuziehen.«

Das brachte ihr einen mörderischen Blick ein, doch dann nickte Babsy. »Ja.«

Val musterte sie beschwörend. »Ich meine es ernst, Babsy! Wenn du wieder wie ein Kakadu aufkreuzt, können wir ...«

»Sie hat es verstanden, Val!«

Jonas nickte freundlich und Babsy setzte wieder ihren Schmachtblick auf.

Oh Gott!

Val verdrehte die Augen.

Diesmal gab es keinen Ausflug zu Starbucks. Stattdessen fuhren sie in die Kanzlei und wiederholten noch einmal die morgige Aussage. Immer und immer wieder stellten sie die gleichen Fragen. Doch Babsys Konstitution hielt sich in überschaubaren Grenzen. Bereits nach drei läppischen Stunden drohte sie, ernsthaft schlappzumachen. »Ich kann nicht mehr!«, stöhnte sie.

»Was?« Stirnrunzelnd betrachtete Val sie. »Das ist nichts! Du musst mal mit ...« Sie verstummte.

Babsy sah auf. »Wer?«

»Vergiss es!«

Drohend blickte sie zu Jonas, der grinsend in Simons Sessel saß. Dann besann sie sich. »Wo waren wir?«

Ihre Freundin musterte sie reichlich verwirrt, doch Jonas winkte ab. »Einfach nicht beachten. Du weißt schon.« Er ließ einen Finger an seiner Schläfe kreisen und Babsy kicherte. Val wurde endlich doch wütend. Erst klaute er den Sessel, jetzt auch noch die Geste! Das war zu viel! »Hört auf zu spinnen!«, fuhr sie die beiden an.

Jonas und Babsy musterten sie mit erhobenen Augenbrauen. Dann nickte ihr ehemaliger und demnächst toter Freund langsam. »Das sagt sie immer wieder zu mir. Ich weiß bis heute nicht, was sie damit meint.«

Wieder kicherten sie und Val verlor allmählich die Geduld. »Verdammt noch mal!«, wetterte sie los. »Das ist kein Spiel! Willst du in den Knast, oder was?«

Das wischte schlagartig Babsys Grinsen weg. Jonas' übrigens auch. »Nein«, wisperte sie. Schon sammelten sich die nächsten Tränen in ihren Augen und Val kassierte von Jonas einen wütenden Blick. Bevor er die arme Babsy anlächelte. »Keine Sorge, wir machen das schon. Du musst nicht ins Gefängnis.«

Val konnte sich ihren spöttischen Blick nicht verkneifen. Ach? Nun, wenn hier jemand dafür sorgen würde, dass Babsy trotz ihrer offensichtlichen Blödheit nicht hinter schwedischen Gardinen landete, dann befand er sich derzeit nicht im Raum.

Aber wenigstens hatte sie wieder die ungeteilte Aufmerksamkeit der beiden und sie konnten weiter üben.

Es war spät geworden, als Babsy und Jonas endlich verschwanden. Val blieb gerade noch Zeit, den Tee zu besorgen und ihr Make-up zu richten, dann traf Simon auch schon ein.

»Hey.«

Er lächelte. Sein Kopf zuckte nach rechts, aber alle verbalen Ausbrüche blieben aus. Und Val, weil sie ebenso dämlich wie Babsy war, begann, auf einen Kuss zu spekulieren. Also einen richtigen.

Nur einen!

Aber sie hoffte umsonst. Simon war heute Abend sogar ausnehmend ernst, wie sie enttäuscht bemerkte. Konnte der eigentlich überhaupt lachen? Ja, manchmal, sie hatte es bereits erlebt. Es war nur in Vergessenheit geraten, weil dieses Ereignis so selten stattfand.

»Ich habe bisher nichts Konkretes«, begann er, nachdem sie saßen. »Doch inzwischen hege ich einen vagen Verdacht.«

»Welchen?«

Simon schüttelte den Kopf. »Das lege ich erst offen, wenn es spruchreif ist. Ansonsten könnte es dich zu sehr beeinflussen. Du hast ein Handy?«

Val stöhnte. »Simon, jeder besitzt ein Handy.« Sie musterte ihn mit erhobener Augenbraue. »Okay, fast jeder.«

»HALT die SCHNAUZE!«

Und – unten war der Kopf!

Mist!

Als er sich beruhigt hatte, war Simon ernst wie zuvor. »Ich werde dir eine Nachricht senden, sobald ich mit zuverlässigen Informationen aufwarten kann.«

Val nickte.

Damit waren alle organisatorischen Dinge gesagt. Die folgenden zwei Stunden vergingen mit Üben. Diesmal: Vals Vernehmung von Babsy.

Etwas höhnisch dachte sie an ihre Freundin. Die wäre bereits wieder in Tränen ausgebrochen. Vor Erschöpfung. Val hingegen war inzwischen so einiges gewöhnt. Sie wusste nicht, warum, aber es machte sie ein wenig stolz.

Nachdem Simon die Teetassen abgeräumt hatte und sie gemeinsam im dunklen Flur standen, trat sie eilig zu ihm. Zu eilig, Val wusste das durchaus. Doch sie war müde, ihre Konzentrationsfähigkeit befand sich am Boden und sie wollte endlich ihren Kuss, verdammt!

Erwartungsgemäß wich er zurück und prompt dröhnte ein »VERFICKTE SCHLAMPE!« durch die leeren Räume. Aber all das konnte Val heute nicht abschrecken. Ihre Hand legte sich in seinen Nacken, sie zog ihn herunter und küsste ihn.

Richtig.

Sie presste ihre Lippen auf seine so wunderbaren, nutzte die nächstmögliche Gelegenheit aus, um mit ihrer seine Zunge zu erreichen und drängte sich an ihn, sodass sie sofort wieder seine so harte Erregung spüren konnte.

Diesbezüglich funktionierte Simon bestens. Und auch anderweitig, denn er zog sie an sich, ohne, dass sie nachhelfen musste. Und auch wenn sein Kopf ein paar Mal zur Seite zuckte, was den Kuss leider nicht perfekt machte, war es himmlisch!

Als sie gemeinsam und ziemlich atemlos zu den Aufzügen traten, lächelte er.

Val atmete auf. Denn bis zu diesem Zeitpunkt war sie überhaupt nicht sicher gewesen, nicht zu weit zu gehen. Es waren schließlich Übergriffe! Wie sie es auch drehte und wendete. Sie besaß Macht über ihn, und die so gemein auszunutzen, war nicht fair.

Aber manchmal war das Leben nun mal nicht fair! Und Val war davon überzeugt, ohne den Kuss an diesem Abend sang- und klanglos gestorben zu sein.

Das war doch ein Argument, oder?

Sie wäre gern noch länger mit Simon in dem dunklen Büro geblieben. Am besten wieder die ganze Nacht. Doch als der Wecker am kommenden Morgen so aufdringlich summte, war sie dankbar für seine Unnachgiebigkeit.

Jonas und Babsy warteten wie immer bereits vor dem Gerichtsgebäude.

Vals Freundin war so aufgeregt, dass sie pausenlos schnatterte, wobei sie nicht ein zusammenhängendes Wort zustande brachte. Bisher war Val nie aufgefallen, dass Babsy zum Stottern neigte.

Jonas wirkte besorgt und Val erging es ähnlich. Was auch immer folgte, es würde nichts Gutes sein. Es sei denn, Simon gelang es in sprichwörtlich letzter Sekunde, noch einen Trumpf aus dem Ärmel zu ziehen. Und wie der aussehen sollte, konnte Val sich beim besten Willen nicht vorstellen.

Wieder war der Saal restlos besetzt. Nachdem sie Platz genommen hatten, legte Val ihr Handy griffbereit auf den Schoss. Sie ignorierte Jonas' fragenden Blick.

Dann ging es los. Babsy wurde in den Zeugenstand gerufen. Auf dem Weg dorthin stolperte sie zweimal beinahe und ihren Eid musste sie dreimal von vorn beginnen, weil ihr Hang zum Stottern immer ausgeprägter wurde.

Val stand auf und versuchte, so viel Zuversicht wie möglich in ihre Miene zu legen. »Guten Morgen, Miss Cooper.«

»Hey«, röchelte die und verkrampfte ihre Hände ineinander. Val lächelte. »Sie fuhren an besagten Datum in Ihrem Wagen?«

»Ja«, wisperte Babsy.

»Nachdem der bedauernswerte Unfall geschehen war, hielten Sie sofort?«

»Ja.«

»Und wie gingen Sie danach vor?«

Babsy räusperte sich. »Ich wählte den Notruf und leistete bis zum Eintreffen der Rettungskräfte Erste Hilfe.«

Sie hielt sich wirklich gut, wenn man bedachte, wie aufgeregt sie war. Das geplante Valium hatte Val nämlich ersatzlos streichen müssen. Jonas hatte gemeint, andernfalls wäre sie nicht mehr in der Lage, zusammenhängend zu antworten und die Geschworenen würden sie für einen Junkie halten.

Es gefiel ihr nicht, aber sie musste ihm zähneknirschend recht geben.

Jetzt machte sich das ewige Üben bezahlt. Bisher hatte Shust noch keinen einzigen Grund gefunden, Val in die Parade zu fahren. Dass er nur auf eine Gelegenheit wartete, war klar. Simon hatte sie darauf vorbereitet. Irgendwann nickte Val lächelnd. »Keine weiteren Fragen.«

Shust stand auf und trat nach vorn. Babsy wurde zusehends blasser. Was sie betraf, war der Mann die Ausgeburt der Hölle. »Wie lange besitzen Sie Ihren Führerschein, Miss Cooper?«, erkundigte er sich höflich.

»Seit acht Jahren, Sir.«

Er hob eine Augenbraue. »Ungewöhnlich für New Yorker Verhältnisse. Auf wie viel Fahrpraxis können Sie denn blicken?«

»Ich habe seit acht Jahren meinen Führerschein, Sir«, wiederholte Babsy verwirrt.

Shust lächelte. »Ich formuliere die Frage anders: Seit wann besitzen Sie Ihren Wagen?«

»Seit einem halben Jahr, Sir.«

»Davor besaßen Sie ein anderes motorisiertes Fahrzeug?«

»Nein, ich ...«

»Ich nehme an, es lohnte sich nicht.« Shust nickte. »Ich kann das nachvollziehen. Wir alle hier im Saal, vermute ich.« Er ließ den Blick durch den Raum schweifen und fuhr unvermittelt fort. »Warum fuhren Sie an diesem Abend mit Ihrem Kraftfahrzeug?«

»Ich war reichlich spät und ...«

»Ahhh, dann waren Sie wohl in Eile?«

»Ich wollte nur ...«

»Ja oder nein, Miss Cooper!« Das kam schneidend.

Babsy schielte zu Val und seufzte. »Ja.«

Shust nickte. »Wann hielten Sie noch einmal genau?«

»Nachdem der Unfall geschehen war!«

Shust lächelte. »Ich formuliere die Frage anders. Wie weit mussten Sie laufen, bis Sie den Unfallort erreichten?«

Babsy runzelte die Stirn. »Ich weiß nicht. Zehn Meter?«

Er hob die Augenbraue. »Sie sagten, Sie hatten Zeit, auf dem Weg zu dem Verletzten den Notruf zu wählen und alle relevanten Daten anzugeben. Waren es nicht eher zwanzig Meter?«

Babsy hob die Schultern. »Schon möglich, ich weiß nicht mehr ...«

»Wie genau sahen Ihre Erste Hilfe Maßnahmen aus?«

Babsy schüttelte den Kopf. »Da war so viel Blut, ich konnte nicht viel machen, um ihn nicht noch mehr zu verletzen.«

HA!

Triumphierend blickte Val zu Jonas. Die Antwort hatten sie trainiert! *Versuch es weiter, Shust, du Sack!*

Er schien Val gehört zu haben.

Der Staatsanwalt ging an seinen Tisch und nahm ein Blatt. Stirnrunzelnd las er und sah schließlich auf. »Wie ich sehe, wurden Sie bereits wegen Fahrens mit überhöhter Geschwindigkeit zu einer empfindlichen Geldstrafe verurteilt?«

»Das ist doch schon Jahre ...«

»Beantworten Sie meine Frage!«

Babsy seufzte. »Ja.«

Shust nickte. »Demnach sind Sie ein unbelehrbarer Wiederholungstäter?«

Jonas sah auf. »Einspruch!«

Grace schüttelte den Kopf. »Abgewiesen.«

Mist!

Bevor Val sich in der nächsten schweigenden Hysterieattacke wälzen konnte, summte ihr Handy. Ihre Hände bebten so stark, dass sie es beinahe zu Boden geworfen hätte. Sie las und reichte es Jonas. Der warf einen Blick darauf und grinste.

Du oder ich?, formte er mit den Lippen.

Ungläubig sah sie ihn an und Jonas zuckte mit den Schultern. *War ja nur eine Frage.*

Nach Ewigkeiten war Shust endlich fertig. Babsy kam zu ihnen zurückgewankt. Sie konnte nicht einmal mehr heulen. Als sie sich setzte, legte Jonas flüchtig eine Hand auf ihre.

Ruhig bleiben.

»Nun, alle Zeugen wurden gehört«, verkündete Grace. »Ich ...«

Val stand auf. Jetzt kam ihre Stunde. »Eurer Ehren, darf ich sprechen?«

Grace hob eine Augenbraue. »Miss Welsh?«

»Ich beantrage, die Zeugin McNeil erneut in den Zeugenstand zu rufen!«

Shust parierte augenblicklich. »Einspruch! Die Verteidigung hatte bereits ausreichend Gelegenheit, die Zeugin im Kreuzverhör zu vernehmen. Ich betrachte das als reine Hinhaltetaktik!«

Ha! ... im Stillen dankte Val mal wieder Simon. Wenn das so weiterging, würde das zu einer Grußformel verkommen.

Grace musterte sie fragend. »Miss Welsh?«

»Es haben sich neue Erkenntnisse ergeben, die uns zum Zeitpunkt der Befragung nicht bekannt waren und die betreffs der Glaubwürdigkeit der Zeugin McNeil relevant sein dürften, Euer Ehren.«

Im Gerichtssaal brach lautes Gemurmel aus. Babsy war blass geworden – also, noch blasser.

Der Richter betrachtete Val streng. »Ich hoffe, die Dinge sind tatsächlich so relevant, wie Sie es hier darstellen.« Er ließ den

Hammer sausen und hob den Kopf. »Die erneute Befragung wird zugelassen. Die Zeugin wird geladen. Ich ...«

Jonas wandte sich um und ließ den Blick durch den Zuschauerraum schweifen. »Da ist sie doch!« Damit deutete er auf eine Brünette mit unverkennbaren grellroten Lippen.

»Hervorragend.« Grace grinste, sichtlich begeistert. »Miss McNeil! Treten Sie bitte in den Zeugenstand!«

»Warum?«

Es kam dünn, Zuschauer wurden im Allgemeinen nicht mit Mikrofon ausgestattet. Aber der zickige Unterton war deutlich. Außerdem zeigte sie deutliche Ansätze, aus dem Saal flüchten zu wollen. Ihr Blick huschte immer wieder zu den breiten Flügeltüren.

Der Richter hob die buschigen Augenbrauen. »Bitte?«

»Ich sehe nicht ein, warum ...«

Das Dröhnen des Hammers unterbrach sie. »RUHE!« Val hätte dem alten Herrn niemals so ein durchdringendes Organ zugetraut.

»Noch eine derartige Bemerkung und ich belege Sie mit einer Strafe wegen Missachtung des Gerichts!«

Also, auf Val wirkte er durchaus einschüchternd, auf die Ziege nicht. Die grummelte vor sich hin und machte keine Anstalten, der Anweisung Folge zu leisten. Val hatte ja wirklich nicht viel Ahnung, was Gerichte und so betraf. Aber dass das die falsche Entscheidung war, wusste selbst sie.

Shust auch. Der eilte zu der widerspenstigen Zeugin und sprach eindringlich auf sie ein.

Das Raunen, zwischenzeitlich verstummt, brach abermals aus und Grace musste wieder seinen Hammer bemühen. Diesmal dröhnten Vals Ohren.

»Ich sagte RUHE!«, donnerte der Richter. »Oder ich lasse augenblicklich den Saal räumen!«

Die trainierten Zuhörer waren auch schlauer als McNeil, denn der Lärm legte sich sofort. Niemand wollte den Showdown verpassen.

Und genau so fühlte sich Val. Die Luft schien elektrisiert, es knisterte an allen Ecken und Enden vor Spannung, während die dämliche Tussi langsam nach vorn stolzierte. Grace bedachte sie mit grimmigem Blick. »Ihre Vereidigung gilt weiterhin, die Belehrung selbstverständlich auch.«

Dann grinste er. »Ihre Zeugin, Miss Welsh.«

Val hörte tatsächlich verhaltene Orchestermusik, als sie nach vorn trat. Ihr Haar war hochgesteckt, in ihrem Kostüm wirkte sie schmal, aber aufrecht, und ihr Gesicht war nur dezent mit Make–up versehen. Das Lächeln fiel übrigens ebenso dezent aus. »Vielen Dank für Ihre Kooperation, Miss McNeil.«

Die verzog das Gesicht. Na ja, das war doch mal eine vielversprechende Antwort. Val runzelte die Stirn. »Miss McNeil, was tun Sie noch einmal beruflich?«

»Einspruch, irrelevant!«

Der Richter musterte sie fragend. »Miss Welsh?«

»Ich komme gleich dazu, Euer Ehren.«

»Beeilen Sie sich, sonst muss ich einschreiten.«

Val hatte nur Augen für die Zicke. »Beantworten Sie meine Frage!«

Die holte tief Luft. »Ich habe im vergangenen Jahr mein Studium abgeschlossen und arbeite derzeit als freischaffende Modedesignerin.«

»Ahhhh«, freute Val sich. »Erfolgreich?«

»Einspruch, irrelevant!«

»Miss Welsh?«

»Einen Augenblick, Richter Grace«, lächelte Val, ohne die McNeil aus den Augen zu lassen.

»Es ist nicht einfach, sich einen Namen zu machen«, schnappte die. »Da benötigt man Ausdauer.«

»Natürlich«, nickte Val. »Ich gehe davon aus, dass Sie angestrengt daran arbeiten, Ihre Karriere in Schwung zu bringen?«

»Selbstverständlich.«

Val runzelte die Stirn. »Wie darf ich mir das vorstellen? Sie entwerfen Ihre Designs, bringen Sie zu namhaften Agenturen, stellen sich vor?«

»So in etwa.«

»Ich glaube zu wissen, dass es auch einige Newcomer Contests speziell in der Modebranche gibt. An denen nehmen Sie auch ...«

»Einspruch!«

Val sah zum Richter. »Eurer Ehren, wenn es mir nicht gelingt, auch nur einen Gedanken zu Ende zu bringen, ohne dass der ehrenwerte Staatsanwalt mich unterbricht, ist es nahezu unmöglich, die Zusammenhänge aufzuzeigen.«

Ein Funkeln tanzte in den alten Augen. »Abgelehnt. Zeugin, beantworten Sie die Frage!«

Die stöhnte. »An einigen nahm ich teil, ja. Das ist normal in ...«

»Erfolgreich?«

McNeil verzog ihr überschminktes Gesicht. »Was?«

»Beantworten Sie meine Frage«, beharrte Val. Und weil sie diesen Satz schon immer mal sagen wollte, fügte sie hinzu: »Vergessen Sie nicht, dass Sie immer noch unter Eid stehen.«

»Es hätte besser laufen können«, murmelte sie.

»Bitte?«

»Es hätte besser laufen können!« Das kam diesmal empörend laut, doch Val lächelte.

»Ahh, das tut mir leid. Wer waren denn Ihre Konkurrenten?«

»Keine Ahnung. An diesen Contests nehmen viele Leute teil, die meinen, was drauf zu haben.«

Shust meldete sich wieder zu Wort. Diesmal klang er gelangweilt. »Euer Ehren, das führt doch zu nichts!«

Aber der schüttelte den Kopf. »Fahren Sie fort, Miss Welsh.«

Val nickte. »Unter ihren Konkurrentinnen befand sich nicht zufällig auch die Angeklagte?«

Nachdem der Richter das neuerlich aufgekeimte Gemurmel unterbunden hatte, konnte es auch schon mit der Befragung weiter gehen.

McNeil zuckte mit Schultern. »Keine Ahnung, ich schaue mir die Namen nicht an.«

»Oh, das verwundert mich aber. Sie wollen nicht wissen, mit wem Sie konkurrieren?«

In diesem Moment wurde die große Tür aufgerissen und ein junger Mann mit Basecap stürzte in den Raum. Er blickte sich verwirrt und hörbar außer Atem um, machte schließlich Jonas aus und schlich mit eingezogenem Kopf zu ihm. Seine Wangen färbten sich rot, als er die Aufmerksamkeit aller Anwesenden auf sich liegen spürte.

Kurz darauf hatte er Jonas einen großen Briefumschlag überreicht. Der entnahm den Inhalt, überflog ihn flüchtig und sah auf. »Darf ich vortreten, Euer Ehren?«

Grace hatte sich in seinem großen Stuhl zurückgelehnt und das Schauspiel sichtlich amüsiert beobachtet. Er hob eine Hand. »Bitte.«

Jonas trat zu Val und gab ihr die Akte. »Du bist der helle Wahnsinn«, wisperte er, bevor er ging.

Sie verzog das Gesicht und blätterte in den Seiten. Irgendwann sah sie auf. »Das verwundert mich, Miss McNeil. Laut dieser Unterlagen wurden Sie innerhalb der vergangenen zwölf Monate regelmäßig von ein und derselben Kontrahentin geschlagen. Meiner Mandantin.«

Das nächste Raunen ging durch die Menschen. Es war kurzlebig, denn der Richter blickte drohend in die Runde. Dann sah er zu Val. »Darf ich das sehen?«

»Einspruch, das ist doch irrelevant!« Shust war hörbar entnervt.

Grace musterte ihn mit erhobener Augenbraue. »Das sehe ich anders, Mr. Shust. Einspruch abgelehnt.«

Val reichte ihm das entsprechende Blatt. »Darf ich meine

Befragung fortsetzen?«, erkundigte sie sich.

Grace war noch am Lesen und nickte geistesabwesend. »Nur zu, Frau Anwältin.« So hatte er sie genau jetzt zum ersten Mal bezeichnet. Schon wuchs Val um satte drei Zentimeter.

»Stimmt es, dass Sie auch derzeit an einem Contest teilnehmen?«, fragte sie kurz darauf die verlogenen Zeugin.

Die verdrehte die Augen. »Man ist immer ...«

»Antworten Sie mit Ja oder Nein!« Oh, wie Val ihren festen, fordernden Ton liebte! Simon hatte ihn bis zum Erbrechen mit ihr geübt. Jedenfalls hatte es sich so manches Mal so angefühlt. Jetzt wusste sie, warum.

»Ja.«

Val nickte zufrieden. »Handelt es sich hierbei um einen offenen Wettstreit?«

McNeil runzelte ihre gepuderte Stirn. »Wie meinen Sie das?«

Val lächelte. »Sind die Ergebnisse und der derzeitige Stand jederzeit einsehbar?«

»Weshalb wollen Sie das wissen?«

Die Kuh kapierte es einfach nicht. »Beantworten Sie die Frage!«

Sie stöhnte. »Ja.«

»Wie sieht es denn derzeit so aus?«, erkundigte Val sich in vertraulichem Ton.

McNeil lehnte sich zurück. »Gut.«

»Oh!«, freute Val sich. »Dann haben Sie diesmal mehr Glück?«

»Anscheinend!« Die Miene war denkbar eisig.

»Wer nimmt an dem derzeitigen Contest denn noch teil?«

»Keine Ahnung.« Es kam mürrisch.

»Nicht? Oh, da kann ich Ihnen weiter helfen. Miss Cooper vielleicht?«

Das Raunen erhob sich abermals, verebbte jedoch sofort, weil Richter Grace einen seinen Mörderblicke in die Runde warf.

»Möglich, woher soll ich das wissen? Meinen Sie, ich merke

mir alle Namen?«

Val musterte sie zweifelnd. »Sofern ich korrekt informiert bin, ist Miss Cooper die einzige Teilnehmerin, die derzeit vor Ihnen liegt, ist das richtig?«

»Ich sagte bereits, ich habe keine Ahnung.«

»Wie so häufig.« Val nickte bekümmert. Sie holte tief Luft. »Ist es nicht so, dass Sie in der Vergangenheit regelmäßig an Miss Cooper scheiterten?«

»RUHE!« Grace prügelte mit dem Hammer auf sein Pult ein.

McNeil musterte Val ausdruckslos. Val blätterte in den Unterlagen. »Viermal in Folge, wenn ich das richtig sehe.« Sie sah auf, ihr Blick war mitleidig. »Die ewige Zweite. Das kann schon zermürben.«

»Was wollen Sie damit sagen?«

»Oh«, Val lächelte. »Sie wissen sehr genau, dass Miss Cooper mit einer Vorstrafe augenblicklich disqualifiziert werden würde.«

Inzwischen war die affektierte Person recht weiß, das war trotz des Make-ups auszumachen. Doch sie brachte es noch immer auf einen gelangweilten Blick.

»Antworten Sie!«, dröhnte Grace von oben.

McNeil fuhr zusammen. »Möglich.«

Val nickte und zog ein weiteres Blatt aus den Unterlagen. »So steht es in den Richtlinien«, führte sie aus. »Sollte meine Mandantin verurteilt werden, egal, ob zu einer Haftstrafe oder auf Bewährung, dann wäre sie aus dem Rennen. Dies bezieht sich übrigens auf den aktuellen Contest ebenso, wie auf alle zukünftigen. Mit anderen Worten: Sie wäre wohl auf immer und ewig aus dem Weg geräumt.«

Shust fuhr auf. »Das ist doch ...«

»RUHE!«, knurrte der Richter. »Fahren Sie fort!«

Val lächelte und richtete den Blick wieder auf die Brünette mit dem inzwischen reichlich fleckigen Make-up. »Ein hartes Geschäft, die Modebranche, oder?«

»Alles ist hart«, zischte sie.

Val nickte. »Ja, ich weiß. Meine Mandantin hat es trotz der Siege sehr schwer. Käme es zu einer Verurteilung, wäre ihr aufgehender Stern augenblicklich vernichtet. Und Sie ...« Val wandte den Blick von der Kuh ab und musterte die Geschworenen.

Nacheinander! JEDEN Einzelnen ansehen!, befahl die nervende Stimme.

Bin ja schon dabei!

»Und Miss McNeil hätte freie Bahn.«

»Das ist eine infame Unterstellung!«, zeterte McNeil.

Mit gerunzelter Stirn wandte Val sich ihr wieder zu. »So?« Sie zog ein weiteres Blatt aus ihren Unterlagen.

Danke Simon, oh danke, ich liebe dich, ich liebe dich!

Eilig schüttelte sie den Kopf und blinzelte. »Sie befanden sich an besagtem Abend mit einigen Freunden in einem bekannten Szeneclub. Mir liegen etliche Aussagen vor, die das bestätigen.« Val sah zum Richter. »Darf ich vortreten?«

Grace nickte. Kurz darauf überreichte Val ihm das Schriftstück. Dann ging sie zurück und fixierte die junge, inzwischen sichtlich nervöse Frau im Zeugenstuhl.

»Jener Club befindet sich am anderen Ende der Stadt«, fuhr sie fort. »Sie können zum fraglichen Zeitpunkt unmöglich den Unfall beobachtet haben.«

McNeil schwieg. Aber hätten Blicke killen können, wäre Val auf der Stelle tot umgefallen. Und das, ohne einmal Sex mit Simon gehabt zu haben. Schon allein für den Versuch hätte Val die aufgeblasene Kuh gern gelyncht.

»Dies erklärt natürlich, warum Sie sich erst als Zeugin zu erkennen gaben, als der Prozess bereits angelaufen war. Ich nehme an, Sie hörten davon und meinten, dies wäre eine fantastische Gelegenheit, sich endlich Ihrer größten Kontrahentin zu entledigen. Ein wenig nachhelfen und Sie hätten den Jackpot. Jedenfalls das, was Sie dafür halten.«

»Sie stehen immer noch unter Eid«, knurrte Grace von seiner

Kanzel, als wollte er sich in Erinnerung rufen. Von Shust war übrigens bereits seit etlicher Zeit nichts mehr gekommen.

McNeil lehnte sich zurück und verschränkte die Arme. »Ich sage hier gar nichts mehr.«

Val lächelte. »Und das ist Ihr gutes Recht. Keine weiteren Fragen.« Sie sah sich zu Shust um. »Ihre Zeugin.«

Dessen Miene war starr. Val wusste es nicht sicher, so genau kannte sie den Staatsanwalt noch nicht. Doch sie ging davon aus, dass McNeil jetzt auch tot gewesen wäre, hätten Blicke töten können. »Keine weiteren Fragen!«, knurrte er.

Und wieder erhob sich Geraune im Gerichtssaal.

Zehn Minuten später standen sie vor dem Gebäude. Babsy wusste offensichtlich nicht, ob sie lachen oder heulen sollte. »Danke«, stotterte sie immer wieder. »Vielen Dank!«

Lächelnd gab Jonas ihr die Hand. »Ich sagte doch, dass alles gut wird.«

Val verzog das Gesicht. Der Heuchler! Aber am Ende grinste sie auch.

»Jetzt geh nach Hause und ruhe dich aus«, meinte der fürsorgliche Jonas.

Babsy nickte, küsste Vals Wange, versicherte der, dass sie ihre Heldin sei und sich nie wieder Klamotten kaufen müsse. Sie wäre jetzt ihre Ehrenkundin. Das betrachtete Val als handfeste Drohung.

Dann ging Babsy und Jonas – der Idiot – blickte ihr wehmütig nach.

Ohne Eile begaben sie sich zur nächsten Subway-Station.

»Und«, erkundigte Val sich beiläufig. »Wie läuft's so mit Miranda?«

Er schien in Gedanken versunken gewesen zu sein. »Was?«

»Miranda? Wie läuft's mit ihr?«

»Oh! Alles bestens!« Er grinste und Val verdrehte stöhnend die Augen.

Sie konnte es kaum erwarten, bis am Abend endlich Simon kam.

Kaum hatte er den Raum betreten, diesmal wieder mit: »VERFICKTE SCHEISSE!«, bestürmte sie ihn mit ihrem ausufernden Jubel, auch wenn sie artig auf ihrem Hintern sitzen blieb. »Es war so gut, Simon! Danke, vielen, vielen Dank!«

Lächelnd setzte er sich. »Keine Ursache.«

Val saß auf der Couch, allein, leider und betrachtete ihn eingehend. Gott, er war so attraktiv! Wie er wohl ohne diesen widerlichen Anzug aussah? Was sie bislang bei den wenigen Gelegenheiten gefühlt hatte, war vielversprechend, doch mehr als eine Ahnung hatte sie bisher nicht. Inzwischen war Hochsommer. Zum ersten Mal war es Val an diesem Tag bewusst geworden. Vielleicht, weil dank Simon eine riesige Last von ihren Schultern genommen worden war. Sie hätte so gern am Wochenende etwas mit ihm unternommen. Den ganzen Tag saßen sie in diesem ewig klimatisierten Büroklotz fest. Lunchpausen gab es ja bereits seit Monaten nicht mehr.

An einen Urlaub war nicht zu denken. Wenn sie es nämlich dennoch tun würde, ihr Vorhaben vielleicht sogar wahr machte, dann würden es Ferien ohne Simon sein und das war nun so ungefähr das Letzte, was Val wollte.

Eine Woche ohne ihn? Möglicherweise sogar zwei? Undenkbar! So sah ihr Leben momentan aus. Sie befand sich in einer ausweglosen Falle. Und das musste sie dringend ändern.

Aber nicht schnell. Niemals schnell, nicht wahr?

Wenn man es mit Simon Geller zu tun hatte, dann ging nichts schnell.

Als er an diesem Abend die Tassen hinausbrachte, war er beschwingt und locker. Er hatte kaum Tics, auch wenn dieser Tag für ihn eine Herausforderung der besonderen Art gewesen sein musste.

Irgendwie hatte er den Boten losgeschickt, Val wagte nicht zu fragen, wie das vonstattengegangen war. Damit hätte sie seine

Gelassenheit nämlich augenblicklich zerstört.

Und ehrlich! Nichts lag ihr ferner.

Wie immer wartete sie an Janes Tresen auf ihn. Und als er so beschwingt und locker zurückkehrte, war es um das letzte bisschen Beherrschung geschehen. Kaum befand er sich in greifbarer Nähe, zog sie ihn an sich und küsste ihn. So behutsam, wie immer. Auch wenn sie etwas ganz anderes wollte. Er legte sogar seine Arme um sie. Doch mehr geschah nicht.

Hätte sie es mittlerweile nicht besser gewusst, wäre Val auf die Idee gekommen, dieser Mann besäße einfach keine Leidenschaft. Oder aber, er wollte sie nicht.

Letzteres war so entsetzlich, dass sie lieber nicht genau darüber nachdachte. Man konnte sich ja auch vorsätzlich fertigmachen.

Seufzend löste Val sich irgendwann von ihm. »Danke noch mal«, hauchte sie. Es kam etwas rau.

Sein Kopf zuckte nach rechts, dann sah er sie an und lächelte, doch seine Augen blieben ernst. »Keine Ursache.«

Warten. Sie musste einfach warten! Scherte irgendwen, dass sie das nicht mehr wollte?

Nein!

Bis zum Abschlussplädoyer blieben drei Tage. Wenn Val geglaubt hatte, bisher wäre Simon unerbittlich gewesen, musste sie bald einsehen, welch folgenschwerem Irrtum sie aufgesessen war.

Denn jetzt wurde er tatsächlich unerträglich. Stundenlang übten sie die kleinsten Textpassagen. Bald kannte Val ihr Plädoyer in- und auswendig. Doch Simon war nie zufrieden. Seine ewige Nörgelei – denn nichts anderes tat der Knaller – reizte Val bis auf Messer. Nach einem Tag hasste sie ihn mal wieder.

Also, in der Theorie.

In der Praxis konnte sie sich nicht an ihm sattsehen und der aufkeimende Ärger, der sich zuverlässig jede Minute einmal meldete, wurde sofort im Keim erstickt.

Angesichts solcher Brillanz ging man unweigerlich vor Ehrfurcht in die Knie.

* * *

Am Tag des großen Plädoyers stand Val mit hoch erhobenem Kopf in dem überfüllen Saal. Inzwischen waren sogar etliche Fernsehsender vertreten. Ihr Haar war hochgesteckt und sie trug ein elegantes, auf Figur geschnittenes, dunkelblaues Kostüm. Ihre Haltung war kerzengerade und die Stimme klar.

Val hielt ein flammendes, mitreißendes Plädoyer. Seines! Nahezu jede Frau im Raum tupfte sich danach mindestens eine verstohlene Träne von den Wangen.

Zwanzig Minuten berieten die Geschworenen. Es kam Val wie zwanzig Stunden vor. Und wenn sie Babsy betrachtete, machte die noch einmal die doppelte Folter durch.

Dann endlich wurden sie zurück in den Saal gerufen und das Urteil verlesen:

»Wir, die Geschworenen erklären die Angeklagte für NICHT SCHULDIG!«

»YEAH!«

Es kam dreistimmig. Babsy fiel zuerst Jonas um den Hals und Val brachte es wieder nur auf ein Grinsen, weil der das nämlich sichtlich genoss. Idiot!

Dann wurde sie umarmt.

»Das feiern wir heute!«, jubelte Babsy, ihre Stimme überschlug sich beinahe.

Val wollte schon zusagen, doch dann verdüsterte sich ihre Miene. »Ich kann nicht.«

»Oh!« Babsy verzog schmollend das Gesicht. »Warum denn nicht?«

Jonas grinste. Toll, der war mal wieder keine große Hilfe. Aber Babsy hatte sich bereits gefangen. »Dann am Freitag!«

Es kam so frenetisch, dass Val nur lachte. »JA!«

An diesem Abend empfing sie Simon mit zwei Flaschen edlem Champagner.

»Ihr habt gewonnen?« Er runzelte die Stirn.

Val schüttelte den Kopf. »DU!«

Simon setzte sich in den Sessel, sein Kopf zuckte nach links, dann betrachtete er sie eingehend »Wir.«

»Ja«, wisperte Val. Sie öffnete die Flasche. Das laute *Plopp!* des Korkens begleitete Simon mit einem »VERFICKTER SCHEISS!«, und dann stieß sie mit ihm an, wobei sie tapfer seinen Argwohn ignorierte. »Wir haben gewonnen!«

Heute wurde nicht gelernt und Simon mimte auch nicht den unerbittlichen Lehrer. Stattdessen saßen sie zusammen, unterhielten sich und tranken den Champagner. Wenn Val nicht alles täuschte, dann fühlte auch Simon sich nicht unwohl. Nach einigen Gläsern, die seine Tics natürlich steigerten, seine Hemmungen jedoch schmälerten, war er sogar bereit, sich zu ihr auf die Couch zu setzen. Wenn auch mit gehörigem Abstand.

»Simon?«

Er sah auf. »Val?«

Sie kicherte. Soweit sie wusste, war das sein erster Witz gewesen und er kam verdammt trocken. Nun ja, lange kicherte sie nicht.

»HALT DIE SCHNAUZE!«

Augenblicklich verstummte sie und wartete, bis er sie wieder ansah. Dann räusperte sie sich. »Simon?«

Er nickte, so ernst wie ein Totengräber. Val nippte schnell noch einmal an ihrem Glas, dann erwiderte sie seinen Blick. »Küss mich!«

»Ich ...«

Heftig schüttelte sie den Kopf. »Jetzt komm nicht wieder mit deinen Ausflüchten!« Sie schloss die Augen. Ehrlich, das war es! Peinlicher würde es nie wieder werden. Doch interessanterweise war es Val egal. »Küss mich!«, wiederholte sie und runzelte die Stirn. »Wenn du willst. Wenn nicht, dann ...«

»NEIN!«

Sie linste unter ihrem linken Lid hervor. »Willst du?«

»HALT DIE SCHNAUZE!« Er stöhnte. »Ja ...« Das kam nach einer langen Weile und sehr leise.

»Dann tu dir keinen Zwang an!«

Doch Simon hatte natürlich nicht die Absicht, irgendetwas aus eigenem Antrieb zu unternehmen. Also musste Val wohl oder übel wieder die Augen öffnen. Wie immer legte sie eine Hand in seinen Nacken. Diesmal war es bedeutend einfacher. Schließlich saßen sie, deshalb musste Val sich nicht so weit nach oben recken. Gerade wollte sie ihn auffordern, das Gleiche zu tun, als eine kühle Hand an ihrem Hinterkopf auftauchte.

Er musterte sie und Val wusste, dass sie genau in diesem Moment umgekippt wäre, hätte sie gestanden. Als sein Kopf zur Seite zuckte, hätte sie ihn beinahe angebrüllt. Den Tic natürlich, nicht Simon.

Lass ihn in Ruhe! Er ist gerade extrem beschäftigt!

Doch schließlich näherte sich sein Gesicht, Val schloss zufrieden die Augen und dann bekam sie tatsächlich ihren Kuss.

Und was für einen! Er zog sie an sich, seine zweite Hand erschien auf ihrem Rücken. *Der Champagner!*, dachte sie, bevor sie nicht mehr in der Lage war, etwas zu denken.

Irgendwann gab er sie frei und ihre Knie zitterten. »Wow!«, hauchte sie.

»VERFICKTE SCHLAMPE!«

Das war die Realität, doch Val weigerte sich, der momentan Einlass zu gewähren. Dies war IHR Abend, verdammt!

Behutsam nahm sie seine Hände. »Ich liebe dich, Simon.« Sie legte den Schmalz aus geschätzten einhundert gesehenen Liebesschnulzen in diesen Satz.

Lange Zeit antwortete er nicht – verdammt! Doch irgendwann räusperte er sich. »Es ist spät, wir sollten gehen.«

Ihre Augen wurden groß. »Nein! Bitte bleib!«

Sein Kopf fuhr scharf nach rechts. Dann schüttelte er ihn. »Ich muss gehen.«

Val hätte kämpfen müssen, doch sie konnte nicht. Sie war wie erstarrt. Reglos beobachtete sie, wie er die Gläser zusammenräumte und nach einem knappen Nicken verschwand.

Erst dann kamen die Tränen. Und für die nächste Ewigkeit heulte sie auf ihrer einsamen Couch Rotz und Wasser. Allerdings gab sie den Plan, in der Kanzlei zu bleiben irgendwann auf. Sie rief sich ein Taxi und ließ sich in ihr einsames Appartement kutschieren. Es war tatsächlich einsam, doch in ihrer Abwesenheit war eine Mail eingetroffen.

Liebe Val,
es tut mir so unendlich leid.
Bitte verzeih mir.
Simon.

»Sicher!«, kicherte sie und schon liefen die nächsten Tränen.

* * *

Zwei Tage später fand die große Party im PAINT statt.

Alles war versammelt. Babsy musste ein Rundschreiben verschickt haben, denn der Laden war randvoll.

Jonas und Val wurden bejubelt, als hätten sie soeben den Stein der Weisen entdeckt.

Es konnte Val nicht wirklich berühren. Sie saß stumpfsinnig in einer Ecke und beobachtete das Treiben, ohne sich erst zu bemühen, gute Miene zum dämlichen Spiel zu machen.

Der Fall war beendet, ja! Doch damit war noch etwas anderes überflüssig geworden: ihre abendlichen Treffen. Simon kam, trank seinen Tee, sagte so gut wie nichts, küsste sie schon mal gar nicht und verabschiedete sich. Jedes Mal mit bedauerndem, aber äußerst ernstem Gesicht.

Es tut mir so leid!

Ha!

Val akzeptierte das inzwischen nicht mehr. Sie überlegte

ernsthaft, ob sie sich als Nächstes einen Mordprozess anlachen sollte. Dann hätte er wenigstens Grund, länger zu bleiben. Das war kindisch und Val wollte sich nicht dumm verhalten. Sie konnte wohl nicht mehr die Augen davor verschließen, dass er sie nicht wollte.

Jedenfalls nicht so sehr, um über seinen Schatten zu springen, den er – und das musste man ja mal gesondert festhalten – selbst erschaffen hatte! Niemand hinderte ihn daran, bei ihr zu sein. Außer ihm selbst.

Seufzend lehnte Val den Kopf an die Wand. Sie hatte keine Lust auf den Trubel. Er passte nicht zu ihrer Melancholie. Die Leute waren ihr meistenteils fremd und die laute, dröhnende Rockmusik nervte sie zusehends. Jonas – der ewige Idiot – kramte am anderen Ende des Tisches mit Miranda herum.

Babsy saß neben ihr. Deren Miene war irgendwann ähnlich Vals recht stumpfsinnig geworden. Nachdem sie eine Weile Jonas und Miranda beobachtete hatte. Und wenn Val Justins Miene richtig deutete, dann gab der sich den nächsten Amoklaufträumen hin.

Er stand mit verschränkten Armen in einer anderen Ecke. Den Blick selbstverständlich auf Miranda und Jonas gerichtet, die von alledem nichts zu bemerken schienen.

Genial!

Sie hatte Simon heute Abend abgesagt. Ohne Angabe von Gründen. Er hatte es schweigend zur Kenntnis genommen. Ja, Val hatte sogar so einen bestimmten Ausdruck in seinem Gesicht ausgemacht. Bildete sie sich jedenfalls ein.

Nun, dann ist es wohl so weit. Sie verstößt mich.

IDIOT!

Alle waren Idioten. Jonas, Justin, Simon. Musste was mit dem Geschlecht zu tun haben.

Beinahe hätte sie hysterisch gekichert. Niemand schien sonderlich glücklich zu sein. Vielleicht gehörte sie ja doch hierher.

Aber vielleicht würde Simon jetzt endlich etwas unternehmen. Möglicherweise dachte er ja ein wenig nach. Obwohl es immer kreuzgefährlich war, wenn dieser Mann grübelte. Man konnte nämlich nie sicher sein, zu welchem Ergebnis er gelangte.

Bitte, dachte sie. *Denk nach und komme zum richtigen.*

Denn ich weiß nicht, wie lange ich das noch ohne dich durchhalte ...

* * *

Auszug aus:
Chaos im Herzen

(Erscheint im Mai 2015)

»HA!«

Angewidert verzog Charlie Welsh das Gesicht und Simon senkte eilig den Kopf. Während er wartete, dass es vorbeiging, zermarterte er sich das Hirn, was das sollte! Sein Chef war noch nie hier gewesen.

Niemals!

Als der sich bedeutungsvoll räusperte, sah Simon auf. »Darf ich eintreten!« Es war keine Frage.

Simons Kopf flog nach rechts. »Ja«, nickte er, als es wieder möglich war, und trat zur Seite.

Kaum stand Welsh im Raum, füllte er ihn mit seiner riesigen Gestalt aus. Simon blieb nichts anderes als der Rückzug. Obwohl er fühlte, dass dies ein folgenschwerer Fehler war.

Mangels Alternative wich er in seinen Sessel aus, was an der beklemmenden Atmosphäre nichts änderte. Außerdem musste er jetzt unweigerlich zu Mr. Welsh aufblicken, was die Machtverhältnisse auch noch sinnbildlich verdeutlichte.

Und sie blieb natürlich nicht aus: die Angst.

Sein Fluchtimpuls war gnadenlos. Ob er wollte oder nicht, Simons flehender nächster Blick galt der Tür. Seinem Chef entging das nicht. Der nickte und schloss sie. Kaum war Simon in der Enge tatsächlich gefangen, setzte die unerträgliche Platzangst ein. Er bekam keine Luft und kämpfte so verzweifelt gegen seine Tics wie seit Langem nicht mehr.

Und er verlor wie immer. Umfassend – auch das war wohl nicht verwunderlich.

Während er sich seinen Orkanen hingab, beobachtete sein Boss ihn mit verschränkten Armen. Trotzdem er an der Tür lehnte, trennten die beiden Männer nicht einmal zwei Meter.

Er ist ihr Vater!, dachte Simon, derweil sein Kopf hin- und hergeworfen wurde und er schrille Schreie von sich gab. *Reiß dich zusammen, verdammt noch mal!*

Ein frommer Wunsch, denn in einer derartigen Situation gab es kein Zusammenreißen. So sehr Simon es auch gewollt, sich gewünscht, ja erfleht hätte.

Irgendwann sah sein Besucher offenbar ein, dass demnächst keine Verbesserung eintreten würde und er räusperte sich abermals vernehmlich. Und als er anhob, sprach er laut genug, um Simon zu übertönen. »Ich hätte nicht gedacht, dass ein separater Hinweis erforderlich ist. Das war wohl ein Fehler.«

Simon kämpfte neben den Tics inzwischen mit zunehmender Übelkeit.

»Halten Sie sich von meiner Tochter fern!« Es kam im Plauderton.

»HALT DIE FRESSE!«

Welsh nickte grimmig. »Sie hat etwas Besseres verdient, darin stimmen wir doch überein, nicht wahr?«

Simon sah auf. Plötzlich breitete sich eine Grabesruhe in ihm aus. Er ignorierte seine Tics, hatte nur noch Augen für jenen Mann, der ihm sagte, was er längst wusste.

Zwischen seinen Aussetzern brachte er es sogar auf ein trockenes Nicken. »Ja.«

Welsh lächelte. »Ich kenne meine Tochter, sie hat ein Faible für bedauernswerte Menschen. Und Sie haben einen Nerv bei ihr getroffen, ich wusste es sofort. Aber Mitleid ...« Kalt musterte er ihn, während Simon gegen seine Tics ankämpfte, um ihn nicht aus den Augen lassen zu müssen. »Das ist doch nicht Ihr Stil, oder?«

Er ließ sich weder von Simons Tics noch von dessen Blick beeindrucken. Simon war inzwischen so übel, dass er davon überzeugt war, demnächst auch noch diesen Kampf zu verlieren.

»Sie ist hartnäckig, eben ganz meine Tochter. Das spricht für sie.« Er lächelte, aber die Augen blieben eisig. Dann richtete er sich auf und seine Miene wurde emotionslos. »Da ich davon ausgehe, dass Sie selbst wissen, wie lächerlich dieses Unterfangen ist, vermute ich, Sie verfolgen mit Ihrer Annäherung an mein Kind ein gewisses Ziel. Protegierung – Beispielsweise. Vielleicht auch die Sicherung ihres Daseins, schließlich können sie nie wissen, was der nächste Morgen bringt. Mit derartigen Ambitionen sind Sie nicht der Erste und mit Sicherheit auch nicht der Letzte. Ich bin auf Derartiges durchaus vorbereitet.«

»*Wie bitte*?«, stieß Simon unter größten Mühen hervor.

»Wie mir zu Ohren kam, sind Sie mit der Höhe Ihrer Bezüge nicht einverstanden ...«

»FICK DICH! *Pardon?*« Simon war so außer sich, dass er keine Zeit mehr hatte, seine Tics zunächst gewähren zu lassen, bevor er sprach. Die Platzangst war ebenso nebensächlich geworden, wie seine Übelkeit. Zwei Dinge beherrschten sein Denken. Die Unverfrorenheit dieses Mannes und das, was er nebenbei über Val sagte.

Mitleid. Sie hatte Mitleid mit ihm! Verdammt! Das war es? *Das*?

»Ich habe Ihre Intentionen verstanden«, fuhr Welsh fort. »Ab sofort halten Sie sich von meiner Tochter fern ...«

Simon stand, bevor er davon wusste. »HALT DIE FRESSE!«, dröhnte er. »SIR!« Das Zweite kam beabsichtigt. Beide Bemerkungen stießen auf taube Ohren.

»... und ich bin ihm Gegenzug durchaus bereit, mich in Form einer zusätzlichen monatlichen Vergütung erkenntlich zu erweisen.«

»Ich muss doch sehr bitten!« Simons Kopf zuckte nach rechts.

Welsh senkte die Arme und musterte ihn aus diesen kalten, berechnenden Augen. »Ich rate Ihnen, zu akzeptieren und sich ab sofort wieder still und leise zu verhalten. So, wie in den vergangenen Jahren, was unsere Zusammenarbeit so kostbar und einzigartig machte. Sollten Sie sich meiner Tochter noch ein einziges Mal nähern, werde ich Sie feuern, und zwar auf der Stelle und in so hohem Bogen, dass sie für fünf Jahre Ihren Arsch nicht mehr fühlen werden. Sie dürfen sich darauf verlassen, dass Sie danach in dieser Stadt nicht einmal einen Job als Tellerwäscher ergattern können. Dafür werde ich Sorge tragen und wir beide wissen, dass ich nicht bluffe.«

Er lehnte sich zu ihm vor, Simon stand seinen Mann, er *dachte* nicht mal daran, zurückzuweichen. Seine Miene war inzwischen trotz der Tics ebenso eisig wie die seines Chefs. »Sind wir doch ehrlich. Sie hätten langfristig nie eine Chance bei ihr bekommen. Sie wissen es, ich weiß es – nur Val dürfte diesbezüglich noch im Dunkeln tappen. Ich beschleunige die Dinge nur ein wenig. Schon, um uns alle eventuelle Peinlichkeiten zu ersparen.« Sein Blick wurde mitleidig. »Gehen Sie in sich, Junge! Was sollte sie mit einem wie *Ihnen*?«

Als keine Antwort erfolgte, richtete Welsh sich auf. »Ich denke, wir haben uns verstanden.«

Simon nickte, nachdem seine verzerrte Grimasse wieder zu

einem Gesicht geworden war, lächelte er sogar.

»Ich kündige!«

5720554R00196

Printed in Germany
by Amazon Distribution
GmbH, Leipzig